Les Hauts de Bellecoste

Christian Laborie

Les Hauts de Bellecoste

ÉDITIONS
FRANCE
LOISIRS

Une édition du Club France Loisirs,
avec l'autorisation des Éditions De Borée.

Éditions France Loisirs,
123 boulevard de Grenelle, Paris
www.franceloisirs.com

ISBN : 978-2-298-03027-3

Première partie

LE PARADIS SUR TERRE

1

Première rencontre

À huit ans déjà, de son aiguillon, elle conduisait le troupeau sur la lande. Les bêtes lui paraissaient énormes, démesurées, et, malgré leur nonchalance naturelle et leur placidité apparente, elles lui procuraient toujours autant de crainte.

Juchée sur la pointe des pieds, elle ne leur parvenait pas à la base du cou, tant elle était de petite taille pour son âge.

« Elles sont grosses comme des éléphants ! » se disait-elle, quand elle s'inventait des histoires pour fuir la solitude qui était son lot quotidien.

Elle n'avait jamais vu de pachydermes autrement que dans les livres de son école. Mais elle n'imaginait pas qu'il puisse exister de plus gros animaux que les vaches et les bœufs de son père.

Pourtant, dès ses premiers pas, celui-ci l'avait aussitôt mise à l'épreuve, l'obligeant à le suivre à l'étable, l'habituant jour après jour à se familiariser avec la trentaine de bovins qu'il élevait – essentiellement pour la viande. Les revenus qu'il tirait de son élevage faisaient de lui un paysan hors du besoin sur le plateau, ce qui était loin d'être le cas de la plupart de ses voisins.

Les hautes terres, en effet, nourrissaient mal ceux qui s'acharnaient, avec ténacité, à vivre accrochés à leurs flancs âpres et peu généreux. Brûlantes l'été, glaciales l'hiver, soumises aux vents du nord et de l'ouest et aux caprices des cieux, elles s'étendaient à l'infini, couvertes d'une herbe drue parsemée de tourbières et de blocs de granit sous le regard alourdi de quelques crêtes érodées, dos arrondis d'antiques géants usés par les ans. En hiver le plateau se métamorphosait et prenait vite l'aspect d'un linceul immaculé. Neige et tourmente isolaient les hameaux pendant de longs mois. La vie semblait s'arrêter. Hommes et bêtes étaient bloqués à l'intérieur et vivaient en autarcie. Quand perçait le printemps, à la fonte des neiges, la montagne n'était plus que ruissellement d'eaux cristallines qui convergeaient en rus intrépides vers les vallées et façonnaient la roche en blocs émoussés. Avec les premiers beaux jours, les couleurs changeaient joyeusement. Délaissant la grisaille hivernale, les prairies se coloraient de jaune et de vert tendre, parure d'or et d'émeraude saupoudrée de boules de granit aux reflets argentés. Par temps de sécheresse, elles se transformaient en paillassons brûlés par les feux ardents d'un soleil de plomb et n'étaient plus irriguées que par les béals savamment aménagés par la main de l'homme.

Clémence ne connaissait pas d'autre horizon que la courbure de ces prairies naturelles venant lécher l'azur du ciel, d'autre univers que ces grandes solitudes où les hameaux et les fermes isolées étaient les seuls refuges pour les imprudents qui s'égaraient par temps de brouillard ou de neige. À son âge, elle ne se posait pas de questions et n'envisageait pas de vivre, plus tard, autrement que ses parents. Ceux-ci lui semblaient heureux, même si la vie ne les avait pas choyés – mais elle n'en était pas consciente.

Entourés de leurs trois enfants, les Pérol passaient pour une famille modèle, le symbole de la réussite paysanne. Ayant hérité, très jeune, de la ferme de son père, Auguste Pérol avait su patiemment la faire fructifier. Par un travail acharné et grâce à la dot apportée par Marie, son épouse, il avait consolidé sa situation et acquis au fil des ans un troupeau dont les bêtes étaient appréciées sur toutes les foires à bestiaux de la région et sur le marché de Villefort. Sur le mont Lozère, du Pont-de-Montvert au Bleymard, tout le monde l'estimait et reconnaissait sa compétence, sa probité et son courage. Homme d'une droiture austère, il avait un sens moral sans faille et élevait ses enfants avec autorité, laissant à son épouse les débordements d'affection dont elle ne les privait pas.

Clémence était une enfant affectueuse, douce, tout en gentillesse et en obéissance, attentive et attentionnée. Jamais, dans son berceau, elle n'avait manifesté de brusques colères, et, lorsque sa mère se penchait sur elle pour la prendre dans ses bras et l'allaiter, elle lui souriait de son visage d'ange sans aucun signe d'impatience, comme pour la remercier par avance de ce don de soi qu'elle lui prodiguait sept ou huit fois par jour. Même lorsqu'elle fit ses premières dents ou lorsqu'elle affronta les affres des maladies infantiles, malgré la fièvre et la douleur, elle se contentait de pleurer en silence sans s'agiter. Ce qui fit dire un jour à son père qui trouvait son comportement étrange pour un nourrisson :

« Cette petite manque de vitalité ! Je ne trouve pas ça bien normal. »

À quoi Marie ne cessait de répondre en prenant son enfant dans les bras :

« Un petit ange, c'est un vrai petit ange que le Seigneur nous a envoyé ! »

Lorsque, deux ans après sa naissance, Louise vint au monde, Clémence étonna davantage encore ses parents. Elle berçait sa petite sœur sans qu'on le lui demande, lui parlait dans son langage encore mal assuré, la distrayait avec ses propres poupons ou la calmait quand, contrairement à elle, elle piquait des colères d'impatience entre deux tétées. En grandissant, elle devint une vraie petite mère pour sa cadette. Ainsi, il se tissa entre les deux sœurs une complicité que jamais rien, malgré la différence de caractère qui les opposa toujours, ne devait effacer.

À cinq ans, lorsque son frère naquit, c'était déjà un vrai petit bout de femme sur qui sa mère pouvait compter. Le jour de l'accouchement, Marie se trouvait seule à la ferme en compagnie de ses deux filles. Auguste et son valet de ferme, Victor, étaient partis conduire le troupeau dans les prairies les plus éloignées de la propriété, vers le sommet du Finiels. Il faisait gros temps et, sur les crêtes, le vent d'ouest poussait des amas de nuages qui s'amoncelaient comme des balles de laine. Auguste s'était entêté à sortir les bêtes malgré l'état de sa femme. Celle-ci l'avait pourtant prévenu :

« Je crains de ne pouvoir attendre ton retour.

— Je préviendrai la sage-femme en passant au village, la rassura-t-il. Elle ne tardera pas. »

Mais ce matin-là Solange Verniaux était absente de chez elle et Auguste ne put la prévenir à temps.

Marie accoucha seule, avec l'aide unique de sa petite Clémence à qui elle ordonna de lui préparer le nécessaire pour la venue au monde du bébé. Lorsque l'enfant entendit, derrière la porte de la chambre, les premiers cris de son petit frère, elle demanda timidement si elle pouvait entrer et vint aussitôt s'occuper de lui et de sa maman. Épuisée, celle-ci s'endormit une fois le nouveau-né hors de danger, sans avoir eu le temps de demander à sa fille d'aller quérir l'aide de sa plus proche voisine. À son réveil, Clémence veillait sur elle et sur le bébé qu'elle avait délicatement déposé dans son berceau et recouvert d'un petit édredon. Pendant ce temps, apeurée, Louise était restée tapie dans sa chambre, ne comprenant pas très bien ce qui se passait derrière la porte mitoyenne.

Au fil des années, Clémence confirma cette douceur, cette docilité de caractère, cette prévenance naturelle qui faisaient la fierté de Marie mais inquiétaient Auguste.

« Elle se fera toujours marcher sur les pieds à faire preuve de trop de gentillesse ! » déplorait-il.

Louise tenait davantage de son père que de sa mère. D'un caractère bien trempé, elle se montrait plus récalcitrante que son aînée. Elle affirma très tôt une forte volonté qui laissait présager qu'elle ne laisserait pas dicter son existence par la fatalité. Plus solide physiquement que sa sœur, qui resta de frêle constitution jusqu'à l'adolescence, elle souriait à la vie en toutes circonstances. Autant Clémence se montrait discrète, solitaire, mais toujours présente, autant Louise se dévoilait exubérante, rieuse mais volontiers boudeuse. Toujours à la recherche d'une compagnie, elle fuyait la solitude dont elle avait horreur et semblait ne jamais rien prendre au sérieux.

Les deux sœurs, si opposées, se complétaient parfaitement et savaient pouvoir compter l'une sur l'autre quand le ciel de leur enfance laborieuse s'enténébrait. Toutes les deux étaient folles de leur jeune frère Antonin. Né avec le nouveau siècle, celui-ci était l'insouciance personnalisée, un petit dernier que tous cajolaient et qui savait profiter de cette situation. Auguste le premier s'enorgueillissait de son troisième enfant. « Mon fils ! » aimait-il proclamer, comme s'il avait été seul à le concevoir. Marie souriait de cette vanité propre à tous les hommes qui s'inquiètent de n'engendrer que des filles. Antonin fut élevé dans l'ombre de son père comme Clémence le fut dans celle de sa mère.

« Un fils pour entrer dans le nouveau siècle ! s'exclama Auguste, le jour de sa naissance. C'est un heureux présage. Ce sera l'enfant de la paix. »

Marie se sentit soulagée d'avoir donné un fils à son mari. La propriété resterait ainsi dans la famille, comme c'était le cas depuis de nombreuses générations et comme c'était le souhait légitime d'Auguste.

Le mas de Bellecoste appartenait à la famille Pérol depuis plus de trois cents ans, comme en attestaient les plus anciens actes notariés qu'Auguste gardait jalousement dans un vieux coffre en bois de châtaignier transmis par ses aïeux. Érigé en blocs de granit bâtis à sec, parfois à la chaux, comme toutes les fermes des hautes terres, il formait un bloc irrégulier en équerre, aux murs épais construits à fruit. Le corps de logis principal était revêtu d'une épaisse couverture de lauzes portée par une solide charpente, et comprenait deux niveaux. Au rez-de-chaussée, l'habitation, avec sa grande salle commune et ses trois pièces annexes servant de chambres, était protégée des forts écarts de température par un mur aveugle, aux trois quarts enterré sur la façade la plus exposée. Au-dessus, le grenier était transformé en fenil où l'on accédait de plain-pied par la façade nord du bâtiment. Une énorme cheminée occupait tout un mur de pignon. Elle renfermait l'âtre, le cendrier, la bouche du four à pain, l'évier taillé dans la pierre, le potager, les chenets et la crémaillère pour les marmites et les chaudrons. Une grande table, des bancs, un coffre et un vaisselier constituaient le seul mobilier. Unique luxe dans cet univers austère : deux fauteuils en paille dans le cantou et une demoiselle, antique horloge au cadran émaillé, dont le balancier égrenait le temps au rythme lent des saisons.

Perpendiculairement au corps d'habitation, l'étable communiquait avec la grande cuisine par une porte massive qu'on laissait ouverte l'hiver afin de profiter de la chaleur des bêtes. Au plafond, des trappes à foin permettaient d'approvisionner les mangeoires directement à partir du fenil.

Une remise faisait face au logis. Auguste y rangeait ses outils, sa charrue, ses harnais, ses jougs et autres ustensiles destinés aux bêtes et aux cultures. Elle jouxtait la porcherie et l'écurie qui finissaient d'enserrer la cour centrale. Celle-ci restait constamment ouverte sur l'extérieur, malgré la présence d'un rustique portail rongé par la rouille.

Sur le plateau, le mas de Bellecoste faisait partie de ces fermes dites fortifiées car fermées et protégées, à l'image de la ferme de l'Aubaret, l'une des plus anciennes de la région. Un poulailler, deux ou trois cochons, une jument pour les labours complétaient le cheptel des Pérol. Celui-ci n'était constitué que de bovins. Lorsque Auguste avait hérité de son père, il avait décidé de se reconvertir. Il vendit tout son troupeau de brebis pour le remplacer par des vaches et des bœufs de la race aubrac, à la belle robe fauve. Il était persuadé en effet que l'avenir était à la viande bovine. Les débuts de sa reconversion furent difficiles. Aussi décida-t-il d'élever en plus quelques bêtes à lait pour assurer à son exploitation la diversification nécessaire. Le marché se développant, ses bêtes à viande finirent par lui rapporter de plus en plus d'argent.

À l'écart du mas, sur les tènements les plus propices, Auguste cultivait aussi quelques arpents de blé, d'orge et de seigle, et consacrait une bonne partie de ses terres à la récolte de foin pour les bêtes. Côté sud, bien abritées des vents dominants, quelques acres de bonne terre fournissaient de précieux légumes pour la soupe quotidienne. En hiver, la soupe d'orge, dans laquelle trempait un morceau de lard, colmatait les ventres les plus affamés. La viande restait un plat de luxe, même si Auguste y consacrait la majorité de son troupeau.

À Bellecoste, on ne souffrait ni de faim ni de froid, mais rien n'y était dépensé avec largesse, plus par prévoyance que par souci d'économie. Auguste et Marie connaissaient la valeur de chaque chose et avaient vécu dans leur jeunesse des périodes difficiles qu'ils ne souhaitaient plus revivre, dues à des hivers rigoureux, des calamités, des maladies du bétail. Aussi apprenaient-ils à leurs enfants le sens de la rigueur, de la mesure, de la sagesse.

Ce jour-là était un jour comme les autres. Auguste Pérol avait sorti le troupeau de l'étable et demandé à son aînée de le conduire au pré du Loup.

« Tu resteras avec les bêtes toute la matinée, lui avait-il ordonné. C'est leur première sortie, les génisses seront un peu folles à l'idée d'aller brouter de l'herbe fraîche. Veille à ce qu'elles n'aillent pas piétiner l'herbe de notre voisin. »

Sans rechigner, Clémence chaussa ses sabots qu'elle garnit de paille car il faisait encore frais par ce petit matin de mai. Revêtue de son manteau de laine confectionné par sa mère, elle sortit dans la cour de la ferme pour se mettre sans tarder à l'ouvrage. Les poules picoraient déjà sur le tas de fumier, sous l'œil vigilant d'un coq qui dressait orgueilleusement sa crête écarlate. De gros nuages anthracite plombaient le ciel, accrochés au pic Cassini dont les pentes boisées assombrissaient l'horizon.

« Tiens, prends ça, lui dit sa mère en lui donnant un panier de victuailles. Trouve-toi un abri pour manger. Le vent se lève ; le froid revient. Ne prends pas mal !

— Ce sont encore les saints de glace ?

— Oui, encore. Cette année on n'y a pas coupé ! »

Clémence s'emmitoufla dans son manteau, saisit le panier et, d'un petit cri sec qu'elle avait toujours peine à sortir de sa gorge, mit le troupeau en ordre de marche.

En réalité les bêtes n'avaient besoin de personne pour trouver leur chemin. D'elles-mêmes, elles gagnaient les pâturages où l'herbe nouvelle de printemps les attirait. Clémence devait surtout veiller à ce qu'elles ne s'égaillent pas en route et à bien refermer les portillons derrière elle chaque fois qu'elle entrait dans une terre. Pour le reste, la chienne, Châtaigne, se chargeait de ramener les récalcitrantes et les traînardes dans le nombre.

Le pré du Loup se trouvait non loin de la ferme. Entouré de murs dressés en blocs de granit sur trois côtés, donnant sur une tourbière infranchissable sur le quatrième, il permettait de laisser le troupeau sans surveillance à condition de bien refermer les barrières. Les vaches ne s'approchaient jamais de la zone marécageuse dont elles boudaient les herbes.

Clémence connaissait parfaitement les consignes. Lorsque les trente bêtes furent entrées dans le pré, elle attacha la barrière au pieu de châtaignier planté dans le sol et s'en alla se réfugier, comme elle en avait l'habitude, contre un rocher bien à l'abri du vent. De là, d'un seul regard, elle pouvait observer toute l'étendue du pâturage.

Elle ne manquait jamais d'emporter, dissimulé dans un pli de son manteau, un livre que son instituteur, M. Barandon, lui prêtait volontiers. Rares étaient ses élèves qui montraient, si jeunes, un goût prononcé pour la lecture. Clémence avait appris à lire sans difficulté dès sa première année de classe et sa mère avait approfondi son apprentissage en lui ouvrant sa bible, le seul livre qu'elle possédait au mas. Ainsi la petite fille trouva-t-elle dans les récits de l'Ancien Testament, comme dans les histoires illustrées des livres de la bibliothèque scolaire, de quoi satisfaire sa curiosité naturelle et combler sa solitude dans laquelle elle semblait se complaire.

Rien ne pouvait perturber sa lecture, ni le vol d'un rapace au-dessus du troupeau, ni l'apparition subite d'un nuage menaçant, ni les hurlements plaintifs d'un chien errant dans les environs. Pourtant il n'était pas très loin le temps où les loups rôdaient encore sur la lande des hauts plateaux. Certes, ils avaient disparu, et pour elle c'était déjà de l'histoire ancienne. Mais les récits que les aînés racontaient toujours le soir à la veillée avaient de quoi effrayer les jeunes esprits. Au reste, Clémence connaissait l'existence, dans la remise de la ferme, de colliers à pointes métalliques jadis utilisés par ses ancêtres pour protéger leurs chiens de l'attaque des loups.

Mais, quand elle avait le nez plongé dans son livre, elle se trouvait transportée dans un autre monde où le merveilleux devenait réalité, où toutes les petites filles de son âge portaient des robes de satin et des souliers vernis. De temps en temps, elle relevait la tête, appelait Châtaigne pour s'assurer de sa présence, et replongeait dans sa lecture, l'esprit tranquillisé. Elle savait que les vaches ne risquaient rien. D'ailleurs, jamais sous sa surveillance il n'était arrivé le moindre incident.

Au milieu de la matinée, le vent cessa. Le temps se mit à la douceur. Les nuages se dispersèrent au-delà des crêtes, laissant place à un soleil radieux. Les pages du livre de Clémence s'illuminèrent comme par enchantement et l'éblouirent. L'enfant cligna des yeux et, instinctivement, porta son regard en direction du troupeau. Elle compta rapidement les bêtes à voix haute :

« ... vingt-huit, vingt-neuf, trente. Le compte y est. »

Elle fut aussitôt rassurée.

Elle allait se replonger dans sa lecture, quand une ombre se dessina sur le sol, devant elle, provenant du rocher auquel elle était adossée. Quelqu'un l'observait en silence, perché sur le promontoire comme un aigle attendant sa proie. Surprise, elle se retourna. Jamais personne, jusqu'à présent, n'était venu la déranger tandis qu'elle surveillait le troupeau.

Elle se détacha de la paroi, fit un pas à l'écart pour mieux voir, leva les yeux, aperçut un jeune garçon.

« Bonjour ! fit celui-ci. C'est toi qui gardes ces belles vaches ? »

Clémence, un peu sauvage, ne répondit pas immédiatement. Elle referma vite son livre, comme prise en faute, appela Châtaigne, apeurée.

« Tu as perdu ta langue ! Comment t'appelles-tu ? Moi, je m'appelle Émile. Émile Claret. Et toi ? »

Devant l'absence de réponse de sa part, le jeune garçon descendit maladroitement de son perchoir et vint se planter devant elle. Clémence remarqua aussitôt qu'il claudiquait légèrement de la jambe gauche.

« Alors, tu t'appelles comment ? insista le jeune intrus.

— Clémence.

— Clémence ! C'est pas un nom, ça ! Clémence comment ?

— Clémence Pérol. J'habite au mas de Bellecoste, à une demi-heure d'ici. »

Clémence n'était pas rassurée. Au premier abord, le jeune garçon ne lui semblait guère sympathique. Il paraissait âgé de onze ou douze ans. De forte corpulence, il avait un visage disgracieux, déjà boursouflé par l'embonpoint. Ses petits yeux narquois, ses joues gonflées et sa bouche moqueuse lui donnaient un air peu affable qui déplut immédiatement à Clémence.

« Alors nous sommes voisins, poursuivit le nouveau venu. Je gardais le troupeau de mon père de l'autre côté de la tourbière, quand je t'ai entendue appeler ton chien. Nos prés se touchent, mais d'ici ça ne se voit pas. C'est mon père qui a racheté la ferme de Troubas.

— Je la connais. Les propriétaires étaient des amis de mes parents. Ils étaient trop âgés pour continuer. Et ils n'avaient pas d'enfants.

— C'est une belle propriété. Mon père dit que c'est la plus belle ferme de la région ! Il a tout racheté, même les brebis. Alors tu es aussi de Lassagne ? Nous nous reverrons donc souvent.

— Je ne crois pas. Je ne descends jamais au hameau, sauf pour me rendre à l'école, et je ne traîne jamais en chemin !

— Oh ! moi, je n'y vais plus, à l'école ! On se verra donc en gardant les bêtes. »

Clémence n'avait pas envie de faire plus ample connaissance ni de poursuivre la conversation. Le premier contact avec son nouveau voisin la laissait sur ses gardes. Pourtant Émile Claret se voulait rassurant. Il caressa sa chienne, expliqua d'où venait sa famille, qui étaient ses parents, pourquoi, originaires des basses Cévennes, ils s'étaient installés sur les hautes terres. La petite fille ne lui répondait pas et dissimulait à grand-peine son malaise et son impatience.

« Je dois rentrer à présent, coupa-t-elle. Il est bientôt midi au soleil. On m'attend à Bellecoste. »

Sans lui dire au revoir, elle rappela Châtaigne qui était repartie surveiller ses ouailles, s'éloigna sans se retourner.

« On se reverra. C'est sûr ! » insista le jeune garçon.

2

La robe

Plus elle grandissait, plus Louise marquait son ascendant sur Clémence. Malgré les deux ans qui les séparaient, la cadette était souvent la première à prendre les décisions et à s'imposer, dans les jeux d'enfant comme dans les travaux domestiques qu'elles se partageaient à la ferme. Contrairement à sa sœur, elle rechignait souvent à accomplir certaines tâches, comme la traite ou la corvée d'eau, estimant que ce n'était pas là un travail pour des filles.

« Quand je serai grande, affirmait-elle sans se faire entendre de ses parents, je ne vivrai pas à la ferme. »

Si Clémence ne s'insurgeait jamais, si, à ses yeux, son avenir semblait tout tracé, Louise, elle, rêvait à un autre destin, à d'autres horizons. Pourtant elle n'avait pas le goût des livres et n'allait pas chercher dans la lecture romanesque des exutoires à la dure existence qu'elle menait. C'était précisément parce qu'elle ne s'embarquait jamais dans des songes chimériques qu'elle ne rêvait pas à l'impossible. Ce qu'elle entrevoyait pour son avenir, elle le puisait à l'aune de ce qu'elle vivait, en s'y opposant.

«Je ne vivrai jamais à la campagne ! clamait-elle. Surtout pas dans un village perdu comme le nôtre.

— Et où vivras-tu ? s'étonnait Clémence qui n'imaginait pas, à onze ans, pouvoir vivre ailleurs qu'au milieu des bêtes, entourée de prairies et de terres cultivées, dans cette solitude des grands espaces où elle était née et où elle se complaisait.

— En ville, pardi ! »

Les deux filles accompagnaient parfois leur père au Pont-de-Montvert. Le bourg n'avait rien d'une grande ville, mais aux yeux des deux enfants il était bien plus qu'un village. De part et d'autre du pont à deux arches qui enjambait le Tarn, les commerces créaient beaucoup d'animation et attisaient leur curiosité. Louise n'avait d'yeux que pour les vitrines des rares boutiques qui s'égrenaient dans les rues les plus animées : le magasin de chaussures qui exposait des modèles très parisiens, la mercerie dont l'étalage de rubans et de dentelles lui faisait imaginer les plus belles robes, le magasin de confection dont la devanture exhibait toujours un ou deux mannequins portant des vêtements qu'on ne mettait qu'en ville. Les cafés attiraient toujours de nombreux clients volubiles et étaient les lieux de rendez-vous préférés de tous ceux qui avaient du temps à perdre. Même la boulangerie était pour elle un lieu de convoitises, avec ses fournées de pains croustillants bien rangés sur leurs claies et qui exhalaient une bonne odeur de pâte chaude et de levain. Parfois, les jours de fête et le samedi, par la vitrine elle pouvait distinguer des pâtisseries alléchantes qui attisaient sa gourmandise.

Auguste, qui descendait au bourg uniquement pour affaires, ne s'attardait jamais inutilement. Devant les tentations exacerbées de sa cadette pour ce qu'il appelait des « futilités », il fronçait ses sourcils broussailleux et passait devant les étalages sans s'arrêter. Les deux enfants le suivaient en silence, Clémence sans l'ombre d'un regret, Louise en maugréant intérieurement.

Un jour pourtant, il les surprit tous. Marie allait fêter ses trente-cinq ans, et, comme pour chaque anniversaire, elle avait promis à ses enfants de confectionner un gros gâteau aux pommes dont elle avait le secret. La veille, Auguste devait rencontrer un maquignon à la foire du Pont-de-Montvert afin de lui proposer la vente de trois belles génisses, plus aptes à la production laitière qu'à la boucherie. Aussi avait-il décidé de s'en dessaisir en espérant en tirer un bon prix. Il avait curieusement insisté pour emmener ses trois enfants. Antonin, âgé de six ans, les accompagnerait donc pour la première fois. Marie tenta de s'y opposer, prétextant que le trajet les fatiguerait inutilement, le bourg étant distant de trois bonnes heures de marche.

« J'aurais bien besoin des filles à la maison, insista-t-elle, pour m'aider à faire la tourte aux pommes que je leur ai promise pour mon anniversaire. Laisse-moi au moins Clémence.

— Ce n'est pas tous les jours que j'ai l'occasion de les emmener en ville, objecta Auguste. Hein ! les filles ! Qu'en dites-vous ? Toi, Clémence, qu'en penses-tu ? »

La fillette regarda sa mère sans répondre. À son expression, celle-ci comprit qu'elle aussi avait grande envie d'aller se promener au Pont-de-Montvert. À vrai dire, si Louise désirait avant tout aller voir les vitrines des magasins, Clémence voulait se rendre au temple. Depuis quelque temps en effet, elle suivait les leçons de catéchisme du pasteur Brugueirol qui montait exprès à Lassagne pour les enfants des familles protestantes. Grâce à lui, elle avait découvert avec beaucoup d'intérêt l'histoire de la commune huguenote, point de départ de la révolte camisarde à l'époque de Louis XIV. Le pasteur avait longuement expliqué à ses catéchumènes le rôle joué par Pierre Séguier, dit « Esprit », dans la guerre qui ensanglanta les Cévennes pendant trois ans, au début du XVIIIe siècle. Elle n'ignorait plus que, jugé responsable de l'assassinat de l'abbé du Chaila, le huguenot avait été condamné à mort par le tribunal de Florac et supplicié au Pont-de-Montvert devant la tour de l'Horloge. En se rendant au bourg, elle souhaitait visiter le temple qu'elle connaissait mal, s'approcher de plus près de la maison de l'abbé assassiné, toucher les pierres de la tour, s'imprégner des lieux pour mieux comprendre, maintenant qu'elle connaissait toute la vérité. Auparavant, elle avait demandé à son instituteur de lui prêter un livre d'histoire dans lequel elle trouverait les détails de ce terrible épisode de la vie de ses ancêtres.

« Tu es bien jeune pour t'intéresser à des faits aussi cruels ! » lui avait dit Marie lorsqu'elle la surprit plongée dans un volume de Jules Michelet.

Clémence était émotive. L'histoire du *Grand Brûlement* des Cévennes marqua profondément son jeune esprit. Sa vie durant, elle devait garder ce sentiment que la souffrance était sans doute le seul moyen de parvenir au paradis.

« Alors, je les emmène ? insista Auguste en s'apprêtant à partir.

— Si tu y tiens ! Mais veille à ne pas trop les fatiguer », répliqua Marie.

Louise exulta. Clémence trahit un petit sourire de contentement. Antonin, lui, toujours d'accord avec le dernier qui parlait, alla se préparer sans commentaires.

Accompagnés de Châtaigne, ils se mirent en route de bon matin, poussant les trois génisses devant eux. Le chemin longeait le ruisseau du Rieumalet, se faufilant entre les chaos granitiques, vestige d'une longue érosion. Par endroits, le paysage devenait rude et sauvage. Il fallut plusieurs fois traverser la rivière par des passages à guet incommodes. Celle-ci serpentait, alerte, entre de maigres pâturages où les trois bêtes étaient sans cesse tentées de s'égailler. Mais Châtaigne les en empêchait, leur mordillant le jarret pour les remettre dans le droit chemin. Il fallut se déchausser, les filles retroussèrent jupes et jupons sous les rires moqueurs d'Antonin qui s'amusait à jeter des cailloux dans le courant pour éclabousser ses sœurs. Châtaigne se prêtait au jeu, sautait dans l'eau comme un papillon virevoltant d'une fleur à l'autre, faisant jaillir des gerbes d'eau glaciale jusque sur le visage des filles. Peu avant d'arriver au bourg, ils s'enfoncèrent dans la fraîcheur d'un défilé, firent halte au bord de la route qui descendait du col. Puis ils atteignirent les premières maisons peu avant 10 heures.

La petite cité était déjà en pleine effervescence. Le marché aux bestiaux attirait toujours beaucoup de monde. Les éleveurs venaient de partout à la ronde pour vendre et acheter du bétail, des fermes du mont

Lozère, mais aussi des hameaux et villages du flanc septentrional du mont Bougès situé de l'autre côté du Tarn. Auguste les connaissait presque tous, car ils se retrouvaient de foire en foire tout au long de l'année. Bœufs, vaches, génisses côtoyaient les brebis que les éleveurs cévenols proposaient à la vente de printemps juste avant le départ en transhumance des troupeaux. Les tractations allaient bon train sous l'œil vigilant des gendarmes qui veillaient au bon déroulement des opérations. Les marchés se concluaient toujours par un claquement de mains entre les deux protagonistes et, souvent, par un verre de l'amitié au café du Pont. C'était là qu'Auguste avait l'habitude de rencontrer ses acheteurs.

Ne voulant pas y entraîner ses enfants, il les autorisa à aller se promener dans les rues de la petite ville, non sans donner ses ultimes recommandations aux deux filles :

« Surveillez bien votre frère. Ne le laissez jamais seul. Il pourrait se perdre dans la foule. »

Louise voulut immédiatement aller voir les vitrines des magasins. Clémence se plia de bonne grâce à ses désirs, mais insista pour entrer d'abord dans le temple. Louise jugea son idée bizarre :

« Mais ce n'est pas dimanche, aujourd'hui ! Il n'y a pas de culte.

— Juste un moment, pour m'imprégner du lieu. Nous ne serons pas longs. »

Sur le parvis, le monde se bousculait. Les esprits n'étaient pas à la religion mais aux affaires. À leur sortie, les trois enfants passèrent au pied de la tour de l'Horloge. Le cœur de Clémence se serra dans sa poitrine. Elle imagina cette même foule se pressant autour du bûcher du malheureux supplicié, assistant, curieuse, au terrible spectacle. Elle vit ce dernier regarder une ultime fois ses coreligionnaires, la joie rayonnant sur son visage malgré ce qui l'attendait, l'esprit déjà tendu vers l'Éternel, affrontant la mort sans crainte et sans regrets. Elle en fut bouleversée et en eut les larmes aux yeux. Elle s'arrêta net au beau milieu des badauds.

«Que se passe-t-il? s'inquiéta Louise. Tu pleures?

—Moi, pas du tout. J'ai une poussière dans l'œil, se défendit Clémence.

—Pourquoi me serres-tu si fort la main? se plaignit Antonin qui n'avait rien remarqué. Tu me fais mal! Tu as peur que je m'échappe?

—Tu es bizarre, ajouta Louise. Allons, continuons!»

Ils traversèrent le pont et tombèrent nez à nez sur le jeune Claret. Celui-ci avait également accompagné son père qui cherchait à acheter quelques brebis supplémentaires.

Depuis leur première rencontre, trois ans s'étaient écoulés. Clémence avait rarement eu l'occasion de revoir Émile. Au reste, chaque fois qu'elle le croisait, elle l'évitait pour ne pas devoir lui parler. Le jeune garçon avait grandi et forci. C'était maintenant un adolescent de quatorze ans, à la moustache naissante et aux joues piquetées de vilaines boursouflures violacées. Sa claudication s'était accentuée, sans doute à cause de son excès de poids. Mais cela ne l'empêchait pas de courir lestement derrière les brebis de son père. Celui-ci, d'ailleurs, ne se privait pas d'affirmer que son «rejeton» était déjà, pour son âge, un gros travailleur, et ne cessait de vanter ses mérites à qui voulait l'entendre dans le village.

« Oh ! les filles ! Vous ne voulez pas me dire bonjour ! » leur cria-t-il à bonne distance.

Clémence, la première, se retourna et le remarqua. Comme un homme, il portait un chapeau de feutre à larges bords droits, des pantalons de droguet soutenus par des bretelles qui les lui remontaient au-dessus des chevilles, et une chemise de lin grisâtre trop large pour sa taille.

« Dépêchons-nous ! » fit Clémence en tirant son frère par la main.

Mais Louise avait entendu l'appel du jeune Claret et voulait aller à sa rencontre. Clémence tenta de l'en dissuader.

« Papa nous a demandé de ne pas répondre aux gens qu'on ne connaît pas.

— Mais nous le connaissons ! C'est notre voisin.

— Je ne désire pas lui parler. Ce n'est pas quelqu'un de bien.

— Pourquoi dis-tu cela ? On le connaît à peine.

— Quelqu'un de bien n'interpelle pas les gens comme il vient de le faire », se justifia Clémence.

Émile s'était approché.

« Vous êtes venus en famille, à ce que je vois ! C'est ta petite sœur et ton petit frère ? fit-il à l'adresse de Clémence.

— Oui, moi, c'est Louise et lui, c'est notre frère Antonin. On te connaît, on t'a déjà vu quelques fois à Lassagne en revenant de l'école.

— Tu es plus bavarde que ta sœur, dis donc ! Vous ne vous ressemblez pas ! »

Clémence fit mine de s'éloigner. Mais Émile se mit en travers de sa route. Jouant de la supériorité que lui conférait son âge, il la toisa d'un air moqueur.

« Tu m'évites ! Je le vois bien. J'ignore pourquoi. Mais sache que pour moi, tu n'es qu'une petite fille, un bébé qui tète encore sa mère. Je connais d'autres filles, des grandes plus intéressantes que toi et qui ne font pas les mijaurées.

— Allez, Louise, viens ! Ne restons pas là.

— De toute façon, je suis sûr que je te reverrai un jour ou l'autre. »

Clémence ne répondit pas et entraîna son frère et sa sœur dans la foule comme pour mieux les protéger.

« Il n'est pas gentil, ce gros garçon ! fit Antonin. Je ne l'aime pas.

— Pourquoi t'a-t-il parlé sur ce ton ? demanda Louise. Lui as-tu fait quelque chose ?

— Je ne l'aime pas, c'est tout ! Ça ne se discute pas. »

Louise n'insista pas et oublia vite l'incident devant les vitrines des magasins.

Vers midi, les trois enfants rejoignirent leur père devant l'entrée du café du Pont. Ils se gardèrent bien d'y pénétrer et attendirent patiemment devant la porte qu'Auguste sorte de l'antre enfumé. Celui-ci ne se fit pas attendre longtemps.

« Ça y est ! fit-il, l'air radieux. Je les ai vendues au prix que je voulais. »

Il palpait ses billets de banque avec ostentation. Puis il entraîna ses enfants à l'écart. Châtaigne les suivait sans les lâcher d'une semelle, tournoyant autour d'eux comme si elle participait aussi à la joie de son maître.

« Avant d'aller manger un morceau, savez-vous ce que nous allons faire avec cet argent, les enfants ? »

Il n'était pas dans les habitudes d'Auguste de parler argent avec ses enfants ni de montrer ses sentiments. Mais ce jour-là, bien qu'il restât sobre avec ses amis au café du Pont, il se montrait plus volubile que de coutume. Son visage rayonnait d'une joie intense, ses larges moustaches se redressaient sur ses joues et lui donnaient un air canaille. Ses yeux pétillaient de malice.

« Tu ne vas pas bien, papa ? s'inquiéta Clémence.

— Si je ne vais pas bien ! Au contraire, ma chérie ! Je vais on ne peut mieux. Je désire simplement faire un cadeau à votre maman.

— Un cadeau ! s'exclamèrent en chœur les trois enfants.

— Oui. Que diriez-vous d'une jolie robe ? Il y a longtemps qu'elle porte toujours la même quand nous allons au culte le dimanche. Ça lui ferait sans doute plaisir. »

Antonin et ses sœurs n'avaient jamais vu leur père dans un tel état d'excitation.

« Je veux marquer le coup pour ses trente-cinq ans. Et aussi parce que cette année, nous fêtons nos quinze ans de mariage.

— Oh ! c'est une bonne idée ! répondit Louise. Je connais un joli magasin de l'autre côté du pont.

— Alors, nous te suivons. »

Clémence était aussi heureuse que sa sœur, mais ne le montrait pas. Elle n'aimait pas extérioriser ses joies et ses peines. Toujours d'une grande discrétion, jamais excessive en rien, elle dévoilait ses sentiments en filigrane, par un regard plus que par une parole, par un geste discret jamais ostentatoire. Louise au contraire contenait difficilement ce qui l'habitait. Elle laissait toujours déborder son cœur et s'épanchait volontiers devant le premier qui lui prêtait l'oreille.

Elle entraîna son père par la main dans les rues du bourg, aussi heureuse que si la robe lui était destinée. Clémence suivait derrière, toute à sa joie intérieure. Elle avait pris Antonin par les épaules et parlait à Châtaigne comme si la brave chienne pouvait comprendre la joie qui les transportait tous les quatre.

Ils s'arrêtèrent devant la vitrine du magasin de confection. Un mannequin exhibait une robe seyante aux couleurs vives.

« Regarde, papa, comme elle est jolie ! s'exclama Louise en pointant du doigt la robe dans la vitrine.

— Oh ! mais c'est trop... trop...

— Trop voyant, précisa Clémence.

— C'est ça, trop voyant. C'est le mot juste. Et trop décolleté ! Vous ne voudriez pas que votre mère se montre dans cette tenue au culte, le dimanche ! Que dirait-on d'elle dans le village ?

— Moi, je l'aime bien, cette robe, ajouta Antonin, de son air naïf.

— Entrons ! fit Louise. Il y a sûrement d'autres modèles à l'intérieur. »

Auguste n'avait pas l'habitude de fréquenter les magasins d'habillement. Quand il venait au Pont pour achats, il se contentait d'entrer dans la quincaillerie *Bernard, père et fils*, où il se procurait tout ce dont il avait besoin à la ferme pour son travail. Dans cette atmosphère très féminine, il se trouva vite bien embarrassé.

« C'est pour quoi, monsieur? demanda la vendeuse.

— Euh... c'est-à-dire... c'est... c'est pas pour moi. C'est...

— C'est pour maman, coupa Louise effrontément. Demain, c'est son anniversaire ; elle aura trente-cinq ans. Et on voudrait lui offrir une jolie robe.

— Voilà, c'est ça, appuya Auguste. C'est exactement ça. »

La vendeuse, esquissant un petit sourire de connivence à l'adresse de Louise, ajouta :

« Quel genre de robe, voulez-vous lui offrir ?

— Pas du genre qu'il y a dans la vitrine, répondit Auguste sans hésitation.

— Une robe de paysanne ?

— Paysanne... enfin, pas pour aller travailler au champ, si vous voyez ce que je veux dire. Une jolie robe pour aller au culte le dimanche matin.

— Et au bal du 14 Juillet, ajouta Louise.

— Je vois, je vois. Quelque chose de chatoyant, qui ne soit pas trop excentrique, tout en n'étant pas trop classique.

— C'est ça, acquiesça Auguste. Pas trop classique, tout en restant correct.

— Je dois avoir ce que vous souhaitez. Voyons... dans ce rayon. »

Le premier modèle que la jeune femme proposa ne plut pas à Louise : « Trop sévère. » Le deuxième déplut à Clémence : « Pas assez coloré. » Le troisième n'obtint pas l'assentiment d'Auguste : « Trop de frous-frous et trop courte ; on lui verra les chevilles ! »

Seul Antonin ne donnait pas son avis. Assis dans un coin du magasin, il commençait à trouver le temps long. Châtaigne quant à elle montait la garde devant la porte.

«Peut-être celle-ci? proposa la vendeuse qui commençait à désespérer de pouvoir satisfaire son client. Elle est fleurie, colorée, suffisamment longue et pas trop décolletée.

—C'est parfait, coupa Auguste. C'est exactement ce qui lui plaira. Qu'en pensez-vous les enfants?

—Elle est très jolie, répondirent en chœur Clémence et Louise.

—Alors, on la prend.»

La vendeuse semblait hésiter.

«C'est que... elle est un peu chère.

—Combien?»

Quand Auguste lut l'étiquette, il blêmit.

«Oh! papa, elle est tellement jolie! insista Louise.

—Bon, marché conclu. Topez là! fit Auguste en avançant sa main droite comme il avait coutume de le faire pour sceller un accord de vente avec un maquignon. Oh! excusez-moi, se rattrapa-t-il aussitôt. C'est l'habitude.

—Je vous fais un paquet cadeau, n'est-ce pas?

—Si c'est le même prix!

—Bien sûr! C'est sans supplément.»

En début d'après-midi, après avoir déjeuné sur les bords du Tarn, ils reprirent la route tout guillerets. Délestés des trois génisses, ils mirent moins de trois heures pour rentrer à Bellecoste.

Pourtant, le chemin était pentu, le dénivelé important entre le fond de la vallée et le plateau. En route, ils dépassèrent Lucien Claret et son fils Émile qui soufflait dans les montées et était rouge écarlate.

« Alors Claret, les affaires ont été bonnes ? demanda Auguste, joyeux comme un enfant à qui on vient d'offrir une surprise.

— Oh ! penses-tu ! Je n'ai rien trouvé qui me convienne. Il n'y avait que des jeunes *bédigues*[1] et des vieilles carnes tout juste bonnes pour la réforme.

— Que cherchais-tu ?

— Des bêtes bien grasses et bien laineuses pour compléter mon cheptel. Mais, vaï ! ce sera pour la prochaine foire. »

Émile ne disait mot, gêné devant les filles de se montrer si peu alerte.

« On dirait que ton fils souffle comme un bœuf ! ajouta Auguste maladroitement.

— Oh ! c'est sa patte folle ! Dans les grimpées, ça le gêne. Mais une fois sur le plat, il trotte comme un jeune cabri. Pas vrai Mimile ? »

Le jeune garçon avait horreur que son père l'appelle par son diminutif devant des étrangers. Il se renfrogna, évita de lever les yeux, poursuivit son chemin sans répondre.

« Il boude ! poursuivit Louise, amusée. Ce matin, il était plus bavard ! Et il reprochait à Clémence de ne pas lui adresser la parole.

— Ah ! enfantillages ! Ça lui passera, reprit Lucien Claret. Allez, Pérol, je ne te retiens pas. File devant puisque tu vas plus vite que nous. *Adiou* ! Bien le bonjour à ta femme. »

---

1. Bédigue : ovin âgé de dix à dix-huit mois.

Lorsque les deux filles dépassèrent Émile, celui-ci, vexé, ne put se retenir :

« Petites pisseuses ! » marmonna-t-il entre ses dents.

Antonin entendit l'injure, mais, sur le coup, ne dit rien.

Quelques centaines de mètres plus loin, une fois les Claret hors de vue, il demanda, bon enfant :

« Pourquoi le gros garçon a dit : "Petites pisseuses", quand vous êtes passées à côté de lui ?

— Tu es sûr de ce que tu avances ? demanda Auguste.

— Oui. Il a dit : "Petites pisseuses."

— Ce garçon est un garnement, pas très poli. Que lui avez-vous fait, les filles ?

— Nous, rien, répondit Louise. On le connaît à peine.

— Et toi, Clémence, tu ne dis rien ?

— Je n'aime pas ce garçon, papa. Je ne désire pas parler de lui.

— Garde-toi de nourrir de mauvais sentiments envers autrui, ma fille. Même si certaines personnes ne te plaisent pas, tu ne dois pas les ignorer. Il n'y a rien de pire que l'ignorance et le mépris. »

L'incident fut clos. Auguste n'avait pas l'esprit à la morale. Un soleil radieux illuminait les verts pâturages du plateau. Les genêts, qui gagnaient partout où les terres étaient rendues à la friche, donnaient de leurs ors et enchantaient l'œil autant que les narines. La rivière cascadait avec allégresse depuis les sommets d'où elle sourdait, maintenant une fraîcheur vivifiante avant que les grosses chaleurs de l'été tout proche ne viennent assommer hommes et bêtes et transformer les prairies en steppes brûlantes.

Une fois rentrés à Bellecoste, tous se remirent à l'ouvrage comme si de rien n'était. Mais Marie comprit qu'ils lui cachaient quelque secret bien gardé. Leur air de connivence ne la trompa pas. Elle joua le jeu, cependant, et feignit d'ignorer ce qui provoquait chez ses enfants et son mari ces petits sourires en coin qui les trahissaient.

Le lendemain, avant de passer à table pour le déjeuner, n'y tenant plus, les enfants sautèrent au cou de leur maman.

« Bon anniversaire, maman ! » lui dirent-ils à l'unisson.

Auguste à son tour s'approcha de sa femme et, la prenant maladroitement dans ses bras, fit signe aux enfants, par-dessus son épaule, d'aller chercher le cadeau.

« Nous t'avons fait une surprise ! » dit Antonin, ne pouvant plus tenir sa langue.

Lorsque Marie découvrit la robe, soigneusement pliée dans le beau papier doré d'emballage, elle ne put retenir ses larmes.

« Essaie-la maintenant, dit Louise, la plus impatiente.

— Oui, tout de suite, maman ! insista Clémence en l'aidant à la maintenir devant elle sans la froisser.

— Comme elle est belle ! » s'extasia Louise.

Marie s'exécuta, tremblante de joie et d'émotion.

« Vous avez fait des folies, mes chéris ! C'est trop beau, dit-elle.

— Rien n'est trop beau pour toi », fit Auguste, les yeux larmoyants.

C'était la première fois que Clémence voyait dans le regard de son père une telle émotion, l'expression d'un si grand bonheur.

Ce jour-là, elle sut que les hommes aussi pouvaient avoir envie de pleurer, de tristesse comme de joie. Elle n'en aima que davantage son père. Comme lui, elle ne put retenir quelques perles de rosée sur ses joues d'enfant, et, de sa voix douce, avoua à sa mère :

« Comme tu es belle, maman ! »

3

Destinées

Louise et Clémence étaient très sensibles aux petits événements qui jalonnaient leur existence. La vie sur les hautes terres n'offrait pas beaucoup de distractions, et la moindre fête du calendrier était attendue avec beaucoup d'impatience. Pourtant, même ces jours-là, il n'était pas question de se croiser les bras. Si l'école restait fermée, respectant ainsi autant les commémorations laïques que religieuses, le travail à la ferme, lui, ne souffrait d'aucune relâche. Les bêtes ne connaissaient pas de trêve et exigeaient des soins quotidiens.

Plus que les grandes fêtes religieuses pour lesquelles, pour rien au monde, leurs parents n'auraient manqué le culte dominical, c'étaient les fêtes votives et celles qui démarraient le temps des travaux agricoles qui leur procuraient le plus de joie : le temps des foins, celui des moissons, la Saint-Jean bien sûr qui marquait le vrai début de l'été, la Saint-Médard qui annonçait l'arrivée prochaine des premiers troupeaux transhumants. Ces événements ponctuaient leur vie au moment où les plateaux se paraient de leurs plus beaux atours. De mai à septembre, le mont Lozère semblait renaître. Les troupeaux paissaient dans les prairies sans rentrer le soir dans les étables. Les brebis des basses Cévennes et de la plaine languedocienne côtoyaient celles des éleveurs du massif. Rares étaient les pâturages inoccupés.

Néanmoins, sans être des gens austères, les Pérol ne se mêlaient guère aux réjouissances publiques qui animaient le village. Ils préféraient rester en famille pour fêter ces heureux moments de l'année. Ils invitaient alors leurs cousins de Salarials, Huguette et François Rouvière, qui avaient une fille de l'âge de Clémence, Roseline, et trois fils plus âgés, Henri, Désiré et Albert. Tous venaient prêter main-forte au moment de la fenaison et de la moisson, car il fallait souvent se hâter avant qu'un orage n'éclate. En retour, Auguste allait aider son cousin quand celui-ci avait besoin de lui dans sa ferme, notamment pour le tuage du cochon en décembre.

« Ah ! si seulement j'avais eu trois fils comme toi, se plaignait-il régulièrement sans réels regrets. Je n'aurais pas eu besoin de tes services. Les filles, vois-tu, c'est pas pareil. »

Prenant la réflexion de son père pour un reproche, Louise faisait la tête et, boudeuse, s'en allait rejoindre sa mère en ronchonnant. Clémence, elle, souriait sans faire aucune remarque. Elle savait que son père plaisantait et qu'il les aimait plus que tout au monde

Leurs trois jeunes cousins, âgés de treize à dix-sept ans, travaillaient déjà comme des hommes. Henri, l'aîné, maniait la faux avec une force et une dextérité qui surprenaient son père lui-même. Personne ne parvenait à le surpasser. Tous s'étonnaient de voir à quel rythme il fauchait l'herbe des prairies et avec quelle régularité il alignait les andains après le fanage. Dans les champs, derrière les hommes, les trois filles aidaient leurs mères à retourner l'herbe coupée, et, une fois séché, à ramasser le foin. Juché sur la charrette, Antonin les secondait de son mieux en ajustant les gerbes afin qu'elles ne tombent pas en chemin. C'était toujours l'occasion de grandes parties de fou rire et de chahut sans limites. À la fin de la moisson, sur l'aire de battage, les hommes les plus robustes maniaient le fléau sans s'essouffler. François donnait la cadence.

Le soir, malgré les courbatures, ils se retrouvaient tous autour d'une bonne table. Marie mitonnait ses meilleurs plats qu'elle cuisinait avec l'aide d'Huguette, sa cousine germaine. On veillait tard, surtout quand la nuit était chaude. Tandis que les hommes commentaient l'actualité, les femmes parlaient couture ou tricot et les jeunes refaisaient le monde.

Chaque année, pour les foins ou pour la moisson, le même rituel se réitérait. C'était l'époque où chacun laissait exploser sa joie et sa bonne humeur, où le travail, malgré sa pénibilité, était l'une des clés du bonheur.

Sur les hautes terres, l'hiver était souvent précoce et s'éternisait parfois bien au-delà des fêtes pascales. La neige tombait en abondance, recouvrant les prairies d'un épais manteau de froidure. Pendant des mois, l'eau des ruisseaux s'immobilisait en longs rubans de cristal. La vie semblait disparaître, ensevelie dans une chape d'albâtre, figée dans une atmosphère éthérée que seul le vol de quelque rapace en quête d'une maigre proie venait perturber.

Pendant six mois, les visites se faisaient rares. On vivait confinés entre le logis et l'étable, seuls foyers de vie et de chaleur. Si le jour était court, les journées semblaient longues. Il fallait économiser le pétrole des lampes, le bois de la cheminée et même la nourriture car on n'était jamais certain d'échapper à une catastrophe qui aurait cloué les gens dans leur ferme sans possibilité de communiquer avec l'extérieur. Certes, la plupart du temps, les chemins étaient dégagés jusqu'au village, et les enfants pouvaient se rendre à l'école. Mais il ne faisait pas bon traîner en route. À peine étaient-ils rentrés le soir que la nuit tombait déjà. Après les devoirs, ils aidaient encore leur mère à finir son travail. Et dès le repas terminé, ils se hâtaient de se coucher pour retrouver la chaleur de leur lit préalablement bassiné. Les chambres étaient froides car, éloignées de l'étable, elles ne profitaient guère de la chaleur des bêtes. Clémence et Louise dormaient dans le même lit et ne se privaient pas de prolonger les soirées par d'interminables palabres pendant lesquelles la cadette, plus exubérante, ne pouvait s'empêcher, parfois, de s'esclaffer. Auguste alors intervenait pour y mettre bon ordre et les menaçait de les envoyer dormir avec les vaches si elles ne cessaient pas immédiatement leurs papotages.

Avec les années, Antonin avait pris conscience qu'il était le seul garçon de la famille et de ce que cela signifiait pour l'avenir. Certes, il était le plus jeune, mais, commençait-il à comprendre, cela lui donnait de lourdes responsabilités. Auguste, d'ailleurs, ne cessait de lui répéter :

« C'est toi, plus tard, qui prendras la relève. Tu me remplaceras quand ma vieille carcasse ne pourra plus avancer. »

L'enfant n'en éprouvait aucune fierté particulière. Il s'imaginait bien, dans l'avenir, vivre dans la ferme où il était né. Pour lui, il n'y avait rien de plus normal, de plus naturel. Cependant il se posait, à ce sujet, certaines questions que son jeune esprit ne parvenait pas à élucider.

« Où iront vivre Clémence et Louise quand je serai grand ?

— Elles trouveront un mari et s'installeront chez lui dans une autre ferme. Pas trop loin d'ici, il faut l'espérer.

— Louise ne veut pas vivre dans une ferme. Elle veut vivre en ville et être une dame.

— Elle peut toujours rêver, ça ne coûte rien ! »

Marie connaissait les idées de sa cadette. Elle ne l'avait jamais contrariée pour ne pas lui ôter ses illusions. Elle pensait que ses filles – comme elle et comme sa mère avant elle – épouseraient un brave paysan du pays et, espérait-elle, parviendraient à être heureuses, à son image, entourées de leur mari et de leurs enfants.

« Moi, je préférerais qu'on vive tous ensemble », insistait Antonin.

De fait, dès lors qu'il prit conscience du rôle qui lui incomberait plus tard, le jeune garçon se montra de plus en plus intéressé par le travail de son père, lui proposant sans cesse de l'aider, même dans les tâches les plus délicates.

Quand il eut sept ans, Auguste voulut ainsi le mettre à l'épreuve pour aider une vache à vêler. L'enfant avait déjà assisté à un tel événement. Pour lui la naissance d'un petit veau n'avait rien de mystérieux. Mais cette fois-ci le vêlage s'annonçait difficile. Auguste s'était vite aperçu que le passage utérin de la bête était trop étroit et que, s'il ne l'aidait pas efficacement, il risquait de perdre et la mère et le veau.

« Tu vas m'assister, dit-il à son fils. Accompagne-moi dans l'étable. C'est pour cette nuit.

— Il est encore trop jeune, Auguste ! objecta Marie qui craignait que son fils ne fût choqué si le vêlage se passait mal.

— Il faut bien qu'il apprenne. Un jour, c'est lui qui sera seul face à une telle situation.

— Moi, je ne veux pas voir ça, dit Louise d'un air répugné. Si le ventre de la vache éclate, il y aura du sang partout !

— Ne dis pas de bêtises ; tu vas effrayer ton frère !

— Je ne crains rien. Je suis sûr que tout se passera bien, n'est-ce pas papa ?

— Espérons-le. De toute façon, il faut aller délivrer cette pauvre bête. Je ne tiens pas à la perdre. »

Auguste et Antonin s'enfermèrent dans l'étable et s'installèrent dans un coin de paille tout près de l'animal. Quand Auguste vit que celui-ci commençait à vouloir expulser son veau, il réveilla Antonin qui s'était endormi, et lui ordonna de se lever.

« C'est le moment, debout !

— Que dois-je faire ? demanda l'enfant.

— C'est simple, tu me regardes bien. Dès qu'on voit apparaître le veau, il faut y mettre la main pour bien le prendre et l'aider à sortir en écartant très fort. Faut pas avoir peur, ça ne fera pas plus mal à la mère. T'auras du sang partout, mais faut pas que ça t'effraie. C'est le sang de la vie. Allez, tu vas essayer, vas-y ! Je te regarde. Si tu n'y arrives pas, je t'aiderai. À toi ! »

Antonin s'approcha de l'animal en souffrance, écouta scrupuleusement les conseils de son père. La mise bas dura longtemps. L'enfant manquait de force et de savoir-faire. L'animal semblait retenir son petit et poussait des meuglements plaintifs.

« Elle a trop mal ! dit Antonin.

— Il faut souffrir pour donner la vie ! Il faut souffrir aussi pour la rendre. C'est notre lot à tous, aux hommes comme aux animaux.

— Elle n'arrive pas à l'expulser. Elle va y rester si ça continue !

— Enfonce davantage ton bras, sens le veau avec ta main et retourne-le délicatement sur lui-même. Il a certainement une patte qui bloque. »

À force de patience et de persévérance, Antonin parvint à faciliter le passage du veau. La mère finit par l'expulser. L'enfant était couvert de sang et de liquide amniotique.

« C'est bien fiston ! Tu y es arrivé, dit Auguste, soulagé.

— Ce n'était pas très compliqué ! Dis, papa, quand je suis né, Clémence était seule avec maman. Elle a dû faire ce que j'ai fait pour que je vienne au monde ? »

Auguste ébouriffa les cheveux de son fils.

« J'espère que non ! »

Il éclata de rire.

« Sacré Antonin ! ajouta-t-il. T'es un brave gars, tu sais. Je suis fier de toi. »

Clémence était rentrée dans l'adolescence. À douze ans, elle n'avait plus les mêmes préoccupations que sa sœur. Celle-ci, malgré son caractère affirmé, n'en restait pas moins une petite fille encore très puérile, plus attirée par les jeux de son âge que par les centres d'intérêts plus sérieux de son aînée. La cadette, en effet, ne délaissait pas encore ses poupées de chiffon qu'elle aimait habiller de bouts d'étoffe fournis par sa mère. À travers elles, elle se voyait vivant plus tard dans un autre monde que le sien, menant une existence citadine, entourée de beaux messieurs pleins d'urbanités. Clémence, au contraire, avait davantage le sens des responsabilités et montrait plus de sérieux. Elle se comportait déjà comme une petite adulte et se proposait toujours pour soulager sa mère dans ses tâches les plus pénibles.

« Que ferais-je sans toi, ma chérie, si tu n'étais pas là ! se réjouissait sans cesse cette dernière. Tu es pour moi irremplaçable. »

De fait, des trois enfants, Louise passait donc pour la plus désinvolte, la plus détachée de tout ce qu'elle côtoyait. Elle semblait ne pas appartenir au même entourage que les siens. Elle était l'oisillon qui, déjà avant l'heure, voulait prendre son essor et quitter le nid pour découvrir le monde.

M. Barandon, son instituteur, avait décelé chez elle une curiosité insatiable et une soif de vie rare chez une enfant de son âge.

« Le milieu dans lequel elle vit ne paraît pas fait pour elle, avait-il un jour avoué à Marie. Ces grands espaces de solitude sont une prison pour son jeune esprit avide de découvrir de quoi est fait le reste du monde. Je crains, hélas ! que vous ne puissiez pas longtemps la retenir. Chaque fois que nous travaillons, en classe, sur le milieu qui nous entoure, elle montre un profond ennui et ne fait aucun effort. Par contre, en géographie, lorsque nous étudions les autres régions de France ou des pays étrangers, elle est la première à se porter volontaire pour effectuer des recherches et pour en parler ensuite à ses petits camarades.»

À son grand regret, Marie dut reconnaître qu'à la ferme, effectivement, il fallait toujours la supplier pour qu'elle fasse sa part de travail, et qu'elle s'arrangeait parfois pour la laisser à sa sœur voire à son jeune frère.

«Oh! Antonin! releva l'instituteur, en ce qui le concerne, je ne me fais pas de souci pour son avenir. En classe, il est très appliqué, mais je vois bien que l'école n'est pas ce qui l'intéresse le plus. Par contre personne ne l'égale quand il s'agit de parler des travaux de la ferme: les vaches, les veaux, les travaux des champs n'ont plus de secrets pour lui.

— Avec mon mari, il est à bonne école, dut reconnaître Marie.

— Sûr qu'il sait déjà où est sa place!»

M. Barandon en revint à Clémence:

«Votre aînée vient d'avoir douze ans, n'est-ce pas? Cette année, elle va passer son certificat d'études. Douée comme elle est, je ne doute pas un instant qu'elle l'obtienne brillamment. Que pensez-vous faire d'elle, après?»

Marie savait qu'un jour le problème se poserait. Elle éluda la question.

«Vous savez, monsieur Barandon, à la ferme nous avons besoin d'elle.

— Je comprends», fit l'instituteur.

Ce jour-là, celui-ci n'insista pas. Il était tout à fait conscient que le destin de ses élèves était tout tracé. S'il était très heureux d'amener une partie d'entre eux jusqu'à l'obtention du certificat d'études, il déplorait néanmoins de ne jamais être parvenu à en faire entrer quelques-uns au cours supérieur en vue du brevet. Il savait que les enfants des familles paysannes devenaient à leur tour paysans, épousaient, pour la plupart, des paysans, restaient donc dans leur milieu, obéissant ainsi à une sorte d'atavisme que rien ne pourrait jamais détruire.

Aussi, sans dévoiler ses arrière-pensées à Marie, il gardait au fond de lui le secret espoir que, pour la petite Louise, il en serait autrement. « Cette enfant a du caractère, pensait-il en corrigeant ses rédactions. Elle sait ce qu'elle veut, ou plutôt ce qu'elle ne veut pas. À dix ans, elle ose déjà s'affirmer. Elle est bonne en classe et ne rechigne pas au travail. Peut-être réussirai-je avec elle ce que je ne suis jamais parvenu à réaliser avec mes autres élèves. Pour Clémence, hélas ! il est trop tard. La petite n'osera jamais aller à l'encontre de la volonté de ses parents. Elle est trop gentille, trop obéissante... » Pour un peu il aurait pensé : « Trop soumise ! » Mais il chassa immédiatement ce vocable de son esprit. « Allons ! les Pérol sont d'honnêtes gens et ils adorent leurs enfants. Ils pensent comme tout le monde ici : chacun doit rester à sa place, selon sa destinée ! Ah ! décidément, l'emprise religieuse est encore bien forte dans ces campagnes reculées ! »

À Lassagne, l'instituteur était le digne représentant de l'ordre laïque. Républicain farouche, plutôt radical-socialiste que conservateur, dreyfusard et pacifiste, il ne mettait jamais les pieds ni à l'église ni au temple. Non croyant, il ne parlait jamais à quiconque de son athéisme, surtout pas en classe à ses élèves, au nom du principe de la tolérance et de la neutralité. Deux ans auparavant, en 1906, les *inventaires* d'église avaient provoqué quelques résistances en Cévennes catholiques. Il avait déploré alors les incidents qui avaient troublé l'ordre public dans certaines communes. Farouche partisan de la loi de séparation de 1905, il s'était gardé, à l'époque, de s'exprimer à ce sujet, sachant très bien qu'en tant que *hussard noir de la République*, comme on appelait encore les représentants de l'école laïque dans les campagnes, il serait vite pris à parti par les défenseurs de l'école privée. Certes, il pouvait compter sur le soutien de la population protestante, majoritaire dans la commune de Lassagne, et plutôt versée à gauche que du côté de la droite réactionnaire. Mais sur le plateau, les familles catholiques n'étaient pas absentes et elles étaient très influentes. On se trouvait là à la limite des deux entités religieuses, ce qui n'était pas sans poser parfois quelques menus problèmes de voisinage. Ne voulant pas perdre son poste pour manque d'élèves, il ménageait tout le monde sans distinction d'origine, de religion, et acceptait même que ses élèves parlent patois entre eux – dans la cour de l'école uniquement. Aussi les parents le tenaient-ils en estime et lui confiaient leurs enfants sans crainte qu'il ne les emmène sur des chemins détournés où Dieu n'avait pas sa place et ne retrouverait plus ses ouailles.

Pasteur, curé, instituteur, maire, conseillers municipaux faisaient donc bon ménage dans la commune ; ce qui rassurait les esprits.

À la fin de l'année scolaire suivante, Clémence passa son certificat d'études avec succès. Avec sept autres de ses camarades, elle descendit au Pont-de-Montvert pour y subir les épreuves. Tous étaient accompagnés de leur instituteur et, la plupart, de leurs parents. Quatre d'entre eux réussirent, trois autres échouèrent. L'honneur de M. Barandon était sauf. Mais ce n'était pas encore cette fois-là qu'il aurait les félicitations de l'inspecteur d'Académie. Quand il apprit que son collègue du Pont avait l'honneur de compter parmi les siens le premier reçu du canton et que trois de ses élèves allaient poursuivre leurs études à Florac – tous des fils de bonne famille, comme l'on disait –, il éprouva plus de tristesse que de jalousie.

«Et vous, cher collègue, lui dit sournoisement l'heureux enseignant. Quand donc enverrez-vous l'un de vos chers élèves au cours complémentaire?

—Hélas! je n'ai en classe que des enfants de familles paysannes! Vous savez très bien comme il est difficile de faire comprendre aux parents que l'intérêt de leurs enfants est de faire des études le plus longtemps possible.

—Je vous arrête! Heureusement que tous ne se mettent pas dans la tête de telles idées! Nous n'aurions plus de paysans dans nos campagnes. Qui donc assurerait la subsistance des gens des villes? Avouez plutôt que le niveau scolaire dans vos classes rurales n'est pas assez élevé!»

M. Barandon se sentit offusqué.

«Je ne vous permets pas d'affirmer de telles inepties! Mes élèves valent ceux de la ville. Leurs familles n'ont rien à envier aux familles bourgeoises dont sont issus vos élèves qui réussissent. Je vous prouverai un jour le contraire.»

Piqué au vif, M. Barandon interrompit brutalement la conversation avec son collègue, et partit rejoindre les parents restés dans la cour de l'école après la proclamation des résultats.

Il alla consoler ceux de ses élèves qui avaient échoué, et congratuler les heureux élus.

« Alors, soulagée ? dit-il à Clémence.

— Oh ! oui, monsieur ! C'est le plus beau jour de ma vie.

— Et vous... contents ? poursuivit-il à l'adresse de ses parents.

— Fiers, monsieur l'instituteur. Nous sommes fiers de notre fille, répondit Auguste en se lissant la moustache.

— Et maintenant ? osa à peine ajouter M. Barandon.

— Maintenant, la vie va reprendre son cours. Clémence va pouvoir suppléer plus efficacement sa mère. Vous savez, à la ferme, les femmes travaillent aussi dur que les hommes. Dorénavant, à deux, elles vont avoir un peu plus de bon temps. Elles le méritent.

— Bien sûr, murmura l'instituteur d'un air fataliste. Bien sûr. Vu sous cet angle... Clémence est l'aînée, c'est normal qu'elle aide sa mère... en attendant qu'elle trouve un bon mari.

— Oh ! elle a encore le temps pour ces choses-là ! Rien ne presse. Elle n'a pas encore treize ans.

— Certes, elle est bien jeune. Elle pourrait encore aller à l'école.

— L'école, après un certain âge, c'est bon pour les enfants des bourgeois des villes. Ceux qui ont les moyens et qui peuvent s'offrir le luxe de leur payer des études pendant des années. Nous, à la campagne, on a besoin de tous nos enfants pour faire marcher nos fermes. »

L'instituteur n'insista pas. Auguste Pérol n'était pas un être borné, il le connaissait bien depuis longtemps. S'il avait pu envoyer ses enfants dans les grandes écoles, il l'aurait fait, sans nul doute. Mais il n'ignorait pas les sacrifices que cela coûtait aux parents, ni les souffrances que le départ pour la grande ville, souvent vécu comme une déchirure, occasionnait dans le cœur des enfants. Clémence, d'ailleurs, ne souhaitait pas quitter les siens, il en avait déjà discuté avec elle. Elle ne désirait pas s'éloigner de ses prairies qui ondulaient au printemps sous le souffle du vent et exhalaient les plus subtiles fragrances, quand elles se couvraient de mille fleurs. Pour rien au monde elle ne se serait privée de ces longues veillées au coin de l'âtre, même quand, l'hiver, il y avait parfois deux mètres de neige autour du mas. Elle aimait se sentir seule dans la grande immensité, ne percevoir que la courbure de l'horizon quand son regard embrassait les lointains. Dans ces instants magiques, elle ressentait au plus profond de son être la grandeur de la Création, l'incommensurabilité de l'univers. Elle appréciait alors à sa juste valeur le privilège, qu'elle avait, d'assister dans l'aube flamboyante à la naissance du premier matin du monde.

4

Tractations

Le temps suivait son cours à Bellecoste, un jour poussant l'autre. Clémence menait une existence sereine, entre ses tâches domestiques à la ferme auprès de sa mère et le gardiennage du troupeau. Dès qu'arrivaient les beaux jours, elle était la première à se porter volontaire pour sortir les vaches et leurs petits de l'étable, et pour les garder dans les verts pâturages printaniers. Louise l'accompagnait parfois, quand elle n'avait pas classe, le jeudi ou le dimanche. Mais tous les prétextes lui semblaient bons pour échapper à ce qu'elle considérait comme une corvée.

Au fur et à mesure que l'herbe s'épuisait autour du mas, il lui fallait pousser plus loin le troupeau, le faire paître à une distance qui nécessitait de le laisser jour et nuit à l'extérieur jusqu'à ce qu'il atteigne les pâturages d'estive sur les hauteurs. Néanmoins, quand elle en avait le temps, Clémence rendait visite à ses vaches dont elle connaissait le nom de chacune, et demeurait près d'elles de longues heures en compagnie de Châtaigne, afin de jouir pleinement des grands espaces de solitude. En chemin, il lui arrivait de rencontrer Émile Claret. Elle feignait toujours de l'ignorer, répondait succinctement à ses questions par politesse, mais n'engageait jamais d'elle-même la conversation.

À quatorze ans, elle s'était faite moins menue, plus jolie. Ses formes s'étaient légèrement arrondies et l'on soupçonnait ses deux petits seins pointer sous sa robe de paysanne qu'elle protégeait d'un caraco de couleur sombre pour ne pas la salir. Les traits de son visage s'étaient affinés et son sourire adoucissait son regard. Elle portait ses longs cheveux, blonds comme des blés dorés, noués derrière la nuque. Elle avait le geste gracieux, ne se précipitait jamais, ne s'énervait que rarement. Toujours d'humeur égale, elle souriait à la vie comme la vie semblait lui sourire.

Depuis quelques mois, Clémence voyait ses jours, ce qui avait fait dire à Marie :

« Tu es une jeune fille à présent. Il te faudra faire attention aux regards des garçons. »

Clémence n'était pas naïve. Elle savait ce que signifiait ce sang venu de sa chair. Elle n'éprouvait ni honte ni vanité. Elle s'en était ouverte à sa sœur quelques jours après que l'événement lui fut arrivé.

« Alors tu vas pouvoir avoir un bébé maintenant, lui dit celle-ci avec une sorte d'étonnement naïf. Tu es une femme, comme maman ! Comme j'aimerais, moi aussi, être une femme ! Je pourrais vivre ma vie comme je l'entendrais. Tu ne voudrais pas, toi aussi, faire ce qui te plaît ?

— Mais ici je fais ce qui me plaît ! La vie que je mène me convient très bien.

— Tu n'es pas difficile, ma vieille ! Moi, quand je serai grande, je partirai. Dès que j'aurai ton âge et que je serai devenue une femme.

—Je n'ai que quatorze ans, Louise. Je ne suis pas une femme. Tu te trompes et tu te berces d'illusions.»

Les deux filles ne cessaient de discuter de leur vie : l'une de la vie qu'elle souhaitait dans un avenir qu'elle ne voyait pas si lointain, l'autre de celle qu'elle menait et qu'elle ne remettait pas en question.

«Émile Claret te tourne toujours autour? demanda brutalement Louise d'un air malicieux.

—Il ne me tourne pas autour. Je lui parle à peine.

—J'ai bien vu son manège quand tu sors seule le troupeau. Il ne vient jamais quand je t'accompagne. Par contre, il accourt dès que je suis occupée ailleurs!

—De toute façon il perd son temps, ce grand benêt. Il ne m'intéresse pas. Tu as vu comme il est laid!

—Il est vrai que la nature ne l'a pas beaucoup avantagé. Mais si tu veux savoir ce que je pense, il en pince pour toi. Ça ne trompe pas. Il a dix-sept ans maintenant!

—Arrête, Louise! coupa Clémence. Je te dis que ce garçon ne m'intéresse pas.

—Je disais cela pour te mettre en garde.

—Tu parles comme maman, à présent. Ça ne te ressemble pas!»

À douze ans Louise pensait déjà aux garçons. Clémence, elle, malgré ses deux ans de plus, se montrait davantage réservée. Si la vie s'était soudain manifestée en elle, pour autant elle n'avait ni l'esprit ni le cœur tout chavirés. Elle se trouvait très bien en famille parmi les siens et ne songeait pas encore à les quitter. La seule présence de ses cousins de Salarials suffisait à son bonheur quand elle éprouvait l'envie de se retrouver entre jeunes gens de son âge. Un peu sauvage, mais pas renfermée, elle cultivait son jardin secret sans ouvrir ses pensées, même à sa sœur qui, elle, se lisait comme à livre ouvert tant elle se montrait extravertie et sans complexes.

Un soir de juillet, tandis que le jour traînait en longueur, les Pérol eurent une visite inopinée. Tous étaient en train d'écosser des petits pois du jardin. Le printemps ayant été particulièrement clément, la récolte avait été fructueuse. Marie avait déjà préparé ses bocaux pour en faire des conserves qu'elle s'apprêtait à stériliser dans une large lessiveuse posée à même les flammes, dehors, pour ne pas augmenter la température intérieure du logis. Comme leur mère, les deux filles égrenaient les cosses vert tendre dans leur tablier qui ployait entre leurs jambes, pendant qu'Antonin, à quatre pattes, s'ingéniait à ramasser les pois qui leur avaient échappé et avaient roulé par terre.

« Tu ferais mieux de nous aider au lieu de jouer aux billes ! lui dit Louise. On aurait plus vite fini. »

Comme d'habitude, elle était la seule à ronchonner. Elle n'aimait pas ce travail qui, pourtant, n'avait rien de fatigant. Mais elle estimait qu'il lui abîmait les doigts et lui noircissait les ongles. De fait, elle mettait beaucoup de mauvaise volonté à travailler au même rythme que les autres. Alors que son père et sa mère avaient déjà rempli chacun un récipient et Clémence les trois quarts du sien, elle n'en était qu'à une petite moitié. Tous les prétextes lui étaient bons pour se lever, traînailler à l'écart, laisser aux autres la plus grande part du travail.

«Tu pourrais faire un effort! lui dit sa mère. Tu seras bien contente de manger des pois tout au long de l'année!»

Louise se remit sans hâte à l'ouvrage. Tout à coup, elle se leva à nouveau sans prendre garde à son tablier. Deux poignées de pois roulèrent au sol.

«Fais donc attention, Louise! grommela Auguste. Regarde-moi ce gâchis. Ton frère a autre chose à faire que de réparer tes bêtises. À ce rythme-là, demain nous y serons encore.

—Écoutez! coupa Louise sans faire cas de la remontrance de son père. Quelqu'un arrive.»

Elle se précipita au portail, curieuse. Puis elle revint, l'air intrigué.

«Je crois que c'est le voisin avec son fils. Ils sont au bout du chemin.

—Eh bien! laisse-les donc arriver. Et reprends ton travail!

—Br... br...», ronchonna Louise.

Une carriole s'arrêta devant le portail grand ouvert de la cour. Lucien Claret en descendit, suivi de son fils Émile.

«Ce n'est que toi! fit Auguste en l'invitant à s'asseoir. Tu m'excuseras, mais j'ai un tablier plein de pois entre les jambes.

—Finis donc, ne te dérange pas.»

Après avoir salué toute la famille, Lucien Claret se retourna vers son fils et lui dit:

«Ben vas-y, mon gars. Dis c'que t'as à dire. À toi de parler.»

Auguste et Marie se consultèrent du regard, intrigués. Dans leurs yeux venait de naître la même pensée : Clémence ! Ils n'ignoraient pas que le jeune Claret n'avait guère attiré la sympathie de leur fille. S'était-elle comportée à son encontre d'une manière désagréable, pire inconvenante ? Et lui, lui avait-il manqué d'égards pour qu'elle en soit arrivée à de telles extrémités ?

Émile, rougeaud de nature, devint cramoisi. Il hésitait, regardant Clémence du coin des yeux.

« Alors, qu'est-ce que t'attends ? » insista son père.

Louise, étonnée à son tour et ne pouvant se taire davantage, déclara d'un air moqueur :

« Votre Émile est plus bavard quand il rôde seul dans les prés autour de Clémence ! Faut dire que ce ne sont pas les vaches qui l'intimident ! »

Émile fusilla Louise du regard.

« Bon, poursuivit son père, je vais parler à sa place, puisque ce grand nigaud n'ose pas parler... Votre petite Clémence est encore bien jeune...

— Elle a quatorze ans, coupa Marie.

— Je sais. Mais... bon... voilà : mon fils est tombé amoureux d'elle et n'ose pas le lui dire.

— Je...

— Attendez, je vous arrête tout de suite. Ils peuvent attendre, je suis d'accord avec vous. Il n'y a pas le feu au lac comme on dit. Dans un an, Émile aura dix-huit ans, et votre petite...

— Quinze ! coupa à nouveau Marie.

— Laisse donc parler Lucien, s'interposa Auguste. Où veux-tu en venir ? poursuivit-il.

— Ben, vous m'avez tous compris. Dans un an ils pourraient se fiancer et, disons, six mois plus tard, on pourrait les marier. Hein! Émile, c'est ce que tu voudrais?

—...

—Bon, cessons de tourner autour du pot. On pourrait prendre l'engagement maintenant.

—Es-tu conscient de ce que tu es en train de nous demander, Lucien? fit Auguste en se levant brutalement.

—Ainsi, on unirait nos deux familles. Nos terres se touchent. Ce serait parfait pour nos bêtes. Qu'en penses-tu?»

Clémence, restée en retrait, n'avait encore rien dit. Elle semblait ne rien comprendre aux tractations que menait Lucien Claret au profit de son fils et dont elle était l'enjeu.

«Si je comprends bien, reprit Auguste, tu voudrais que ma fille épouse ton fils, disons... dans un an.

—Deux si tu préfères, quand elle aura seize ans.

—Pour unir nos deux propriétés!

—On ferait d'une pierre deux coups. Qu'en dis-tu?

—Tu as dû réfléchir à la dot que je donnerai à ma fille! Et qu'en pense Clémence? Tu n'as pas l'air de t'en soucier!»

Marie intervint à son tour:

«Je trouve que le moment n'est pas encore venu de parler de ces choses-là. Clémence est trop jeune pour songer déjà à se marier.

—Je vous le répète: dans deux ans! D'ici là son esprit aura mûri.

—Alors, reviens dans deux ans, coupa Auguste dont la bile commençait à s'échauffer. Nous en reparlerons; si le sujet est toujours d'actualité.»

Louise trépignait d'impatience de pouvoir dire son mot. Antonin écoutait la conversation d'un air ébahi. Émile, balourd et empoté, se réfugiait derrière son père. Clémence sortit alors de sa réserve.

« Monsieur Claret, je n'aime pas votre fils et je ne l'aimerai jamais. Il est grossier et fourbe. Quand il me sait seule dans les prés avec mes vaches, il fait le fanfaron et vient sans cesse déranger ma tranquillité en me racontant des balivernes et des plaisanteries obscènes qui ne font rire que lui.

— Obscènes ! s'offusqua Marie.

— Pensez donc, madame Pérol ! À leur âge, on a tous fait pareil !

— Je lui ai déjà dit de me laisser tranquille », poursuivit Clémence.

Auguste regardait Émile d'un air réprobateur. Il lui dit :

« Laisse donc ma fille tranquille, mon gars ! Elle ne veut pas de toi. Et de toute façon, elle est bien trop jeune. »

Lucien Claret refusa le verre de vin qu'Auguste lui offrit pour ne pas se séparer fâchés.

« Peut-être qu'un jour tu changeras d'idée ! » ajouta-t-il avant de s'éclipser.

Puis sans plus s'attarder, il s'en retourna chez lui.

L'incident fut clos. Dans les jours qui suivirent, Lucien Claret fit comme si rien ne s'était passé. Apparemment il n'en voulait pas à son voisin d'avoir été éconduit, ni même à la jeune Clémence d'avoir dit ses quatre vérités à son fils. Quand il la croisait dans le village, il n'évitait pas son regard, lui donnait même le bonjour et avait toujours un mot aimable pour ses parents. Quant à Émile, à partir de ce jour-là, il laissa Clémence en paix et ne courut plus derrière elle dans les pâturages à toute occasion. Tout rentra dans l'ordre. Marie la première en fut soulagée.

Néanmoins son esprit restait soucieux. Cette fois, c'était son autre fille qui en était la cause. Chaque jour qui passait, elle mesurait combien sa cadette semblait rejeter de plus en plus l'existence qui s'imposait à elle à Bellecoste. Louise, qui venait à son tour de fêter ses douze ans, s'opposait fréquemment à son père. Auguste, pourtant, était un homme autoritaire qui ne transigeait ni sur le respect ni sur les devoirs des enfants vis-à-vis de leurs parents. Il se montrait toujours ferme mais juste, et savait récompenser les bonnes volontés. Certes, Louise n'osait pas lui tenir tête, mais tout dans son comportement laissait présager que, plus tard, si les tensions allaient grandissantes, elle finirait par claquer la porte pour voler de ses propres ailes. Marie craignait que cette éventualité ne vienne avant l'heure. Elle se montrait soucieuse de préserver l'unité de sa famille. Mieux vaut prendre les devants, pensait-elle, plutôt que de laisser pourrir une situation qui finira tôt ou tard par tourner au drame.

Sans se confier à Auguste dont elle craignait la réaction, car il ne ressentait pas comme elle le désarroi de sa fille, elle en discuta un jour avec M. Barandon. Celui-ci la reçut après la classe, une fois les élèves rentrés chez eux. Louise n'attendit pas sa mère et, de retour à Bellecoste, se demanda ce qu'elle pouvait bien vouloir à son instituteur. D'entrée, celui-ci sut que Marie Pérol venait lui parler de sa fille et non de son fils.

« Louise m'inquiète, monsieur l'instituteur. Elle m'inquiète même beaucoup. Je crains qu'elle ne soit très malheureuse plus tard, si, par nos idées, nous lui imposons un avenir qu'elle n'aura pas choisi. Mais, d'un autre côté, que pouvons-nous faire ? Je me sens bien désemparée. »

M. Barandon comprit que son heure était arrivée. Ce qu'il avait pensé deux ans plus tôt, lorsque Clémence avait passé avec succès son certificat d'études, se réitérait. Il retira ses lunettes, ôta sa blouse grise de maître d'école, invita Marie à s'asseoir à un pupitre.

« C'est la place de Louise, dit-il. Sortez ses cahiers de leur casier. Feuilletez-les. »

Marie s'exécuta. Elle sortit du pupitre, un à un, les cahiers de devoirs de sa fille, lut ce qu'elle avait écrit dans celui consacré aux rédactions, découvrit avec étonnement ce dont elle était capable de penser à son âge.

« Étonnant, n'est-ce pas ? fit l'instituteur. Quelle maturité, quel degré de réflexion, quelle pertinence pour une fille de douze ans ! Et je ne vous parle pas de la rapidité avec laquelle elle jongle avec les chiffres et résout les problèmes les plus coriaces. Votre fille, madame Pérol, a un esprit très vif, une intelligence nettement au-dessus de la moyenne. Parfois même, elle donne l'impression de s'ennuyer en classe.

— À la maison aussi. Rien ne l'intéresse. Elle fait tout à contrecœur et a le don d'exaspérer son père. Il faut sans cesse la prier pour qu'elle nous aide et être sans arrêt derrière elle. Ah! pour ça elle n'est pas comme sa sœur.

— Vous ne devriez pas la comparer à son aînée. Les enfants n'aiment pas être mis en balance avec leurs frères et sœurs, surtout quand c'est à leur désavantage. Chacun d'eux a sa propre personnalité, ses qualités comme ses défauts. Clémence aussi était brillante en classe. Mais elle était moins... expressive, plus... obéissante aussi. Louise est beaucoup plus spontanée. Elle sait ce qu'elle veut. Elle ira loin, si...

— Si quoi, monsieur Barandon?

— Je prévoyais votre question. C'est pour cela que vous êtes venue me voir, n'est-ce pas?»

Marie s'attendait à ce qu'allait lui proposer le maître d'école. Mais au fond d'elle-même elle aurait souhaité entendre autre chose, tout en sachant que ce qu'il allait lui dire était la meilleure solution pour sa fille.

«Après son certificat, poursuivit M. Barandon, laissez-la poursuivre plus loin. Elle peut se présenter au cours complémentaire. Puis dans trois ans, elle passerait le brevet élémentaire. Après, qui sait, le lycée ou l'école normale.

— L'école normale! Pour devenir institutrice!

— Si elle le désire. Elle en est capable. Sinon, le lycée pour devenir ce qu'elle aura choisi d'être dans sa vie. Voyez-vous, madame Pérol, il faut aider les enfants à se réaliser, les prendre comme les adultes: tels qu'ils sont, non tels qu'ils devraient être et surtout pas tels qu'on voudrait qu'ils soient.»

Marie était partagée. Elle était fière de sa fille et heureuse qu'elle sorte du lot; mais en même temps elle pressentait la déchirure qu'une telle acceptation allait engendrer. De plus saurait-elle convaincre Auguste du bien-fondé de sa démarche, le convaincre qu'il fallait savoir laisser partir son enfant, le laisser vivre sa propre vie pour qu'il revienne un jour heureux et épanoui ?

Le soir même, une fois les enfants couchés, elle amena adroitement la question dans la conversation avec son mari. À vrai dire, Auguste n'avait jamais pensé que sa fille pût réellement espérer échapper un jour à sa condition. À ses yeux, l'ordre social était quasiment immuable et les exceptions étaient toujours chez les autres, jamais chez lui. D'ailleurs, dans son entourage, il ne connaissait aucune famille dont les enfants s'étaient émancipés au point de renier leurs origines.

« Venant d'elle, il ne s'agit pas de renier ses origines, lui expliqua patiemment Marie. Mais de se réaliser autrement, et simplement parce qu'elle en est capable. C'est à nous, ses parents, de lui offrir cette chance, une chance que nous n'avons pas eue à son âge. Si nous ne l'aidons pas maintenant, un jour ou l'autre, elle nous le reprochera et ira vivre sa vie sans nous demander notre avis.

— C'est le maître d'école qui t'a fourré ces idées dans la tête ?

— Il n'a fait que confirmer ce que je pensais. »

Auguste se montrait très réticent. Si, plus tard, sa fille décidait d'épouser un commerçant ou un artisan plutôt qu'un paysan, si pour cela elle allait s'installer au Pont-de-Montvert, voire à Florac et même, pourquoi pas, à Alès ou dans une autre grande ville, il ne trouverait rien à redire. Le hasard des rencontres amoureuses était le seul qu'il était prêt à accepter – tout en sachant que tout cela était peu probable. Mais de là à précipiter les événements et à envoyer sa fille dans une école de bourgeois pour en faire une femme savante !

« Pour quoi faire ? Je te le demande ! Quand elle aura épousé l'élu de son cœur, qu'aura-t-elle de plus d'avoir étudié pendant des années ? Pour élever ses enfants et s'occuper de son ménage, à quoi cela lui aura-t-il servi d'avoir perdu son temps sur les bancs de l'école ?

— Elle pourra exercer le métier de son choix.

— Le travail d'une femme est d'assister son mari. Que fera-t-elle si celui-ci est avocat ou médecin ? Encore, s'il est commerçant, elle pourra l'aider derrière le comptoir ! Mais pour cela elle n'a pas besoin d'aller dans les grandes écoles.

— Tu me déçois, Auguste. Je ne te croyais pas si obtus. Tu ne souhaites donc pas pour tes enfants un meilleur destin que le nôtre ? »

Ce soir-là Auguste se retourna dans son lit sans embrasser sa femme. Celle-ci s'endormit l'âme en peine, les yeux remplis de larmes amères. Il était rare qu'ils se chamaillent, et c'était bien la première fois que cela arrivait à propos d'un de leurs enfants.

Pendant plusieurs jours, Auguste feignit d'oublier la conversation qui l'avait opposé à Marie. Les deux époux étaient suffisamment avisés pour ne pas laisser transparaître aux yeux de leurs enfants l'objet de leur querelle. Toutefois, plus sensible que son frère et sa sœur, plus perspicace aussi, Clémence s'aperçut très vite que ses parents se battaient froid. Elle en fut chagrinée, mais n'osa intervenir.

Un soir pourtant, tandis qu'elle aidait son père à la traite, Marie étant occupée à préparer le repas, elle tenta de lui parler. Elle s'arrêta de presser les trayons de la vache, lui essuya délicatement le pis et, posant son front contre le flanc de l'animal, dit sans relever la tête :

« Papa, je ne t'ai jamais remercié d'avoir dit ce que tu pensais aux Claret quand ils sont venus me demander en mariage.

— Oh ! c'est de l'histoire ancienne. C'était il y a plus de huit mois. Tu y penses donc encore ? Dis-moi, Émile n'a pas recommencé au moins ?

— Non, rassure-toi. Je crois qu'il a compris.

— Alors, n'y pense plus.

— Je voulais te remercier d'avoir dit : "Qu'en penses-tu, Clémence ?" Cela signifiait que tu te souciais de ce que je voulais décider moi-même pour mon avenir, n'est-ce pas ?

— Bien sûr ! On ne marie pas une jeune fille contre son gré. En tout cas, pas chez nous, pas chez les Pérol.

— Alors, écoute... »

Clémence se doutait que Louise était l'objet du différend qui subsistait entre ses parents. Elle avait surpris des bribes de conversation qui ne l'avaient pas trompée. Calmement elle sut trouver les mots justes pour toucher son père derrière la carapace dont il semblait se protéger, et lui expliquer que, s'il aimait autant Louise qu'elle, il ne devait pas la retenir et lui imposer une existence qu'elle ne désirait pas. Elle lui parla de sa sœur comme jamais personne ne lui avait parlé d'elle. Subjugué par le ton de vérité et de sincérité de son aînée, Auguste finit petit à petit par s'attendrir et par se rendre à la raison.

« Le bonheur des parents n'est-il pas de voir leurs enfants heureux ? ajouta Clémence.

— Tu parles comme une adulte ! s'étonna Auguste.

— Je parle avec mon cœur et non avec ma raison. Si l'on raisonne trop, on n'entend plus la voix de son cœur. Louise te sera éternellement reconnaissante de ne pas l'avoir contrainte à accepter un avenir qu'elle ne souhaite pas.

— Et toi, ma grande, s'inquiéta Auguste, es-tu heureuse ?

— Tu sais très bien que je suis ici comme au paradis. »

Le soir même Auguste annonça à Marie qu'il avait réfléchi et changé d'opinion.

« Si Louise le désire, après son certificat, elle poursuivra ses études à la grande école.

— Alors, tu es d'accord ?

— Oui. Mais le travail qu'elle fait ici vous retombera dessus, sur toi et sur Clémence !

— Qu'à cela ne tienne ! » répondit Marie en se blottissant à nouveau dans les bras de son mari.

Quand Clémence annonça à sa sœur le résultat de son intervention, celle-ci bondit de joie :

« Dis donc, tu es aussi bonne dans les tractations que papa quand il vend ses génisses à la foire !

— Ce n'étaient pas des tractations. Quel vilain mot ! J'ai simplement fait appel à ses sentiments. Le cœur des hommes n'est pas de pierre, même si la plupart n'en laissent rien paraître.

— Tu as l'air de t'y entendre! Je ne te savais pas si avertie. Alors, papa m'aime autant que toi?

— En doutais-tu, nigaude?»

Ce qui fut décidé ce jour-là se réalisa. Louise passa son certificat d'études brillamment. Elle obtint même la première place du canton, ce qui permit à M. Barandon de revenir sur ce qui le chagrinait depuis deux ans. S'adressant à son collègue du Pont-de-Montvert, il lui déclara non sans fierté, et bien fort dans la cour de l'école afin que tout le monde l'entende:

«Alors, cher collègue! Ne vous avais-je point affirmé que je vous ferais mentir? Louise Pérol est fille de paysans. Pourtant elle a surpassé tous vos élèves! Et qui plus est, à la rentrée elle suivra les cours de l'enseignement supérieur. Elle ira loin cette petite. Souvenez-vous-en!»

Le siècle avait dix ans. Un grand avenir semblait s'ouvrir pour les enfants de ce nouveau monde plein de promesses et d'heureux auspices. Un monde – Auguste en était maintenant le premier persuadé – qui ne serait pas à l'image de celui qui l'avait vu naître. Sa fille Louise lui avait ouvert les yeux et en était la preuve vivante. Elle était devenue sa plus grande fierté, le symbole de la fin de l'asservissement. Avec d'autres, elle ouvrait les voies d'un avenir prometteur où il serait permis à chacun d'obtenir la place de son choix, selon ses capacités et ses mérites. Finis les barrières et les cloisonnements infranchissables.

L'heure était à la promotion sociale, à la réussite pour tous et au progrès ! La République, définitivement triomphante et consolidée, en était le plus sûr garant, comme elle était le garant de la liberté et de la paix.

5

Antonin

Antonin venait de fêter ses onze ans. Ce n'était plus un petit garçon. À cet âge-là, dans les fermes, les enfants travaillaient souvent très dur. Bon nombre de ses camarades d'école, fils de métayers pour la plupart, se louaient déjà chez des fermiers de la vallée ou du plateau. Pour eux et leurs parents, l'école, bien qu'obligatoire, n'était pas le plus grand de leurs soucis. Gagner très tôt sa vie était la première nécessité, surtout pour l'aîné d'une nombreuse fratrie.

Aussi Antonin était-il conscient que, appartenant à une famille de propriétaires en somme assez aisée, il faisait partie des enfants privilégiés. Il n'en éprouvait aucune fierté particulière et savait gré à ses parents de ne pas exiger de lui plus que ce qu'il était normal d'attendre de leur jeune fils. Comme pour ses sœurs, son père tenait à ce qu'il finisse d'abord sa scolarité obligatoire, pour avoir un bon niveau d'instruction, «ça peut toujours servir plus tard», reconnaissait-il. Depuis qu'il avait accepté deux ans plus tôt que Louise aille à Florac poursuivre ses études, lui permettant ainsi d'échapper à son destin de jeune paysanne, Auguste s'était cru obligé de lui proposer :

« Si tu le désires, Antonin, ce que j'ai concédé à ta sœur il y a deux ans, je te l'accorderai également. Je ne veux pas que tu puisses un jour me reprocher d'avoir favorisé Louise à tes dépens. Je sais que Clémence ne le fera jamais. Tel n'était pas son souhait, de toute façon. »

Mais le jeune garçon n'avait nulle envie de traîner davantage sur les bancs de l'école. Depuis longtemps il avait décidé qu'il travaillerait à la ferme et qu'il serait éleveur comme son père. Au reste, ses résultats scolaires ne lui permettraient pas, sans doute, de prétendre entrer au cours complémentaire.

« Qu'il passe d'abord son certificat ! » avait reconnu M. Barandon, sans oser insister comme il l'avait fait pour Clémence et surtout pour Louise.

Au fond de lui, Auguste était heureux. Savoir que son fils le seconderait et lui succéderait suffisait à son bonheur et à sa tranquillité. À une époque où les parents ne pouvaient compter que sur leurs enfants pour assurer leurs vieux jours, c'était assurément un atout majeur que de pouvoir se reposer sur l'un d'entre eux. Aux yeux d'Auguste, le nouveau siècle avait beau paraître comme celui de la modernité et des grands changements, il n'envisageait pas d'autres solutions que celle-là pour finir sa vie.

« De tout temps, affirmait-il, les enfants ont recueilli leurs vieux parents tout en fondant leur propre foyer. Dans les campagnes il en sera toujours ainsi. »

Certes, lui-même avait échappé à la règle, ses propres parents ayant disparu précocement avant qu'ils aient atteint l'âge de ne plus pouvoir travailler. Quant à ses beaux-parents, ils étaient encore à la tête de leur ferme, près du Bleymard sur le flanc nord du mont Lozère, et envisageaient de finir leur existence en compagnie du frère aîné de Marie et de sa famille. Mais cela ne l'empêchait pas de penser comme tous ceux de sa génération et des générations précédentes.

Antonin, malgré son jeune âge, le confortait d'ailleurs dans son opinion.

« Je ne vous délaisserai jamais, toi et maman, quand vous serez vieux. Nous vivrons toujours ensemble », affirmait-il fréquemment.

Le jeune garçon ne voyait donc que par les travaux des champs et par les soins à donner aux bêtes. Moins rêveur que sa sœur aînée, plus réaliste aussi, il montrait beaucoup de pertinence et savait prendre seul des initiatives sans attendre les recommandations de son père. Rien ne lui échappait : une vache boitait, il la signalait aussitôt à Auguste et se proposait pour la soigner lui-même ; un veau venait d'être sevré et refusait de s'alimenter, il restait auprès de lui jusqu'à ce que l'animal, enfin tranquillisé, accepte de se nourrir correctement. Il n'avait pas besoin de s'en remettre aux dates du calendrier ; en passant dans les terres, par la seule observation de l'état du ciel et de la nature, il pouvait annoncer sans se tromper qu'il était temps de commencer la fenaison ou la moisson. Dans le potager, il était souvent le premier à découvrir un plant de pomme de terre malade, un carré de raves rachitiques, une invasion d'insectes. Il avait l'œil à tout et se portait toujours volontaire pour les travaux les plus urgents à accomplir.

À onze ans, bâti comme un garçon de quinze ans, il se comportait avec ses sœurs comme s'il était leur grand frère. Malgré les cinq années qui le séparaient de Clémence, il lui donnait gentiment des conseils toujours avisés ; il veillait à ce qu'il ne lui arrive rien surtout lorsqu'elle partait seule dans les prés garder le troupeau ; il accourait quand il entendait le moindre aboiement suspect de Châtaigne. Avec Louise, ses relations étaient différentes, moins fusionnelles. Il appréciait chez sa cadette son esprit d'indépendance, son franc-parler et sa franchise. Il ne lui reprochait nullement d'avoir quitté la ferme familiale deux ans plus tôt, pour suivre ses études à Florac. Au contraire, il se réjouissait sincèrement à l'idée qu'elle serait un jour une « belle dame de la ville », comme il disait lui-même quand il envisageait son avenir. Avec elle, il se permettait moins de jouer les frères protecteurs et les bons conseilleurs. Il se montrait plus volontiers avenant, curieux, voire respectueux, comme si le destin auquel Louise rêvait sans se cacher suscitait en lui admiration et fierté.

« Tu viendras encore nous voir à la ferme ? s'inquiétait-il, quand elle lui décrivait sa vie future comme si elle y était déjà.

— Pourquoi voudrais-tu que je ne revienne plus à Bellecoste ?

— Et que feras-tu quand tu auras terminé tes études ? Tu épouseras un homme riche et tu ne travailleras plus ? »

Dans son esprit, Antonin croyait que les études permettaient aux jeunes filles d'échapper au travail, de pouvoir tenir une belle maison et de passer tout leur temps à recevoir du beau monde.

« Je travaillerai, c'est sûr ! Je ne sais pas ce que je ferai, mais je veux pouvoir choisir. Écrivain ou femme de sciences ! Je déciderai plus tard. J'ai encore le temps devant moi. Après le cours complémentaire, je continuerai à étudier, si je peux.

— Alors tu ne nous aideras plus à faire les foins ou à ramasser les javelles pendant la moisson ?

— Pourquoi pas ? Je viendrai passer tous les étés avec vous, à la campagne ! »

Antonin ne tarissait pas de questions, car son imagination ne parvenait pas à concevoir un autre mode de vie que le sien et celui de ses parents. Le seul univers qu'il connaissait était celui des prairies, des champs de céréales, des troupeaux. Le peu qu'il était allé au Pont-de-Montvert lui avait suffi pour décider une fois pour toutes qu'il ne vivrait jamais dans une ville, où les gens lui semblaient trop affairés et pressés, trop éloignés de ses propres préoccupations.

« Et Florac, c'est comment ? lui demandait-il quand elle lui parlait de ce qu'elle étudiait dans sa nouvelle école.

— Oh ! c'est une jolie petite ville, traversée par le Tarn, avec un château et une belle avenue bordée de platanes.

— Et Alès ?

— Je l'ignore. Il faut demander à papa. Lui, il connaît. Il est aussi allé à Mende pour son service militaire. Je crois même qu'il a eu une fois l'occasion de descendre à Nîmes. Ce sont de grosses villes, avec de belles et riches maisons, de grands magasins où l'on trouve de tout. Dans les rues, il y a des trottoirs et même l'éclairage public. Et les dames portent toutes de belles toilettes.

— C'est là que tu veux vivre plus tard ?

— Peut-être. Même à Paris, pourquoi pas ?

— Paris, la capitale ! Tu oserais partir si loin ?
— Oui, pour être heureuse j'irai n'importe où. »

Quand Antonin était auprès de Clémence à surveiller sagement ses vaches, en compagnie de Châtaigne, il redevenait plus réaliste. Il retrouvait avec elle le monde paisible qu'il aimait. Il croyait que sa grande sœur lui ressemblait, que pour rien au monde elle ne quitterait Bellecoste. Il était persuadé qu'elle y resterait vivre même si elle devait un jour se marier. « Son mari, pensait-il, travaillera avec papa et avec moi. » Auprès d'elle, il se sentait conforté, éprouvant ce sentiment de bien-être que tout enfant perçoit quand, après avoir abordé dans un songe les rives imaginaires d'un avenir incertain loin de ses parents, il se réfugie dans les bras de sa mère pour mieux respirer l'odeur charnelle de sa naissance.

Avec Louise, Antonin rêvait, imaginait ce qui à ses yeux n'était qu'un songe et l'élevait au-dessus de sa réalité quotidienne. Avec Clémence, il se sentait solidement ancré à ses racines et cela le rassurait de savoir d'où il venait et ce qu'il deviendrait.

Août venait de chasser juillet et exacerbait les touffeurs de l'été. Celui-ci flamboyait, s'étirant en longues soirées de tiédeur. Dans la nuit palpitante, les étoiles crépitaient au-dessus des crêtes comme des nuées de poussière chauffées à blanc. Au milieu des prairies, les bêtes alanguies broutaient une herbe desséchée par la canicule et recherchaient la moindre parcelle d'ombre et de fraîcheur. L'air sentait la farine et le son, et faisait frémir les épis en vagues ondulantes sous les caresses du vent. Antonin contemplait les petits grains de céréale qu'il venait de cueillir. Dodus, dorés à point, souples et odorants, ils étaient le signe que la récolte serait belle. Le seigle s'était mis à chanter dans ses mains. L'heure de la moisson était arrivée.

Comme chaque année, les cousins de Salarials vinrent prêter main-forte. Henri, l'aîné des trois fils, manquait toutefois à l'appel, répondant à ses obligations militaires. Avec Victor, le valet de ferme, ils ne seraient donc pas trop de six hommes pour venir à bout des pièces ensemencées en blé, en orge, en seigle et en avoine. Auguste tenait toujours à diversifier ses céréales. Si l'orge et l'avoine étaient destinés au bétail, le seigle et le froment assuraient son pain pour l'année et quelques rentrées d'argent frais quand il parvenait à vendre l'excédent au minotier du Pont.

Dans d'autres fermes plus riches, les *segaïres*[1] se faisaient recruter à la louée de la Saint-Jean. Certains venaient de loin, de la Margeride, de l'Aubrac et même de l'Auvergne, et ne s'arrêtaient pas avant d'avoir atteint la plaine languedocienne. C'étaient de rudes montagnards, qu'on voyait passer avec leur faux sur l'épaule, accompagnés de leur *liaïre*[2]. Ensemble, comme pour les vendanges, ils formaient des *colles*[3] d'une dizaine de personnes commandées par un chef, le *capoulié*. Ce dernier négociait avec le fermier le montant du salaire journalier.

1. Segaïres : *moissonneurs.*
2. Liaïre : *lieuse.*
3. Colles : *équipes.*

Dans sa jeunesse, Auguste utilisait encore le *volant*[1] pour moissonner. Mais depuis une dizaine d'années, il s'était équipé de plusieurs faux armées d'un javelier, sorte de râteau monté derrière la lame qui permettait de retenir les tiges coupées et, d'un coup sec du poignet, de les déposer en gerbes sur le chaume. Le maniement de la faux armée nécessitait une grande dextérité et une résistance à l'effort à toute épreuve.

Cette année-là, Antonin désira ne plus se contenter de ramasser les gerbes derrière les hommes, à côté des femmes. Celles-ci, au nombre de cinq, n'étaient pas trop nombreuses cependant pour suivre le rythme des coupeurs. Aussi Auguste avait-il embauché dans le village deux lieuses supplémentaires.

« À sept derrière nous six, ça devrait suffire, dit-il la veille du grand jour, alors que tous étaient rassemblés autour de la longue table. Quant à Antonin, il aidera à couper avec la faucille.

— Dans la plaine, elles sont deux lieuses derrière chaque moissonneur ! objecta Louise. Ici, nous les femmes, nous faisons toujours le travail pour deux !

— Quand cesseras-tu de ronchonner ? lui opposa Auguste. Sur le mont Lozère, nous ne sommes pas aussi riches que dans les fermes de la plaine. Et c'est heureux que les cousins Rouvière acceptent de venir nous aider.

— Papa, ne prête pas attention à ce que dit Louise ! dit Antonin. Elle râle pour la forme. »

Louise regarda son frère du coin de l'œil, fronça les sourcils, sourit. Elle savait qu'il plaisantait, la connaissant mieux que personne.

---

1. Volant : *grande faucille.*

Dès l'aube, le lendemain, alors que le jour mordait à peine la nuit, toute l'équipe se mit au travail, les hommes de front, les reins solidement enserrés dans une ceinture de flanelle, les femmes derrière, prêtes à ramasser les javelles et à les lier. Entre les deux, Antonin, muni de son volant, était chargé de couper les épis oubliés.

« Quand tu auras un an ou deux de plus, lui dit son père pour l'encourager, je t'apprendrai à manier la faux. C'est dangereux, il faut redoubler de prudence. »

Le travail était harassant. Pour se donner du cœur à l'ouvrage, les femmes ne cessaient de chanter, tandis que les hommes ahanaient. Ils s'arrêtaient fréquemment afin d'aiguiser la lame de leur faux. Pour lui apprendre le métier, Auguste laissait à Antonin le soin de marteler le tranchant abîmé de la sienne sur l'enclumette qu'il portait attachée à la taille. Puis il lui montrait comment l'affûter en l'aiguisant avec la pierre à faux.

« Là, comme ça, sans à-coups. Toujours dans le même sens. »

Le jeune garçon avait souvent observé son père. Il avait déjà le geste précis, l'œil avisé, le savoir-faire d'un plus âgé que lui.

« C'est bien, fiston ! Tu apprends vite. »

Toujours le premier debout, Antonin reprenait le travail sans se plaindre. Pourtant, constamment plié en deux, le dos courbé vers le sol, il ressentait comme tout le monde de sourdes douleurs lui comprimer les reins comme dans un étau.

Plusieurs fois dans la journée, Auguste ordonnait la pause pour reprendre des forces. Comme pour le travail, Antonin ne laissait pas sa part aux autres. Assis à même l'éteule, adossés aux javelles fraîchement liées et posées les unes contre les autres, tous se restauraient volontiers sous le soleil de plomb, sans cesser de bavarder et de plaisanter. Au milieu de la matinée, Marie sortait des paniers saucisson, fromage, tranches de pain bis. À midi elle s'éclipsait pour aller chercher la marmite de soupe épaisse dans laquelle chacun puisait à tour de rôle ; puis venaient les assiettées de légumes, de fromage, le tout abondamment arrosé de piquette. Au milieu de l'après-midi, vers 16 heures, ils finissaient encore les restes du repas, accompagnés, pour les plus affamés, de tranches de jambon. Mais c'était surtout le soir, de retour au mas, fourbus mais satisfaits du travail accompli, que tous appréciaient de passer à table pour la bonne soupe de pain trempé et de lard, à laquelle venaient s'ajouter encore force saucissons, jambons, fromages et carafons de vin.

« C'est qu'il ne faut pas lui en promettre, à ton fiston ! s'étonnait le cousin François. Il dévore comme il travaille, comme un ogre !

— Il a de qui tenir ! » ajouta Louise en regardant son père d'un air moqueur.

La moisson durait ainsi pendant des jours, sous un soleil souvent accablant. Du matin au soir, on n'entendait que le sifflement des lames affûtées et le bruissement des tiges desséchées qui se couchaient sur le sol. Après le ramassage des gerbes qu'on empilait sur la charrette, il fallait emporter la récolte sans tarder vers le mas. Comme pour les foins, un orage était toujours à craindre. Avec leur fourche, les hommes formaient près de l'aire de grandes meules coniques. Si le temps se mettait à la pluie, ils engrangeaient momentanément les gerbes à l'abri dans la ferme.

Venait alors le temps du battage. Antonin trépignait d'impatience de pouvoir, à son tour, se mettre au fléau. Comme cette année-là son cousin Henri était absent, Auguste lui proposa de le remplacer, bien que la tâche fût très éprouvante.

Avec force, à quatre autour de l'aire, François, ses deux fils et Antonin se mirent à brandir leurs fléaux en cadence, l'un après l'autre, François donnant le rythme. Auguste et Victor alimentaient l'aire, ne s'arrêtant pas d'y jeter les gerbes sitôt déliées par les trois filles. Le travail était aussi pénible que le fauchage. Des centaines de fois pendant des heures, les quatre hommes abattaient leurs outils pour égrener les épis. «*Pan, pan, pan, pan! Pan, pan, pan, pan!*» Le bruit sourd des fléaux sur la paille sèche s'entendait loin à la ronde. Les deux épouses faisaient des va-et-vient incessants pour leur apporter quantité de cruches d'eau fraîche en provenance du puits.

«Si ça t'intéresse, cousin, proposa François à Auguste, profitant d'une pause, on pourrait acheter ensemble une *trépigneuse*[1]. À tour de rôle ta jument et la mienne actionneraient le tapis roulant.

— Ça doit coûter une fortune!

— Beaucoup moins qu'une batteuse mécanique qui nécessite une locomobile à vapeur. J'en connais une à vendre, si ça te dit. Son propriétaire s'en dessaisit pour acheter une machine plus moderne. Le prix est

1. Trépigneuse: *ancêtre de la batteuse.*

intéressant. À deux, ça nous coûterait moins cher. Nous y gagnerions en temps et en fatigue.

— Il faut que je réfléchisse. Ça fera quand même une grosse dépense.

— Pense donc : à quatre, on bat environ deux cents à deux cent cinquante gerbes par jour. On en a pour des journées entières. Avec nos chevaux et une trépigneuse, on ferait au moins quarante gerbes à l'heure. Et… je ne te dis pas… les batteuses à vapeur avalent plus de deux cents gerbes à l'heure, tout en effectuant le vannage ! Tu te rends compte, dans la plaine, en deux ou trois jours, le travail est terminé, la récolte prête à être vendue !

— Tu fais allusion aux grandes fermes. Celles qui sont spécialisées. Ici, je n'ai pas besoin de tant de modernisme. Tant que nous aurons des bras, ça nous suffira. Pas vrai Antonin ? »

Le jeune garçon écoutait attentivement discuter son père et son cousin. À son âge, tout ce qui touchait au modernisme l'intéressait. Il avait découvert l'existence de ces machines dans les journaux que lisait parfois Auguste, *Le Moniteur de la Lozère* et *Le Soc*. *Le XXe siècle sera celui de la mécanisation de l'agriculture*, avait-il lu un jour sous une rubrique consacrée aux progrès techniques. Il connaissait donc la batteuse à vapeur, la moissonneuse-lieuse, le locotracteur qui permettait de remplacer le cheval, et même, depuis peu, le moteur à pétrole qui révolutionnait déjà le monde agricole. Ce jour-là, il n'en avait pas cru ce qu'il lisait !

Jamais Auguste, lui, ne s'était étonné ni extasié devant les avancées de la science et des techniques. À ses yeux – ce qui était vrai – toutes ces nouvelles inventions étaient réservées aux riches agriculteurs, car elles coûtaient très cher, et finiraient à terme par ôter le travail aux paysans. Aussi jamais n'avait-il pu imaginer labourer un jour ses terres autrement qu'avec sa paire de bœufs ou avec son percheron. Jamais il n'avait conçu pouvoir se passer de main-d'œuvre pour accomplir tous ses travaux agricoles.

« Moi, plus tard, répondit Antonin, à la grande surprise de son père, j'achèterai des machines pour m'aider dans mon travail. »

Étonné que son fils ne fût pas du même avis que lui, Auguste le fixa du regard d'un air réprobateur.

« Tu voudrais donc que j'achète cette batteuse avec cousin François ?

— Ça nous faciliterait le travail. Et avec le temps gagné, on pourrait faire autre chose et gagner plus d'argent.

— Je vois que ton fils raisonne comme un homme de son temps », remarqua le cousin François.

Auguste s'était arrêté de jeter ses gerbes sur l'aire.

« Tu crois peut-être aussi qu'un jour des machines vont traire nos vaches à notre place ! Vois-tu petit, ce jour-là, nous, les paysans, nous n'aurons plus rien à faire. Et comment vivront ceux qui n'ont pas de terres, ceux qui n'ont que leurs deux bras à louer pour vivre ? Y as-tu pensé ? »

Antonin ne voyait pas l'avenir comme son père le pressentait justement.

« En attendant, donne-nous des gerbes à battre, Auguste, reprit François pour apaiser la conversation. On commence à se refroidir. C'est pas bon pour la machine humaine ! »

Le battage dura de longues journées. Restait encore à vanner pour ôter les impuretés. Antonin craignait cette dernière opération qui remplissait l'air de lourdes poussières et de débris de son. Quand le vent se levait, il fallait en profiter et se dépêcher à nouveau. Et tandis que les fétus de paille s'envolaient en nuées odorantes vers d'autres horizons, le grain, mis en sacs, était rapidement engrangé et entreposé à l'abri.

Un grand repas venait toujours mettre un terme à ces durs travaux de l'été et rassemblait les deux familles pour célébrer la fin de la moisson. La table était dressée dans la cour et on chantait, riait, dansait même tard dans la nuit, François ne manquant jamais d'apporter son petit accordéon dont il avait appris à jouer, sans connaître une seule note de musique. Les trois filles se rapprochaient sans arrière-pensées de leurs cousins, et riaient aux éclats de leurs plaisanteries.

Bellecoste devenait un îlot de bonheur dans la tiédeur de la nuit qui enveloppait le plateau. L'air de l'été sentait la paille et le grain et s'immisçait dans les maisons, épais comme un sirop de miel. Sur les hauteurs, la cime des sapins égratignait le ciel assombri, comme pour mieux le déchirer et faire tomber sur les terres desséchées et les prairies transformées en paillassons l'eau et la fraîcheur que chacun attendait maintenant.

Sous la lumière blafarde de la lune, une ombre se profilait sur le chaume. Tapi derrière une meule abandonnée, juste devant le portail ouvert de la cour, Émile Claret observait, le cœur meurtri de ne pas être de la fête. Il n'avait d'yeux que pour Clémence qu'il voyait rire et chanter, esquisser des pas de danse avec ses cousins. Qu'elle était belle, Clémence, à seize ans, dans sa robe d'été, ses longs cheveux aux boucles dorées comme les blés voltigeant au-dessus de ses épaules dénudées ! Elle dansait, Clémence, pieds nus, insouciante, heureuse parmi les siens, sans aucun regret d'avoir refusé de lier son destin à un jeune homme qui la convoitait et se consumait pour elle en silence.

Émile triturait sa casquette dans ses mains, les yeux noirs de rancœur, impuissant face au profond désir qui l'habitait et le torturait.

6

Louise

Louise n'avait plus qu'une année à passer au cours complémentaire. À Florac, sa vie n'avait rien de commun avec celle qu'elle menait à Lassagne, au mas de Bellecoste, et qu'elle menait encore chaque fois qu'elle y revenait à l'occasion des vacances. L'école se situait non loin du centre-ville. Mais à la fontaine qui se trouvait juste devant ses portes, elle pouvait voir, parfois, un troupeau de vaches s'y abreuver. La campagne, à cette époque, était encore très présente à l'intérieur des petites cités urbaines. Paysans et citadins ne constituaient pas deux mondes séparés que tout opposait. Chaque fois qu'au cours d'une récréation elle entendait tintinnabuler des sonnailles, elle se précipitait au-dehors et regardait les bêtes se presser autour des margelles, comme s'il s'agissait d'un abreuvoir. Sans regrets, elle sentait ses racines reprendre vie en elle.

« Tu seras toujours une paysanne dans l'âme ! lui disait alors Élisabeth Verdier, sa meilleure amie, celle avec qui elle avait le plus d'affinités parmi la vingtaine de jeunes filles qui suivaient le cours complémentaire.

— Je ne renie pas mes origines. Je n'ai aucune honte de reconnaître que mes parents travaillent à la ferme. »

Les parents d'Élisabeth étaient des petits commerçants de Florac. La plupart des élèves du cours étaient de souche citadine – enfants de commerçants, d'artisans, de fonctionnaires. Ceux qui appartenaient à des couches sociales plus élevées fréquentaient le collège de Mende, le seul dans le département à permettre aux enfants de préparer le bachot, comme on disait alors, dès l'âge de onze ans. Au cours complémentaire, les filles de paysans étaient l'exception. Dans la classe de Louise, elles n'étaient que deux. Aussi, pour elles, la réussite au brevet élémentaire était considérée à sa juste valeur, comme une porte ouverte vers une promotion sociale importante et très honorifique. Devenir employé de la Poste ou de la mairie donnait accès à la classe moyenne, celle qui permettait de sortir du milieu d'où l'on venait. Et que dire en cas de poursuite des études, dans une classe du collège, voire de l'école normale ?

Louise avait fait son choix. Ses résultats étant toujours excellents, elle avait décidé de se préparer dans un an – elle aurait alors quinze ans – au concours d'entrée à l'école normale pour devenir institutrice. M. Barandon le lui avait suggéré lorsqu'il l'avait félicitée pour son certificat d'études.

« Tu ferais une excellente maîtresse d'école, Louise, lui avait-il dit devant ses parents. La manière que tu as d'aller au-devant de tes camarades pour les aider et le talent avec lequel tu leur exposes le résultat de tes recherches le prouvent. »

À l'époque, Louise n'avait pas retenu cette éventualité. Âgée de douze ans, elle rêvait encore d'un destin plus prestigieux, mais aussi moins réaliste. Biologiste, archéologue, architecte… Elle ignorait en réalité ce que recouvraient ces noms savants de profession. Mais plus ils lui paraissaient compliqués, plus ils lui faisaient envie.

À quatorze ans, elle était devenue plus pragmatique. À l'écoute de ses nouveaux maîtres – lesquels ne voyaient que par leur prestigieuse profession ! —, elle s'était rangée à l'idée de M. Barandon. Elle s'apprêtait donc, à la rentrée scolaire prochaine, à quitter Florac pour Mende, le chef-lieu du département.

« Est-ce bien raisonnable ? lui rétorqua Auguste le jour où elle lui annonça sa décision. Mende est une grosse ville, encore plus éloignée. Tu seras bien seule là-bas, loin de Bellecoste ! Florac, passe encore, ce n'est pas très éloigné une fois rendu au Pont-de-Montvert. Mais Mende, c'est à l'autre bout du mont Lozère, c'est dans l'autre vallée[1] !

— À quoi cela aura-t-il servi que je suive le cours complémentaire si c'est pour m'arrêter en chemin ? objecta Louise. De toute façon, même de Florac, je ne rentre qu'aux vacances. »

Marie se taisait. En son for intérieur, elle approuvait sa fille. Elle ressentait même une grande fierté de voir l'un de ses enfants échapper à la condition paysanne. Non parce qu'elle en avait honte, au contraire, mais parce qu'elle était persuadée que ce siècle commençant serait celui de la libération de la femme. Demeurer paysanne uniquement parce que la naissance vous a fait paysanne, pensait-elle secrè-

1. Vallée du Lot.

tement, tenait du fatalisme, voire de l'atavisme. C'est ce qui lui était arrivé. C'est ce qu'elle voulait éviter à ses filles. Clémence n'avait jamais manifesté d'autres désirs que celui de rester à Bellecoste ; elle respectait son choix, bien qu'elle le regrettât parfois. Mais, puisque Louise, elle, montrait plus de velléités à sortir de sa condition, il fallait l'y aider et la laisser libre d'accomplir son destin.

« Ne l'empêchons pas de continuer ses études ! dit-elle à Auguste. Elle est la première de la famille à vouloir s'élever au-dessus de son rang. Elle réussira. Rappelle-toi de ce qu'a dit son instituteur : "Elle ira loin !" Alors laissons-la libre de son choix et prions pour qu'elle réussisse. »

Auguste se laissa convaincre une fois encore, mais non sans réticences. Comme beaucoup d'hommes, il ne croyait pas à la liberté des femmes par le travail indépendant. Certes, il n'ignorait pas que certaines exerçaient déjà des métiers plutôt réservés aux hommes jusqu'à présent, notamment celui d'institutrice ou, à défaut d'être médecin, celui d'infirmière dans les hôpitaux ou dans les asiles de vieillards. Elles y concurrençaient les religieuses que l'État n'avait pas ménagées dans sa lutte acharnée contre les congrégations quelques années auparavant. De ce point de vue, fervent partisan de la laïcité, il ne fut pas le dernier à se réjouir. Mais, hormis ces professions bien spécifiques, il estimait que la place de toute bonne épouse était de rester auprès de son mari et de ses enfants et, dans le monde paysan – par nécessité —, d'aider aux travaux de la ferme.

« Si nous pouvions faire autrement ! reconnaissait-il volontiers, nous aussi, les paysans, aimerions que nos femmes soient plus coquettes, passent plus de temps à se bichonner, à se faire belles ; qu'elles ne se salissent plus les mains et puissent faire ce qu'elles auraient envie. Mais comment faire ? Qui, dans ce cas, effectuerait le travail à leur place ?

— Les machines ! rétorquait Antonin. Elles seules libéreront les femmes de paysans. Si elles travaillent à l'extérieur, avec l'argent qu'elles gagneront, leurs maris pourront moderniser leurs fermes. »

Antonin voyait l'évolution des choses simplement, avec ses yeux d'enfant.

« Crois-tu qu'elles y gagneront à travailler dans les usines ? Car toutes ne seront pas institutrices ou je ne sais quoi encore ! lui opposait Auguste. Et ici, sur le mont Lozère, où iront-elles travailler, dans quelles usines, dans quels bureaux ? Les vois-tu se rendre chaque jour à Mende ou à Alès ? Tout cela me paraît bien utopique ! »

Auguste n'était pas seul à penser que le monde paysan ne pouvait pas changer en profondeur. Pourtant, il constatait lui-même, avec regret, que les habitants du plateau étaient chaque année de moins en moins nombreux. Les jeunes partaient travailler vers les villes du Midi, Alès, Nîmes, Montpellier, Marseille. Certains montaient même à Paris où ils tentaient leur chance en exerçant divers métiers : terrassiers, cireurs de parquets, garçons de café, bougnats comme les Auvergnats, maçons comme les Creusois, porteurs d'eau comme les Cantalous dans les quartiers où l'eau courante n'avait pas encore été installée. Les fils de la petite bourgeoisie y faisaient parfois carrière dans l'administration ou dans l'enseignement, quelques-uns dans les affaires. En ce début de siècle, les Lozériens expatriés commençaient à être nombreux dans toutes les villes de France. Dans la capitale, ils avaient même fondé l'Association lozérienne et l'Union lozérienne, l'une républicaine et laïque, l'autre catholique, créée sous l'égide de l'évêque de Mende pour canaliser les Lozériens de Paris. Même Le Pont-de-Montvert commençait à décliner dangereusement, certains métiers n'y étant plus exercés.

Le début du nouveau siècle avait des relents de fin de siècle.

Sur le mont Lozère, on vivait bien à l'écart des soubresauts et des tumultes de la vie politique que connaissait le pays à cette époque. Certes, beaucoup de paysans, comme Auguste et son cousin François, se tenaient régulièrement informés grâce aux journaux. Les uns – surtout les catholiques – lisaient la presse de droite, tels que *Le Courrier de la Lozère* ou *La Croix.* D'autres – les républicains bon teint –, celle de gauche, à l'instar de *La Dépêche* ou du *Moniteur de la Lozère.* L'agitation agraire, qu'avait connue le Midi viticole quelques années plus tôt, n'avait pas eu de grandes répercussions au niveau local parmi les éleveurs lozériens. La politique de rigueur et de compromis de Clemenceau, le chef du gouvernement, ne se fit pas ressentir si loin des villes qui s'étaient enflammées dans le Languedoc tout proche. Pourtant, Auguste approuva alors ces paysans révoltés qui lui assuraient son vin quotidien. Depuis, il ne portait pas dans son cœur celui qu'on appelait le « Tigre », ni le parti politique auquel il appartenait. Ses réactions brutales contre les *gueux* du Midi et les ouvriers grévistes en 1907, ainsi que celles de Briand en 1911, l'incitaient à penser que seuls les socialistes pouvaient résoudre en profondeur et durablement les problèmes sociaux sans se heurter à la masse des travailleurs. Mais, comme bon nombre de paysans, Auguste gardait en lui une once de méfiance envers ceux qui avançaient des thèses trop révolutionnaires à son goût.

Son cousin François Rouvière se montrait plus mesuré que lui. Il se réjouissait sans ostentation de voir triompher les modérés en cette année 1912, avec l'accession au pouvoir de Raymond Poincaré.

« C'est un homme énergique, ne cessait-il d'affirmer à Auguste, qui doutait de sa capacité à maintenir l'ordre public sans provoquer l'affrontement avec les masses laborieuses. Mais ce n'est pas un va-t-en-guerre comme Clemenceau qui a eu recours à la force pour remettre les grévistes dans le rang. J'ai confiance en lui.

— Il est pourtant partisan de l'allongement du service militaire ! Cela n'augure rien de bon quant à ses intentions. Or l'Allemagne, depuis l'affaire du Maroc, fait peser de sérieuses menaces sur notre pays.

— Je ne l'ignore pas.

— Et ton Poincaré est lorrain. De là à ce qu'il ait en tête de reprendre par les armes l'Alsace et la Lorraine perdues en 1870 !

— Je ne crois pas à l'éventualité d'une nouvelle guerre avec l'Allemagne. Ce serait une catastrophe pour notre économie. Tout cela n'est que gesticulations politiques.

— Alors pourquoi projette-t-il de remettre le service national à trois ans et de créer un impôt sur le revenu ? Si ce n'est pas pour se préparer à la guerre, ce n'est certainement pas pour offrir à nos jeunes recrues des vacances prolongées sous le soleil de nos colonies ! Tes fils et le mien seront les premiers concernés par la nouvelle loi militaire si elle est votée par le Parlement. »

Les discussions entre les deux cousins n'intéressaient guère leur épouse ni même leurs enfants, malgré les menaces qui pesaient sur les fils de devoir consacrer un an supplémentaire à la défense de leur patrie. Toutefois, quand elle était présente au mas, Louise ne pouvait s'empêcher de prêter l'oreille à ces palabres d'adultes. Elle était bien la seule à intervenir, parfois, et à donner son opinion.

« Moi, j'estime que les riches doivent payer un impôt sur leurs revenus, osait-elle affirmer. En fonction de ce qu'ils gagnent. Par contre, je suis contre l'allongement du service militaire. Ça coûtera beaucoup d'argent pour rien. Il vaudrait mieux consacrer cet argent aux œuvres sociales. »

Auguste était le premier étonné des réflexions de sa fille. Malgré ses quatorze ans, il la considérait toujours comme une enfant, et le fait qu'elle aille encore à l'école renforçait davantage son opinion.

« C'est dans ton école qu'on t'apprend de telles choses ? lui demanda-t-il.

— Pas précisément. Mais entre nous, nous en parlons. Certaines apportent le journal – en cachette. Et le soir, après l'étude, avant de nous endormir, nous nous rassemblons à plusieurs pour le lire et commenter l'actualité.

— J'espère que vous choisissez bien vos journaux! ajouta François.

— Toutes mes amies pensent comme moi.

— Et que pensez-vous?

— Nous sommes contre la guerre, contre les riches, pour plus d'égalité, plus de liberté et pour la libération de la femme.

— Bigre! quel programme! s'extasia François. Ta fille est une vraie révolutionnaire!»

Auguste se méfiait de l'exaltation de sa cadette. Comme chez tout bon paysan, son tempérament le portait à la mesure et à la modération, ce qui n'enlevait rien à ses penchants franchement républicains, plutôt de gauche. Néanmoins, il ne voyait pas d'un bon œil l'intérêt que Louise portait à la politique. Une jeune fille, surtout à son âge, ne devait pas, selon lui, se mêler des problèmes qu'il considérait encore comme le domaine réservé des hommes. Aussi, quand Louise ajouta: «Nous sommes même pour le vote des femmes», il ne put s'empêcher de l'interrompre:

«Ça suffit, Louise! Il y a des limites que toute jeune fille bien élevée ne doit pas dépasser.

— Laisse-la donc s'exprimer, Auguste!» ajouta François, visiblement amusé par la tournure que prenait la conversation.

Puis, s'adressant à Louise:

«Qu'espérez-vous, toi et tes amies, avec le droit de vote des femmes?

— Plus de liberté et d'indépendance. La reconnaissance que nous sommes égales aux hommes. Tu n'ignores pas, cousin François, que dans les usines les femmes sont beaucoup moins payées que les hommes, alors qu'elles travaillent aussi durement. Ce n'est pas très normal ! Si les femmes votaient et si elles pouvaient se faire élire, les choses changeraient sur bien des points, c'est sûr !

— Qu'est-ce qui changerait ?

— Il y aurait moins de guerres. Et nous nous opposerions au travail des enfants. »

Auguste, se sentant concerné, s'interposa :

« Tu me reproches de faire travailler mes enfants ? »

Louise prit soudain conscience que ses idées risquaient de heurter la susceptibilité de ses propres parents. Marie, sortant de sa réserve, vint à son secours.

« Louise n'a pas voulu dire ça ! N'est-ce pas, ma chérie ?

— Je ne vous reproche rien. C'est le système qui veut cela, se disculpa Louise.

— Hum... ! bougonna Auguste. J'en ai assez entendu pour ce soir. Je crois qu'il est temps d'aller se coucher. Demain, les foins n'attendront pas. Si tu veux bien, François, nous nous lèverons avant l'aube afin d'être prêts pour faucher à la pointe du jour. »

Les deux familles, une fois de plus réunies à l'occasion des gros travaux, se serraient toujours les coudes. Enfants et parents ne se posaient pas tant de questions lorsque le travail pressait et qu'il fallait se lever tôt. Personne n'aurait contesté la nécessité de s'y mettre tous, quel que fût l'âge de chacun.

Pour la première fois, Louise avait remis en question un ordre établi depuis des générations, bousculé gentiment les pratiques ancestrales, dénoncé les liens de servitude qui enchaînaient – certes, par nécessité – les membres d'une même famille.

Auguste ignorait qu'à Florac sa fille connaissait, depuis peu de temps, un jeune garçon âgé de dix-sept ans, aux opinions très avancées. Ils s'étaient rencontrés au cours des rares moments de liberté octroyés aux pensionnaires de son école, le jeudi après-midi. En compagnie de sa meilleure amie, Élisabeth Verdier, elle aimait déambuler sur l'esplanade ombragée où quelques terrasses de café invitaient les passants à s'arrêter. À son âge, malgré son esprit anticonformiste, Louise n'aurait jamais osé entrer dans un café et s'asseoir pour consommer. Pour elle, ces endroits-là étaient encore réservés aux hommes. Ce qui n'était pas sans contredire ce qu'elle affirmait quant à l'égalité et à la libération de la femme !

Un jour, pourtant, alors qu'elle appréciait l'ombre fraîche des platanes et qu'elle n'avait aucune envie de rentrer trop tôt au cours, elle accepta l'invitation d'un certain René Destrière qui avait repéré les deux jeunes filles depuis plusieurs semaines. Il était assis seul à la terrasse du café du *Globe*, et lisait *L'Aurore*. Dans son habit de bourgeois, il paraissait plus âgé qu'il ne l'était en réalité. Il fumait la pipe et, de temps en temps, s'extrayait de son journal pour observer les va-et-vient des deux pensionnaires. Il les aborda adroitement et les invita à s'asseoir à sa table. Élisabeth prétexta aussitôt qu'elles ne pouvaient s'attarder de crainte de se mettre en retard et d'encourir une sanction à l'école où elles devaient être rentrées pour 17 heures tapantes. Mais Louise, plus assurée que son amie, plus effrontée aussi, accepta l'invitation.

« Nous avons le temps ! lui fit-elle remarquer.

— Moi, je rentre, objecta Élisabeth. Je n'ai pas envie qu'on nous voie à la terrasse d'un café !

— Surtout en galante compagnie ! ajouta le jeune Destrière d'un air moqueur.

— Nous n'avons que quatorze ans, monsieur !

— Qu'à cela ne tienne, mesdemoiselles ! À votre âge, plus d'une jeune fille travaille déjà dans les usines. On les considère comme des adultes. Alors, si elles peuvent travailler dans les usines, elles peuvent bien aussi fréquenter les cafés, comme les hommes ! Non ? »

La remarque du jeune homme surprit Louise et lui plut aussitôt.

« Fais ce qui te plaît, dit-elle à son amie. Moi, je reste. »

Ce jour-là, Élisabeth rentra seule au cours complémentaire. Louise ne se mit pas en retard et promit à René Destrière de revenir le jeudi suivant.

« Qui êtes-vous donc ? lui demanda-t-elle au cours de leur seconde rencontre.

— Mon père possède une petite filature de soie à Florac. Et je suis en classe terminale à Mende où je prépare mon baccalauréat pour la fin de l'année.

— Votre père est propriétaire d'une usine !

— Cela n'a rien d'extraordinaire. Mais je ne suis pas toujours en accord avec lui. Nos opinions divergent. Et je n'ai pas l'intention de lui succéder. Je n'ai pas envie d'exploiter les gens pour gagner de l'argent sur leur dos.

— Vos idées vous honorent. Mais elles m'étonnent beaucoup, venant d'un fils de... »

Louise s'interrompit.

« De bourgeois, vous pouvez le dire, ça ne me vexe pas, poursuivit le jeune homme à sa place. Je ne renie pas mes origines. Mais j'ai une autre manière que celle de mon père de penser les rapports humains. La logique du système capitaliste me mettrait en contradiction avec mes idées. Je préfère donc ne pas entrer dans les affaires de mon père. Je suis un homme libre et désire le rester. »

De semaine en semaine, le discours très paradoxal et avant-gardiste, que tenait René Destrière, conquit Louise qui voyait en lui son semblable, son *alter ego* issu, certes, d'un autre milieu, mais qui avait comme elle le même idéal : celui de s'affranchir et de lutter pour que triomphe la liberté, la vraie, celle qui touche tous les individus quels que soient leur origine, leur statut, leur sexe, leur appartenance. En sa compagnie, elle découvrait qu'elle n'était pas seule à rêver d'un monde meilleur, à imaginer que la société pouvait offrir à chacun une place choisie et non une place subie.

Au fil du temps, l'amitié qui les liait au début de leur rencontre se transforma en un sentiment plus fort, plus fusionnel, plus physique aussi. Louise n'avait pas encore quinze ans quand elle tomba dans les bras de René Destrière. C'était la veille du jour de son examen.

Elle était doublement heureuse, Louise, lorsqu'elle rentra au mas de Bellecoste en cette fin juin 1913. Elle avait en poche son brevet élémentaire et avait en même temps réussi son concours d'entrée à l'école normale. De plus, elle était amoureuse et cela se lisait sur son visage radieux comme à livre ouvert.

« Viens dans mes bras, ma chérie, lui dit Marie, afin que je t'embrasse ! Tu es l'honneur de la famille.

— Et moi ? ronchonna Auguste, un peu jaloux. Je n'ai pas le droit d'embrasser ma fille ! »

Ce jour-là fut un jour de liesse à Bellecoste. Tous réunis avec les cousins Rouvière, ils fêtèrent dans la joie et tard dans la nuit la belle réussite de Louise. Celle-ci devenait la première des Pérol à avoir obtenu un diplôme supérieur au certificat d'études primaires.

« Remarque, lui dit Auguste, le certificat, c'est déjà pas mal. Nous l'avons tous dans la famille ; beaucoup ne peuvent pas en dire autant. »

À son tour, en effet, Antoine venait de réussir cet examen emblématique. Mais, comme Clémence, il avait décidé d'en rester là. Enfin libéré des obligations scolaires, il allait pouvoir se consacrer entièrement à ce qui lui plaisait le plus : le travail à la ferme en compagnie de son père.

Marie ne fut pas longue à s'apercevoir que la joie de sa fille avait une autre origine que sa double réussite scolaire. Elle s'en ouvrit devant elle sans détour, quand elles furent seules toutes les deux.

« J'ai rencontré un garçon à Florac, reconnut Louise.

— Vous n'avez pas fait des bêtises, au moins ?

— Maman ! s'insurgea Louise.

— Bon, je te fais confiance. Et qui est ce garçon ?

— Le fils d'un petit filateur de la ville. Il passe son bachot dans quelques jours. Après, il veut être journaliste.

— Journaliste ! Il ne va donc pas travailler avec son père pour lui succéder plus tard !

— Il ne s'entend pas beaucoup avec lui. Ils n'ont pas les mêmes idées. René est plutôt... comment dire?... Il est plutôt du côté des ouvriers que du côté des patrons. Alors, avec son père... ça ne marche pas très fort, tu comprends?

— Oui, je comprends très bien. C'est lui qui te met dans la tête toutes les idées que tu avances depuis quelque temps?

— Non. Mais il se trouve que nous nous entendons parfaitement sur de nombreux sujets.

— En tout cas, ne parle pas de tout cela à ton père! Il ne verrait pas d'un bon œil qu'à ton âge tu fréquentes un jeune homme en froid avec sa famille, fût-il bien né.»

Louise tint son secret, toute à sa joie d'aller à Mende à la prochaine rentrée scolaire et d'y retrouver son amoureux. Celui-ci lui avait certifié qu'il obtiendrait une place de rédacteur dans un journal local, une fois son bachot en poche.

Tard dans la soirée, Auguste rappela tout le monde à l'ordre.

«Je ne voudrais pas jouer les rabat-joie, mais demain il faut finir de faner. Si nous ne voulons pas être pris par les orages qui s'annoncent, il faudrait se dépêcher. Tu viendras nous aider, Louise, n'est-ce pas? Ton brevet ne doit pas t'empêcher de tenir le râteau!

— Je ne voudrais rater les foins pour rien au monde, papa! Tu le sais bien. Je suis toujours une paysanne.»

7

Clémence

Le temps des froidures tardait à s'imposer, n'osant chasser un été généreux au cours duquel les moissons avaient été très prolifiques. La canicule évitée, dans les prairies, les troupeaux avaient eu leur content d'herbe grasse pendant longtemps et les bêtes avaient bien profité. Les laitières, sevrées de leurs veaux, avaient fourni plus de lait qu'Auguste n'avait l'habitude d'écouler sur le marché. Les bêtes à viande, quant à elles, principale source de ses revenus, promettaient des ventes avantageuses. Le foin rentré en juin était en profusion, le regain de septembre avait fini de remplir le fenil. Tout s'annonçait au mieux avant l'arrivée de l'hiver.

Sur les sommets, les arbres s'empourpraient de leur feuillage automnal et rivalisaient de couleurs flamboyantes. Les sapins résistaient de leur vert puissant au-dessus des hêtres et des ormes qui, lentement, prenaient leurs ors. Les prairies commençaient à s'engrisailler de leurs teintes hivernales. Pourtant, l'été indien se poursuivait et gonflait les cœurs d'allégresse. Chaque jour pris sur le froid était un jour de gagné, un jour où le travail semblait moins harassant, où l'on pouvait paresser dehors sans craindre de prendre mal. Tant que le mercure ne descendait pas trop bas pendant la nuit, les bêtes pouvaient rester à l'extérieur. Mais dès que le gel rendait cassante l'herbe des prairies et commençait à cristalliser l'eau des ruisseaux, il fallait songer à remplir les étables et à se préparer à un long hivernage.

Celui-ci durait en général d'octobre à début avril. Mais il arrivait que le ciel accorde sa clémence aux bêtes et aux hommes deux ou trois semaines de plus. Seuls les bergers transhumants prenaient toujours les devants et ne s'aventuraient jamais à dépasser la mi-octobre pour *démontagner*[1] vers le bas pays, de crainte de rencontrer en route une tempête de neige qui les clouerait sur place, avant d'avoir pu atteindre le versant méridional des Cévennes. Les bêtes à laine redoutaient le froid et l'humidité conjugués, surtout les jeunes brebis nées à l'estive.

Auguste avait donc vu partir les bergers qu'il accueillait sur ses terres et à qui, comme la plupart des éleveurs du massif, il accordait des nuits de fumature en échange d'un modeste revenu et du fumier qu'il récoltait après le passage de leurs troupeaux.

« En ce qui nous concerne, dit-il à son fils, je crois bien que, si le temps continue à se montrer si clément, nous pourrons pâturer jusqu'à la fin du mois, sans problème. Ce sera autant de gagné sur le foin que nous avons récolté cet été. »

Lorsque, des vallées, le vent commença à pulser vers les hauteurs des senteurs de bois de châtaignier, Auguste comprit qu'il était temps de rentrer son troupeau. Clémence et Antonin se proposèrent

1. Démontagner : *quitter l'estive de montagne.*

immédiatement. Les bêtes paissaient sur les pentes du mont Finiels, non loin du sommet, point culminant du mont Lozère.

« Surtout, veillez à ce qu'elles ne vous échappent pas ! conseilla Auguste à ses enfants. Quand elles sentent l'étable, elles ont tendance à cavaler. Prenez garde qu'elles ne s'égaillent pas dans les prairies qui ne nous appartiennent pas. Maintenez-les sur le chemin. Je ne veux pas d'ennuis avec les voisins.

— Ne t'inquiète pas, papa ! fit Antonin.

— Je m'inquiète car le sommet de la montagne est dans la brume. Ce n'est pas bon signe en cette saison.

— Nous suivrons les bornes. »

Le mont Lozère était jalonné de bornes granitiques. La plupart d'entre elles avaient été édifiées par les Hospitaliers de Saint-Jean de Jérusalem, preux moines-chevaliers de l'ordre de Malte qui, au Moyen Âge, avaient étendu leur domination sur toute la région. Par temps de brouillard, elles aidaient les voyageurs égarés à retrouver leur chemin. Les clochers de tourmente, dont cinq seulement subsistaient depuis cette lointaine époque, leur permettaient de trouver un refuge pour passer la nuit, et leur évitaient ainsi de mourir de froid, l'hiver, ou dévorés par les loups.

« Faites quand même attention ! insista Auguste. Je n'ai pas envie de venir vous chercher avec Victor. »

Le frère et la sœur se mirent en route de bon matin, accompagnés de leur fidèle Châtaigne qui saurait remettre dans le droit chemin les vaches vagabondes. Tous les deux avaient l'habitude de conduire les bêtes et ne se faisaient pas de soucis particuliers. Ils savaient que la brume se dissipait toujours en fin de matinée et qu'elle ne les empêcherait nullement de rentrer tranquillement à Bellecoste avant le milieu de l'après-midi.

Mais ce jour-là, plus ils grimpaient vers les sommets, plus le brouillard s'épaississait. Ils n'y voyaient pas à dix mètres devant eux. Le vent s'était levé et le froid mordait leur visage, un froid givrant qui les tétanisait.

« L'hiver est tombé sans crier gare ! s'étonna Clémence en grelottant. L'automne a eu à peine le temps de s'installer. »

En chemin, des flocons commencèrent à tourbillonner autour d'eux, dans une spirale infernale qui semblait vouloir les absorber et les transporter dans un autre monde.

Sur le mont Lozère, les saisons intermédiaires s'escamotent parfois. Et l'on passe, sans longue transition, des touffeurs d'un été de canicule aux froidures mordantes de l'hiver, et vice versa.

Emmitouflés dans leur cape de berger, ils cheminaient difficilement, le souffle coupé par le vent froid et sec, et par la pente qui s'accentuait. Le grésil tombait du ciel comme des hallebardes. Ils devaient se protéger le visage en rabattant devant leurs yeux la capuche de leur pelisse.

« On n'y voit rien ! se plaignait Antonin. J'ai peur que là-haut ça ne soit pire encore !

— On ferait mieux de s'en retourner, proposa Clémence, moins audacieuse que son frère.

— Non ! On est presque arrivés. Une demi-heure, tout au plus. »

Les deux jeunes gens marchaient coude à coude en se tenant par le bras de crainte de s'écarter l'un de l'autre et de se perdre. Ils suivaient attentivement le tracé des pierres plantées qui – ils le savaient – les mèneraient vers le sommet et donc vers le troupeau.

Pendant ce temps, en bas, à Lassagne, Auguste et Marie commençaient à s'inquiéter sérieusement. L'épais brouillard ne s'était pas encore dissipé au milieu de la matinée, le froid s'était même accentué.

« Il doit neiger là-haut ! soupira Marie qui craignait le pire. Pourvu qu'ils ne s'égarent pas !

— Je connais Antonin ; il est perspicace. Il ne prendra pas de risques inutiles. Peut-être ont-ils déjà rebroussé chemin et, en ce moment, ils sont en train de redescendre. Par contre, je m'inquiète pour les bêtes. Si une tourmente de neige les bloque sur les sommets, nous ne pourrons pas aller les rechercher avant plusieurs jours. Les génisses risquent de souffrir.

— Nous nous sommes trop vite réjouis de voir l'été se prolonger. Ça ne pouvait pas durer ! L'hiver a devancé l'automne. Nous aurions dû nous méfier. »

Victor, le valet de ferme, se proposa pour aller à la recherche des enfants de son patron.

« Si, à midi, le brouillard ne s'est pas levé et s'ils ne sont pas rentrés, alors nous aviserons », lui répondit Auguste.

La matinée touchait à sa fin.

Antonin et Clémence parvinrent péniblement sur le sommet du Finiels. Mais le troupeau n'y était pas. Ils eurent beau lancer Châtaigne à sa recherche, la chienne revint chaque fois bredouille. Ils durent constater que les bêtes s'étaient déplacées.

« Elles ont dû redescendre sur l'autre versant, fit Antonin qui ne semblait pas s'inquiéter outre mesure. Il faut les retrouver au plus vite.

— Mais nous ne savons pas par où elles sont parties ! »

Clémence n'était pas rassurée.

« Tant pis pour les bêtes ! Papa reviendra les chercher un autre jour avec Victor. Nous ferions mieux de rentrer à la maison. Je n'ai pas envie d'être prise par la nuit, dans le brouillard et dans la neige. »

La valse des flocons avait pris des allures de tourmente. Les pentes du massif étaient maintenant recouvertes d'une épaisseur de neige qui masquait entièrement les plus hautes herbes des prairies et, déjà, les petits blocs de granit qui jalonnaient le chemin.

« Non ! s'entêta Antonin. Nous avons promis de ramener le troupeau. Il n'est pas encore midi ; nous avons le temps. Il est peut-être là, juste en dessous. Les bêtes ont dû se réfugier dans un endroit abrité du vent. Suis-moi ! »

Antonin partit en avant. Ne voulant pas rester seule à l'arrière, Clémence le suivit.

« Viens, Châtaigne ! »

La chienne aboyait, semblant signifier qu'elle ne voulait pas s'aventurer plus loin.

« Allez, viens ! Il ne faut pas laisser Antonin seul. »

Tous trois se mirent à dévaler la pente de l'autre côté de la crête, l'œil aux aguets, l'oreille à l'écoute. Mais le brouillard atténuait les bruits, et les sonnailles des bêtes étaient étouffées.

Ils marchèrent sans points de repère pendant un long moment qu'ils n'estimèrent pas à sa juste valeur. Mais au bout de deux heures de vaines recherches, ils finirent par entendre des meuglements rauques, comme sortis des entrailles de la terre.

« Tu as entendu, Clémence ? Elles sont là, juste en dessous. »

Guidés par le son des cloches qui provenait effectivement d'un troupeau, ils cherchèrent le plus court chemin pour atteindre celui-ci.

Dès qu'il vit apparaître dans la brume épaisse les cornes du premier animal, Antonin explosa de joie, reconnaissant la Noiraude, la seule vache noire du troupeau.

Ce dernier, tout entier, était rassemblé derrière un monticule qui le mettait à l'abri de la bourrasque. Sereines, les bêtes attendaient sans doute que le ciel redevienne plus clément pour remonter sur les hauteurs, leur lieu habituel de pâturage.

« Ouf ! il était temps, fit Antonin, enfin soulagé. Il ne reste plus qu'à les remettre sur le bon chemin. Et, une fois sur la crête, à redescendre tranquillement vers Bellecoste.

— Nous aurons juste assez de temps ! remarqua Clémence. Nous nous sommes pas mal éloignés et l'heure doit être bien avancée. »

D'où ils étaient, ils n'avaient pas encore vu ni compté toutes les bêtes du troupeau. Une à une, ils les dénombrèrent, quand ils aperçurent, un peu à l'écart, assis non loin d'un jeune mâle, un homme en train – semblait-il – de soigner l'animal.

« Qui est-ce ? demanda Antonin, intrigué, en se retournant vers sa sœur.

— C'est peut-être un voleur de bétail. C'est lui, sans doute, qui a détourné le troupeau de son lieu de pâturage. Et nous, on a cru que le mauvais temps l'avait poussé jusqu'ici.

— Qu'est-ce qu'on fait?

— À deux, on ne fera pas le poids s'il a de mauvaises intentions.

— Oh! je n'ai pas peur! fanfaronna Antonin en bombant le torse.

— Peut-être, mais s'il a le dessus, que ferai-je, moi, quand je serai seule face à face avec lui?»

Malgré sa carrure d'adolescent grandi trop vite, Antonin ne pouvait songer avoir raison d'un adulte plus fort que lui.

«On ferait mieux de déguerpir et d'aller chercher papa, ajouta Clémence, moins téméraire. Il reviendra avec Victor. Face à eux deux, cet homme n'aura pas le dernier mot.

— Et s'il part pendant qu'on redescend?

— Avec le troupeau, il n'ira pas bien loin. Papa aura vite fait de le retrouver. Un troupeau, ça ne se volatilise pas si facilement!»

Antonin était prêt à se laisser convaincre quand Châtaigne se mit à aboyer. Aussitôt l'inconnu se retourna dans leur direction, les aperçut, se leva et s'approcha d'eux.

«N'ayez pas peur! leur lança-t-il. Venez!»

Clémence et Antonin se consultèrent du regard et amorcèrent quelques pas en contrebas.

«C'est à vous le troupeau?

— Oui, répondit Antonin le premier. Nous venons récupérer nos bêtes.

— Avancez donc!»

Pas trop rassurés, ils s'approchèrent de l'inconnu. C'était un jeune homme d'une vingtaine d'années, au physique plutôt flatteur. Il portait des habits de bûcheron, les cheveux ondulant dans le cou, et une fine barbe qui lui donnait une allure de jeune poète. À ses pieds traînait tout un attirail bien emballé dans un sac à dos et qui devait servir à son travail.

« Les bêtes m'ont suivi quand je suis passé près d'elles sur la crête, se justifia-t-il. Elles ont dû se sentir en sécurité en ma présence. Par ce temps, on ne mettrait pas un chien dehors ! Qui êtes-vous ? »

Clémence n'osa prendre la parole, à la fois méfiante et intimidée par le regard et la beauté du visage de l'inconnu.

« Je m'appelle Antonin Pérol et elle, c'est ma sœur, Clémence. Nous habitons au mas de Bellecoste, à Lassagne.

— Moi, je vais au Pont-de-Montvert.

— Alors vous faites fausse route. Pour Le Pont, il faut descendre sur l'autre versant, de là où nous venons. Après Lassagne, il vous faudra suivre la vallée du Rieumalet et vous tomberez sur le bourg. Vous en avez pour plus de quatre heures, en temps normal ! »

Antonin avait déjà perdu sa méfiance. L'homme lui faisait bonne impression. Clémence, elle, restait en retrait.

« J'étais en train de regarder ce qu'avait ce bouvillon, ajouta le jeune homme. Il boite. Il a dû se faire mal à la patte.

— Vous vous appelez comment ? » osa enfin demander Clémence en ôtant la capuche de son manteau.

L'inconnu, découvrant à son tour le visage de la jeune bergère, resta sans voix. Son regard trahissait la surprise, comme s'il venait subitement de découvrir un trésor.

«Je... je m'appelle...»

Il semblait hésiter. En réalité, il était subjugué, complètement sous le charme des yeux pervenche de Clémence. Il se reprit aussitôt.

«Je m'appelle Armand. Armand Dubreuil.

—Et que faites-vous dans la vie? poursuivit Antonin qui s'était aperçu de son trouble et de celui de sa sœur.

—Je suis ébéniste. Mais pendant l'hiver je fais aussi le bûcheron. Je me rends au Pont-de-Montvert chez un certain Marceau Freyssinet, un menuisier qui m'a promis de m'embaucher.

—Nous le connaissons! Si vous voulez, vous pouvez descendre avec nous et le troupeau. Nous vous mettrons sur le bon chemin, ajouta Antonin, complètement rassuré.

—Bien volontiers! Avec ce temps, je préfère être en bonne compagnie. Je n'ai pas envie de me perdre une seconde fois.»

Dans l'après-midi la tourmente s'apaisa.

Néanmoins, Auguste décida d'aller à la rencontre de ses enfants, en compagnie de Victor. Les deux hommes étaient à mi-pente lorsqu'ils se trouvèrent face à face avec le troupeau. Celui-ci suivait Antonin qui ouvrait la marche, Clémence étant restée à l'arrière avec Armand Dubreuil.

Les deux jeunes gens ne s'étaient pas échangé trois paroles. Clémence, en effet, se trouvait gênée de marcher ainsi à côté d'un inconnu qui – elle ne pouvait se le cacher – l'intimidait beaucoup. Armand s'était immédiatement proposé pour contenir les bêtes, bien qu'il n'en eût pas l'habitude. Le brouillard ne s'étant pas dissipé de la journée, il fallait bien reconnaître qu'à trois ils n'étaient pas de trop pour avoir l'œil sur le troupeau.

En chemin, Armand se montra attentionné, affable et courtois envers Clémence. Il parla peu, mais le ton de sa voix était réconfortant et empreint d'une grande douceur. À ses côtés, la jeune fille se sentait bizarrement rassurée, en dépit du danger qu'ils encouraient encore d'être bloqués dans la neige, à la nuit tombante. Elle était profondément troublée, comme jamais elle ne l'avait été. Aussi n'osa-t-elle pas engager la première la conversation. Le visage dissimulé dans sa capuche, elle marchait tête baissée, répondant à ses brèves questions par des mots plus que par des phrases. Son corps tout entier ressentait de grands frissons qui, pourtant, n'étaient pas occasionnés par le froid.

De son côté, Armand devina très vite le trouble de la jeune fille. Mais, pour ne pas la mettre mal à l'aise, il se contenta de paroles anodines qui, cependant, trahissaient également son émotion.

Dans la descente, à ses côtés, Clémence ne put s'empêcher de penser à sa première rencontre avec Émile Claret. De nombreuses années s'étaient écoulées depuis. Elle n'avait que huit ans à l'époque et n'était qu'une enfant. Lui n'avait que quelques années de plus. Et, déjà, il lui avait inspiré une profonde antipathie. Ses impressions, à son égard, n'avaient pas changé. Au contraire. Malgré les tentatives de ce dernier pour lui paraître agréable, jamais elle n'avait modifié son jugement d'un iota. Devenue adolescente, elle éprouvait toujours pour le fils de son voisin une véritable répulsion, un profond dégoût, une réelle inimitié.

Pourtant Émile Claret ne s'était jamais découragé. Tous les ans, au bal du 14 Juillet, il n'avait de cesse de l'inviter à danser. Toujours repoussé aimablement – Clémence ne voulait pas passer pour une ingrate ou une impolie – il revenait à la charge sans se lasser, gardait le sourire, se contentant, narquois, d'un : « Ce sera peut-être pour la prochaine fois ! » Mais, quand il voyait celle qu'il convoitait depuis toujours dans les bras d'un autre, danser, rire et s'amuser, il étouffait de jalousie et de rage. Jamais de désespoir !

Armand Dubreuil, lui, était le portrait opposé d'Émile Claret. Discret, plein de gentillesse et de réserve, beau garçon de surcroît, sans une once de vanité ni d'arrogance, il plut presque immédiatement à Clémence, dont le cœur s'emballa et se nimba soudain de rose.

Lorsque Auguste et Victor les rejoignirent, Clémence fut soulagée. Mais en même temps elle éprouva une certaine déception. Malgré ce qui la retenait de s'exprimer, elle aurait bien voulu prolonger avec Armand cette conversation morcelée, interrompue de longs silences pleins de sous-entendus agréables. Elle avait l'impression de rêver. Ils ne se connaissaient que depuis quelques heures, mais il lui semblait le connaître depuis toujours. Cela lui paraissait à la fois étrange et rassurant.

Jamais son cœur n'avait vibré avec autant d'allégresse. Jamais elle n'avait ressenti un tel désir d'aller au-devant d'un être dont elle ignorait tout.

Clémence était clairvoyante. Lorsqu'elle rencontrait quelqu'un pour la première fois, quelques échanges de paroles, quelques regards furtifs lui suffisaient pour se faire une opinion. Son jugement était pertinent et, souvent, sans appel. À tel point que ses parents devaient parfois la tempérer en lui conseillant de ne pas jauger les intentions des autres à l'aune de leur physionomie. Toutefois, ils devaient bien reconnaître qu'elle se trompait rarement et que son opinion s'avérait souvent exacte.

« Voilà mon père ! fit-elle, quand elle perçut les silhouettes d'Auguste et de Victor se dessiner plus distinctement dans un mélange de brume et de lourds flocons.

— Il était temps ! s'exclama Auguste, sans prêter attention au compagnon de route de ses enfants. J'ai bien cru que je rentrerais bredouille. Qu'auriez-vous fait, la nuit, pris dans la tourmente ?

— Nous n'étions pas seuls, répliqua Antonin. Armand nous a accompagnés. »

Auguste s'avança vers Armand, la main tendue.

« Pardonnez-moi ! Je ne vous prêtais pas attention. Merci de vous être joint à mes enfants.

— Oh ! c'est plutôt moi qui dois les remercier. Ils m'ont remis sur le bon chemin. J'étais en train de faire fausse route et de tourner le dos à l'endroit où je dois me rendre.

— Où allez-vous donc ?

— Au Pont-de-Montvert, coupa Clémence, sortant de sa réserve. Armand est ébéniste. Il a été embauché par Marceau Freyssinet

— Marceau ! Je le connais bien. Je lui prends parfois des poutres de châtaignier quand j'ai besoin de réparer ma charpente. Suivez-nous donc jusqu'à Bellecoste et, demain matin, si le temps le permet, vous descendrez au Pont. »

Au fond d'elle-même, Clémence exultait. Armand allait donc passer toute la soirée chez elle. Elle pourrait faire plus ample connaissance. Antonin, de son côté, se réjouissait à l'idée d'avoir un hôte inattendu.

« Je ne voudrais pas vous déranger, ajouta Armand, redoublant de convenances.

— Dans ma ferme, il y a toujours de la place pour les visiteurs inopinés. Et sur le massif, l'hospitalité est la règle envers ceux qui, par gros temps, frappent à nos portes. Il en est ainsi depuis des lustres. Ce n'est pas aujourd'hui que nous allons changer ! »

Armand Dubreuil fut chaleureusement accueilli à Bellecoste. Marie mit un point d'honneur à lui mitonner l'un de ses plats dont elle avait le secret : une daube de sanglier aux cèpes de châtaignier, accompagnée de pommes de terre cuites dans la braise. Le vin d'Auguste aidant, le visiteur d'un soir délia sa langue et se mit à raconter son existence déjà longue, alors qu'il n'avait pas encore vingt-quatre ans.

« Avant mon service militaire, expliqua-t-il, que j'ai accompli en Afrique noire dans la coloniale, j'ai fait mon tour de France, comme jadis les compagnons. J'ai visité quasiment toutes les régions du pays. Partout, j'y ai acquis de nouvelles connaissances sur les techniques du bois. J'ai touché à tout : la menuiserie, l'ébénisterie, la marqueterie, et même le schlittage avec les bûcherons, dans les Vosges, quand il n'y avait plus de travail dans les ateliers. »

Antonin buvait ses paroles, attentif, curieux de tout savoir dans les moindres détails. Clémence, elle, rêvait, pour une fois, à d'autres horizons où elle n'était plus seule. Elle dévorait Armand du regard, se tenant légèrement en retrait selon l'habitude des femmes de la campagne, quand les hommes discutent entre eux, à table.

Marie ne fut pas longue à comprendre ce qui se passait en elle. Loin de s'en inquiéter, elle s'en émut. Voir sa fille tomber amoureuse lui rappelait sa jeunesse, l'époque où, à dix-huit ans, elle avait conquis le cœur de *son* Auguste.

« De toute façon, pensa-t-elle en son for intérieur, cet homme n'est que de passage. Demain, elle l'aura oublié. À dix-sept ans, il est normal qu'elle s'éveille à la vie et que son cœur tombe amoureux. Mais qu'elle n'aille pas s'enticher du premier chemineau qui passe ! »

La soirée fut trop courte aux yeux de Clémence et trop vite écoulée. Par timidité, mais aussi par convenance, elle ne prit guère la parole au cours de la conversation, et laissa son frère questionner seul l'hôte de ses parents. Pourtant, Armand ne cessa de la regarder tout en discutant, toujours avec beaucoup de discrétion, sans jamais poser ses yeux ostensiblement sur elle. Il s'aperçut vite que la jeune fille rougissait et battait des paupières lorsque leurs regards se croisaient. Maîtrisant sa propre émotion, il ne laissa rien paraître des sentiments qui avaient aussi germé en lui. Et, quand il fut l'heure de prendre congé, il se contenta d'un : « Bonne nuit, mademoiselle », tout en essayant, par le ton de sa voix, de lui dévoiler ce que son cœur éprouvait à son tour, mais que la correction lui interdisait d'exprimer.

Le lendemain, à l'aube, le massif était recouvert d'une épaisse couche de neige. Le village, les hameaux des alentours et les fermes isolées étaient bloqués dans la froidure.

Armand voulut néanmoins reprendre la route pour descendre au Pont-de-Montvert.

Auguste l'en dissuada, lui expliquant qu'il serait périlleux de s'aventurer seul sans connaître le pays, et qu'il ne serait pas le premier ni le dernier à se perdre et à mourir de froid dans l'immensité immaculée du massif, où tout repère avait disparu.

Le jeune ébéniste accepta volontiers de prolonger son séjour jusqu'à ce que les routes fussent dégagées, proposant en contrepartie d'aider aux travaux de la ferme.

Alors, le cœur de Clémence s'emballa et l'entraîna dans l'ivresse, sur des chemins de lumière qui lui étaient inconnus.

8

Une nuit de neige

La tourmente ne dura pas.

Avec novembre, la grisaille, cependant, étendit son ample manteau de cendre sur le massif. La neige fondit aussi vite qu'elle ne s'était accumulée, ce qui permit aux éleveurs les moins prudents de rentrer leurs troupeaux dans les étables, avant qu'un autre coup de semonce de l'hiver ne vienne les surprendre.

Armand demeura à Bellecoste une bonne semaine. N'étant pas attendu un jour précis au Pont-de-Montvert, il accepta l'offre d'Auguste, quand celui-ci lui proposa de l'aider à la coupe de bois.

« J'ai quelques arpents de fayards sur les hauteurs. Nous arrivons à la bonne lune ; si tu veux, lui dit-il en le tutoyant pour la première fois, aide-moi. Je te paierai au prix des journaliers. À trois, avec Victor, nous aurons plus vite fait. »

Armand vit les yeux de Clémence s'enflammer quand celle-ci entendit son père lui faire sa proposition. Il n'hésita pas une seconde, comprenant sans mot dire que son acceptation la remplirait de bonheur.

« C'est entendu, répondit-il. J'ai l'habitude d'abattre des arbres. »

Ravie, Clémence exulta mais évita de le montrer.

Seule, Marie éprouva une certaine crainte de voir sa fille s'emballer trop vite pour un bel inconnu de passage. Certes, Armand lui faisait bonne impression, et son physique plaidait en sa faveur. Néanmoins, elle aurait préféré le voir reprendre la route, une fois la neige disparue. Quelque chose en elle lui disait qu'il ne fallait pas laisser le cœur de sa fille se fourvoyer dans une impasse.

Comme tous semblaient ravis de l'arrivée impromptue du jeune ébéniste, elle tâcha d'oublier ses réticences et, tout en gardant l'œil sur sa fille, elle donna le change en faisant honneur à son hôte.

Pendant la semaine qu'il passa à Bellecoste, Armand se montra des plus corrects, n'ayant que des compliments à la bouche pour la cuisine de Marie, que des égards pour Auguste à qui il ne cessa de proposer ses services, à leur retour de la forêt. Il voulut même aider à traire les vaches – ce qu'Antonin s'empressa de lui apprendre – et à nettoyer l'étable avant de changer la litière des bêtes. Le soir, à la veillée, il devint très vite le centre des discussions, ayant toujours une anecdote amusante à raconter concernant les péripéties de son voyage à travers la France ou son séjour en Afrique. Clémence n'osait toujours pas l'interrompre. Antonin s'en chargeait à sa place.

Le matin, il était souvent le premier levé. Malgré le froid qui s'était abattu sur le massif, il sortait torse nu de la grange où Auguste lui avait aménagé un coin pour la nuit. Il allait vite s'asperger d'eau glaciale au béal qui courait devant le portail de la ferme, ne voulant pas se débarbouiller à l'intérieur, dans l'évier de la salle commune, pour ne pas déranger.

De la fenêtre de sa chambre, Clémence le surprit un matin, à demi dévêtu, et en fut très troublée. C'était la première fois qu'elle voyait un homme dans cette tenue. Même en plein cagnard, pendant les foins ou la moisson, les hommes gardaient au moins un tricot de corps pour se protéger des coups de soleil. Elle ne put résister à la tentation de l'observer, tapie dans l'encoignure de la fenêtre, derrière le rideau qui la dissimulait à peine. Le cœur battant, le souffle court, elle éprouva à la fois de la honte pour ce qu'elle faisait et un profond bonheur de se sentir toute chavirée. Elle dérobait à Armand quelques instants de son intimité et se les appropriait sans arrière-pensées, sans songer à mal. Elle le trouva beau et n'eut plus qu'un unique désir : qu'il la prenne dans ses bras pour l'emmener loin, au pays de Cythère.

De son côté, Armand ne sut comment s'approcher d'elle. Jamais, en effet, il ne se trouvait seul. Parti toute la journée dans les bois en compagnie d'Auguste et de Victor, il n'avait que la fin de l'après-midi et la soirée pour voler quelques instants de solitude. Très vite accaparé par Antonin ou par Auguste lui-même, il dut se contenter de regards furtifs, de paroles anodines, de sous-entendus que Clémence ne mit pas longtemps à déchiffrer.

N'y tenant plus, une nuit, alors que tous étaient partis se coucher, celle-ci se leva, se rhabilla et, d'un pas léger, sortit du logis sans faire de bruit.

Châtaigne, qui dormait près de l'âtre dans le cantou, se réveilla et voulut la suivre dehors.

« Reste là ! lui murmura-t-elle. Retourne te coucher ! »

Obéissante, la chienne piqua du nez de déception et s'en revint se blottir près des cendres encore chaudes du foyer.

À l'extérieur, le froid était perçant. La lune se cachait derrière une traînée de nuages qui n'annonçait rien de bon. L'haleine de la nuit s'appesantissait sur les prairies en exhalaisons acides de mousse et de lichens. Les tourbières stagnaient sous un voile évanescent de brume. L'humidité s'infiltrait partout, jusque dans les joints pourtant serrés des murs cyclopéens des plus anciennes bâtisses. Épais de un mètre à la base, ceux-ci résistaient depuis des siècles aux assauts répétés du temps, édifiés de ce granit indestructible qu'offrait la montagne à ses courageux habitants.

Clémence contourna le logis et, sans s'attarder, se dirigea vers l'entrée de la grange qui s'ouvrait de plain-pied à l'arrière du mas. Elle ignorait ce qu'elle ferait devant la porte close. À cet instant précis, elle n'écoutait que son cœur et n'entendait ni sa conscience ni sa raison. Elle traversa l'aire à battre aux dalles rugueuses et glaciales, et, sous un rayon de lune blafard, s'arrêta devant l'entrée du fenil. Là, elle réalisa que la situation était grotesque, se demanda ce qu'elle était réellement en train de faire, hésita.

« Je suis stupide ! pensa-t-elle. Que dirait-on de moi si l'on me voyait ainsi vêtue, au beau milieu de la nuit, à courir derrière un homme dont je suis tombée amoureuse et qui ne m'a pas adressé trois paroles ? Et si je me trompais ? »

Elle esquissa un pas en arrière, s'apprêta à s'en retourner quand, devant elle, la porte s'ouvrit lentement. Armand parut, souriant.

« Je vous attendais, dit-il. J'étais certain que vous viendriez. »

Surprise, Clémence ne sut que répondre. Mentir, lui expliquer qu'elle avait entendu du bruit et qu'elle était sortie pour voir d'où cela venait, ne semblait pas sérieux ni crédible.

« Je... je... je n'aurais pas dû venir, balbutia-t-elle, rouge de confusion.

— Ne restez pas dehors. Avec ce froid vous allez prendre mal. »

Clémence fit cette fois un pas en avant et finit par entrer dans la grange qu'une lampe à huile éclairait faiblement.

« Je savais que vous viendriez, répéta Armand. Je l'ai tellement espéré, que mon souhait a été exaucé.

— Vous êtes croyant ?

— Comme tout le monde. J'ai lu dans vos yeux ce que vous éprouvez. Mais je n'ai pas voulu provoquer moi-même cet instant. Je me suis dit : "Si elle ressent ce que je ressens moi-même, si son cœur est aussi pur que l'eau que nous buvons, elle viendra vers moi, poussée par la main de Dieu."

— Si je n'étais pas venue ?

— C'est que Dieu ne m'aurait pas permis de vous parler à cœur ouvert. »

Armand s'approcha de Clémence. Ses yeux se fondirent dans les siens. Il passa ses mains dans ses longs cheveux dorés. Elle posa son visage sur sa poitrine, comme pour écouter les battements de son cœur, et se laissa transporter dans un ciel où la lumière ne rencontre jamais les ténèbres.

Au petit matin, juste avant la pointe du jour, Armand se réveilla le premier, en sursaut. Clémence était encore blottie dans ses bras, son corps lové contre le sien. Il caressa le galbe de ses reins d'une main de soie. Elle se réfugia plus près de lui encore, dans le creux de son épaule, heureuse, prête à se donner une fois de plus pour son plaisir et pour le sien.

Clémence était devenue femme et Armand, était-elle persuadée, était entré à jamais dans sa vie.

Dehors régnait un étrange silence. Cela inquiéta Armand. Il se dégagea délicatement de l'étreinte de Clémence et alla entrouvrir la porte de la grange. Il faisait encore nuit noire, mais la neige recouvrait à nouveau la surface du massif.

« Clémence, réveille-toi ! fit-il. Il a encore neigé. Il faut que tu rentres. »

La jeune fille sursauta. Tout à coup, elle prit conscience du piège dans lequel elle s'était laissé enfermer. Elle se rhabilla rapidement et, se jetant une dernière fois dans les bras de son amant, murmura :

« Je vais laisser des traces derrière moi. Quand il se lèvera, mon père comprendra vite que je suis venue te rejoindre ! »

Armand avait eu la même réflexion.

« Comment faire ?

— Je les effacerai derrière toi.

— Ça se verra encore plus !

— Ton père ne viendra peut-être pas derrière le mas. Nous devons aller faire du bois ce matin. Ce n'est pas ces cinq centimètres de neige qui vont nous retenir. Or nous partons par le chemin de Lassagne, de l'autre côté. Je brouillerai tes traces de pas avec les miennes, juste devant la porte d'entrée, avant que nous ressortions ensemble. Il n'y verra rien. »

Clémence fit confiance à Armand. Mais, au fond d'elle-même, elle commençait à avoir mauvaise conscience. Ce signe du ciel n'était-il pas un avertissement ? N'avait-elle pas commis une faute irrémédiable en se donnant à Armand ? Était-il sincère quand il lui disait dans le creux de l'oreille les mots les plus tendres qu'elle n'aurait jamais imaginés ? Et ce plaisir, qu'elle avait éprouvé au sommet de leurs étreintes, n'était-il pas un péché ?

Clémence fut subitement ébranlée par le doute, tant la crainte de devoir tout avouer à ses parents la perturbait. L'amour qui avait surgi en elle, qui l'avait poussée dans les bras d'Armand au point de ne plus pouvoir se raisonner, lui semblait tout à coup irréel, impossible, incompréhensible.

Armand remarqua son trouble.

« Qu'y a-t-il, Clémence ? Tu es si pâle !

— Ce n'est rien. C'est... c'est si soudain tout ce qui nous arrive !

— J'ai une idée ! Suis-je bête de ne pas y avoir pensé plus tôt ! Personne n'y verra rien.

— Comment ça ?

— Je vais te porter dans mes bras jusqu'à la porte du mas. Ainsi, il n'y aura que mes traces de pas dans la neige. Comme je dois partir avec ton père dans deux bonnes heures, dès que le jour sera levé... tu comprends... mes traces prouveront seulement que je suis venu seul de la grange. Une fois rentrée, tu te recouches rapidement sans faire de bruit et, ni vu ni connu, on embrouille tout le monde ! »

Le visage de Clémence s'auréola à nouveau d'un large sourire. Elle retrouva subitement des couleurs. Elle s'approcha d'Armand, oubliant sa nudité, lui caressa le visage du bout des doigts, s'attarda sur ses lèvres, offrit les siennes.

« Prends-moi dans tes bras, mon chéri. Vite, avant que je ne succombe une fois encore ! »

Le séjour d'Armand se termina sans problème. Ni Marie ni Auguste ne devinèrent ce qui s'était passé dans la grange, juste au-dessus de leur chambre, par cette nuit de neige.

Les jours qui suivirent, Armand se montra discret et évita de se retrouver seul en compagnie de Clémence. Pourtant, ce n'était pas l'envie qui lui manquait.

La jeune fille, de son côté, retenait mal les rougissements de son visage, quand elle servait à table. Elle sentait la douce chaleur d'Armand l'enivrer, tandis qu'elle le frôlait pour apporter la soupière ou un plat de ragoût préparé de concert avec sa mère.

Ils n'osèrent retourner dans la grange de crainte de se faire surprendre. Ni l'un ni l'autre d'ailleurs ne souhaitaient courir le risque de décevoir Auguste ; celui-ci ayant accordé toute sa confiance à son visiteur. Ils ne voulaient pas non plus inquiéter Marie qui protégeait ses enfants comme son bien le plus précieux.

Seul Antonin perçut entre eux un soupçon de connivence. Un soir, tandis qu'il était à la traite en compagnie de sa sœur, il lui dit sans détour :

« Il te plaît bien, Armand, n'est-ce pas ? »

Surprise par son allégation, Clémence ne sut que répondre.

Il insista :
« Tu es amoureuse de lui, ça se voit ! »
Clémence évita le regard de son frère, s'arrêta un instant de tirer le lait du pis de la vache, bredouilla :
« Armand est un gentil garçon. Je le trouve très aimable et bien éduqué. Ça nous change de ces garçons rustres qui nous entourent et qui n'ont aucune conversation.
— Comme Émile Claret ?
— Par exemple.
— Tu es amoureuse de lui, avoue-le-moi !
— Je ne répondrai pas. Tu ne dis que des sottises !
— Oh ! je sais bien des choses. Mais je ne te les dirai que si tu m'avoues la vérité. Alors, tu es amoureuse, oui ou non ? »
Clémence se troubla. Son frère avait-il surpris quelque détail compromettant. Pourtant, hormis cette nuit merveilleuse qu'elle avait passée dans les bras d'Armand, jamais ils ne s'étaient fait surprendre seuls ensemble !
« Alors ?
— Bon, si tu insistes : oui. Armand me plaît bien. Quel mal y a-t-il à cela ? De toute façon, dans quelques jours il partira au Pont-de-Montvert.
— Moi, je sais que vous vous donnez rendez-vous dans la grange. Vous êtes amoureux l'un de l'autre, c'est sûr ! »
Antonin, avec sa naïveté d'enfant de douze ans, ne pensait pas mettre sa sœur en mauvaise posture. Au fond de lui, il souhaitait qu'Armand reste au mas. Et si cela devait être grâce à Clémence, il n'en ressentirait que du bonheur.

«Regarde ce que j'ai trouvé dans le foin de la grange», ajouta-t-il, d'un air amusé.

Clémence blêmit.

Antonin tenait à la main un de ses mouchoirs.

«Il est à toi ! Il se trouvait à l'emplacement où dort Armand.

— Tu fouilles dans ses affaires à présent !

— Non. Je l'ai trouvé par hasard, en allant chercher du foin pour les bêtes. Il était enfoui dans l'herbe. Je ne l'aurais pas remarqué s'il n'avait pas été taché de sang !»

Cette fois, Clémence faillit s'évanouir. Comment lui expliquer ? Elle ne pouvait pas avouer à son jeune frère que ce sang était le premier don d'elle-même à celui qu'elle aimait.

Elle biaisa.

«Tu as raison, Antonin. Je ne te cacherai pas que je suis allée voir Armand dans la grange. Que cela reste entre nous ! Vois-tu, l'amour ne se commande pas. Dès que nous nous sommes vus la première fois, nous avons été attirés l'un par l'autre. Je l'aime et il m'aime. C'est ce qu'il voulait me dire ce soir-là. Par malchance, troublée par ce qu'il me disait, je suis tombée ; une seconde d'évanouissement. Rien de grave. Ma jambe a heurté une fourche qui traînait. Je me suis égratignée. J'ai essuyé ma blessure avec ce mouchoir que j'ai oublié dans le foin.»

Antonin n'était pas dupe. En bon fils de paysan, il n'ignorait pas les petits secrets de la vie. Il fit semblant de croire aux explications de sa sœur, la laissa finir de parler et ajouta :

«Je n'ai rien dit à personne. Si tu veux, tout cela restera entre nous. Ce sera notre secret. Je n'en parlerai même pas à Louise quand elle rentrera de Mende, aux prochaines vacances.

— Je t'en serai éternellement reconnaissante, Antonin.

— Comment ferez-vous pour vous revoir, quand il sera parti ? »

Clémence s'assombrit. Elle n'avait pas occulté la question. Elle savait qu'il lui serait difficile de revoir Armand, une fois que la vie aurait repris son cours normal. La distance qui les séparerait, leurs occupations respectives ne favoriseraient pas de nouvelles rencontres. Et, loin d'elle, n'allait-il pas l'oublier aussi vite qu'il n'avait été rapide à la conquérir ?

Plus le jour de son départ approchait, plus elle se montrait morose.

Antonin vint une fois de plus à son secours.

« Si tu veux, quand papa aura besoin de descendre au Pont-de-Montvert pour ses achats, je pourrai tenter de le persuader que nous pouvons y aller à sa place. Pour ce qu'il y achète, nous pouvons nous en charger nous-mêmes et nous débrouiller sans lui. Nous ne sommes plus des petits enfants. Il peut nous faire confiance !

— Il n'acceptera jamais. Il aime aller au Pont. Ça lui fait une sortie.

— Quand le travail presse, il ne demande pas mieux de rester au mas. Tu le connais aussi bien que moi. Je peux toujours essayer. Qui ne risque rien n'a rien ! Pendant que j'irai aux courses, tu en profiteras pour rejoindre ton amoureux. »

Clémence accrocha un sourire à son visage. Elle se réfugia dans les bras de son frère, l'étreignit très fort en pensant à Armand.

« Je n'oublierai jamais, Tonin ! Je t'aime, petit frère. »

Dans ses bras, Clémence paraissait toute menue, Antonin étant déjà taillé comme un jeune homme. Il la serra contre sa poitrine, caressa ses cheveux, chuchota :

« Tu sais, je serai toujours là pour te protéger. »

Le lendemain, comme convenu, Armand prit congé.

Toute trace de neige avait disparu. Un soleil radieux baignait les prairies d'une douce lumière automnale. Les premiers assauts d'un hiver précoce n'avaient pas duré. Mais le mercure avait peine à remonter.

Marie remarqua :

« Il a neigé avant la chute des dernières feuilles. Il neigera au moins sept fois durant l'hiver. C'est un dicton, mais il s'avère souvent très juste. »

Elle remit à Armand un sac rempli de victuailles pour la route et se retira, voyant Clémence hésiter à lui faire ses adieux. Elle aussi avait deviné ce qui se passait dans le cœur de sa fille. Maintenant elle n'avait plus de doute. Mais, en bonne mère de famille, elle n'avait pas voulu précipiter les événements, préférant laisser au temps le soin d'achever ce que le hasard d'une rencontre avait commencé à tisser. « Si ça doit se faire, avait-elle songé, ça se fera ! Ils auront bien l'occasion de se revoir. Et si ce jeune homme est sérieux et tient à Clémence, il s'arrangera bien pour revenir la surprendre à Bellecoste. »

Pendant la semaine, Marie n'eut pas envie de confier à son époux ce que son cœur de mère avait deviné. Auguste n'aurait sans doute pas apprécié que sa fille profite du passage d'un inconnu pour se jeter si vite dans ses bras. Et il se serait d'autant plus méfié de son hôte s'il avait perçu, en lui, l'ombre d'une intention envers sa fille.

Auguste avait des convenances auxquelles il n'aurait dérogé pour rien au monde. Vingt ans plus tôt, quand il rencontra Marie pour la première fois, il ne la courtisa pas sans avoir obtenu au préalable l'autorisation de ses parents. Puis, lorsqu'il désirait être seul en sa compagnie, il leur précisait toujours l'endroit où il l'emmenait et ne dépassait jamais l'heure à laquelle il promettait de rentrer. Leurs relations s'étaient tissées lentement, même si les sentiments qu'ils éprouvaient l'un pour l'autre les enflammaient de désir. Son éducation l'avait imprégné de retenue, de principes qui lui donnaient une apparente raideur, une froideur de façade qui décourageait parfois ceux qui tentaient de se rapprocher de lui. Son amitié était difficile à obtenir mais, une fois acquise, elle devenait indéfectible. Auguste n'aimait pas les grandes effusions. Il préférait donner que recevoir, sans faire montre de ses sentiments. Il passait pour un homme austère, droit, généreux, mais avare de grands élans et assez rigide.

Seule Marie avait su percer sa carapace et le connaissait mieux que quiconque. Aussi prenait-elle toujours avec lui certaines précautions quand il s'agissait de rompre avec les usages ou d'accepter ce que sa nature, par convenance, l'aurait poussé à refuser. Il n'éprouvait aucun plaisir à dépenser inutilement. À ses yeux, chaque chose avait une juste valeur, chaque geste aussi envers autrui. Grand croyant devant l'Éternel, il était intimement convaincu que tout être était redevable à Dieu et devait agir sans jamais oublier que la vie sur terre n'était qu'un passage. Il avait donc horreur de perdre son temps en futilités. Les petits agréments qu'il s'accordait étaient comptés à l'aune de leur durée et de leur utilité. Il ignorait ce que signifiait *se faire plaisir*, et préférait satisfaire les autres que lui-même. Cette qualité le grandissait aux yeux de Marie. Celle-ci avait tendance à voir en lui un saint homme dépourvu de mauvais sentiments, mais aussi sans indulgence envers les mécréants et ceux qui n'avaient pas le même sens que le sien de la droiture, de la probité, voire de l'abnégation. Le travail était pour lui la première valeur à laquelle chacun sur terre devait s'attacher. L'oisiveté, la frivolité, l'insouciance, la désinvolture, l'amusement tout simplement ne trouvaient chez lui aucune mansuétude. Par contre, tout être courageux, tenace, travailleur, volontaire, perspicace obtenait toujours son assentiment et était assuré de s'octroyer ses faveurs.

Armand n'était resté que dix jours à Bellecoste. Il ne lui en fallut pas davantage pour gagner sa confiance et sa sympathie, à défaut de son amitié, toujours plus longue à obtenir. Quand il quitta le mas au petit matin, son sac à dos sur l'épaule, il le vit partir à regret. Lui serrant chaleureusement la main, il lui confia :

« Si un jour tu manques de travail, n'hésite pas à revenir. J'aurai toujours de quoi t'occuper. Oh ! pas pour faire le menuisier, mais à la ferme ce ne sont pas les tâches qui manquent. Tu es un garçon courageux et honnête. Ça se voit au premier coup d'œil. La porte de Bellecoste te sera toujours ouverte. »

Clémence avait le cœur serré et dissimulait mal son émotion et sa tristesse. Antonin restait près d'elle, partageant sa peine, prêt à intervenir au cas où elle se sentirait défaillir. Il serrait sa main dans la sienne, par fortes pressions pour la faire réagir et pour qu'elle ne se laisse pas envahir par le chagrin – ce qui aurait pu donner des soupçons à Auguste.

« Retiens-toi ! lui susurra-t-il entre les dents. Il ne faut pas que papa te voie si triste. »

Quand Armand s'approcha d'elle pour lui dire au revoir, seuls ses yeux parlèrent pour lui. Il lui tendit mécaniquement la main et prononça les paroles banales qu'on dit souvent quand on prend congé.

« J'ai été très heureux de vous connaître, Clémence. On se reverra peut-être à l'occasion d'une fête ou quand vous descendrez au Pont-de-Montvert avec votre père. »

Trop saisie d'émotion, Clémence resta sans voix quelques secondes. Auguste la secoua :

« Clémence, tu pourrais au moins dire au revoir à Armand ! Tu as perdu ta langue ou c'est par timidité que tu restes muette ?

— Au revoir, monsieur, répondit-elle sans réfléchir. Bonne route et bonne chance ! »

Antonin intervint pour sauver la mise à sa sœur :

« Ce serait bien que tu reviennes de temps en temps ! Quand on fait les foins ou la moisson, on a besoin de main-d'œuvre. Hein ! p'pa ? Armand pourrait venir nous aider !

— Je viens de le lui proposer. La maison lui est grande ouverte. Il sait où venir chercher du travail. »

En retrait, ayant déjà fait ses adieux à son visiteur, Marie observait Clémence et Armand.

« C'est sûr, se dit-elle. Il s'est passé quelque chose entre eux. Vaï ! ça lui passera ! À moins que... »

Deuxième partie

LA DESCENTE AUX ENFERS

9

Déception

Louise suivait ses cours à l'école normale depuis plusieurs mois. Ses débuts avaient été difficiles. L'adaptation à la vie urbaine, à une école de plus grande dimension, l'éloignement qu'elle ressentait davantage lui avaient posé quelques problèmes. Ses camarades de classe, toutes issues du milieu citadin, lui avaient fait ressentir ses origines paysannes et l'avaient mise à l'écart dès les premiers jours. Malgré son tempérament bien trempé, elle s'était vite découragée. Le soir, dans le dortoir, elle n'avait pas le goût à se joindre aux conversations de ses voisines. Au reste, celles-ci la prenaient pour une fille renfermée, austère, à l'image du mont Lozère d'où elle venait. Certaines ne se privaient pas de lui signifier que les jeunes paysannes n'étaient pas faites pour devenir institutrices. « Le métier demande beaucoup de patience et de savoir-faire ! » prétextaient-elles pour la piquer au vif. La plupart sortaient de l'école primaire supérieure, certaines, même, des classes du collège, et non d'un cours complémentaire. Elles savaient le lui rappeler, montrant ainsi leur supériorité.

Néanmoins, en classe, Louise ne se laissait pas dépasser par celles qui se complaisaient à la rabaisser.

Son intelligence, sa vivacité d'esprit, son raisonnement judicieux faisaient d'elle une excellente élève. Tous ses professeurs se félicitaient de ses premiers résultats et l'encourageaient à poursuivre ses efforts.

« Si vous continuez ainsi, mademoiselle Pérol, vous réussirez sans problème, lui affirma la directrice de l'établissement à la fin du premier trimestre. Dans moins de trois ans, vous aurez à charge une classe de jeunes enfants et c'est vous qui aurez en main leur destin. »

Louise n'éprouvait aucune fierté particulière à envisager un tel avenir. Pour elle, la poursuite de ses études demeurait le seul moyen d'échapper à la vie dans la ferme familiale, la seule voie qui lui permettrait bientôt de concrétiser ses rêves d'enfant. Elle n'avait pas changé d'idées : plus tard, elle voulait vivre en ville et exercer un métier qu'elle aurait choisi et qui n'exigerait pas qu'elle se salisse les mains. Voir sa mère quotidiennement à la besogne à Bellecoste ne l'avait jamais encouragée à vivre à la ferme, auprès d'un mari qui, comme son père, aurait les ongles noirs, les habits souillés et mal taillés, et jamais du temps à lui consacrer. Certes, elle ne reniait pas ses origines et éprouvait toujours beaucoup de respect pour ses parents. Mais elle ne voulait pas suivre le même chemin qu'eux.

Au fil des mois, elle finit par ne plus prêter attention aux réflexions médisantes de ses camarades. Ses résultats parlaient pour elle et lui valurent bientôt leur considération et leur soudaine affabilité. Petit à petit, elle perça les cercles d'amitié qui lui étaient fermés jusqu'alors, gagna la sympathie de quelques-unes, fit sa place parmi les meilleures.

Pendant les sorties autorisées, elle s'empressait d'aller retrouver René Destrière. Celui-ci avait été embauché au *Moniteur de la Lozère* et rédigeait déjà de longs articles dans ses colonnes plusieurs fois par semaine.

« Mon plus grand souhait, lui avait-il avoué, serait de monter à Paris pour travailler dans un journal national. J'y songe. Mais il faut d'abord que je fasse mes premières armes en province. »

Ensemble ils rêvaient de s'échapper de la région où ils étaient nés et de vivre un grand destin sous d'autres cieux. Mais Louise devait reconnaître que son futur métier ne lui permettrait pas d'aller travailler bien loin.

« En général, les institutrices sont nommées dans leur département, fit-elle remarquer à Armand.

— Tu pourras demander une mutation.

— Dans quelques années.

— Alors, tu viendras me rejoindre ! »

Et les deux adolescents de vagabonder au pays des chimères !

Noël passa. Un Noël blanc, tant la neige fut abondante. Louise rentra à Lassagne pour deux semaines, oubliant quelque temps ses livres, ses cahiers, n'emportant avec elle que l'image de René dans son cœur.

À Bellecoste, elle renoua avec la vie qu'elle n'avait jamais tout à fait abandonnée depuis qu'elle était allée au cours complémentaire de Florac. Elle éprouva même beaucoup de joie à aider Clémence à la traite, et Antonin à nettoyer l'étable ou à donner le foin aux bêtes.

« Tu n'as pas perdu la main, sœurette ! plaisantait souvent ce dernier. Là-bas, à la grande école, y aurait-il des vaches comme ici ?

— Des vaches ! Oh ! oui, il y en a ! Plus que tu ne l'imagines. Des vaches et des cerbères. Certains profs, vois-tu, sont plus coriaces que nos plus vieilles bêtes. Et les surveillantes nous ont à l'œil ! Mais je m'y plais bien quand même. »

Antonin aimait plaisanter avec Louise. Il savait qu'elle entrerait toujours dans son jeu et ne se vexerait pas. Avec elle, il ne prenait pas autant de précautions qu'avec Clémence qu'il savait plus fragile, plus secrète, moins expansive. Lui qui avait le rire et la boutade faciles, il ne se privait jamais d'un bon mot, d'un calembour pour détendre l'atmosphère, accrocher un sourire sur les visages attristés, démontrer simplement qu'il ne fallait pas prendre la vie trop au sérieux.

Louise n'avait toujours pas avoué qu'elle fréquentait un jeune garçon de trois ans son aîné – hormis à sa mère. Marie, d'ailleurs, s'était immédiatement inquiétée à ce sujet, le lendemain même de son retour à Bellecoste :

« Revois-tu le jeune homme dont tu as fait la connaissance à Florac ?

— René ? Oui, bien sûr ! Nous nous étions promis de nous retrouver à la rentrée. Chaque fois que j'ai une permission de sortie, je vais le rejoindre.

— Tu es bien jeune, Louise ! J'espère que tu es sérieuse et que…

— Tu n'as aucune crainte à avoir, maman. René n'est pas un garçon dévergondé. Il sait jusqu'où je veux aller avec lui. Et pour l'instant…

— Je ne te demande pas de rentrer dans les détails, Louise. Je te fais confiance. Je souhaite seulement qu'il ne te détourne pas de l'objectif que tu t'es fixé. Ce serait trop bête de gâcher tes études pour une amourette.

— Ce n'est pas une amourette ! Entre nous, c'est sérieux. Mais, je te le répète, chaque chose en son temps. René l'a compris. Tu peux me croire.

— En tout cas, pas un mot à ton père ! Pas encore. Tu le connais. Il a des principes sur lesquels il ne transigera pas. Vois-tu, même pour Clémence je n'ose pas lui parler. »

Marie avait envie de se confier à une âme complaisante pour conforter son opinion.

« Clémence ! s'étonna Louise.

— Oui. À toi, je peux bien le dire. Il y a deux mois, un jeune homme est arrivé à Bellecoste en compagnie de ta sœur et de ton frère, tandis qu'ils ramenaient le troupeau des hauteurs. À cause du mauvais temps, il est resté ici une dizaine de jours, sur l'invitation de ton père, à qui il a fait une très bonne impression.

— Pas à toi ?

— Si... enfin, je ne sais pas trop. C'était un inconnu, un étranger au pays !

— Et qu'est-ce que Clémence vient faire dans cette histoire ?

— Tu peux te douter ! Je n'en ai aucune certitude, mais j'ai bien vu qu'entre eux il s'était passé quelque chose pendant son séjour.

— Clémence amoureuse ! Mais c'est merveilleux !

— Mon instinct de mère me dit que ta sœur s'est peut-être un peu vite emballée. Je ne voudrais pas qu'elle souffre inutilement.

— Ils se sont revus depuis ?

— Non. Pas que je sache. En réalité, il n'est jamais revenu depuis son départ. Il faut dire qu'avec la neige qui est tombée, pour monter du Pont-de-Montvert, il faut être courageux !

— Alors, pourquoi t'inquiètes-tu ?

— Ta sœur me paraît tellement... comment dire ? Tellement triste et repliée sur elle-même depuis que ce jeune homme est reparti.

— Clémence a toujours été une grande solitaire. Et une grande romantique. Ses rêves n'ont jamais été comme les miens. Moi, j'ai toujours su ce que je souhaitais : du concret, du solide. Pas elle. C'est son côté enfant. Elle aime laisser vagabonder son esprit. C'est ce qui fait son charme !

— À son âge, ça peut être dangereux. Le premier beau garçon qui est passé par ici lui a emballé le cœur et tourné la tête.

— Il faut bien reconnaître, maman, que les garçons ne sont pas légion près de chez nous. Beaucoup sont partis travailler dans le bassin d'Alès. Et ceux qui restent ne sont pas des plus séduisants ! Avoue-le !

— Clémence n'a pas eu ta chance d'aller à l'école. Même si elle en avait les moyens.

— C'était aussi son choix.

— Je sais. Ne revenons pas sur ce sujet.

— Papa a été très satisfait quand elle a décidé de rester au mas. Avoir une fille près de lui, puis, plus tard, avoir un gendre qui ferait le même métier que le sien, il n'en demandait pas davantage !

— Je n'ai rien fait pour essayer de dissuader ta sœur. C'est ce que je me reproche aujourd'hui.

— Alors, maman, cesse de t'inquiéter. Peut-être est-ce la main du destin qui a mis ce beau jeune homme sur la route de Bellecoste ! C'est peut-être lui qui donnera une autre existence à Clémence. En fait, tu ne m'as pas dit ce qu'il faisait.

— Il est ébéniste de métier, mais il fait aussi le menuisier et même le bûcheron. Il a l'air très cultivé. Et il a de bonnes manières et beaucoup de savoir-vivre.

— Il t'a donc fait bonne impression. Et papa, qu'en a-t-il pensé ?

— Il ne s'est aperçu de rien et je ne lui ai rien dit. D'ailleurs, je ne suis pas sûre de ce que je soupçonne.

— Si tu veux, je parlerai discrètement à Clémence. À moi, elle se confiera. »

Marie pouvait faire confiance à Louise. Entre elles, les rapports étaient moins compliqués qu'avec sa fille aînée. Envers celle-ci, elle devait toujours agir avec délicatesse et prudence pour éviter qu'elle ne se referme aussitôt, quand elle tentait d'entrer dans son jardin secret. Elle croyait parfois qu'elle s'enfonçait dans cette douce léthargie qui emmène les âmes fragiles et trop sensibles vers des abîmes sans fond, sans espoir de les voir revenir vers une réalité moins éthérée.

Juste avant que Louise ne reprenne la route de Mende, elle lui demanda :

« As-tu parlé à ta sœur ?

— Oui. Tu as vu juste. Elle est très amoureuse de cet Armand Dubreuil. Elle ne vit que dans l'espoir de le revoir bientôt. Je ne devrais pas te le dire… jure-moi de ne pas la gronder !

— Qu'y a-t-il de plus ?

— Jure-moi d'abord !
— Je te le promets, parle !
— Ils ont fait… enfin, elle s'est donnée à lui. Dans la grange.
— Oh ! mon Dieu ! je m'en doutais.
— Rien qu'une fois, m'man. Il n'y a pas de quoi en faire un drame.
— Si ton père savait ça ! Pourvu qu'elle ne soit pas…
— Non, je te rassure. Elle n'est pas enceinte. Ça aussi elle me l'a confirmé. Elle l'aime. Énormément. Il ne faut pas prendre son histoire à la légère. Tu sais comme elle est, Clémence.
— Je sais, ma chérie. Je sais. Tout cela restera entre nous. En attendant, je vais aviser, essayer de la mettre en confiance, voir ce que je peux faire sans heurter ton père. »

L'hiver fut rude. La neige paralysa le massif pendant des mois interminables. La vie semblait s'en être délicatement retirée sous un épais linceul de laine immaculée. À perte de vue, tout n'était que lisse surface, ondoyant comme les vagues d'une mer morte figée dans un cristal de glace. Les bruits étaient vite étouffés. Le silence ajoutait à la morne immobilité des grands espaces une impression d'irréalité. Le mont Lozère semblait hors du temps, hors du monde. Les lointains se fondaient dans la blancheur laiteuse du ciel et de la terre comme si, du néant originel, était né un univers privé à jamais de toute parcelle de vie. Les montagnes formaient des croupes blanches, arrondies, sur lesquelles, par endroits, les sapins se hérissaient pour blesser les nuages. Le froid rendait cassantes les branches des arbres. Le gel s'infiltrait partout et faisait éclater les rochers les plus fragiles, tandis que le vent accumulait les congères jusqu'à la base des toits.

Les maisons faisaient le gros dos, arc-boutées sous la couverture neigeuse, mais leurs murs titanesques ne rompaient pas. Construites pour résister aux plus violentes tourmentes, aux assauts des plus durs hivers, elles demeuraient solidement campées sur leur socle de granit. Parfois, le bois de leur charpente craquait en notes rauques et profondes, mais ne cédait pas.

« C'est la preuve que le bois vit », affirmait Auguste, quand Marie s'inquiétait des bruits étranges qui venaient du grenier ou du fenil.

Personne dans le village ne commettait l'imprudence de s'aventurer loin des dernières maisons. Quand la burle soulevait la neige en un voile de coton opaque, il était dangereux de s'éloigner. Comme dans le désert, les traces s'effaçaient vite, les repères disparaissaient, le paysage devenait uniforme, comme pour mieux piéger les inconscients et les punir d'avoir osé braver les éléments.

Malgré le temps qui s'était écoulé depuis son départ, Clémence n'avait pu oublier Armand. Quand elle se rendait dans la grange pour faire tomber le foin dans la mangeoire des bêtes, elle ne pouvait s'empêcher de penser à la nuit merveilleuse qu'elle avait passée dans ses bras, à la prévenance, à la délicatesse dont il avait fait preuve pour ne pas lui faire mal, la première fois. Elle sentait encore ses mains effleurer son corps dévêtu, les frissons qui l'avaient parcourue, l'odeur de sa peau, le goût de ses baisers, le grand étourdissement quand elle s'était laissé envahir par le vertige de l'extase. Plusieurs fois il lui avait fait don de son amour. Toujours il l'avait entraînée plus loin dans le comble du bonheur.

Elle espérait son retour avec impatience. Dès que l'hiver serait terminé et que les routes seraient à nouveau dégagées, il ne tarderait pas à remonter du Pont-de-Montvert, un dimanche ou un jour de fête, songeait-elle. Elle s'en persuadait chaque jour un peu plus.

Avec le redoux de mars, la neige se mit à fondre. Le ciel flamboyait dans l'aube détrempée et déversait généreusement ses douceurs. Les communications furent bientôt rétablies et la vie reprit petit à petit son cours normal. Les maisons endormies s'éveillèrent aux rayons du soleil. Le chant des coqs perçait le silence dès que le ciel s'émaillait de rose. Et si la température nocturne restait basse, les hommes, néanmoins, commençaient à reprendre fébrilement leurs activités extérieures.

« Il faut se méfier, remarqua Auguste. Mars est le mois du printemps, mais avril peut très bien nous jouer des tours et nous faire passer Pâques aux tisons. »

Antonin tint parole. Dès que son père émit l'idée de descendre au Pont-de-Montvert, il lui proposa de s'y rendre avec Clémence afin de lui éviter de perdre une journée entière de travail.

« Tu as beaucoup à faire au mas ; apprête-nous la mule et laisse-nous y aller à ta place, lui dit-il. Nous pouvons nous débrouiller sans toi. »

Devant le travail qui s'était accumulé à cause de la neige, Auguste accepta volontiers la proposition de son fils.

« Tu as treize ans à présent. Tu peux en effet faire la route sans moi. Clémence aura l'œil sur toi, des fois que tu ne compterais pas bien ta monnaie ! Prends garde de ne pas te faire escroquer. N'achète que ce que je te commande. N'écoute pas les bonimenteurs... »

En bon économe, Auguste ne mesurait pas ses recommandations pour qu'Antonin ne dépense pas à tort l'argent qu'il s'apprêtait à lui confier.

« Après tout, il faut que tu apprennes aussi à tenir les cordons de la bourse ! » ajouta-t-il.

Puis à Clémence :

« Je compte sur toi pour ne rien oublier. En ce début de saison, il y a pas mal de choses à ramener du Pont. Si on te demande si j'ai des bêtes à vendre, tu diras que j'ai deux paires de bœufs de trait fin prêts, en plus des veaux et des génisses pour l'engraissement.

— Tu descendras toi-même à la foire le mois prochain ?

— J'y compte bien. Nous nous y rendrons tous les trois. Toi et ton frère, vous m'accompagnerez. »

Clémence ne se contenait plus de joie. Son visage retrouva sa fraîcheur. Ses yeux riaient à nouveau à la vie, tels deux bourgeons de rose qui éclosent dans la lumière virginale du petit matin.

Marie comprit ce qui se passait en elle et devina l'espoir qui l'animait soudain après ces longs mois de latence hivernale. Elle hésita à lui parler avant qu'elle ne prenne la route du Pont-de-Montvert avec Antonin, préféra attendre un peu plus.

«Rien ne presse, songea-t-elle. Quelle sera son humeur à son retour ? On ne sait jamais ! »

La descente fut longue jusqu'au chef-lieu de canton. Il leur fallut encore marcher dans la neige, et la brave mule se cabra plus d'une fois en certains passages ombragés et encore verglacés.

Ils arrivèrent en fin de matinée. L'atelier de Marceau Freyssinet se trouvait peu après le pont, sur la rive droite du Tarn. La petite cité vivait encore au rythme de l'hiver. Au-dessus des toits d'ardoise grise, les cheminées laissaient s'échapper des volutes bleutées de fumée qui montaient droit dans un ciel de nacre. Dans les vallées, il faisait toujours plus froid que sur les hauts. L'humidité s'y ajoutant, Clémence se sentit frigorifiée. Sous le pont, le Tarn charriait des eaux de fonte abondantes et écumantes, en de gros tourbillons tumultueux. Antonin pensait déjà aux belles truites fario qu'il irait bientôt pêcher plus en amont. Avec ses cousins de Salarials, il affectionnait particulièrement le secteur du Pont du Tarn, non loin de l'Hôpital, où les eaux vives offraient chaque année quantité de belles prises. En passant, il ne put s'empêcher de s'arrêter sur le pont et de se pencher par-dessus le parapet.

«Regarde, Clémence, comme elles sont grosses, déjà ! »

Celle-ci ne prêtait pas attention, trop préoccupée par ce qui attisait son cœur.

«Nous devrions nous hâter, Antonin, répondit-elle, sinon, nous manquerons de temps. »

Le jeune garçon comprit à demi-mot.

«Séparons-nous, si tu préfères. Moi, je vais à la quincaillerie, puis chez le bourrelier. Je garde la mule avec moi. Pendant ce temps, fais ce que tu dois faire. On se rejoint au pied de la tour de l'Horloge dans deux heures. »

Deux heures ! Deux petites heures seulement pour retrouver Armand après de si longs mois d'absence !

Elle se dirigea tout droit vers la menuiserie de l'ami de son père et, juste avant d'y pénétrer, hésita. « Que dirai-je si Marceau raconte à papa qu'il m'a vue chez lui ? »

Elle faillit s'en retourner. Puis, se ravisant, elle poursuivit son chemin d'un pas décidé. « Tant pis ! pensa-t-elle. Je trouverai un prétexte. »

Des bruits aigus de scie sortaient du hangar du menuisier. Sur le devant de porte, des poutres et des solives étaient empilées et dégageaient une bonne odeur de résine. Le sol était recouvert de sciure emportée par le vent. Des cadres de porte et de fenêtre étaient mis à l'abri sous l'avancée du toit.

Clémence s'approcha du hangar, scruta du regard l'intérieur. Ne voyant personne, elle appela. Le son de sa voix était couvert par le bruit strident de la lame métallique. Elle osa quelques pas, aperçut Marceau Freyssinet penché sur son établi.

« Bonjour Marceau ! s'écria-t-elle.

— Oh ! c'est toi, petite. Entre donc. »

Le menuisier cessa son travail. Le silence succéda au vacarme.

« Qu'est-ce qui t'amène ? Ton père a une commande à passer ? Il se fait bien paresseux pour envoyer sa fille à sa place !

— C'est qu'il est très occupé. Mais je ne suis pas venue pour vous commander des planches. Je passais simplement dire bonjour à M. Dubreuil. Je fais des courses dans le bourg, avec mon frère. »

Surpris, Marceau Freyssinet s'approcha de Clémence.

« Tu le connais, ce Dubreuil ?

— Oui, un peu. Il a séjourné une bonne semaine à Bellecoste, juste avant l'hiver. Papa l'avait accueilli et il nous a aidés en échange du gîte et du couvert.

— Ah ! je comprends ! Mais il n'est plus ici depuis longtemps. En fait, il n'est resté que huit jours au Pont. Puis il est reparti comme il est venu.

— Reparti ! Je croyais que vous deviez l'embaucher !

— C'est exact. D'ailleurs, le peu de temps qu'il est resté chez moi, il m'a donné entière satisfaction. Il avait des doigts en or. Il est ébéniste de formation. Peut-être que le travail ne lui a pas plu. Moi, je fais surtout du bois de charpente et, à l'occasion, des portes et des fenêtres. Son domaine à lui, c'était plutôt les jolis meubles. C'est un artiste ! »

Clémence se rembrunit. Marceau s'en aperçut.

« Eh bien ! petite, faut pas être triste ! Tu sais, je crois que cet Armand cachait quelque chose de secret. Quoi ? Je l'ignore. Il est parti du jour au lendemain, après avoir reçu une lettre.

— Une lettre !

— Oui. C'est toi qui lui as écrit ?

— Non, pourquoi ?

— Je me disais...

— Je le connais à peine. Je ne lui aurais jamais écrit ! »

Marceau n'insista pas. Il ajouta seulement :

« Il faut se garder de s'attacher aux inconnus qui traînent sur les chemins. On ne sait jamais à qui on a affaire. »

Le retour à Bellecoste parut interminable à Clémence. Attristée, elle ne desserra pas les dents sur tout le parcours. À ses côtés, Antonin tâchait de lui remonter le moral, mais s'inquiétait de voir sa sœur plongée dans un tel désespoir.

« Sans doute a-t-il été appelé quelque part. Il a été obligé de s'absenter. Il reviendra. Il t'a laissé entendre qu'il désirait te revoir, n'est-ce pas ?

— C'est ce que disent tous les hommes quand ils s'en vont.

— S'il t'aime, il reviendra. En attendant, ne fais pas cette tête devant papa et maman. Ils se douteront de quelque chose ! »

Clémence dissimula mal son état d'âme. Si Auguste n'y prêta pas attention, Marie devina ce qu'il s'était passé au Pont-de-Montvert. Elle décida de parler à sa fille sans attendre et sans détour, afin de crever l'abcès.

Celle-ci lui avoua tout – ou presque – et ne trouva de consolation à sa peine qu'en se jetant aveuglément dans le travail.

10

L'attente

Les mois passèrent. Déjà on ne parlait plus que des menaces de l'Allemagne sur l'Europe. Les tentations hégémoniques du Reich rendaient la paix fragile. Les milieux bien informés commençaient à s'inquiéter, car ce n'était pas la première fois, depuis dix ans, que l'Empire germanique montrait ses velléités belliqueuses. Par ailleurs, la course aux armements entraînait toutes les grandes nations industrielles vers un avenir hérissé de périls.

À Bellecoste, si Auguste ne prêtait pas trop attention à l'actualité internationale, il en était un qui avait repris son bâton de pèlerin pour s'impliquer davantage et apporter sa pierre à la sauvegarde de la paix. Armand Dubreuil, en effet, avait renoncé à son nouveau travail au Pont-de-Montvert pour se rendre sans tarder à Paris. Pacifiste de la première heure, le jeune ébéniste militait depuis la fin de son service militaire pour empêcher les nations de l'Europe de recourir à la guerre. Fier défenseur des thèses soutenues par Jean Jaurès, il s'était mis à la disposition de ce dernier pour aller prêcher la paix entre les peuples partout où cela s'avérait nécessaire. Ses amis, socialistes pour la plupart, tous pacifistes comme lui, ne savaient plus où donner de la tête en ce printemps 1914, afin de convaincre les masses ouvrières qu'elles devaient faire pression de tout leur poids pour contraindre les dirigeants de leur pays à renoncer à l'usage des armes. Selon eux, le danger était réel et, si aucune force populaire n'émergeait de part et d'autre des frontières, la tentation serait grande, pour les hommes au pouvoir, de recourir à la force afin de régler leurs différends.

Or la France n'avait-elle pas une revanche à prendre sur l'Allemagne ? Celle-ci n'entendait-elle pas jouer dans la cour des grands, parmi les puissances coloniales ? La Russie ne se préparait-elle pas à un ultime règlement de compte avec le pangermanisme, selon les propres propos du comte Bobrinski[1] ? L'Autriche-Hongrie elle-même n'avait-elle pas accordé la plus grande place de son budget à l'armement ? Au reste, le jeu des alliances divisait déjà l'Europe en deux blocs et opposait les grandes nations entre elles.

Armand Dubreuil n'avait donc pas hésité un seul instant. Avec quelques-uns de ses amis pacifistes, il avait repris la route. Non, cette fois, pour approfondir les savoir-faire de son métier, mais pour parler aux foules, aux ouvriers surtout, à qui il expliquait que les gouvernements n'attendaient qu'un seul prétexte pour déclencher les hostilités, et qu'ils seraient dans tous les cas les premières victimes des marchands de canons des grandes puissances économiques. Les thèses de Jaurès, malheureusement, ne rencontraient pas beaucoup d'assentiments auprès des instances dirigeantes. Et l'on commençait à se méfier de cet

1. Porte-parole des panslavistes russes.

avocat languedocien et de ses amis. N'allaient-ils pas prêcher jusqu'en Allemagne même pour tenter de convaincre les masses laborieuses que la classe ouvrière de toutes les nations devait s'unir par-dessus les frontières afin d'imposer la paix internationale ?

Après être monté à Paris où il avait entrevu Jaurès en personne, Armand s'était rendu à Cologne, puis à Dortmund et à Essen. Il y avait rencontré de nombreux camarades socialistes allemands, convaincus comme lui de la nécessité de faire entendre la voix des peuples. Partout il avait été accueilli les bras ouverts et avait senti se dessiner un grand élan de fraternité. Il croyait encore possible de sauver la paix grâce à l'élan populaire, à la pression des travailleurs sur leurs patrons qui, pour la plupart, soutenaient les politiques gouvernementales.

Originaire de l'est de la France, de cette partie de la Lorraine restée française après le désastre de 1870, il n'avait aucune difficulté à se faire comprendre dans la langue de Goethe. C'était la raison pour laquelle ses camarades lui avaient demandé de passer la frontière afin d'aller porter la bonne parole au peuple allemand. Il avait accepté, malgré les risques qu'il encourrait et dont il était parfaitement conscient. N'adhérant à aucun parti politique, il n'ignorait pas, cependant, que son activisme était connu des services de police. Il avait déjà fait l'objet d'un contrôle d'identité inopiné, alors qu'il se trouvait à Nantes quelques mois avant d'arriver en Lozère. Les inspecteurs de la brigade antiterroriste le soupçonnaient de faire partie d'un réseau anarchiste, et s'étaient rendus à son domicile dès potron-minet, afin de fouiller la chambre qu'il louait chez son employeur. N'ayant rien trouvé chez lui de compromettant, les policiers s'étaient vus contraints de le relaxer, non sans l'avertir qu'ils l'avaient à l'œil. Cet incident n'avait pas empêché Armand de poursuivre son activité d'explication auprès des ouvriers qu'il apostrophait dans les bistrots, à la sortie des usines, où il se heurtait parfois aux représentants des syndicats qui voyaient en lui un concurrent déloyal.

À son arrivée en Lozère, il avait décidé de prendre un peu de recul. Il croyait pouvoir demeurer au Pont-de-Montvert suffisamment longtemps pour se faire oublier des services de police qui le surveillaient de loin. Ce qu'il n'avait pas envisagé, c'était de tomber amoureux de Clémence et d'être si vite rappelé par ses amis. Sur le moment il s'interrogea. Une semaine seulement s'était écoulée depuis son installation chez Marceau Freyssinet. Or il s'était promis de remonter dès que possible à Bellecoste. Clémence l'attendait, il le savait. Et il était bien décidé à parler à ses parents dès que le moment serait opportun. Car il aspirait à se fixer quelque part. Sans abandonner ses idées, il songeait maintenant à se stabiliser, à bâtir sa vie, à fonder un foyer.

Néanmoins, quand on lui demanda de se rendre en Allemagne afin de continuer la lutte en faveur de la paix chez ceux-là même qui la menaçaient le plus, il n'hésita pas longtemps. Son cœur de Lorrain parla pour lui, ses racines se réveillèrent dans sa chair. « Il ne faut pas laisser les esprits s'enflammer, songea-t-il. Là-bas, dans l'Est et de l'autre côté du Rhin, ils sont sans doute prêts à en découdre une nouvelle fois. Il est urgent d'aller calmer les vieilles querelles et de faire triompher la raison. C'est par la diplomatie et dans la paix que cette question, qui nous oppose, doit se régler. »

Il s'était promis de revenir sans tarder au Pont-de-Montvert.

Les mois avaient passé.

Armand n'était toujours pas revenu quand l'approche de juillet annonça le début des moissons.

Clémence avait fini par se rendre à la raison. Mais elle était devenue plus solitaire encore, plus taciturne. Elle était toujours la première à vouloir se rendre auprès des bêtes dans les pâturages, préférant la tranquillité des grands espaces à l'animation de la ferme. C'est elle seule qui s'occupait de la traite des vaches récemment séparées de leurs veaux. Elle s'acquittait de sa tâche deux fois par jour et, le soir venu, accompagnait encore Victor et Antonin pour le ramassage du lait, avant d'aider sa mère à faire le beurre. Elle parlait peu, toute à ses pensées.

Son frère, devinant ce qui la chagrinait, tentait, parfois maladroitement, de la distraire. Mais il devait reconnaître que rien ne la rendait vraiment heureuse.

Un soir, Marie s'en ouvrit à Auguste :

« Ne vois-tu pas que Clémence sombre dans la neurasthénie ?

— Elle a toujours été ainsi. Que veux-tu, cette petite a le cœur triste ! Qu'y pouvons-nous ? Il faudrait qu'elle tombe amoureuse, ça lui changerait les idées. »

Marie était bien décidée à raconter ce qui s'était passé entre sa fille et Armand Dubreuil avant l'hiver.

« Précisément, poursuivit-elle, ta fille est amoureuse.

— Je m'en doutais ! Alors, ça lui passera. Qui est l'élu de son cœur ? Il faut qu'il se déclare !

— Elle n'a jamais osé t'en parler.

— Je le connais ?

— C'est plus compliqué que tu ne le penses ! »

Marie expliqua la mésaventure de Clémence, la cause du chagrin qui la plongeait dans une telle tristesse depuis des mois. Mais elle mentit quand Auguste lui demanda sans ambages :

« Ils n'ont pas couché ensemble, au moins ? »

Rassuré, mais visiblement courroucé, il ajouta :

« Elle aurait pu m'en parler !

— C'est Louise la première qui m'a tout révélé. Puis, quand j'ai compris qu'Armand l'avait vite oubliée, j'ai tenté moi-même de la raisonner. J'ai jugé inutile de t'en parler. Rien ne servait de remuer le couteau dans la plaie de cette pauvre petite. Elle souffre suffisamment comme ça.

— Si seulement je savais où se cache ce garçon, j'irais lui dire deux mots. D'ailleurs, je dois descendre au Pont ; j'irai voir Marceau Freyssinet. Il m'en dira peut-être davantage.

— À quoi cela servira-t-il ? C'est de l'histoire ancienne maintenant. Tu penses bien que, si cet Armand Dubreuil avait tenu à Clémence, il aurait déjà donné signe de vie. Je me suis tout de suite méfiée de lui. Toi, par contre, tu l'as accueilli les bras ouverts !

— Je ne pouvais pas savoir qu'il allait en profiter pour jouer avec le cœur de notre fille. Par ailleurs, Clémence s'est un peu vite emballée. Ça, je ne me priverai pas de le lui dire. Elle n'a plus quinze ans, que je sache ! À son âge, elle aurait pu se méfier. »

Louise passait ses vacances d'été à la ferme, comme chaque année. Elle entendit la conversation de ses parents. Très proche de sa sœur aînée, malgré leurs différences de tempérament, elle intercéda en sa faveur.

« Papa, il ne faut pas brusquer Clémence avec tes remontrances. Tu ne feras que l'enfoncer un peu plus dans sa tristesse. Et il est temps que tu comprennes que nous ne sommes plus des enfants ; que nos vies nous appartiennent ; que nous devons trouver par nous-mêmes le chemin de notre avenir.

— Ah ! si tu t'y mets, toi aussi, bougonna Auguste, je n'ai plus qu'à me retirer. Vous vous serrez bien les coudes, vous les femmes !

— Je pense comme elles, coupa Antonin qui avait pris la conversation au vol.

— Parce que toi aussi tu étais au courant ?

— J'étais même le premier à savoir. Mais j'ai tenu ma langue. C'était un secret entre Clémence et moi. Contrairement à vous tous, moi je suis persuadé qu'Armand va revenir à Bellecoste pour Clémence.

— Qu'est-ce qui te fait dire ça ? demanda Marie.

— Un pressentiment. »

L'incident fut clos. Auguste écouta les conseils des siens et feignit de tout ignorer devant sa fille aînée. Mais, en son for intérieur, il pensa qu'il était urgent de trouver à celle-ci un prétendant afin de lui faire oublier ce qu'il prenait pour une amourette de jeune fille en mal d'aimer.

Depuis que Victor travaillait à ses côtés, il n'avait jamais songé une seule seconde que ce dernier aurait pu faire un gendre acceptable, un parfait mari pour l'une de ses filles. Âgé de vingt-six ans, son valet de ferme avait été placé à Bellecoste douze ans plus tôt, par son père, peu avant sa mort et celle de sa mère. C'était un garçon travailleur et poli. Il savait lire et écrire – ce qui était rare pour les valets de ferme. Issu d'une famille pauvre de journaliers, il n'avait pas eu d'autres choix, à l'époque, que d'accepter de s'embaucher dans une ferme dès l'âge de treize ans. Bellecoste était sa deuxième place. Aux Bondons, où son père l'avait fait engager la première fois, il avait été maltraité. Il n'y était resté qu'un an. Ayant rencontré Auguste à la louée du Pont-de-Montvert, il lui avait proposé ses services. Auguste l'avait immédiatement embauché, le jeune garçon lui ayant fait bonne impression.

Depuis, Victor n'avait jamais déçu son nouveau patron dont il avait gagné la confiance. Discret, ne se mêlant jamais de ce qui ne le concernait pas, disponible à toute heure du jour et de la nuit, il faisait partie de Bellecoste comme un membre à part entière de la famille dont il partageait la table à chaque repas. Il y avait achevé son adolescence tandis que Clémence et Louise sortaient de l'enfance et commençaient la leur. Il les avait toujours considérées comme de jeunes amies, presque des sœurs, lui qui était fils unique et qui avait très tôt perdu ses parents.

Loin de lui était l'idée de convoiter l'une des filles de son patron ! S'il sortait peu, il ne se privait pas, néanmoins, d'avoir à l'occasion une aventure avec une fille du village ou d'un hameau voisin. Mais on ne lui connaissait pas de liaisons sérieuses, et d'aucuns pensaient que le valet de ferme des Pérol resterait célibataire!

À tout bien considérer, Auguste ne trouvait pas son idée si mauvaise. «Victor n'a que huit ans de plus qu'elle, se dit-il. Avec un homme de son âge, Clémence acquerrait un peu de cette maturité qui lui manque.»

Avant d'en parler aux principaux intéressés, il demanda l'avis de Marie.

Celle-ci ne cacha pas son étonnement.

«Victor! Tu aimerais que Victor épouse Clémence!

— Pourquoi pas? Ce n'est pas un mauvais garçon. Il travaille bien. Il a de l'instruction. Je suis sûr qu'il saurait rendre Clémence heureuse. De plus, il est déjà dans les murs.

— Tu vas vite en besogne, Auguste! Je ne crois pas que Clémence accepterait facilement de se lier à quelqu'un qu'elle connaît depuis sa tendre enfance et qu'elle considère un peu comme un frère! Non, je ne pense pas que ce soit là une bonne idée. Tant que ça ne vient pas d'elle, il ne faut rien entreprendre à sa place, et surtout sans lui en parler.

— On pourrait le suggérer à Victor. Peut-être que lui n'a jamais osé s'avancer et qu'il ne demanderait pas mieux!

— Laisse donc Clémence décider seule de sa vie! Arrivera ce qui doit arriver!»

Auguste n'insista pas. Mais il décida secrètement de tout mettre en œuvre pour rapprocher Victor de sa fille.

La fenaison battait son plein. Chaque jour, tandis que l'aube se levait lentement dans la brume matinale, les hommes marchaient d'un pas alerte vers les prairies de fauche, la faux calée sur l'épaule, le marteau et la petite enclume fixés sur l'autre. L'herbe était encore toute nimbée de rosée et les fleurs exhalaient des saveurs sucrées de miel. Auguste, François Rouvière et ses fils alignaient les andains en cadence, suivant le même rythme. De temps en temps, l'un d'eux s'arrêtait, s'asseyait à même le chaume pour affûter sa lame émoussée. Antonin se chargeait de celle de son père et coupait de sa grande faucille les herbes oubliées.

Les femmes arrivaient un peu plus tard, munies de leur râteau de bois. Derrière eux, elles étalaient l'herbe à la surface du pré, pour qu'elle sèche sous les rayons ardents du soleil. Antonin venait aussi les aider et, de sa longue fourche, il soulevait les gerbes avec force tout en gardant un œil sur l'avancée des hommes.

Une fois le foin parfaitement sec, tous se hâtaient de le charger sur la charrette et de l'engranger. À des lieues à la ronde, le massif répandait de bonnes odeurs d'herbe fraîchement coupée et séchée, que le vent emportait jusqu'au-delà des crêtes où elles se mêlaient au parfum suave des fleurs sauvages des prairies d'estive.

Malgré la conjoncture, l'atmosphère de fête régnait encore dans les campagnes. Après un hiver glacial au cours duquel la Seine, à Paris, avait charrié des blocs de glace, l'été s'annonçait joyeux et généreux.

Une première ombre vint cependant ternir ce tableau idyllique. Fin juin, tandis que la fenaison touchait à son terme, l'annonce de l'assassinat à

Sarajevo de l'archiduc François-Ferdinand inquiéta les esprits. La nouvelle s'était vite répandue, même à Lassagne où certains commentaient déjà les nouvelles fraîches du journal en buvant un verre au café de l'*Espoir*.

C'est là, quelques jours après le drame, qu'Auguste et son cousin François apprirent l'événement de la bouche même de M. Barandon, l'instituteur.

« En quoi cela nous intéresse-t-il ? demanda Auguste.

— Mais c'est très grave, monsieur Pérol ! Nous courons à la guerre.

— Je ne vois pas très bien le rapport.

— L'archiduc était l'héritier du trône d'Autriche. En s'attaquant à lui, son assassin, un jeune étudiant bosniaque, a voulu venger les Serbes de l'oppression qu'ils subissent de la part de l'Autriche.

— Tout cela me paraît bien compliqué ! Et, je vous le redemande, en quoi cela nous concerne-t-il ? »

Auguste, tout comme son cousin François, méconnaissait le jeu des alliances de l'époque et le danger que celles-ci représentaient. En bon pédagogue, le maître d'école trouva utile de leur donner une brève leçon d'histoire contemporaine.

« Vous comprenez à présent ? acheva-t-il. La Serbie désire ardemment s'unir à la Bosnie et à la Croatie pour former un grand État slave. Croyez-vous que l'Autriche soit prête à libérer ces deux derniers États pour satisfaire les Serbes ? De plus, derrière la Serbie se profile la Russie, le grand frère slave ! Et avec la Russie, il faut ajouter ses alliées, l'Angleterre et la France.

— Et avec l'Autriche-Hongrie, il y a l'Allemagne, coupa François pour appuyer la démonstration de l'instituteur.

— Parfaitement. Et l'Italie aussi, ajouta celui-ci. Je vous le répète : cet attentat est l'étincelle qui risque de mettre le feu au baril de poudre des Balkans, sur lequel l'Europe tout entière est assise. »

Ce soir-là, Auguste sortit édifié du café de l'*Espoir*. Jamais, du fond de sa Lozère, il n'avait imaginé que son pays était aussi impliqué dans les affaires du monde et si près d'une catastrophe pourtant annoncée depuis longtemps.

« Que cela ne nous empêche pas de nous préparer à la moisson ! dit-il en levant son verre.

— À la moisson ! embraya François.

— À la paix entre les peuples ! » répondit M. Barandon.

La fête nationale approchait à grands pas. L'été s'était partout bien installé. Loin de toute source d'informations quotidiennes – il ne lisait le journal qu'à l'occasion et pas toujours celui du jour – Auguste eut vite fait d'oublier l'urgence de la situation et les tractations diplomatiques qui en avaient résulté. Ainsi ignorait-il que le Kaiser avait promis son appui indéfectible à l'empereur François-Joseph pour écraser la Serbie, et juré de s'opposer à toute intervention d'une autre puissance, notamment la Russie.

À Bellecoste, les jours de fête étaient comptés car on ne cessait pas le travail aux dates chômées. Toutefois, le 14 Juillet, avec Noël et Pâques, faisait exception. C'était l'un des rares événements du calendrier qu'Auguste respectait en évitant les grosses besognes.

Ce jour-là donc, il n'était pas question de moissonner – sauf en cas d'absolue nécessité. Aussi, tous attendaient la mi-juillet avec impatience pour se rendre le soir même au bal organisé sur la place du village, en compagnie de leurs cousins de Salarials.

Seule Clémence semblait ne pas se réjouir, demeurant prostrée, dans l'attente d'un impossible retour de celui qu'elle n'avait pu oublier. Louise et Antonin faisaient tout pour la distraire, pour décrocher un sourire de son visage impavide. Ils y parvenaient parfois et ne la laissaient jamais seule à ruminer de sombres pensées.

De son côté, Auguste avait commencé à préparer Victor à ce qu'il voulait lui proposer. Délicatement, une phrase par-ci, une phrase par-là, il lui avait parlé de sa fille et expliqué qu'elle avait atteint, à présent, l'âge de trouver un prétendant. Il lui avait demandé, à demi-mot, si son cœur était pris et lui avait fait comprendre qu'il ne verrait aucune objection à ce qu'il fît sa cour à sa fille.

À vrai dire, Victor n'en espérait pas tant. Il s'était toujours tenu à l'écart de Clémence, se méfiant de lui-même car il ne voulait pas importuner la fille de son patron. Depuis quelque temps, en effet, il éprouvait pour elle une certaine attirance, un sentiment plus fort et plus charnel que l'amitié. Mais il avait rapidement chassé ces pensées qui troublaient son esprit et qui auraient pu emballer son cœur. Respectueux des relations qu'il entretenait avec Auguste, il ne tenait pas à tout gâcher en agissant maladroitement et de façon inopportune.

Aussi, quand Auguste lui confia qu'il ne s'opposerait pas à ce qu'il s'approchât de sa fille, l'espoir naquit en lui, et il se décida à parler à Clémence au cours du bal du 14 Juillet.

Ce soir-là tout le village était en fête. La musique résonnait très loin sur les contreforts montagneux. Les enfants avaient défilé autour des maisons, brandissant à bout de bras leurs lampions qui brillaient dans la nuit étoilée comme des lucioles. Le monde s'était agglutiné autour de l'orchestre et les couples dansaient des mazurkas et des polkas sur des airs de bal musette.

Auguste et Marie discutaient joyeusement, assis à une table près de la piste et, de temps en temps, se levaient pour aller danser.

Louise pensait à René et regrettait de ne pas être dans ses bras.

Antonin avait rejoint ses anciens camarades de classe et, ensemble, ils regardaient les filles de leur âge sans oser faire le premier pas.

Les cousins de Salarials avaient trouvé des partenaires à leur goût.

Quant à Clémence, elle regardait la foule s'amuser, en songeant à Armand dont elle ne pouvait chasser le souvenir de son esprit.

Toute à ses pensées, elle sentit soudain quelque chose se réveiller en elle. Une lumière étrange l'éblouit de l'intérieur. Une douce chaleur l'envahit. Son cœur se mit à battre plus fort. Ses yeux devinrent moins ternes et retrouvèrent leur bel éclat pervenche.

Elle avait beau scruter la foule en liesse, elle ne voyait rien ni personne de particulier. Elle ne comprenait pas ce qui lui arrivait.

Soudain, elle crut entendre une voix.

« Vous voulez bien m'accorder cette danse, mademoiselle ? »

Elle vit aussitôt apparaître Victor à une dizaine de mètres devant elle. Depuis quelque temps, elle le sentait plus pressant, plus attentionné à son égard. Elle s'apprêtait à faire un pas dans sa direction, quand elle entendit à nouveau, derrière elle :

« Vous voulez bien m'accorder cette danse, mademoiselle ? »

Elle se retourna.

Armand lui apparut, à demi caché derrière un arbre, un large sourire illuminant son visage.

Surprise, Clémence crut à une apparition.

Elle s'approcha de lui. Il s'approcha d'elle.

Elle se jeta dans ses bras.

Victor eut le temps d'apercevoir Armand quand Clémence disparut dans la foule. Le cœur meurtri, il alla se consoler à la buvette et décida de se taire.

Armand et Clémence s'éclipsèrent loin du monde et du tumulte de la fête. Leurs retrouvailles furent pour tous deux un moment intense et inoubliable. Plus rien autour d'eux n'existait. Le monde aurait pu s'écrouler, dans les bras l'un l'autre ils auraient échappé à l'anéantissement. Leur amour était le plus fort. Il avait triomphé d'une longue et interminable attente.

Car Armand attendait aussi, depuis longtemps, de pouvoir redonner signe de vie.

« Pourquoi ne m'as-tu pas écrit ? lui demanda Clémence.

— De là où j'étais, cela m'était impossible. J'étais en prison. En Allemagne. »

Clémence écarquilla les yeux d'étonnement.

«En prison! En Allemagne! Mais que faisais-tu si loin et pourquoi en prison?»

Et Armand de raconter en détail sa mésaventure...

«Voilà, dit-il pour terminer. Je troublais l'ordre public, paraît-il. Alors ils m'ont jeté en prison pendant plusieurs mois. Quand ils m'ont libéré, je n'ai eu de cesse de venir te rejoindre.»

Clémence entraîna Armand dans la grange de leurs premières amours, loin des rires et des flonflons de la fête.

«Viens! dit-elle. Personne ne nous dérangera. Tout le monde est au bal.»

Il se laissa conduire par la main. La jeune fille avait tellement rêvé de ce merveilleux moment qu'elle n'hésita pas un seul instant à se donner une seconde fois à celui qu'elle attendait depuis si longtemps. Armand, de son côté, avait compris, à travers l'attente et l'espoir, combien il l'aimait.

Cette nuit-là fut tout auréolée d'étoiles. Un souffle tiède enivra les esprits et fit perdre aux amants de Bellecoste toute notion du temps.

Quand Auguste et Marie s'inquiétèrent de l'absence de leur fille, Victor vint à son secours.

«Elle était avec moi, mentit-il. Je l'ai raccompagnée au mas. Elle était fatiguée.»

Auguste regarda Marie en souriant, se lissa la moustache d'un air satisfait, déclara:

«Tu as bien fait, Victor. Merci de t'être occupé de Clémence. J'espère qu'elle a passé une bonne soirée!

— Je le crois. C'est même certain !

— Alors, tout est pour le mieux. »

Marie trouva Auguste étrange. Elle allait lui demander de s'expliquer, mais il ne lui en laissa pas le temps.

« Brave Victor ! poursuivit-il. J'espère que Clémence a compris ses intentions. Il n'a envers elle que de bons sentiments.

— Ses intentions ! Quelles intentions ? s'étonna Marie.

— Faut-il que je te fasse un dessin ? Où est passée ta perspicacité de mère ? »

Marie n'insista pas, bien décidée d'élucider ce mystère avec Clémence elle-même.

Tandis que la fête s'achevait, que les villageois rentraient chez eux dans l'insouciance, heureux d'avoir pu oublier leur quotidien par une belle soirée d'été, le monde vivait dans l'attente d'une catastrophe imminente.

11

Consternation

À Bellecoste, la joie rayonnait à nouveau sur tous les visages. Voir Clémence sourire, l'entendre fredonner des airs populaires, constater qu'elle renouait enfin avec la vie remplissaient la maison de bonheur. L'atmosphère de la moisson aidant, tous se trouvaient plongés dans la plus grande félicité.

Auguste avait convaincu Marie que, seul, Victor était à l'origine de ce soudain revirement d'état d'âme de leur fille.

« Je te l'avais bien dit. Cette petite n'attendait que ça. Victor a su trouver les mots justes pour lui ouvrir le cœur. »

Marie n'en était pas si certaine que lui. Mais elle devait bien constater que, du jour au lendemain, depuis cette soirée du 14 Juillet, Clémence avait changé de comportement.

Plus perspicace, Antonin questionna sa sœur et obtint d'elle des aveux :

« Je ne peux rien te cacher, lui confia-t-elle. Mais jure-moi encore de ne rien dire !

— Juré ! Croix de bois, croix de fer, si je mens, je vais en enfer !

— Armand est revenu.

— Armand ! Tu l'as revu ?

— Oui, au bal du 14 Juillet. »

Clémence ne s'éternisa pas sur ce qui s'était encore passé dans la grange ce soir-là, croyant d'ailleurs que son frère était trop jeune pour imaginer ce genre de réalité. Celui-ci reconnut :

« Louise est au courant de votre liaison.

— Je sais. Maman aussi. Nous en avons déjà parlé.

— Alors, pourquoi ne pas leur dire qu'Armand est revenu ?

— Papa ne sait rien. Et je n'ose pas lui parler.

— Tu devrais ! »

Clémence ignorait que sa mère avait tout expliqué à son père. Elle craignait la réaction de ce dernier, connaissant ses principes.

« Vous ne pourrez pas longtemps vous cacher, reprit Antonin. Il faudrait qu'Armand aille parler à papa.

— C'est ce qu'il a l'intention de faire. »

Dans les jours qui suivirent, la moisson occupa les esprits. Les grains étaient souples et odorants, les épis bien gonflés. Dans les prairies, l'herbe était abondante, le troupeau paissait tranquillement sur les hauts. Le soir, tandis que la chaleur déclinait, on entendait encore vibrionner les insectes dans les éteules. Les nuits étaient douces et, de la voûte céleste, des étoiles filantes semblaient tomber derrière les crêtes.

Clémence aimait s'attarder à la fenêtre grande ouverte de sa chambre, avant de s'endormir. Elle contemplait l'univers, se perdait dans l'ébène infinie, imaginait Armand penché sur elle.

Louise, qui partageait toujours le même lit, comme à l'époque de leur enfance, ne put se taire très longtemps. La première, elle lui parla, la mit en confiance, obtint d'elle ses plus intimes confidences.

« Tu ne diras rien, pas même à maman, n'est-ce pas ? lui demanda Clémence. Ça, je ne lui ai pas dit !

— Crois-tu qu'elle ne se doute pas un peu ? »

Louise n'osa avouer à sa sœur qu'elle avait mis Marie au courant de sa première aventure, uniquement pour la rassurer. Elle lui conseilla :

« Prends garde de ne pas tomber enceinte ! »

Clémence lui sourit, lui caressa le visage, rougit.

« Nous n'y avons même pas pensé, tellement nous avions envie l'un de l'autre et de ne faire qu'un. »

Armand était bien décidé de venir parler à Auguste. Ayant repris son travail chez Marceau Freyssinet, il se doutait que le père de Clémence apprendrait tôt ou tard son retour au Pont-de-Montvert. Il laissa passer une semaine et, un dimanche matin, prit la route de Lassagne.

Il arriva à Bellecoste peu avant midi. Le mas était plongé dans le plus grand calme, écrasé par la chaleur. Seuls, de la porcherie, des grognements rauques venaient rompre le silence. Au loin, le tintement des sonnailles attestait de la présence des troupeaux transhumants. Une forte odeur de grain émanait de la grange. La moisson n'était pas encore achevée, mais on avait déjà commencé à battre. Sur l'aire, des fétus de paille s'envolaient au moindre souffle de vent et s'éparpillaient dans le ciel azuré comme une myriade de petites étincelles attisées par les rayons ardents du soleil.

Armand pénétra dans la cour. Châtaigne sortit en trombe de l'étable et accourut vers lui en aboyant. Le reconnaissant, la chienne vint aussitôt le renifler et se frotter contre lui pour obtenir ses faveurs.

À son tour, Victor sortit derrière elle, une fourche à la main. Il aperçut Armand, s'avança vers lui.

« Je savais que vous viendriez ! » lui dit-il.

Surpris, Armand ne sut que répondre. Victor poursuivit :

« Je suis seul à la ferme. Ils sont tous au temple à l'heure qu'il est. Ils ne sauraient tarder. C'est bientôt midi ; le culte doit se terminer.

— Et vous, vous n'allez pas au temple ?

— Non. Je ne pratique pas.

— Je... je passais par-là. Alors, je me suis dit : "Si tu allais dire un petit bonjour à Bellecoste !"

— C'est pour Clémence que vous êtes revenu ? »

La question brutale de Victor laissa Armand sans voix. Sur le moment, il se demanda comment le valet de ferme avait bien pu deviner. Celui-ci poursuivit :

« Je vous ai vus ensemble, l'autre soir. Au bal du 14 Juillet. Je savais donc que vous étiez de retour.

— Oui... effectivement, j'y étais, bredouilla Armand.

— Suivez-moi. Entrons dans l'étable. Nous y serons mieux pour bavarder. »

Intrigué, Armand suivit Victor. Celui-ci ne s'était toujours pas dessaisi de sa fourche.

« J'étais en train de donner du foin à ces deux vaches.

— Elles ne sont pas avec le reste du troupeau, sur les hauteurs ?

— Non, elles sont malades. Il faut les soigner. »

Victor reprit son travail tout en discutant.

« Je sais pourquoi vous êtes revenu. Vous n'avez aucune crainte à avoir de ma part. Je ne vous veux aucun mal. Si Clémence est heureuse, c'est l'essentiel ! Elle a beaucoup changé depuis huit jours. C'est votre retour qui l'a comblée de joie. Je n'ai pas mis longtemps à le comprendre, quand je vous ai vus disparaître ensemble. Seulement...

— Pourquoi me parlez-vous de cela, Victor ? coupa Armand.

— C'est que... M. Auguste m'a laissé entendre que Clémence et moi, nous pourrions... enfin... vous comprenez.

— Non, je ne comprends pas.

— Il souhaiterait que je fasse la cour à sa fille pour qu'elle accepte de m'épouser.

— Vous épouser ?

— Oui. Qu'y a-t-il de si étrange ? Je ne suis qu'un valet de ferme, je sais, mais...

— Ce n'est pas ce que je voulais dire, Victor. Et vous... quels sont vos sentiments pour elle ? »

Victor hésitait. Devait-il avouer qu'il aimait Clémence, au risque de la plonger dans l'embarras ?

« Je... je l'aime bien. Il y a longtemps qu'on se connaît.

— Et Clémence, qu'en pense-t-elle ?

— Je ne lui ai pas encore parlé.

— Qu'attendez-vous ? »

Armand sentait Victor sur ses gardes. Celui-ci reprit :

« C'est vous qu'elle aime et qu'elle attendait. Vous devez en parler avec son père avant qu'il ne soit trop tard. »

Dehors, des bruits de voix approchaient. Les Pérol et leurs cousins Rouvière revenaient du culte en bavardant joyeusement. Armand entendit même le rire de Clémence se détacher du brouhaha.

« Ils arrivent, dit Victor. C'est le moment. Allez-y ! »

La surprise d'Auguste fut aussi grande que celle de Marie. Sur le moment il ne put que convier Armand à entrer chez lui. Sans lui faire grand accueil, il l'invita à boire un verre avec ses cousins.

« Qu'est-ce qui nous vaut votre visite, Armand ? lui demanda-t-il.

— Vous me tutoyiez naguère ! remarqua le jeune ébéniste.

— Peut-être. C'était en d'autres circonstances. »

Derrière les hommes, les femmes feignaient de ne pas avoir remarqué la tension qui s'était vite installée. Les cousins Rouvière, mal à l'aise, se taisaient.

« Nous vous croyions parti définitivement, poursuivit Auguste, l'air plus sévère que jamais.

— J'ai été rappelé par mes devoirs.

— Vos devoirs ! Bigre ! quels devoirs ?

— Ce serait trop long à vous expliquer. Clémence vous en parlera. Elle est au courant.

— Clémence ! Qu'est-ce qu'elle a à voir dans vos histoires ? »

Armand sentit qu'il allait à l'échec. Derrière son père, Clémence s'était figée comme une statue de sel, blême à en défaillir. Louise vint à son secours.

« Tu viens, Clémence ! Allons ramasser quelques framboises pour le dessert. »

Antonin leur emboîta le pas.

Marie, à son tour, tenta de détendre l'atmosphère.

« Vous resterez bien déjeuner avec nous, Armand ? Un couvert de plus, ce n'est pas là le problème.

— Je ne voudrais pas déranger votre réunion de famille, madame Pérol.

— Ce n'est pas une réunion de famille, répliqua Auguste sur un ton bourru. Nous sommes tous réunis pour la moisson. Comme chaque année... Vous ne m'avez toujours pas dit ce qui vous amène à Bellecoste. »

Armand hésitait. Il ne sentait pas Auguste prêt à l'écouter. Il biaisa pendant quelques minutes puis, profitant de l'absence de Clémence et de ses cousins, se lança :

« Voilà, dit-il : je suis revenu pour voir Clémence. Vous ne vous êtes aperçu de rien lors de ma première visite avant l'hiver, mais...

— Tu te trompes, Armand, coupa Auguste en le tutoyant à nouveau. Je sais que tu as joué avec les sentiments de ma fille. Et je t'en veux de l'avoir dupée.

— Il n'en est rien ! protesta Armand.

— Tais-toi ! Et écoute-moi ! Sache d'abord que, de mon temps, c'étaient les parents qui choisissaient le parti de leur fille. »

Le ton cassant sur lequel parlait Auguste ne laissait rien présager de bon. Armand le devina aussitôt. Il osa cependant l'interrompre :

« Nous nous aimons, Auguste. Je suis venu pour le redire à Clémence et pour vous l'annoncer.

— Tu vas un peu vite en besogne, me semble-t-il ! Et tu ignores quelles sont mes intentions. D'ailleurs Clémence ne t'a pas attendu. Elle est déjà promise.

— A-t-elle accepté ?

— C'est une affaire entendue, affirma Auguste qui commençait à s'échauffer. Je crois, jeune homme, qu'il est inutile d'insister. Néanmoins, ton couvert est mis. L'invitation de ma femme tient toujours. »

Un silence glacial s'abattit dans la pièce. Marie et sa cousine Huguette n'osaient prononcer un mot. François intervint pour faire diversion.

« Je crois qu'il est temps d'appeler la jeunesse pour qu'elle passe à table, dit-il.

— Excusez-moi, fit Armand en se levant de sa chaise. Mais je crois préférable de m'en aller tout de suite. Je ne veux pas voir Clémence malheureuse. Puis-je seulement lui dire au revoir ?

— Notre porte t'est grande ouverte, répondit Auguste, toujours aussi raide. Tu peux revenir nous voir quand tu voudras. Si tu n'as que de bonnes intentions, je n'y verrai aucune objection.

— Je ne crois pas que je reviendrai. C'est mieux ainsi. Pour tout le monde.

— J'entends Clémence, coupa Marie. Allez donc lui faire vos adieux dans la cour, Armand. »

Marie avait le cœur serré. Finalement, elle pensait que le jeune ébéniste était peut-être sincère. Elle se reprochait maintenant de l'avoir mal jugé et de ne pas avoir su parler à Auguste quand il était encore temps. Comment allait réagir Clémence ? Sa soudaine gaieté ne trouvait d'origine que dans la réapparition d'Armand! Comment n'y avait-elle pas songé plus tôt?

« Tu aurais pu lui parler sur un autre ton! reprocha-t-elle à Auguste. Tu as mis ce pauvre garçon plus bas que terre.

— Pas du tout! Je lui ai dit ce que je pensais et je lui ai laissé ma porte ouverte!

— Tu ne crois quand même pas qu'il reviendra nous voir en sachant que tu as promis Clémence à Victor!

— Je ne l'ai pas promise. Clémence est libre. Mais elle n'a pas repoussé Victor. Elle ne doit pas se montrer ingrate envers lui! »

Armand entraîna Clémence à l'écart. Il lui prit les mains, n'osa pas l'embrasser.

« Je t'aime, lui dit-il. Ne l'oublie jamais. »

La jeune fille ne pouvait retenir ses larmes. Elle avait compris que l'entrevue avec son père avait tourné court.

« Il n'a rien voulu savoir, n'est-ce pas?

— Je n'ai guère eu le temps de lui expliquer. Il t'a promise à Victor. Et il croit que tu as accepté ses avances.

— C'est faux! Victor est comme un frère pour moi. Je ne serai jamais sa femme. »

Armand se sentait impuissant. Le désarroi de Clémence lui était insupportable, mais il ne pouvait revenir en arrière, affronter à nouveau Auguste au risque de le pousser encore plus loin dans ses derniers retranchements.

« Qu'allons-nous faire? demanda Clémence en se jetant dans ses bras, désespérée.

— Pour l'instant, rien. Je vais retourner travailler au Pont-de-Montvert. Peut-être qu'un jour ton père reviendra sur sa décision. Victor m'a fait comprendre qu'il n'entreprendrait rien sans ton consentement. Il t'aime. Mais je crois bien qu'il est prêt à se sacrifier pour que tu sois heureuse. »

Ils se quittèrent sur le bord du chemin.

Clémence regarda s'éloigner la silhouette d'Armand dans un halo de larmes, jusqu'à ce qu'il ne fût plus qu'un point minuscule à l'horizon. Elle eut alors la triste sensation qu'elle ne le reverrait plus jamais, qu'il n'avait prononcé ces dernières paroles que pour l'apaiser et non pour lui donner espoir.

Quand il disparut complètement, elle demeura comme paralysée, plongée dans la consternation.

Louise vint la chercher. Elle l'entoura chaleureusement de ses bras pour la consoler.

« Viens, lui dit-elle. Le Pont-de-Montvert n'est pas le bout du monde. Tout n'est peut-être pas fini. Aie confiance ! »

Le 31 juillet suivant, la France tout entière sombra aussi dans la consternation, en apprenant la nouvelle de l'assassinat de Jean Jaurès. Le chantre de la paix venait de tomber sous les balles d'un étudiant en archéologie de l'école du Louvre que les médecins déclareraient bientôt déséquilibré. Sur le moment, c'étaient les espoirs de paix qui étaient anéantis.

« Ils ont assassiné Jaurès ! Ils ont assassiné la paix ! » s'écriait-on sur les grands boulevards de la capitale et dans les villes de province.

Trois jours plus tôt, l'Autriche avait déclaré la guerre à la Serbie. La machine infernale était déjà en marche.

À Bellecoste, M. Barandon en personne vint avertir Auguste de la terrifiante nouvelle.

« Ça va mal ! Jaurès a été tué et la guerre a déjà débuté dans les Balkans. Quand je vous disais que nous vivions sur un baril de poudre ! »

Ni Auguste ni François ne réagirent vraiment à l'annonce de ces dernières nouvelles. La guerre dans les Balkans paraissait très éloignée de leurs préoccupations. Seul l'assassinat de Jaurès les émut.

« Décidément, il n'y a que les honnêtes gens qui trinquent ! maugréa Auguste.

— C'est tout l'effet que cela vous fait ! s'insurgea l'instituteur.

— Malheureusement, nous n'y pouvons rien. Des fous dangereux qui courent les rues, il y en a toujours eu. Et il y en aura toujours. Tenez, vous qui enseignez l'histoire à vos élèves, vous connaissez mieux que moi celle d'Henri IV et de Ravaillac !

— Vous avez raison, hélas ! »

Loin des soucis d'Auguste qui avait hâte surtout de terminer la moisson, les événements se précipitaient.

Quand, le dimanche 2 août, le tocsin résonna au clocher de l'église, son attention fut mise en alerte. Il n'ignorait pas que la mobilisation générale avait été décrétée la veille. Mais il croyait que tout cela n'était encore que gesticulations des hommes politiques pour faire parler d'eux ou pour effrayer l'adversaire.

À travers tout le massif, le bruit des cloches se répandait d'un village à l'autre comme un chant lugubre par temps de grand deuil. Tout le monde était encore dans les champs sous un soleil de plomb.

Auguste, le premier, s'arrêta de faucher, s'épongea le front d'un revers de manche. Il abandonna sa faux sur place, alla boire une rasade d'eau fraîche à l'ombre d'un arbre. François et ses fils le suivirent, bientôt rejoints par les femmes qui avaient aussi délaissé fourches et râteaux.

« Qu'est-ce qui se passe ? demanda Marie, intriguée. À cette heure-ci, il n'y a aucune raison de laisser sonner les cloches !

— Elles ne s'arrêtent pas, s'inquiéta Huguette. Un grand malheur doit être arrivé.

— Je vais voir au village », proposa Antonin, le plus rapide à réagir.

Dans l'attente, tous reprirent le travail. L'orage menaçait. Déjà, vers l'ouest, le ciel était plombé et se couvrait de cendres. Il fallait se hâter de rentrer les gerbes coupées avant que la pluie ne s'abatte sur le massif.

Quand Antonin parvint au village, l'agitation était à son comble. Firmin Bézugue, le garde champêtre, tambourinait à s'en rompre les poignets, en appelant les curieux à lui prêter attention.

« M. le maire informe ses concitoyens que l'Allemagne vient de déclarer la guerre à la France. Que tous ceux qui recevront sous peu leur ordre de mobilisation se tiennent prêts à rejoindre l'unité à laquelle ils seront affectés ! »

N'en croyant pas leurs oreilles, les villageois, hommes, femmes et enfants, se bousculaient autour du panneau d'affichage où le garde champêtre avait placardé l'ordre de mobilisation générale.

« Je vous l'avais bien dit, expliqua en aparté le brave Firmin Bézugue. Ça nous pendait au nez. Les Boches ont remis ça. Ils ont la guerre dans le sang. C'est des belliqueux ! Mais cette fois, ils ont qu'à bien se tenir ! On les aura ! »

Sur le moment, personne n'avait envie de polémiquer. La guerre était imminente. Il faudrait bien obéir aux ordres. Or la moisson n'était pas terminée, loin s'en fallait.

Déjà les classes 12, 13 et 14 étaient sous les drapeaux. Beaucoup croyaient que cela suffirait peut-être pour résister à une éventuelle attaque des armées germaniques. N'avait-on pas la meilleure armée du monde ? C'était du moins ce qu'on ne cessait d'affirmer depuis longtemps. Et on avait fini par le croire !

Mais, quand les convocations commencèrent à parvenir dans les foyers, personne ne crut plus pouvoir en réchapper.

« Bon sang ! s'insurgea Auguste quelques jours plus tard, lorsque Victor fut le premier à Bellecoste à être mobilisé. Comment finirons-nous la moisson ? Et le battage ? »

Les cousins Rouvière en effet s'étaient hâtés de rejoindre Salarials et l'avaient abandonné. Les deux fils aînés, Henri et Désiré, y avaient aussi trouvé leur ordre de mobilisation. Le troisième, Albert, déjà sous les drapeaux pour son service militaire, avait fait savoir que son régiment devait regagner Arras, dans le Pas-de-Calais. À l'heure où François ouvrit sa lettre, il s'y trouvait déjà.

Partout, les campagnes étaient plongées dans l'expectative. Les hommes les plus jeunes étaient déjà partis. Les autres, tous les autres, jusqu'au-delà de quarante-cinq ans, attendaient anxieusement leur tour.

Dans les champs, on se hâtait d'achever les gros travaux en cours. Mais force était de constater que cela était peine perdue. Les bras les plus vaillants manquaient déjà.

Sur les places des villages, dans les gares des villes, c'était le même spectacle affligeant. Affolement, pleurs, embrassades, bravades se mêlaient dans la plus grande confusion. Et si l'on entendait souvent : « On les aura ! », « À Berlin ! », si la plupart des appelés croyaient ferme qu'ils seraient de retour avant Noël, les cœurs n'étaient pas moins meurtris et l'inquiétude atteignait son paroxysme.

Clémence n'avait de pensées que pour Armand. Elle se doutait qu'il n'échapperait pas à la mobilisation. Elle voulait le revoir avant qu'il ne parte. Trois semaines bientôt s'étaient écoulées depuis sa visite à Bellecoste. Elle décida de braver son père et lui déclara sans ambages :

« Je descends au Pont-de-Montvert dire au revoir à Armand. »

Auguste n'osa s'y opposer. Les événements l'avaient complètement bouleversé. Il venait de perdre l'aide précieuse de son bras droit avec le départ précipité de Victor. De plus il venait d'apprendre que tous les chevaux seraient bientôt réquisitionnés par l'armée et qu'il lui faudrait abandonner sa brave jument.

« Nom de Dieu de nom de Dieu ! jura-t-il, n'y tenant plus de colère. Il va me falloir reprendre mes bœufs pour labourer ! Quelle saloperie de guerre !

— Calme-toi, Auguste ! Tout le monde dit que cela ne durera pas, tentait de le calmer Marie.

— Comment ferais-tu si je devais partir moi aussi ?

— Nous n'en sommes pas là. Et tu n'as plus l'âge d'aller te battre ! »

Clémence n'eut pas à descendre au Pont-de-Montvert.

Armand lui-même vint lui faire ses adieux à Bellecoste. Bravant à son tour la réaction d'Auguste, trouvant en Marie une alliée inattendue, il entraîna Clémence à l'écart et, ensemble, une dernière fois, ils oublièrent les vicissitudes d'un monde agité qui semblait sombrer dans la folie meurtrière.

Allongés dans la paille, au beau milieu d'un champ fraîchement moissonné, ils se donnèrent à nouveau l'un à l'autre. Au-dessus de leurs corps enlacés, le soleil réchauffait la terre qui, au-delà des frontières, se gorgeait déjà du sang des hommes.

Armand partit rejoindre son unité dès le lendemain.

René Destrière, sans le connaître, le croisa sur le même quai de gare et prit la même direction, vers le plat pays des brumes et des brouillards.

Clémence et Louise, comme beaucoup d'autres, ne vécurent plus, alors, que dans l'attente de leur retour incertain.

12

Angoisse

Le pays tout entier avait revêtu ses habits de deuil. Les premières victimes commençaient à être connues. Et chacun, désormais, se mit à craindre pour les siens. Du 20 au 23 août, en effet, les premières grandes batailles se déroulèrent aux frontières. Depuis l'échec des offensives françaises en Lorraine et dans les Ardennes, les Allemands progressaient vers la Sambre. Après trois semaines de guerre, ils avaient déjà battu la Belgique et envahi le nord-est de la France.

Toutes les familles de Lassagne étaient à l'affût de la moindre information. On comptait déjà plusieurs soldats tués sur le massif. La moisson, qui s'achevait tardivement faute de main-d'œuvre, avait un goût amer.

À Bellecoste, Auguste avait demandé à Antonin de prendre la faux pour le seconder. François n'était pas revenu. Privé de ses fils, il avait trop à faire chez lui, maintenant qu'il se retrouvait seul pour tenir sa ferme. La situation était identique partout. En l'absence de leurs maris et de leurs fils, les femmes paraient au plus pressé. Des champs entiers étaient abandonnés. Des récoltes en souffrance finissaient de sécher sur place. Des troupeaux attendaient sur les crêtes qu'on vienne les rechercher. Partout c'était le même spectacle de désolation.

Auguste travaillait jusqu'à la tombée de la nuit, voulant à tout prix sauver ce qui pouvait l'être encore.

« On battra plus tard, déclara-t-il. Il faut engranger tout ce qu'on peut. »

Marie et Clémence lui donnaient aussi la main, n'hésitant pas à prendre elles-mêmes la faux pour avancer le travail. Jamais la moisson ne fut engrangée aussi tardivement. Ensemble ils manièrent le fléau jusqu'à épuisement. Cette année-là, il n'y eut pas de grand festin pour marquer la fin des moissons. Au reste, toutes les céréales n'avaient pas été fauchées et le regain, dans certaines prairies, commençait à dépérir. Auguste décida de cesser le travail quand les premiers gros orages éclatèrent. Il déposa sa faux comme on dépose les armes, vaincu par l'adversité.

« Nous nous contenterons de ce que nous avons récolté, déplora-t-il. Ce qui reste sur pied finira de pourrir. Cette année, il faudra se serrer la ceinture. Nous ne sommes pas assez nombreux pour continuer. Il faut maintenant s'occuper des bêtes.

— Le fourrage manquera ! s'inquiéta Antonin. Guerre ou pas guerre, les vaches mangent autant !

— Si on n'y arrive pas, on vendra quelques laitières.

— Ça ne durera pas, rassura Marie, sans conviction. Tout le monde affirme qu'à Noël nos soldats seront rentrés dans leurs foyers.

— Tu le crois vraiment ? »

De tous, Clémence était la plus inquiète. Depuis le départ d'Armand, elle n'avait reçu aucune nouvelle et ignorait sur quel front il avait été envoyé. N'osant dévoiler son angoisse devant son père, elle se refermait sur elle-même et évitait les conversations au cours desquelles Auguste et Antonin se livraient à des commentaires hasardeux.

Parfois le cousin François accourait de Salarials pour les informer de ce que faisaient ses fils. Mais leurs lettres n'étaient pas très explicites et parvenaient très en retard, la poste aux armées étant très perturbée.

« Ils ne disent pas tout ! remarqua-t-il en montrant l'une d'elles à Auguste. Ils doivent avoir des consignes.

— Pour sûr que ça va plus mal qu'ils ne le laissent entendre. Même les journaux ne nous disent pas toute la vérité. D'ailleurs si les Boches ont envahi le pays, c'est bien la preuve que leurs armées sont supérieures aux nôtres.

— Dire qu'on croyait avoir la meilleure armée du monde ! »

Lorsque Joffre décida d'arrêter la retraite et de passer à l'offensive sur la Marne, l'espoir naquit de voir les Alliés reprendre le dessus. Mais nul ne savait que deux millions d'hommes s'affrontaient alors sauvagement pour rompre les lignes adverses.

L'optimisme d'Auguste fut de courte durée. À la mi-septembre, Ernest Fabre, le maire de la commune, vint lui rendre visite de façon fort officielle, ceint de son écharpe tricolore.

« Que me vaut ta visite ? lui demanda Auguste.

— Je viens t'annoncer une bien triste nouvelle. »

Auguste fit entrer l'édile dans la cuisine, l'invita à s'asseoir, sortit deux verres et une bouteille de trois-six.

« C'est pas la peine, vaï ! J'ai compris », fit-il en remplissant les verres.

Derrière eux, Clémence et Marie retenaient leur souffle.

« C'est Victor, n'est-ce pas ? reprit Auguste. Quand cela s'est-il passé ?

— Il y a huit jours. Sur la Marne. Il a pris un éclat d'obus en pleine poitrine.

— Oh ! mon Dieu ! ne put retenir Marie. C'est affreux. Nous l'aimions comme un fils.

— Putain de guerre ! grommela Auguste, fou de colère. C'est toujours les meilleurs qui s'en vont les premiers.

— Hélas ! nous n'y pouvons rien ! soupira Ernest Fabre.

— Tous ces pourris de politicards, je suis sûr que leurs gamins sont planqués à l'arrière, vaï ! C'est nous, les gueux, les sans-nom, qui leur servons de chair à canon.

— Ne te plains pas trop, Auguste ! Toi, tu n'as pas un fils au front. Victor n'était que ton valet de ferme. C'est quand même pas pareil ! »

Clémence ne pouvait retenir ses larmes. Son amitié pour Victor était sincère. Mais c'est à Armand qu'elle pensait. Elle le vit tout à coup défiguré, le visage ensanglanté, l'appelant à l'aide au milieu d'un champ d'horreurs, dépourvu de tout secours.

« C'est atroce ! explosa-t-elle. Et injuste. »

Marie l'accompagna dans sa chambre.

Auguste reprit :

« Moi qui comptais sur son retour ! C'est que, tous les deux, on s'entendait bien. Faudra que je me trouve un autre valet à présent.

— Y a plus que des vieux au pays. Il te faudra attendre la fin de la guerre. »

À Mende, Louise venait d'entamer sa deuxième année de formation. Elle aussi avait été déchirée par le départ de René. Elle l'avait rejoint *in extremis* sur le quai de la gare lorsqu'il s'était embarqué pour Nîmes.

« Je t'écrirai dès mon arrivée dans mon régiment, lui avait-il promis. Ne te fais pas de soucis.

— Jure-moi d'être prudent ! lui cria-t-elle tandis que le train s'ébranlait dans un vacarme d'acier et de jets de vapeur. Ne joue pas les héros ! Ne prends pas de risques inutiles !

— Je te le promets. Je t'aime... »

Ses dernières paroles furent couvertes par les sifflements stridents de la locomotive. Louise accompagna le train jusqu'au bout du quai, bousculant les épouses, les mères qui, comme elle, étaient venues faire leurs adieux à ceux qui partaient pour l'enfer. Bousculée à son tour, elle faillit tomber sur la voie, alors que les derniers wagons filaient à ses côtés en emportant leurs lots de sacrifiés. Une main bienveillante la retint de justesse par le bras.

« Vous avez bien manqué passer sous les roues, mademoiselle ! lui dit son sauveur, un homme d'une cinquantaine d'années, au port rigide, mais visiblement bouleversé.

— Merci beaucoup, monsieur. Sans vous, je crois en effet que je serais passée sous le train.

— Je vous ai vue faire vos adieux à un jeune homme. C'est votre fiancé ? »

Surprise par la question directe de l'inconnu, Louise bredouilla :

« Non... enfin... pas encore. Mais...

— Ne m'en dites pas plus, mademoiselle. Je ne voudrais pas me montrer indiscret. »

Louise crut reconnaître son étrange interlocuteur.

« J'ai l'impression de vous avoir déjà vu quelque part, dit-elle timidement.

— Je suis le père du jeune homme que vous accompagniez. René est mon fils.

— Votre fils !

— Je voulais le voir partir sans qu'il me voie.

— Vous auriez dû...

— Non, mademoiselle. René et moi sommes un peu brouillés.

— Je suis au courant.

— Je suis heureux d'avoir fait votre connaissance, mademoiselle. »

Philippe Destrière s'inclina devant Louise en ôtant son chapeau, tourna les talons et s'éclipsa dans la foule agitée.

Sur le moment, Louise ne sut que penser de cette rencontre fortuite. Toute à son chagrin d'avoir vu s'éloigner René, elle regagna immédiatement l'école normale et décida de noyer sa peine dans le travail.

Lorsqu'elle reçut la première lettre de René, l'offensive sur la Marne était achevée. Il lui apprit que les Allemands avaient été stoppés et se repliaient maintenant sur l'Aisne.

Tout cela sera bientôt terminé, écrivit-il. *Nous les avons finalement arrêtés. C'est bien comme on nous l'avait dit. Dans quelques semaines, quand nous les aurons repoussés jusque chez eux, nous serons de retour, victorieux. La bataille a été rude. Certains de mes camarades sont tombés au combat. J'ose espérer que leur mort servira à la bonne cause. Nos conditions de vie sont dures, mais nous les supportons car nous savons que c'est bientôt terminé. J'attends avec impatience de tes nouvelles. Je t'aime et pense à toi tout le temps. René.*

Dans le cœur de Louise, le soleil se remit à briller de tous ses feux. René était vivant. La guerre allait bientôt prendre fin. Ils se retrouveraient et... oui, ils se fianceraient. « C'est une excellente idée, monsieur Destrière ! » songea-t-elle en se remémorant la question du père de René sur le quai de la gare.

De son côté, Clémence n'éprouvait pas le même bonheur. Comme sa sœur, elle attendait une lettre d'Armand. Lui aussi avait promis de lui écrire dès que possible. Or plus d'un mois et demi s'était écoulé depuis son départ pour le front et elle était toujours sans nouvelles.

Clémence ignorait qu'Armand avait été enrôlé dans un bataillon disciplinaire. Avec de nombreux jeunes révoltés des années de glace du gouvernement Clemenceau, il avait été immédiatement conduit en première ligne et avait essuyé sans attendre le feu nourri de l'artillerie allemande. Son matricule était marqué au rouge, son courrier détourné, son destin tout tracé. À côté de lui, des mutins du régiment de Béziers de 1907, des jeunes grévistes turbulents de 1911, d'autres rebelles que la République voulait mater en les envoyant se sacrifier pour la patrie.

Armand savait que les missions à haut risque seraient son lot quotidien. Il n'en avait que davantage le mors aux dents et la rage de vaincre. «Je reviendrai ! Pour Clémence», pensait-il très fort au fond de lui-même, chaque fois qu'il montait à l'assaut sous la mitraille. Autour de lui, ses camarades tombaient comme les pièces d'un château de cartes qui s'écroule. Mais lui passait à travers le feu meurtrier et s'en sortait toujours sans égratignures.

Sachant qu'il ne recevrait jamais de lettres de personne, il s'acharnait cependant à écrire à Clémence. Il lui racontait sa vie de soldat, sans trop s'attarder sur les détails afin de ne pas l'effrayer, lui parlait de camaraderie, de solidarité, de fraternité. Il se doutait que ses lettres seraient lues et n'arriveraient pas à destination. Mais écrire était pour lui sa seule planche de salut.

Malheureuse, Clémence languissait. Le travail dans lequel elle s'abrutissait ne parvenait pas à effacer les idées noires qui, chaque jour, enténébraient son esprit. À Antonin, à qui elle se confiait, elle ne cessait d'affirmer :

«Il est mort ! Il s'est fait tuer, comme Victor. C'est sûr ! Sinon, il aurait déjà écrit.»

Son jeune frère ne trouvait pas les mots justes pour la consoler. Impuissant, il ne pouvait que répéter ce que tout le monde croyait et que les journaux affirmaient : la victoire est proche, les soldats vont bientôt rentrer dans leurs foyers.

« Tu verras. Il rentrera avec les autres, se voulait-il rassurant. Il n'a sans doute pas le temps d'écrire. Il doit se battre sur tous les fronts. Mais Armand est vaillant. Il s'en sortira. »

Clémence avait un autre sujet d'inquiétude. Deux fois successivement, elle n'avait pas eu ses règles. Elle n'ignorait pas ce que cette soudaine aménorrhée signifiait. Pourtant, Armand s'était montré prudent lorsqu'ils s'étaient retrouvés le soir du 14 Juillet et la veille de son départ. Elle avait beau calculer les jours, prendre le calendrier dans tous les sens, elle ne faisait que constater l'irrémédiable.

Dépitée, elle ne pouvait se confier à personne. Sa mère, pourtant si compréhensive, ne lui serait d'aucun secours. Pire, elle serait bien obligée de mettre son père au courant de la situation, et ce serait la honte.

Vivant un véritable drame intérieur, elle n'eut que le recours d'écrire à Armand, dans l'espoir que sa lettre lui parviendrait malgré l'adresse imprécise qu'elle indiqua sur l'enveloppe.

Le miracle se produisit. La victoire des troupes françaises avait sans doute assoupli la rigueur dans laquelle on maintenait les soldats marqués au rouge. Armand reçut la lettre de Clémence, dans laquelle elle lui annonçait – sans joie aucune – qu'elle attendait un enfant de lui. Sa lettre était un appel au secours, une supplique désespérée d'une jeune fille perdue. Loin de le réjouir, elle faillit le démoraliser complètement, l'abattre sur place, lui qui avait résisté à tant d'assauts meurtriers.

Il se reprit. Lui écrit – une fois de plus. Lui promit de revenir très vite et de l'épouser dès sa première permission. En écrivant les mots d'amour les plus beaux qu'il dénicha au fond de son âme meurtrie, Armand ne put retenir ses larmes qui finirent par mouiller le papier sur lequel il s'épanchait, les doigts transis et le cœur transpercé.

Un second miracle se produisit. Sa lettre parvint à Clémence.

Lorsque le facteur la lui apporta, il tint à la lui remettre en main propre, comme s'il avait deviné qu'il s'agissait d'un message d'amour destiné à une âme en peine.

« Qui donc peut bien écrire à Clémence ? demanda Auguste en se tournant vers Marie.

— Comment le saurais-je ? répondit celle-ci en feignant de ne pas se douter.

— Tu as vu comme elle tremblait en prenant l'enveloppe des mains du facteur ? Elle est malade cette petite ! C'est pas Dieu possible !

— Ah ! les hommes ! Toujours aussi peu perspicaces. »

Clémence retrouva soudain le sourire. Son visage se nimba à nouveau de lumière. Auguste ne fut pas long à comprendre que la lettre en était la raison. Il ne biaisa pas longtemps.

« Peut-on savoir ce qui te rend si joyeuse subitement ? lui demanda-t-il.

— Armand ! répondit Clémence sans détour. Armand est vivant et il va bientôt revenir.

— Ah ! ce n'est que ça ! fit Auguste en maugréant.

— Ne lui gâche pas son bonheur ! intervint Marie.

— Tu sais bien que je ne porte pas ce jeune homme dans mon cœur. »

Toute à sa joie, Clémence ne fit pas cas des remontrances de son père. Elle entraîna Antonin dans l'étable pour la traite du matin et le saoula de paroles à propos d'Armand.

Ce soir-là, elle oublia qu'elle portait en elle le fruit de son amour et se laissa dériver sur les flots de son cœur.

Plusieurs semaines passèrent. L'automne engrisaillait le ciel et endeuillait un peu plus chaque jour les foyers. Les victimes se multipliaient, mais chacun s'efforçait encore de croire que le malheur ne pouvait s'abattre que sur le voisin. Lorsqu'une famille était à son tour touchée par la *faucheuse*, on évitait de croiser ses membres terrassés par la douleur. De crainte sans doute d'être le prochain sur la liste, comme s'il s'agissait d'un fléau contagieux. En réalité chacun s'ingéniait à penser que les siens passeraient à travers, que seuls les autres jouaient de malchance. Mais au fond d'eux-mêmes, les pères, les mères, les épouses des soldats éprouvaient une terrible angoisse. Une angoisse qui les paralysait et les empêchait de communiquer leur compassion pour les autres ou leurs propres craintes. Lorsque le maire, tout vêtu de sombre, venait apporter la fatidique nouvelle à un voisin, les portes se refermaient sur son passage, comme si l'on ne voulait pas entendre les cruelles paroles dont il était le messager et les pleurs qu'elles engendraient. Et l'on ne pouvait s'empêcher de soupirer de soulagement – presque de joie – de le voir passer outre son chemin, sachant que, quelques portes plus loin, le malheur venait de s'abattre sur toute une famille.

Forte de la promesse qu'Armand lui avait faite dans sa lettre, Clémence retrouvait l'espoir, même si, chaque jour, elle craignait, elle aussi, qu'il ne fût à son tour victime de la folie des hommes.

L'enfant, qui grandissait en son sein, l'aidait à garder le moral. Mais elle commençait à voir ses formes s'arrondir et ne savait comment annoncer la nouvelle à ses parents. Elle ne cessait d'écrire à Armand pour lui demander conseil, pour lui donner courage aussi. Il lui avait fourni son adresse militaire précise. Mais depuis la première lettre qu'elle avait reçue, elle était sans nouvelles de lui. Ses propres lettres restaient sans réponse.

Les informations en provenance du front redevenaient décourageantes. Alors que l'on croyait les Allemands arrêtés, voire repoussés, les armées s'étaient soudain immobilisées dans des retranchements improvisés. La guerre s'enlisait. Des deux côtés, sur huit cents kilomètres de long, de la Suisse à la mer du Nord, les soldats, telles des fourmis, creusaient des tranchées et s'enterraient.

« C'est mauvais signe ! affirma Auguste quand il vit la première photo dans le journal. Cela prouve que la guerre va durer.

— Pourtant, tout laissait penser qu'à Noël on en aurait fini, déplora Marie. Les fils de François se faisaient déjà une joie de passer les fêtes avec nous.

— Je crains fort hélas ! que cette année personne ne puisse réveillonner en famille. »

Clémence ne disait mot, toute à sa crainte. Si Armand ne revenait pas très vite, elle serait seule à devoir assumer son état.

Tout à coup, elle se leva, blême. Elle n'eut que le temps de se pencher au-dessus de l'évier, elle rejeta aussi vite le maigre repas qu'elle venait d'avaler.

« Tu es malade, ma fille ? s'inquiéta Auguste.

— Ce n'est rien. Je suis un peu barbouillée. Quelque chose a dû me faire mal. »

Depuis quelque temps, Clémence avait des nausées. Marie s'en était aperçue, mais n'avait rien dit. Elle s'était même rendu compte que sa fille peinait à la tâche et évitait de porter des robes trop serrées à la taille. Son instinct de mère ne la trompait pas. Au fond d'elle-même, elle savait ce que cachait Clémence.

Mais elle préféra attendre le moment opportun pour lui parler calmement et pour connaître toute la vérité.

13

Double drame

Noël approchait. Contrairement à toutes les prédictions et à toutes les espérances, la guerre était loin de s'achever. Comme Auguste l'avait craint, loin de s'apaiser, les hostilités ne faisaient que s'accentuer, et les victimes se multipliaient. Le moral des troupes et des civils à l'arrière était en berne, personne ne pouvant présager de l'avenir. Et si d'aucuns se risquaient en conjectures, c'était toujours, maintenant, pour affirmer qu'on était entré dans une ère de fer et de feu qui risquait de durer longtemps. Au reste, les plans militaires avaient été révisés, les tactiques sur le champ des opérations complètement bouleversées, les armes adaptées aux nouvelles conditions de combat.

Louise était rentrée à Bellecoste pour les vacances de fin d'année. Elle avait reçu des nouvelles de René et s'inquiétait de son sort. Le jeune soldat se trouvait en Artois, non loin d'Arras. Il avait été affecté, à sa demande, au service informations aux armées. Cela lui permettait de poursuivre, sous l'uniforme, son métier de journaliste. Mais, avait-il expliqué dans sa dernière lettre, sans être parmi les plus exposés, il était souvent contraint de monter au front afin d'être témoin de la résistance et du comportement exemplaire des troupes françaises dans son secteur, et de pouvoir rédiger ses articles en toute connaissance de cause.

« De toute façon, remarqua Auguste lorsque Louise eut terminé la lecture de sa lettre, s'il était témoin d'une déroute de nos troupes, on ne lui laisserait pas le loisir de l'écrire. L'information est filtrée.

— René est un homme libre ! objecta Louise. Il l'a montré vis-à-vis de son père.

— Quand on se trouve au service de son pays, surtout en temps de guerre, il est des libertés qu'on se doit d'étouffer, hélas ! Crois-tu qu'il serait bon d'annoncer à la une des journaux que nos troupes se font piétiner par l'adversaire ? René est d'abord un soldat. Et, en tant que tel, il obéit aux ordres. »

Ce premier hiver de guerre semblait augurer une longue période de glace. Les esprits étaient chagrins, comme vitrifiés par une réalité qu'on avait peine à croire. Nul ne voyait le jour se lever à sa porte.

« Nous sommes entrés dans un tunnel, se lamentait Auguste. Personne n'en voit le bout. Lorsque nous en sortirons, qui sait ce que nous serons devenus ?

— La vie est toujours la plus forte, lui objectait Marie. La raison finit toujours par l'emporter sur la folie. »

Marie se montrait moins pessimiste que son époux. Dans une période si tourmentée, il fallait éviter, pensait-elle, de sombrer dans le désespoir. Les privations, les deuils, l'angoisse que chacun ressentait, les efforts supplémentaires qu'il fallait fournir pour faire face au quotidien, tout cela finirait un jour.

«Il ne faut jamais cesser d'espérer. N'est-ce pas, Clémence?» ajouta-t-elle intentionnellement à l'adresse de son aînée.

Celle-ci n'allait pas bien. La tristesse se lisait à livre ouvert sur son visage. Ce qui avait le don d'exaspérer Auguste, qui ne comprenait pas l'attitude de sa fille.

«Elle n'a aucune raison d'être si affligée ni si indolente! Elle se comporte comme une gamine.

— Elle s'inquiète pour cet Armand Dubreuil. Elle le sait au front.

— Celui-là, j'aurais préféré qu'il ne soit jamais venu à Bellecoste.

— C'est toi qui l'as invité à rester ici. Tu sembles l'oublier!

— Je ne l'ai pas invité pour détourner le cœur de ma fille et pour se moquer d'elle, mais pour travailler et pour lui rendre service.

— Quand donc comprendras-tu, Auguste?

— Je n'ai pas du tout aimé ses manières. Il n'y a pas à discuter. Dans notre famille, il y a des principes, des règles de savoir-vivre. Clémence n'a pas été élevée dans la frivolité. Elle est aussi coupable que lui. Encore heureux qu'il ne se soit rien passé d'autre qu'une amourette sans importance! Elle en guérira. Mais, pour l'instant, elle sape le moral de tout le monde et crée dans cette maison une ambiance détestable. On dirait qu'un drame est arrivé.»

Auguste persistait à ne pas comprendre ce qui se passait dans le cœur déchiré de sa fille. Devant son aveuglement, Marie n'avait pas trouvé la force de lui révéler ce qu'elle savait vraiment. Maintenant qu'elle devinait l'état de Clémence, elle se trouvait devant un terrible dilemme et n'osait envisager ce qui allait se passer quand la vérité éclaterait au grand jour.

Le drame arriva peu avant Noël. Clémence se sentait mal. Les nausées lui soulevaient le cœur. Des contractions dues à l'angoisse lui déchiraient le ventre. Son teint d'albâtre la rendait méconnaissable. Son regard terne fuyait tout le monde. Louise avait beau la consoler, lui montrer l'exemple, la raisonner, rien n'y faisait. Clémence s'enfonçait peu à peu dans une brume épaisse que rien ne parvenait à dissiper. Ni Louise ni Antonin n'avaient deviné la cause de la tragédie qu'elle vivait. Aussi Marie, ne se retenant plus de se taire, prit sa fille par la main et, devant tous les siens rassemblés, décida de révéler son terrible secret.

« Clémence a quelque chose à avouer, déclara-t-elle à la fin du repas. Mais elle n'est pas en mesure de vous en parler elle-même. »

Clémence regarda sa mère avec inquiétude. Puis son père avec effroi. Sur le moment elle eut un doute. Avait-elle parlé à sa mère et l'aurait-elle oublié ? Son esprit était tellement perturbé qu'elle ne se souvenait plus.

Elle se décomposa.

« Si c'est pour nous dire qu'elle est toujours éprise de cet individu, grommela Auguste, et qu'elle nous tire cette tête parce qu'elle s'inquiète de son sort, ça nous le savons tous !

— Tais-toi, Auguste ! Et écoute-moi, pour une fois. Cesse donc de te voiler la face. Tu ne vas pas me dire que tu n'as pas deviné ce qui rend ta fille malade ! Ouvre donc les yeux ! Ne vois-tu pas que sa taille s'est arrondie ? Ses nausées n'ont rien à voir avec une crise de foie à répétition. »

Marie se leva de sa chaise, s'approcha de sa fille. Celle-ci semblait se liquéfier. La honte commençait à la submerger, à la noyer de l'intérieur.

« Non, maman ! s'écria-t-elle. Tais-toi !

— Voyons Clémence, il y a longtemps que je sais. Maintenant il est temps que la vérité éclate, et que nous en parlions tous ensemble posément. Il est inutile de te rendre malade. Cela n'arrangera rien. Ce qui est fait est fait. »

Auguste se servit un verre de vin et l'avala d'un trait.

« Bon sang ! allez-vous me dire enfin ce qui se passe dans cette maison !

— Il n'y a que toi, papa, qui sois aveugle au point de ne rien comprendre, s'interposa Louise pour venir en aide à sa mère.

— Comment oses-tu parler ainsi à ton père ? lui répondit sèchement Auguste. C'est à l'école normale qu'on t'apprend un tel manque de respect ?

— Papa ! intervint à son tour Antonin. Cesse de rouspéter et écoute maman. Et cessez de vous disputer. Demain c'est la veille de Noël, ce n'est pas le moment !

— Noël, Noël ! vitupéra Auguste. Cette année, il n'y a de Noël pour personne… Bon, alors, j'écoute. »

Clémence se leva, posa sa main glaciale sur celle de sa mère et, livide comme un linceul, dit d'une voix monocorde :

« Laisse, maman, c'est à moi de parler. Voilà… : je suis enceinte… J'attends un enfant d'Armand. Je le lui ai écrit et il m'a répondu qu'il m'épouserait dès sa première permission.

— Quoi… comment ? bégaya Auguste. Enceinte… un enfant ! Avec cet… avec ce…

— Avec Armand. Oui, Auguste, tu as bien entendu, poursuivit Marie. Si tu n'étais pas aussi aveugle et aussi rigide, tu te serais aperçu de ce que ta fille essaie de nous dire depuis longtemps.

— Tu savais donc, maman ? demanda Clémence.

— Je suis ta mère, ma chérie. Et une mère devine bien des choses. Je n'ai rien dit, car je voulais respecter ton silence, ton attente. Mais tu t'es rendue trop malade. Il fallait percer l'abcès. »

Auguste s'était resservi un autre verre. Il le contemplait les yeux fixes, la mâchoire bloquée, le souffle court.

« Papa, osa Clémence.

— Tais-toi ! Tu as trahi ma confiance. Et tu t'es comportée comme… comme une moins-que-rien. Chez moi. Sous mon toit. Avec le premier venu. Un étranger. Un traîne-chemin qui a abusé de mon hospitalité !

— Armand n'est pas un traîne-chemin ! C'est quelqu'un de bien.

— Ça suffit ! hurla Auguste en frappant du poing sur la table à en renverser son verre. File dans ta chambre. Je ne veux plus te voir. »

Seule Marie osa affronter la colère de son époux. Louise et Antonin se retirèrent à leur tour, préférant ne pas intervenir en faveur de leur sœur. Louise alla aussitôt réconforter Clémence qui, effondrée, n'était plus que l'ombre d'elle-même.

« Sois raisonnable, Auguste. Essaie de comprendre.

— Il n'y a rien à comprendre. Ou plutôt si : notre fille n'a plus sa place sous notre toit. Elle a jeté la honte et le discrédit sur notre famille. Un enfant... un bâtard !

— Auguste !

— Oui, parfaitement, un bâtard ! C'est ce qu'on dira dans le pays. Les langues ne s'en priveront pas. Nous aurons l'air de quoi quand nous irons au temple le dimanche ? Y as-tu songé un seul instant ?

— Armand reviendra et l'épousera. Il l'a promis.

— Ah ! oui ? Et pourquoi n'écrit-il pas comme le fait l'ami de Louise ? Une seule lettre et puis plus rien. Non, ce garçon nous a trompés. Et Clémence nous a trahis. Je ne veux pas qu'elle mette son enfant au monde sous mon toit. Chez moi, pour avoir un enfant, il faut d'abord être marié. On ne fête pas Pâques avant les Rameaux ! »

Marie eut beau user de tous les arguments, tenter de toucher Auguste au plus profond de ses sentiments paternels, elle n'obtint aucune once de pardon de sa part.

« Clémence n'est plus ma fille ! » finit-il par déclarer.

Ce fut une nuit de cauchemars. Une nuit comme jamais elle n'avait passé. Une nuit au cours de laquelle Clémence crut que tout s'écroulait autour d'elle : sa famille, sa maison, son enfance, ses espoirs, sa vie tout entière. Elle réalisa brutalement qu'elle était seule, en plein désert, avec ce terrible fardeau d'un enfant qu'elle ne souhaitait pas et qu'elle ne pouvait songer, maintenant, à effacer de son existence. Elle n'osait croire qu'Armand avait changé d'avis, qu'il lui avait menti en lui promettant de l'épouser dès son premier retour. Mais en même temps, ce long silence la pétrifiait, amplifiait ses craintes, l'anéantissait. Elle ne pouvait concevoir la fin de sa grossesse sous les regards accusateurs de son père, même si elle savait sa mère acquise à sa cause. Elle l'aimait trop pour lui implorer un pardon qu'il ne pourrait jamais lui accorder. Son père souffrait autant qu'elle, elle n'en doutait pas, et n'accepterait jamais de renier les principes sur lesquels il avait bâti toute sa vie.

L'enfant devait naître au printemps. Quatre mois d'une attente interminable! Quatre mois pendant lesquels elle devrait affronter les sourires moqueurs des voisins, les paroles assassines des donneurs de leçons, des faiseurs de morale. Elle entendait déjà la vindicte publique, imaginait les regards réprobateurs, accusateurs qu'on porterait sur elle et qui entacheraient l'honneur de ses parents. Elle comprenait mieux à présent la colère et la profonde déception de son père, dès lors que le mystère qu'elle tenait secret avait été dévoilé au grand jour.

«Mon Dieu! que dois-je faire?» pria-t-elle tout au long de sa nuit d'insomnie.

Jamais Clémence ne se sentit aussi désemparée, aussi seule face à son destin.

Elle finit par s'endormir à l'heure où d'habitude elle commençait à s'éveiller, la nuit ne s'étant pas encore dissipée. Elle sombra dans un sommeil lourd, plombé, hanté par les tourments, par la faute irrémédiable qu'elle avait commise; *la faute*! Elle plongea au plus profond des ténèbres, son enfant dans les bras, un enfant qui n'avait pas de visage, qui ne pleurait pas, ne souriait pas. Elle errait d'un lieu à un autre ; partout on la chassait, on l'insultait ; des garnements lui lançaient des pierres. Partout sur son chemin, la honte s'abattait sur elle. Au milieu de sa course, le bébé ne bougeait plus, s'était raidi, son petit corps refroidi. Le charriant sur son dos comme un fardeau trop lourd, elle gravit une pente interminable qui semblait se rallonger au fur et à mesure qu'elle avançait. Elle devait déposer son enfant au sommet pour être enfin délivrée du mal qui l'accablait, l'offrir à la lumière salvatrice pour qu'il vive à nouveau et lui pardonne. Quand elle parvint à la cime de la montagne, elle se dirigea vers les ruines d'une petite chapelle abandonnée, emmitoufla son bébé dans ses langes. Celui-ci prit tout à coup les traits de son père. Terrifiée, elle lâcha l'enfant et se sentit happée par une force mystérieuse, comme par un grand vent qui la transporta loin du lieu qu'elle venait d'atteindre.

Elle se réveilla en sursaut, se redressa sur son lit, trempée d'une aigre sueur. À ses côtés, Louise s'habillait sans faire de bruit.

« Tu dormais si bien, lui dit-elle, je ne voulais pas te réveiller... Mais qu'as-tu, Clémence, tu es fiévreuse ? Ton visage ruisselle.

— Ce... ce n'est rien. J'ai fait un mauvais rêve.

— Rendors-toi. Je te remplacerai ce matin. Repose-toi.

— Non, c'est inutile. Je m'en vais. Je dois partir.

— Tu t'en vas ! Mais où ?

— Je viens de comprendre que ma place n'est plus à Bellecoste. Je ne sais pas où j'irai vivre. D'abord il faut que je pense à mon enfant qui va naître. Je dois m'éloigner d'ici ; pour le bien de tous. Papa n'acceptera jamais cet enfant, tu comprends ?

— Tu te trompes. Il finira par te pardonner.

— Non, tu le connais. Il ne le pourra pas sans se renier lui-même.

— Mais où iras-tu ?

— Je ne sais pas. Pour l'instant, je vais demander l'hospitalité à notre cousine Roseline. Elle vit seule au Pont-de-Montvert depuis qu'elle y travaille. Elle ne refusera pas de me loger en attendant que j'y voie un peu plus clair. »

Louise ne parvint pas à convaincre sa sœur de revenir sur sa décision.

Avant le lever du jour, Clémence finit de s'apprêter, emballa quelques effets dans un sac et, sans même prendre le temps de déjeuner, annonça à ses parents qui étaient assis autour de la table :

« Je m'en vais. Je ne peux pas rester plus longtemps sous votre toit. Papa a raison : mon enfant ne doit pas naître ici. »

Abasourdie, Marie ne sut que répondre. Auguste le premier répliqua sèchement à sa fille :

« Je ne te retiens pas. De toute façon j'allais te demander de le faire.

— Auguste, voyons ! fit Marie, décontenancée. Comment peux-tu chasser ainsi ta fille ?

— Je ne la chasse pas. Elle s'en va d'elle-même.

— Mais...

— Elle a pris la meilleure décision. Sa place désormais n'est plus à Bellecoste.

— Ne t'inquiète pas, maman, je demanderai à Roseline de m'accueillir. Elle ne refusera pas. Ensuite, j'aviserai.

— Surtout, que je n'entende jamais parler de cet enfant sous mon toit ! ajouta Auguste en se levant de table.

— Clémence, ma chérie... »

Marie implora Clémence de rester. En vain. Celle-ci se jeta dans ses bras et, les yeux noyés de larmes, dit en suffoquant :

« De toute façon, papa ne veut plus de moi.

— Pas tant que tu porteras la honte sur toi ! » répliqua Auguste.

Clémence quitta Bellecoste non sans avoir embrassé longuement Louise et Antonin. Le petit matin se levait. Un matin blafard, froid et humide qui annonçait la neige.

L'hiver accentuait son emprise et tenait le massif dans un étau de glace. Les branches des arbres se découpaient à l'encre de Chine dans la grisaille d'un ciel cimenté d'ardoise. Un ciel bas qui encapuchonnait les vallées. Dans les étables, les vaches ruminaient des rêves de verts pâturages et, placides, attendaient que la lumière jaillisse à nouveau sur les crêtes pour mettre bas leurs petits prévus pour le printemps.

La morosité s'empara de Bellecoste. En l'absence de Victor et avec le départ de Clémence, malgré la bonne volonté d'Antonin qui redoublait d'ardeur, Auguste ne parvenait pas à faire face. Il s'inquiétait pour les mois à venir, lorsque les travaux extérieurs laisseraient Marie seule à la ferme, et lorsque les hommes manqueraient au moment des foins et de la moisson. Il avait dû se résoudre, la mort dans l'âme, à livrer sa jument à l'armée. « Bonne pour le service ! » lui avait-on déclaré lorsqu'il l'avait amenée en personne sur le foirail du village. Ce fut pour lui un autre déchirement, comme lors du départ de Clémence. Mais, ni dans le premier ni dans le second cas, il n'avait laissé transparaître sa peine. Aussi, au fond de lui, était-il ébranlé. Le socle de granit sur lequel il avait bâti toute son existence s'était fissuré brutalement. Il lui semblait que son propre sang s'épanchait lentement de cette profonde blessure et que rien, plus jamais, ne pourrait l'arrêter de couler. Meurtri dans son âme et dans sa chair, Auguste était trop droit, trop honnête envers lui-même, pour dévoiler l'ombre d'un regret. Il souffrait terriblement, mais refusait de le montrer.

Roseline accueillit Clémence les bras ouverts, trop heureuse de partager son quotidien avec sa cousine.

« Nous avons tellement de bons souvenirs de moisson que nous n'aurons pas assez de nos soirées pour les évoquer tous ! Et puis, nous aurons la layette de ton petit à préparer. Nous le ferons ensemble. Cela nous occupera un bon moment ! Je suis ravie que tu sois venue te réfugier chez moi. »

Loin de condamner sa cousine, Roseline se réjouit à l'idée que celle-ci aurait bientôt un bébé. Clémence avait beau lui affirmer que sa situation de fille mère n'aurait rien d'enviable et serait même un poids dans son existence, elle n'entrevoyait que le bonheur qu'une naissance pouvait apporter.

« Quand il se saura grand-père, ton père changera d'avis. Et puis, ton Armand reviendra. Il faut y croire ! »

Les mois passèrent dans un froid sibérien, coupant comme des lames de faux. Clémence crut ne pas parvenir à garder son enfant. Dès la fin du septième mois, des contractions répétées lui firent craindre le pire. Le médecin, appelé à son chevet par Roseline, lui ordonna de garder la chambre et de rester allongée jusqu'au terme de sa grossesse.

« Si votre enfant vient au monde trop tôt, la prévint-il, il a peu de chances de survivre. »

En son for intérieur, Clémence ne put s'empêcher de songer qu'une telle éventualité arrangerait sa situation. Mais elle eut honte aussitôt d'une telle pensée et obéit scrupuleusement aux recommandations du docteur.

Amandine vint au monde fin mars, le jour même du printemps 1915, avec trois semaines d'avance. Pour l'occasion, Roseline n'était pas allée travailler et avait assisté la sage-femme à délivrer sa cousine. Une fois l'enfant et la mère hors de danger, elle se proposa d'aller apporter la nouvelle à Bellecoste.

« Non ! s'opposa Clémence. Je ne veux pas.

— Mais tu ne peux pas maintenir tes parents dans l'ignorance ! Pense à la joie qu'éprouvera ta mère.

— Et mon père ? Y songes-tu ? Il m'a rayée de sa vie. Je ne veux pas lui retourner le couteau dans la plaie. Un jour, peut-être. Plus tard. Pour l'instant, je ne suis pas encore prête.

— C'est comme tu veux. Je n'en parlerai donc même pas à mes propres parents quand je retournerai à Salarials. »

Roseline se plia à la volonté de sa cousine et tint parole.

Toute à l'attention de son enfant en qui elle voyait le portrait d'Armand, Clémence ne cessait de penser à ce dernier.

« S'il est vivant, il a dû m'écrire à Bellecoste, expliquait-elle souvent à Roseline comme pour se rassurer. Mais mon père a dû intercepter ses lettres.

— Pourquoi le ferait-il ? Si ton Armand désire toujours t'épouser, ton père ne s'y opposera pas. Ce serait le seul moyen que tout rentre enfin dans l'ordre. Sois patiente. Je suis sûre que ta mère se manifestera dès qu'elle saura quelque chose à son propos. »

Le printemps était maintenant bien installé. L'herbe levait dans les prés. Les feuilles des arbres prenaient des reflets d'argent. Dans la montagne ce n'étaient que jaillissements de couleurs. Le ciel s'émaillait de rose, puis de bleu, et devenait cristal. L'air vibrionnait de pépiements d'oiseaux. Et dans les étables la vie avait repris, offrant son content de veaux nés avant l'estive.

Pour un peu Clémence aurait oublié la chape de plomb qui s'était abattue sur elle au cours de ces longs mois d'hiver, tant elle sentait aussi renaître en elle ce désir d'aller parcourir les grands espaces de solitude en compagnie de sa chienne, de s'y perdre dans les fragrances enivrantes des premiers beaux jours, dans l'éclaboussement de lumière qui allait bientôt inonder les prairies de sa vie.

Quand elle entendit soudain frapper à la porte – elle était seule avec son enfant, Roseline étant partie travailler –, elle eut aussitôt un mauvais pressentiment.

«Entrez, dit-elle, la porte est ouverte. Je suis occupée.»

Marceau Freyssinet, le menuisier, apparut dans l'embrasure de l'huis. Éblouie par le contre-jour, Clémence ne le reconnut pas immédiatement.

«Bonjour, Clémence. Ce n'est que moi, Marceau.»

Intriguée, Clémence! l'invita à entrer.

«Finissez d'entrer! Excusez-moi, je suis un peu surprise. Je ne m'attendais pas à votre visite.

— J'ai appris que tu vivais chez ta cousine Roseline. Alors, je me suis dit que, peut-être, il fallait t'avertir.

— M'avertir! De quoi?»

Marceau paraissait terriblement embarrassé.

«J'ai reçu une mauvaise nouvelle. Mais, peut-être es-tu déjà au courant?

— Au courant de quoi, Marceau? Parlez!

— Comme il n'avait plus de famille et que je suis le dernier chez qui il a logé, c'est moi qu'on est venu prévenir.

— Mais de qui parlez-vous donc, Marceau?»

Clémence sentit monter en elle une frayeur glaciale. Ce qu'elle redoutait depuis longtemps allait lui être annoncé.

«C'est au sujet d'Armand Dubreuil. Je sais qu'il a travaillé chez toi avant l'hiver. C'est toi-même qui me l'as dit. Et j'ai compris que tu l'estimais beaucoup. Il m'a écrit une lettre...

— Une lettre! Alors il est vivant?

— Une lettre dans laquelle il me demandait de te prévenir au cas où il lui arriverait malheur.

— ...

— Petite, le maire est venu m'avertir ce matin.

— Vous avertir ?
— Armand a été porté disparu. En Champagne. Il y a deux mois. On n'a même pas retrouvé son corps. »
Clémence resta figée sur place comme une statue de sel. Un grand vide s'empara d'elle. Marceau la soutint aussitôt.
« Assieds-toi, petite. Et reprends-toi.
— Disparu ! Son corps... pas retrouvé ! Mon Dieu !
— Depuis deux mois, oui. On le considère donc comme mort au champ d'honneur. »
Marceau eut toutes les peines du monde à sortir Clémence de son désarroi. Lorsque Roseline rentra de son travail peu après midi, il la confia à ses soins et s'éclipsa discrètement.
Pour Clémence, cette annonce tragique marquait la fin de l'espoir.

14

Renoncement

À Mende, Louise poursuivait ses études loin de l'enfer que vivaient les soldats au front. La petite cité lozérienne connaissait le même sort que le reste du pays non occupé. Devenue ville de garnison, elle avait triplé sa population et multiplié d'autant ses problèmes. Le ravitaillement faisait défaut car les denrées étaient rares. Le logement était insuffisant et le maire avait été contraint de réquisitionner des locaux. L'hygiène enfin commençait à poser de sérieux problèmes, car l'ouverture de maisons de tolérance augmentait brutalement les risques de maladies vénériennes. De plus, chaque jour voyait son lot de blessés, de disparus, voire de morts accroître la liste déjà longue des victimes. Les privations étaient durement ressenties chez les civils, surtout dans les familles les plus démunies. La misère se répandait et l'on voyait, dans les rues, de plus en plus de femmes et d'enfants en quête d'une âme charitable. Autour de la cathédrale Notre-Dame, les mendiants se disputaient la place sous l'œil faussement indifférent des passants. Dans les cafés, l'ambiance était à la résignation plus qu'à la colère. Chacun savait maintenant que la paix serait longue à obtenir et qu'il fallait s'attendre à d'autres sacrifices.

Dans son école, Louise se sentait privilégiée, même si, chaque matin, ses professeurs ne manquaient pas de rappeler à leurs élèves que la patrie comptait sur la bravoure de ses vaillants soldats et que le soutien des civils à l'arrière était un devoir moral pour tous. Comme elle, toutes ses camarades avaient un parent, un ami sur le front. Aucune n'échappait donc à la terrifiante machine de guerre. Mais elle reconnaissait volontiers que, loin du bruit des canons, la vie de ses semblables demeurait bien paisible.

René lui écrivait régulièrement. Ses lettres reflétaient, comme toutes celles des soldats envoyés au front, une réalité assez éloignée de celle qu'il vivait vraiment. Ne voulant pas l'effrayer inutilement, il lui cachait l'horrible spectacle dont il était souvent témoin quand il montait en première ligne. Il insistait davantage sur son rôle de chasseur d'événements, de spectateur privilégié des grands moments qui entreraient un jour dans l'histoire de la nation. Il ne cachait pas son enthousiasme et son admiration pour le courage de ses camarades, mais il dissimulait la peur panique qui s'emparait de lui chaque fois qu'il assistait à un assaut des troupes alliées.

Comparé à la vie qu'elle menait, ce qu'il vivait, malgré les dangers, les frayeurs, les difficultés quotidiennes, paraissait à Louise tellement plus exaltant, tellement plus riche. Parfois elle doutait et remettait en question le choix qu'elle avait fait de devenir institutrice.

« Je rêvais d'un plus grand destin, expliquait-elle à sa meilleure amie. Le métier d'institutrice ne me permettra pas de découvrir le monde, d'aller au-devant des grands défis qui seront bientôt les enjeux de notre siècle.

— Apprendre aux enfants à devenir des hommes, n'est-ce pas le plus beau métier du monde ? lui répliquait Élisabeth Verdier.

— Quand on voit ce que les hommes sont capables de faire, on peut douter de notre rôle d'enseignant ! »

Depuis que René était devenu journaliste, Louise craignait de le perdre. « Il me reprochera un jour mon manque d'ambition », se disait-elle.

Au cours de sa seconde permission, le jeune soldat lui avait confirmé son intention de ne pas se cantonner à Mende, une fois la guerre terminée.

« Mon capitaine connaît le rédacteur en chef de *L'Aurore*, lui dit-il. Il m'a promis de lui parler de moi. Il est très content des articles que je rédige. Il m'a avoué que je pourrais devenir un grand reporter. Tu imagines, Louise, reporter à *L'Aurore* !

— Et moi dans tout cela ?

— Je te l'ai déjà expliqué. Tu me suivras à Paris. »

Louise savait que, si elle s'engageait dans la carrière enseignante, elle ne parviendrait pas si facilement à quitter sa région pour monter dans la capitale. Et plus elle pensait à cette difficulté, moins elle avait envie de poursuivre dans la voie qu'elle avait choisie.

Néanmoins elle travaillait toujours d'arrache-pied afin de faire honneur aux siens et de leur prouver sa reconnaissance. Elle passa donc son brevet supérieur avec succès et s'apprêta à affronter sa troisième année de formation à l'issue de laquelle elle se verrait consacrée enseignante.

L'été commençait dans la douleur. Après l'échec de la percée des troupes françaises entre Vimy et Notre-Dame-de-Lorette en mai, le front n'avait pas bougé.

Nous sommes bloqués devant Arras, avait écrit René. *Je crains que nous n'y soyons pour longtemps!*

De son côté, Clémence vivait entre le doute et le désespoir. Marceau Freyssinet lui avait confirmé qu'Armand avait été porté disparu et qu'il était considéré comme mort sur le champ de bataille. Cette seule pensée l'avait plongée dans le plus grand désarroi. Même la présence de sa petite Amandine ne parvenait pas à éveiller en elle une lueur de bonheur. Pourtant l'enfant était adorable, un ange personnifié qui semblait être né pour illuminer le cœur assombri de sa mère. Clémence s'occupait d'elle sans montrer le moindre sentiment maternel, mécaniquement, presque à regrets. Elle lui rappelait trop Armand, dans ses regards, dans ses petits sourires. Et loin de la rasséréner, elle accroissait chaque jour sa douleur.

Toutefois, Clémence doutait parfois. Ce qui exprimait, malgré elle, un secret espoir. Puisqu'on n'avait pas retrouvé le corps d'Armand, se mit-elle dans la tête avec obstination, on ne pouvait pas être certain de sa mort.

Roseline ne voulait pas encourager sa cousine à croire au miracle. Elle avait rencontré Marceau Freyssinet quelques jours après sa visite et lui avait demandé de plus amples explications. Celui-ci raconta ce qu'on lui avait rapporté et qui ne laissait aucun espoir : Armand était monté à l'assaut en première ligne avec les camarades de son bataillon ; les obus autour d'eux déchiraient le ciel, éclataient à un rythme d'enfer, perforant le sol, détruisant tout sur des kilomètres à la ronde. Les victimes avaient été nombreuses. Des corps déchiquetés avaient été retrouvés, méconnaissables. Armand se trouvait sans doute parmi eux, puisqu'il ne figurait pas avec ceux qu'on avait pu identifier.

« Je n'ai pas voulu m'attarder sur ces détails scabreux, avait avoué le menuisier. Votre cousine me semblait trop effondrée.

— Vous avez bien fait, Marceau. Je le lui ferai comprendre quand elle ira mieux, afin qu'elle ne vive pas d'illusions. »

À sa manière, Roseline avait beau expliquer à Clémence qu'elle devait accepter la terrible vérité, celle-ci ne parvenait pas à faire totalement en elle le deuil du père de son enfant.

La nouvelle se propagea rapidement dans le pays. La famille Pérol était connue partout à travers le mont Lozère, et la présence de Clémence au Pont-de-Montvert, en compagnie d'un enfant, finit par éveiller les curiosités. D'une parole révélée à l'autre, on commença à comprendre que l'aînée des Pérol cachait un secret de famille finalement pas très bien gardé. Marceau Freyssinet eut le malheur, un jour, de révéler qu'il avait embauché avant l'hiver un jeune homme qui avait été accueilli à Bellecoste, et que ce même jeune homme était mort tragiquement sur le front. Immédiatement les langues bien pendues se mirent à l'œuvre. Et on eut vite fait de colporter que l'aînée des Pérol avait été chassée de chez elle par son père et que le jeune inconnu était à l'origine de la brouille familiale et de la naissance de son enfant.

Dans les campagnes, il n'est jamais de secret bien gardé qui ne le reste longtemps !

Le bruit vint aux oreilles d'Émile Claret. Le jeune fermier avait échappé à l'ordre de mobilisation en raison de son handicap physique. Ce qui avait fait dire à son père, plutôt ravi :

« Tu devrais nous remercier, ta mère et moi, de t'avoir fait bancal ! À cette heure, tu serais en train de guerroyer au front, et peut-être bien que tu y serais resté ! Au fond, t'as bien de la chance que la nature t'ait fait avec une patte folle. »

À vingt-deux ans, Émile Claret était devenu un homme peu attirant. Déjà ventripotent, mais pourtant agile malgré sa claudication, sans une once de charme, il avait le regard fuyant des gens qui n'accèdent jamais à leurs désirs. Le front bas, les sourcils broussailleux, jamais rasé de frais, il portait sur le visage l'expression d'un homme envieux, toujours éternellement déçu et que rien ne satisfait jamais.

Il n'ignorait pas que Clémence était tombée amoureuse d'un étranger de passage à Bellecoste. Sans cesse à la surveiller, lui aussi l'avait vue s'éloigner en présence d'Armand le fameux soir du 14 Juillet de l'année précédente. Mais contrairement à Victor, il l'avait suivie et, discrètement, s'était caché derrière la porte de la grange. Par une fente, il avait assisté à leurs ébats, la rage au cœur et le corps bouillonnant de désirs.

Quand il sut que son rival avait été mobilisé, il se réjouit secrètement, croyant avoir le terrain libre.

Mais, lorsque Clémence quitta Bellecoste, il perdit l'espoir de la conquérir un jour.

En apprenant la mort d'Armand Dubreuil, il n'eut plus dès lors qu'une idée en tête : proposer d'épouser Clémence. Encombrée d'un enfant sans père, celle-ci ne devrait pas faire la difficile, pensait-il. Surtout s'il se montrait sous son meilleur jour.

« Tu n'as aucune chance, mon pauvre garçon ! lui répétait son père en ne cessant de le rabaisser. Les Pérol sont des gens trop fiers pour accepter d'en rabattre. Ils pètent plus haut que leur cul ! L'orgueil les étouffera un jour. L'Auguste, avec son troupeau de vaches, tient les éleveurs de moutons pour des culs-terreux. Souviens-toi comme il nous a éconduits, il y a quelques années, quand nous lui avons proposé d'associer nos herbages en vous mariant, toi et Clémence. Tu as la mémoire courte ! Aujourd'hui, je suis sûr que sa fille ne joue plus les mijaurées ! Avec un gosse sur les bras, un bâtard, elle doit raser les murs au Pont-de-Montvert. Elle n'a que ce qu'elle mérite ! Elle t'a toujours dédaigné ; maintenant elle ira se trouver un nigaud de mari où elle voudra. Mais pas ici !

— T'y comprends rien, père. Moi, je l'ai toujours voulue, cette fille. Dès que je l'ai vue la première fois. J'avais à peine treize ans, on venait de s'installer à Lassagne.

— T'aurais mieux fait de te casser l'autre jambe, ce jour-là. Cette fille n'est pas pour toi, je te dis. Elle fait pas partie de notre monde. D'abord elle est protestante. Nous, on est catholiques ! Et on est des moutonniers ; eux c'est des vachers. On ne mélange pas les serviettes et les torchons !

— Je te dis que je la veux et je l'aurai. »

Émile Claret n'avait plus l'âge de se laisser dicter sa conduite par son père. Lucien, pas plus que sa femme Amélie, n'avait de prise sur lui, surtout quand, le samedi soir, il rentrait de Lassagne passablement aviné. La rumeur s'était répandue que le jeune Claret avait parfois des mots très violents envers son père et que, sous le regard atterré et terrifié de sa mère, il lui arrivait de porter la main sur lui. Lucien n'en venait pas à bout et se contentait d'attendre qu'il se calme de crainte de le voir un jour claquer la porte.

« Fais comme tu veux ! lui dit-il pour ne pas le contredire. Mais ne compte plus sur moi pour aller voir Auguste. Je ne m'abaisserai pas une seconde fois. »

Néanmoins Émile était déterminé.

La période des foins commençait. Il n'ignorait pas qu'Auguste, comme tous les éleveurs du massif, connaissait quelques difficultés à venir à bout de toutes ses prairies de fauche. Déjà, avant l'hiver, il avait dû vendre cinq vaches laitières, car il craignait de manquer de foin jusqu'au printemps suivant. Contre l'avis de son père, Émile s'arrangea pour rencontrer Auguste dans ses terres. Celui-ci fauchait en compagnie de son cousin François, de leurs épouses, d'Antonin et de Louise qui, en vacances d'été, était venue leur prêter main-forte.

Auguste ne fit pas cas de sa présence, ayant l'habitude de le rencontrer au hasard de ses allées et venues au village.

« Je sais que mon père et vous êtes un peu en froid, lui dit Émile. Mais je crois qu'en ces temps difficiles, il serait plus intelligent de nous serrer les coudes, n'est-ce pas ?»

D'un air renfrogné, Auguste leva les yeux vers Émile, planta le manche de sa faux dans le sol, s'épongea le front et dit :

« Qu'est-ce qui me vaut l'honneur de ta visite, jeune homme ?

— Je venais simplement vous proposer mon aide. Je sais que la main-d'œuvre vous manque. Au village, y a plus que des vieux. Alors, comme j'ai la chance de ne pas avoir été mobilisé, je me suis dit que je pourrais rendre service.

— Tu veux travailler pour moi ! Que dira ton père ?

— Mon père peut se passer de moi de temps en temps. »

Auguste se retourna vers François, puis vers Marie, incrédule.

« Et que me demandes-tu en échange ? Tu sais, les gages de Victor n'étaient pas très élevés, car il avait le gîte et le couvert.

— Je ne demande rien. Je viens juste pour vous aider.

— Hum ! »

Auguste souleva sa casquette. Il n'appréciait pas trop Émile Claret. Mais il devait bien reconnaître qu'il n'avait jamais rien eu à lui reprocher. Et il le savait gros travailleur.

« Ma foi, ton père et moi, on ne se parle pas trop, c'est vrai, mais on n'est pas brouillés pour autant ! Passe ce soir à la maison. Nous en reparlerons tranquillement. »

Émile ne cacha pas sa satisfaction. «Le plus dur est accompli, pensa-t-il en rentrant chez lui. J'ai brisé la glace!»

Le soir même, il soigna sa tenue, s'habilla de propre, se rasa, gomina ses cheveux et s'apprêta à sortir.

«Où vas-tu ainsi harnaché? lui demanda son père. C'est pas samedi aujourd'hui!

— T'inquiète! Je vais pour affaire.»

Sans révéler le motif de sa sortie, Émile enfourcha sa vieille bicyclette et fonça à Bellecoste.

Auguste, Marie et leurs cousins venaient de terminer leur repas et prenaient le frais sur le pas de la porte, dans la tiédeur du soir.

«Je vois que tu tiens parole», dit Auguste en le regardant débouler de son vélo.

Tout essoufflé, Émile laissa choir celui-ci près du tas de fumier qui trônait au centre de la cour et, remettant de l'ordre dans sa chevelure ébouriffée, déclara:

«Je ne voulais pas vous faire attendre.

— Rentrons à l'intérieur. Et discutons.»

Auguste avait simplement l'intention de lui parler gages. Mais Émile l'arrêta sans attendre.

«Ce que je suis venu vous proposer, monsieur Pérol, ce n'est pas seulement mon aide pour les foins et la moisson... Je sais que Clémence ne vit plus sous votre toit et qu'elle a...

— Ah! c'est pour parler d'elle que tu t'es fait si beau! coupa Auguste.

— Ne vous mettez pas en colère, et écoutez-moi.»

Ce soir-là, Auguste était enclin à entendre raison. Le retour des beaux jours, les difficultés qu'il rencontrait avaient sans doute attendri la carapace derrière laquelle il se dissimulait depuis bientôt un an. Émile trouva les mots justes pour lui parler de Clémence sans attiser son courroux, pour lui faire comprendre que la situation dans laquelle ils s'étaient enfoncés tous les deux, lui, Émile Claret, pouvait l'arranger.

« En épousant Clémence, je donne un père à son enfant, dit-il. Et tout rentre dans l'ordre. Vous ne pouvez pas éternellement vivre en reniant votre fille. En plus, nos deux familles se prêteraient main-forte en cas de coup dur. Mon père ne pourra pas me reprocher de venir aider mon beau-père. »

Auguste se lissait la moustache. En réalité, il avait fort envie de renouer avec sa fille et de connaître enfin sa petite-fille. Depuis qu'il avait appris la naissance de celle-ci, il n'avait cessé de songer qu'il était grand-père et qu'il ne pouvait même pas le proclamer haut et fort quand il se rendait à Lassagne. Pire, lorsqu'il était au temple avec Marie et Antonin, il avait l'impression que c'était lui qu'on accusait.

« Faut que j'en parle à ma femme. Mais le plus dur, ce sera de convaincre Clémence. Tu n'ignores pas qu'elle ne te porte pas dans son cœur.

— Elle m'a toujours boudé. Mais si sa mère parle pour moi, peut-être que, vu sa situation, elle révisera son jugement et acceptera ma proposition.

— Si elle refuse ?

— J'ai confiance. »

Le soir même, Auguste tint Marie au courant de la démarche d'Émile Claret. Sur le coup, celle-ci ne sut que répondre. Tenant Antonin et Louise à l'écart, ils en discutèrent avec leurs cousins de Salarials, qui n'avaient pas eu besoin des confidences de leur fille Roseline pour apprendre que Clémence avait un enfant depuis trois mois.

« Ce serait une bonne solution pour régler le problème, reconnut François. Quand on est dans une telle situation, il ne faut pas faire la difficile. Peu d'hommes accepteraient d'épouser une fille avec un enfant. Et avec cette guerre, quand il ne restera plus que des estropiés, il sera encore plus malaisé de lui trouver un mari.

— François a peut-être raison, reconnut Marie, peu enthousiaste. Si Clémence acceptait… peut-être qu'un jour elle finirait par l'aimer.

— Oh ! l'amour ! C'est autre chose, coupa Auguste. Dans son cas, le plus important est de trouver un père pour son enfant. Et comme le dit justement François, ils ne courront pas les rues ! »

Ainsi en fut-il décidé. Marie se chargerait d'aller voir Clémence pour lui parler. Auguste irait ensuite porter sa réponse chez Lucien Claret.

Marie descendit au Pont-de-Montvert peu avant le 14 Juillet. Elle n'avait pu cacher très longtemps à Louise et à Antonin l'objet des tractations mystérieuses qui s'étaient tenues en leur absence. Malgré leur désaccord, et surtout la colère de Louise qui, de fait, était repartie à Mende en claquant la porte, elle alla au-devant de Clémence.

Elles ne s'étaient pas revues depuis l'installation de celle-ci chez Roseline. Marie avait donc hâte de serrer sa fille dans ses bras et de connaître enfin sa petite-fille.

Clémence fut très étonnée de voir arriver sa mère à l'improviste. Sur le coup, elle crut qu'elle venait lui annoncer une autre mauvaise nouvelle.

« Il est arrivé quelque chose à papa ? demanda-t-elle aussitôt, blanche de frayeur.

— Non, pas du tout. Tranquillise-toi. »

Marie tergiversa un bon moment avant d'avouer l'objet de sa visite. À vrai dire, son émotion était telle qu'elle ne savait pas comment s'y prendre. De plus, si elle éprouvait une joie immense de tenir dans ses mains la petite Amandine, elle cachait mal son inquiétude devant l'état de sa fille. Clémence en effet avait beaucoup maigri, son teint était livide, ses yeux sans éclats. Elle n'était plus que l'ombre d'elle-même et semblait vivre hors du temps, déconnectée de la réalité. Aux questions de sa mère, elle ne donnait que des réponses vagues. Plus rien ne semblait l'intéresser. Même son enfant ne lui donnait aucune source de bonheur, elle le reconnaissait elle-même avec tristesse.

Au bout d'une bonne heure, Marie se décida à parler. Elle lui fit d'abord comprendre qu'elle ne pouvait plus vivre dans une telle situation, qu'elle devait d'abord penser à son enfant, « une petite innocente qui n'a pas demandé à venir au monde et qui ne veut qu'un peu d'amour », lui dit Marie. Elle lui parla de son père qui, malgré lui, ne cessait de se tourmenter depuis son départ, et qui n'attendait que son retour. Elle lui tira les larmes des yeux, accrut encore plus son chagrin. Enfin elle lui parla d'Émile Claret.

Contrairement à ce qu'elle avait imaginé en chemin, Clémence ne se rebiffa pas à l'évocation de son nom. Elle lui dit seulement, étonnée :

« Il n'est pas parti se battre comme tous les hommes de son âge ?

— Il a été réformé à vingt ans. À cause de sa boiterie. Au fond, il a eu de la chance dans son malheur. »

Lorsqu'elle lui avoua enfin ce qu'il était venu proposer à Bellecoste quelques semaines plus tôt, elle n'eut qu'une parole :

« Décidément, il est tenace ! »

Marie crut que sa fille ne voulait pas entendre parler de lui. Elle lui dit alors que, quelle que soit sa décision, sa place était à Bellecoste, qu'elle devait y revenir, que son père ne pourrait pas la chasser une seconde fois quand il verrait sa petite-fille.

Clémence écouta sa mère sans l'interrompre, le regard vague.

« Je vais rentrer à Bellecoste, finit-elle par abdiquer. Vous me manquez tous beaucoup trop. Ainsi que mes prairies, mes montagnes, mes grands espaces. Et tu diras à papa que j'accepte d'épouser Émile Claret. Je sais qu'il me désire depuis longtemps. S'il m'accepte comme je suis, je n'ai pas le droit de refuser de donner un père à mon enfant. »

La décision, que venait de prendre Clémence dans le désarroi le plus total, ne réjouit pas Marie. Mais elle lui ôta un lourd fardeau.

Comme convenu, Auguste alla en personne prévenir Émile Claret en se rendant chez ses parents. Lucien et Amélie ne lui firent pas grand accueil.

Mais Émile, frétillant d'impatience, ne put réprimer sa joie.

« Vous venez m'avertir qu'elle accepte, n'est-ce pas ? Je le vois sur votre visage.

— C'est exact. Ma femme a su trouver les mots justes pour la convaincre.

— Tu fais moins le fier-à-bras que jadis, Auguste ! s'interposa Lucien, narquois. C'est toi aujourd'hui qui viens nous implorer d'accepter ta fille. Parce qu'elle est encombrée d'une *bastardelle* !

— Père ! s'insurgea Émile. Auguste va devenir mon beau-père. Tu lui dois la politesse !

— Fils, je suis encore maître chez moi et je dis ce que je veux ! Mais, vaï ! y sera pas dit que je reçois mal le père de ma future bru. (Puis, s'adressant à nouveau à Auguste :) Je me souviens d'un verre que je t'ai refusé, un soir que c'est moi qui étais venu te voir avec l'Émile. Eh bien ! pour te prouver que je t'en veux pas, ce soir, c'est moi qui te l'offre le verre de l'amitié, pour sceller nos accordailles. »

Auguste accepta de s'asseoir à la table des Claret et, à la manière de conclure avec un maquignon une vente de bestiaux à la foire, il ne dédaigna pas la poignée de main de son voisin.

Émile Claret était parvenu à ses fins.

15

Noces tragiques

Louise fulminait. Jamais elle n'aurait imaginé que ses parents puissent régler le sort de Clémence d'une manière aussi « abjecte ». Tel était le mot qu'elle avait employé dans sa lettre à René. « Un vil marchandage », avait-elle poursuivi. Quand elle apprit que Clémence avait accepté de se rendre à la raison, elle n'eut plus qu'une envie : quitter Mende, monter à Paris pour être plus près de lui. Et pourquoi pas, proposer ses services pour aller soigner les blessés dans les hôpitaux à l'arrière du front.

« J'y verrais René plus souvent, tentait-elle de se justifier auprès de son amie. Et j'oublierais le malheur qui accable Clémence. Car, j'en suis certaine, ma sœur a fait son propre malheur en acceptant d'épouser Émile Claret à contrecœur.

— N'interromps pas tes études si près du but et sur un coup de tête, lui conseilla Élisabeth Verdier. Tu risques de le regretter un jour. Nous passons le diplôme dans un an. Attends jusque-là. Le temps t'aidera à voir plus clair en toi. Et surtout, ne te fâche pas avec les tiens. Ta vie deviendrait vite un enfer. »

Louise se laissa convaincre, mais refusa de rentrer à Bellecoste.

« Je ne veux pas voir ma sœur dans les bras de ce pourceau ! s'exclama-t-elle.

— Alors, laisse-la venir à toi. Elle seule saura te dire ce qu'elle ressent vraiment. Et si son mariage avec cet homme la rassure au fond d'elle-même, tu ne dois rien faire pour la contrarier. Ta sœur se sacrifie sans doute pour son enfant. En ce sens, elle mérite qu'on la respecte. Non ? »

Louise ne savait plus que penser. Elle aimait trop Clémence pour l'abandonner à son triste sort. Et elle souffrait à la seule pensée qu'elle pût être malheureuse toute sa vie uniquement pour s'être donnée corps et âme à l'homme dont elle s'était éprise éperdument.

« Ce n'est pas juste ! explosa-t-elle en sanglotant. Pas Clémence, pas elle ! »

Louise refusa d'assister au mariage de sa sœur. Celui-ci eut lieu à la fin août dans la plus stricte intimité. Tel était le souhait de Clémence elle-même. À la mairie de Lassagne puis au temple – Émile avait accepté la cérémonie protestante –, n'étaient présentes que les deux familles des mariés. Les cousins Rouvière étaient venus avec leur fille Roseline qui accepta d'être le témoin de Clémence. Un ancien camarade de classe, en permission, servit de témoin à Émile Claret.

Après la cérémonie religieuse, tous se réunirent à Bellecoste pour le repas de noces. À vrai dire, l'atmosphère ressemblait davantage à celle d'un repas de funérailles. Il n'y avait que le marié qui semblait se réjouir et éprouver du bonheur. Ses parents n'exprimaient aucun sentiment. Lucien ne cessait de fustiger son fils du regard et ne pouvait s'empêcher de tourner ses yeux accusateurs en direction du landau de la petite Amandine. Amélie, sa femme, s'était rapprochée froidement de Marie, mais ne trouvait aucun sujet de conversation de circonstance à entretenir avec elle. Celle-ci s'employait à servir et à desservir les plats qu'elle avait préparés avec l'aide de sa cousine Huguette. Quant à Auguste, il ne cessait de cajoler sa petite-fille dont il ne pouvait cacher à quel point il s'était épris à l'instant même où il l'avait soulevée dans ses bras pour la première fois.

Assise entre son mari et son frère, Clémence demeurait impavide, telle une vestale prête à sacrifier sa vie. Elle n'avait pas un mot pour Émile, pas un regard. Au temple, juste après le consentement des époux, lorsque celui-ci s'était approché d'elle pour l'embrasser comme le veut l'usage, elle avait détourné intentionnellement la tête afin de n'offrir que sa joue aux lèvres, brûlantes d'envie, de son nouveau mari.

Seul Antonin parvenait à la faire parler. Il la prenait parfois par le cou et l'embrassait tendrement. Il comprenait sans mot dire la souffrance intérieure de sa sœur. Il lui susurrait de temps en temps à l'oreille :

« Ne t'en fais pas, je suis là. Je veillerai toujours sur toi. Tout ira bien. »

Antonin se doutait que Clémence craignait ce qui allait se passer après le repas, lorsqu'il faudrait tous se quitter. Les deux familles en avaient discuté au préalable : Clémence irait s'installer à Troubas, la ferme de ses beaux-parents, comme c'était la coutume dans les familles paysannes. En outre, Émile était fils unique. La ferme lui reviendrait donc un jour, alors que chez les Pérol, Antonin, étant le seul garçon, se voyait tout désigné pour succéder plus tard à Auguste.

Ils se séparèrent avant le coucher du soleil. Les hommes avaient bu passablement et leurs langues avaient fini par se délier. Seules les femmes restaient sur leur réserve. Marie ne parvenait pas à se réjouir de savoir la situation de sa fille enfin réglée. Elle éprouvait même une profonde tristesse à l'idée de la voir quitter définitivement Bellecoste.

« Elle ne va pas bien loin ! la consolait sa cousine Huguette. La ferme de Troubas n'est qu'à l'autre bout de la commune. Elle viendra te rendre visite souvent avec ta petite-fille.

— Certes. Mais Clémence n'est pas heureuse. Ça se voit sur son visage. Elle est entrée dans cette famille à contrecœur. Je m'en veux de l'avoir poussée à faire ce choix.

— C'est le seul qui s'est présenté. Sois raisonnable ! Clémence se rendait malade à broyer du noir, seule avec sa petite, au Pont-de-Montvert. Avec le temps tout finira par s'arranger. Tu sais, combien de femmes, en réalité, épousent leur mari sans amour ? Plus que tu l'imagines ! Surtout dans nos campagnes où les mariages sont encore souvent arrangés. »

Marie étreignit longuement Clémence avant que celle-ci ne se décide enfin à quitter le mas familial.

« Tu sais, maman, ce que je regrette le plus aujourd'hui : c'est l'absence de Louise. J'aurais tant aimé qu'elle soit là.

— Ta sœur viendra te voir. Je la connais, elle n'a pas très bien compris. Elle est très impulsive, tu le sais bien. Un jour, l'envie de voir sa petite nièce la poussera vers toi. Sois patiente. Elle t'aime beaucoup.

— Oui, je sais. Moi aussi. Dis-lui que je l'attends. »

Le soir même, Émile n'attendit pas l'heure de se coucher pour demander à Clémence de le rejoindre dans sa chambre. Prenant prétexte de lui montrer où elle dormirait à présent, il lui dit de confier Amandine à sa mère et de le suivre. Clémence se cabra. Laisser son enfant dans les mains de sa belle-mère ! Jamais ! Cette enfant était la sienne. C'était l'enfant d'Armand. Elle seule devait s'en occuper.

« Pour cette nuit, je veillerai sur la petite ! fit Amélie, mielleuse.

— Je ne me sépare jamais de ma fille ! objecta Clémence. Amandine dormira à mes côtés, dans son berceau.

— Voyons, pour la première fois ! Il faut que tu comprennes. Ce soir, Émile et toi n'avez pas besoin d'un petit chaperon !

— C'est comme je dis ou je m'en retourne à Bellecoste !

— Ah ! ça commence bien ! marmonna Lucien entre ses dents. Il faudra vite la mater cette petite garce, sinon, elle nous mènera la vie impossible. »

Émile ne voulut pas contrarier Clémence et alla lui-même installer le berceau d'Amandine dans sa chambre, à bonne distance de son lit.

« Laisse-moi décider moi-même de ce que je dois faire ! dit-il sèchement à sa mère. Ne commence pas à te mêler de nos affaires. »

Puis il convia Clémence à monter à l'étage.

« Viens, nous serons plus tranquilles là-haut. »

Clémence craignait ce qui allait se passer. Comment pourrait-elle accepter brutalement de se laisser approcher, de se laisser toucher par cet homme qu'elle n'aimait pas, qui lui avait toujours inspiré du dégoût ?

Elle monta l'escalier comme un condamné monte sur l'échafaud, son enfant dans les bras, serré contre sa poitrine. Elle était son rempart, son armure, son dernier espoir de pouvoir échapper aux griffes de son bourreau. « Qu'ai-je fait ? se demanda-t-elle en gravissant les marches une par une. Où me suis-je fourvoyée ? »

Devant elle, Émile se hâtait. Son excitation à l'idée de posséder enfin la femme qu'il convoitait depuis si longtemps, de la serrer contre lui, de l'embrasser, de la caresser, le faisait claudiquer plus que d'habitude.

Quand il ouvrit la porte de sa chambre, il voulut prendre Clémence dans ses bras pour en franchir le seuil.

« Ça porte bonheur ! » lui dit-il, ivre d'envie.

Mais Clémence refusa. Il n'insista pas. Il alluma une petite lampe à pétrole sur la table de chevet, éteignit la chandelle qu'il portait encore à la main.

« On y verra mieux, prétexta-t-il. Maintenant, on est chez nous. Viens, chérie, je veux t'embrasser. »

La chambre était lugubre, sans aucun attrait. Les murs étaient grossièrement peints à la chaux et, par endroits, le crépi se décollait à cause de l'humidité et de la moisissure. Le mobilier était vieux, disparate, sans aucun confort. Le lit n'était pas fait et les draps trahissaient une couleur douteuse. D'un coup de main, Émile les tira en s'excusant :

« Je n'ai pas eu le temps, ce matin. On était pressé ! » se justifia-t-il.

Sur un pan de mur, une vieille armoire grande ouverte découvrait des piles de linge mal rangées. Ses portes avaient été retirées, vendues à un brocanteur de passage, expliqua Émile comme pour se disculper.

Dans un angle, trônait un pot de chambre dont le couvercle était soulevé et qui exhalait une forte odeur d'urine. Clémence eut le haut-le-cœur. «Mon Dieu! s'exclama-t-elle intérieurement. Où suis-je tombée?» À l'angle opposé, une chaise croulait sous un tas d'habits sales et empilés dans le plus grand désordre.

«Tu ne ranges jamais ta chambre? ne put-elle se retenir. C'est pour ça que tu as besoin d'une femme?»

En réalité, Clémence faisait diversion, car elle voulait retarder le moment fatidique.

Embarrassée d'Amandine, elle ne bougeait pas. Émile lui prit l'enfant des mains pour la déposer dans son berceau. Celle-ci se mit aussitôt à pleurer.

«Faudra bien qu'elle se fasse à ne pas toujours être entre nous!

—Elle n'a pas l'habitude qu'un étranger la prenne dans ses bras.

—Je ne suis pas un étranger! Je suis son père à présent. L'oublierais-tu?»

Puis, s'approchant brutalement de Clémence, il poursuivit:

«Et toi, tu es ma femme! Alors viens!»

Il lui plaqua brutalement sa bouche sur la sienne.

Clémence fit mine de se rétracter et détourna le visage en repoussant Émile des deux mains. Son haleine acide la rebuta. La forte odeur d'eau de Cologne, dont il s'était aspergé, mêlée à celle de sa transpiration, lui souleva le cœur.

«Qu'est-ce qui te prend? lui demanda-t-il, visiblement courroucé.

—Pas si vite! Tu ne me laisses pas le temps. Pas devant la petite, elle ne dort pas encore.

— Oh ! À cet âge-là, on ne comprend rien !
— Oui, mais moi, ça me gêne ! »

Émile se déshabilla tranquillement et invita Clémence à en faire autant.

« Dépêche-toi d'en finir avec ta gamine. Faudrait pas y passer la nuit ! Je t'attends. »

Clémence tergiversait. Elle ne savait comment s'y prendre pour gagner du temps et échapper à Émile. Celui-ci fulminait et finit par montrer de l'impatience.

« Ça suffit ! Maintenant, déshabille-toi et viens ! »

Clémence caressa Amandine une dernière fois, recouvrit le berceau d'un voile de mousseline. L'enfant s'endormit. Puis elle se déshabilla en se cachant des regards attisés de convoitise d'Émile, revêtit une chemise de nuit trop épaisse pour la saison et se glissa dans le lit, sans esquisser le moindre geste de rapprochement.

Maladroitement Émile se retourna vers elle. Sans attendre, il insinua sa main sous sa chemise de nuit, se mit à l'embrasser dans le cou, chercha en vain ses lèvres qui se dérobèrent aussitôt. Haletant, il ôta prestement sa veste et son pantalon de pyjama, se retrouva nu comme un ver contre Clémence. Celle-ci sentit déjà contre ses cuisses son membre raidi et ne put réprimer un mouvement de recul.

« Déshabille-toi ! lui ordonna-t-il.
— Non ! Pas ce soir.
— Si, je le veux ! »

Il retroussa de force sa chemise de nuit, lui palpa grossièrement les seins, lécha ses tétons goulûment, puis son ventre, s'attarda autour de son nombril.

Clémence restait stoïque, comme une statue de marbre.

Il finit par la posséder, comme un soldat possède une prostituée dans une maison de tolérance. À chacun de ses mouvements de va-et-vient, il poussait des grognements de jouissance qui écœurèrent Clémence. Celle-ci tenta d'oublier l'horreur de ce qu'elle subissait en songeant à Armand, aux merveilleux moments qu'ils avaient passés ensemble dans la grange, à la lumière qui avait soudain ébloui son esprit quand son corps, à l'unisson avec le sien, avait ressenti le grand frisson.

Repu, Émile s'affala à ses côtés, telle une bête assoiffée de sang, rassasiée après avoir anéanti sa proie. Il s'endormit aussitôt et se mit à ronfler.

Dans la nuit, il renouvela ses exploits trois fois de plus, s'étonnant que Clémence ne dorme pas. Elle lui abandonna son corps, toujours sans chaleur, sans rien lui donner, soumise et résignée. À chacun de ses assauts répétés, les larmes coulaient de ses yeux sur son visage livide. Mais Émile était si occupé à satisfaire ses envies animales qu'il ne s'aperçut de rien.

Au petit matin, il n'eut qu'une parole :

« Ah ! quelle nuit ! Hein ! chérie ? On a baisé comme des bêtes ! »

Les mois passèrent. À cet été sans chaleur, au soleil noir qui assombrit les verts pâturages de Clémence, succéda un automne de cendre qui dilua son horizon dans les tourbières marécageuses de son esprit endeuillé. Chaque jour poussait l'autre interminablement, sans qu'elle vît l'aube se lever à sa fenêtre, sans qu'elle éprouvât la moindre sensation de quiétude dans son âme meurtrie. Face à la grossièreté dont Émile faisait preuve, Amandine devint très vite, à ses yeux, le seul havre de bonheur dans sa morne existence. Elle comprit enfin qu'elle seule pouvait lui donner l'envie de vivre, de résister à la tentation de se laisser couler à pic dans les brumes de son chagrin.

Émile n'était pas devenu le père de son enfant, comme il le lui avait promis. Il montrait d'ailleurs envers Amandine une rare indifférence. Il n'était pas non plus devenu un mari attentionné. Son naturel ayant vite réapparu, il se comportait en être rustre, sans manières, sans prévenances. Il reprochait sans cesse à Clémence de passer trop de temps avec sa fille.

« Laisse-la à ma mère, lui ordonnait-il. Les grands-mères sont faites pour ça. Occupe-toi plutôt de la souille des cochons et va traire les chèvres. Je ne veux plus te voir à traînasser dans la cuisine. Je n'ai pas épousé une fainéante ! »

Clémence s'exécutait sous l'œil autoritaire de sa belle-mère. Celle-ci la surveillait de près et ne se privait pas de lui faire mille remontrances.

« Moi, je ne fais pas comme ça… ! Tu t'y prends mal… ! Que tu peux être gourde, ma fille… ! Qui donc t'a appris à travailler aussi mal ? »

Les remarques désobligeantes, les vexations, les sarcasmes étaient devenus son lot quotidien. Quant à son beau-père, il ne se privait pas, en l'absence de sa femme et de son fils, de lui pincer la taille sous prétexte de la dérider. Le vieux Claret lorgnait sur sa belle-fille pour mieux oublier le cimetière qu'était devenue sa vie conjugale.

Chaque soir, Émile revenait à la rescousse. Sitôt au lit, sans prononcer trois paroles, faisant taire parfois la petite Amandine d'un grand coup de gueule, il se ruait sur Clémence. Maintenant, sans même lui demander de se déshabiller, il lui soulevait brutalement la chemise de nuit et lui montait dessus comme un hussard. Impuissante, Clémence tâchait d'oublier la douleur physique qu'il lui occasionnait par son manque de délicatesse, et de repousser, par la pensée, ce liquide chaud et visqueux qu'elle sentait se répandre insidieusement dans son ventre. Elle se réfugiait auprès d'Armand qui – elle en était persuadée –, de là où il était, l'aimait toujours comme au premier soir.

Les arbres avaient revêtu leur parure d'or et de cuivre et, sur les crêtes, les sapins, dressés comme des sarisses, blessaient les nuages. L'aube engrisaillée cimentait uniformément les prairies. Les jours succédaient aux jours à pas lents et réguliers, dans une languissante monotonie, comme si le temps s'était soudain suspendu.

Chaque semaine, Clémence se rendait à Bellecoste en compagnie d'Amandine. Elle ne parlait jamais du comportement d'Émile, ni de l'attitude de ses beaux-parents à son égard et à l'égard de sa petite. Lorsque Marie s'inquiétait, elle lui répondait inlassablement :

« Tout va bien. Tu sais, la vie que je mène là-bas est presque identique à celle que je menais ici. À la différence près que les brebis y remplacent les vaches. »

Mais Marie se rendait bien compte que sa fille ne lui disait pas la vérité et qu'elle n'était pas heureuse.

« Louise nous a écrit. Elle regrette ce qui s'est passé entre nous. Elle va revenir pour les vacances de Noël et elle voudrait te voir longuement. Elle languit de toi. Pourra-t-elle te rendre visite à Troubas ? Ton mari le permettra-t-il ?

— Ne t'inquiète pas. Je lui parlerai. Et puis, moi, je viendrai ici pour la voir. J'aime revenir à Bellecoste. C'est chez moi. Ça le sera toujours. »

Clémence finissait par se résigner. Elle se dit qu'avec le temps les ardeurs d'Émile se calmeraient, et qu'il finirait par se lasser si elle ne lui montrait jamais aucun élan de tendresse en retour. D'ailleurs, il commençait à lui reprocher son manque de participation au cours de ses ébats.

« Tu pourrais faire un effort ! Jamais tu ne te laisses embrasser. A-t-on jamais vu ça entre mari et femme ? J'ai l'impression de baiser une pute ! »

Sa grossièreté ne faisait qu'éloigner Clémence un peu plus chaque jour.

Un soir, elle eut le malheur de lui répondre :

« Je ne peux pas me libérer. Amandine pourrait m'entendre.

— Ah ! Amandine. Toujours Amandine ! s'écria Émile, exaspéré. Cette petite pisseuse ne va pas nous empoisonner l'existence longtemps. »

Sur-le-champ, il s'empara du berceau de l'enfant et, avant que Clémence eût le temps de réagir, il alla l'enfermer dans la pièce voisine, sans prêter attention à ses pleurs.

« Tu n'as pas le droit ! hurla Clémence. C'est mon enfant.

— Ici, j'ai tous les droits. Je suis chez moi. Et ce n'est pas cette sale petite bâtarde qui va m'empêcher de faire ce que je veux ! »

D'un geste violent, il tira Clémence par la manche, la projeta sur le lit et se rua sur elle. Clémence se débattit, cria. En vain. Écrasée sous le poids de son mari, elle parvenait à peine à respirer.

En bas, dans la cuisine, les parents d'Émile écoutaient les cris de leur fils et les hurlements de leur belle-fille.

« Ça va mal là-haut ! remarqua Lucien. Je crois qu'elle va dérouiller. Elle n'a que ce qu'elle mérite, cette petite garce !

— Vaï ! si elle continue, il va la violenter !

— Oh ! y a pas de viol entre mari et femme ! Elle a qu'à faire son devoir conjugal comme il faut. Après tout, l'Émile l'a prise comme elle était. Elle pourrait lui en être reconnaissante. »

Ce soir-là, Clémence ne se laissa pas faire. Elle mit toutes ses forces à résister à son mari et y parvint. Elle le repoussa si violemment qu'il tomba du lit, les pieds entravés dans son pantalon, les fesses à l'air. Dans sa chute, il se fit mal à la hanche gauche, siège de son handicap.

« Espèce de salope ! lui jeta-t-il au visage. Tu me le paieras.

— Dorénavant, n'essaie plus de me toucher, Émile. Sinon ce sera chaque soir la même chose. Jusqu'à ce que tu en crèves !

— C'est ce que nous verrons. »

Émile ne parvenait pas à se redresser, tant la douleur lui bloquait la respiration.

« Aide-moi à me remettre au lit ! lui ordonna-t-il. Tu vois bien que je n'y arriverai pas tout seul.

— Je m'en voudrais bien ! Amandine pleure à cause de toi. Je dois aller la calmer. Appelle tes vieux si tu as besoin d'aide. »

Clémence planta son mari et sortit de la chambre pour aller s'occuper de sa fille. Sur le palier, elle croisa sa belle-mère qui, curieuse, était montée sur la pointe des pieds pour écouter la dispute. Sans se troubler, Clémence lui dit :

« Allez donc ramasser votre fils, belle-mère. Il a besoin d'aide. Moi, j'ai mieux à faire ! »

Clémence venait soudainement de puiser en elle le mordant nécessaire pour ne plus se laisser dominer. Folle de rage et de rancœur, elle ne trouva d'exutoire à sa colère qu'en prenant sa petite fille dans ses bras, en la berçant et en lui chantonnant une comptine.

À partir de ce soir-là, Émile se tint tranquille. Mais, la rage collée à la peau, il se jura bien que, de gré ou de force, sa femme lui reviendrait un jour.

16

Fin d'une illusion

Les nouvelles de la guerre endeuillaient les esprits. Même loin des lignes de combat, personne ne pouvait rester indifférent à ce qui se passait dans le nord et l'est du pays. Le conflit s'était généralisé avec l'entrée en guerre de l'Italie contre l'Autriche. Les forces austro-hongroises s'étendaient sur le front oriental, tandis que, sur le front occidental, toutes les tentatives de percée échouaient.

René avait été envoyé en Champagne où l'offensive française avait fait rage en septembre-octobre. Il avait été témoin d'une terrible bataille qui avait fait de très nombreuses victimes dans les deux camps. Ses lettres parvenaient toujours à Louise avec beaucoup de retard, mais toutes laissaient comprendre à demi-mot l'horreur de la situation. Il poursuivait sa tâche de correspondant des armées très difficilement car, pris sous le feu de l'action, il devait souvent se défendre d'abord et faire usage de ses armes, avant de prendre des notes sur le vif. À chaque accalmie, il sortait aussitôt son crayon de bois et son carnet à spirale. Et sans attendre, il rédigeait quelques lignes sous une pluie de projectiles.

Ce qui est le plus excitant, écrivait-il à Louise, *c'est d'être là au moment même où se produit l'événement. Lorsqu'on relate un fait qui s'est passé antérieurement et qu'on ne fait qu'une enquête d'investigations, on ne peut réellement être sûr de ce qu'on écrit. Il y a toujours une part d'incertitude. Par contre, lorsqu'on couvre l'événement en direct, on est en phase avec lui, on est le spectateur de l'histoire. Malgré l'horreur des faits auxquels j'assiste chaque jour, j'ai l'impression d'être plus utile ici qu'à l'arrière. Car, ce que j'écris, j'espère que plus tard, cela restera dans les mémoires et servira aux générations futures à comprendre combien la guerre est une chose monstrueuse. Je crains en effet que les historiens, dans leurs livres, ne banalisent tout ce que mes camarades et moi-même aurons vécu dans cet enfer.*

Plus Louise lisait et relisait les lettres de René, plus elle avait envie, elle aussi, de se rendre utile.

« Nous aurons bientôt, à notre tour, notre part de devoir à assumer, lui rétorquait son amie, pour la retenir de commettre une erreur irréparable. Déjà beaucoup d'enfants sont orphelins de père à cause de cette guerre. Dans nos futures classes, ils seront encore plus nombreux. Notre tâche sera de les accompagner afin de les aider à faire face aux problèmes qui les attendent. Ce ne sera pas facile pour eux. Cela ne le sera pas non plus pour nous, car il nous faudra leur faire comprendre que l'amitié entre les peuples doit l'emporter sur les passions et la haine qui risquent d'oblitérer les chances d'une paix durable. Il nous reviendra de les faire réfléchir et de leur inculquer le vrai sens du mot fraternité. C'est une tâche, certes, moins visible, mais aussi exaltante et ô combien plus importante pour l'avenir des jeunes générations. »

Élisabeth savait toujours ramener son amie à la raison quand celle-ci doutait du rôle des enseignants dans la société. Une fois encore, elle parvint à convaincre Louise de poursuivre ses études jusqu'à leur terme et de cesser de remettre en question l'objectif qu'elle s'était donné.

Aux vacances de Noël, comme elle l'avait promis à sa mère, Louise rentra à Bellecoste dans l'espoir de voir sa sœur et de connaître enfin sa petite nièce.

« Cela me changera les idées », avait-elle reconnu devant Élisabeth.

Ses parents l'accueillirent les bras grands ouverts, oubliant le violent coup de tête sur lequel elle les avait quittés pendant l'été. Louise se confondit en excuses et en regrets, s'accusant elle-même de s'être montrée trop impulsive.

« Tu es jeune et tu as le cœur droit, lui dit Marie en l'étreignant pour la disculper. Tu ne parviens pas à accepter les compromis. Mais tu apprendras, à ton tour, que dans la vie on ne fait pas toujours ce que l'on veut.

— Elle a du caractère, c'est tout ! ajouta Auguste, comblé d'avoir retrouvé sa fille. Elle est comme moi, elle a des principes. Mais ta mère a raison : il faut parfois savoir en rabattre.

— Clémence n'est-elle pas trop malheureuse ? »

Marie hésita.

« Elle fait face, se contenta-t-elle de répondre. Heureusement, Amandine est son rayon de soleil !

Clémence a fini par éprouver pour elle tout l'amour maternel dont un enfant a besoin.

—Elle lui rappelle Armand!

—Oui. Trop. Elle n'arrive pas à l'oublier.

—Son mari en est jaloux?

—Émile! Tu verras toi-même.»

Marie se tut. Auguste fit mine de ne pas avoir entendu la question.

«Ne me dites pas maintenant que vous regrettez de l'avoir poussée dans ses bras!

—Il fallait bien trouver un père à Amandine!

—Il valait mieux que cette enfant n'ait pas de père qu'un mauvais beau-père!

—Je n'ai pas dit qu'Émile était un mauvais beau-père. Disons qu'il ne fait pas cas d'elle.»

Louise n'insista pas. Elle sentait revenir en elle la colère qui l'avait poussée à quitter Bellecoste juste avant le mariage.

«Demain j'irai voir Clémence», dit-elle d'un ton décidé.

Elle se rendit à Troubas dans la matinée et trouva Clémence en train de nettoyer l'étable des brebis. Émile était absent, parti dans ses terres pour fixer une clôture en compagnie de son père. Amélie surveillait Amandine qui gazouillait dans son berceau. L'enfant était bien loin des misères de sa mère.

Clémence sauta au cou de sa sœur. Elle l'attendait avec impatience depuis si longtemps.

«Oh! ma Louise! Ma petite sœur! Comme je suis heureuse de te revoir! Tu m'as tellement manqué!»

Une fois les effusions passées, Clémence invita sa sœur à rentrer dans la maison pour faire la connaissance de sa nièce.

« Ma belle-mère s'occupe d'elle quand je travaille.

— Comment est-elle avec ton enfant ?

— Oh ! pas comme maman ! Ça se voit qu'elle n'est pas sa vraie grand-mère. Elle ne montre ni tendresse ni aucune autre marque d'affection. Disons qu'elle veille sur elle comme on veille sur le lait ! Remarque, je ne lui en demande pas davantage. Ça me chagrinerait qu'elle se mette à lui montrer trop d'amour. Ma petite ne fait pas partie de cette famille !

— Ça n'a pas l'air de coller entre vous !

— Si tu savais comment ils me traitent !

— Tes beaux-parents ?

— Oui. Je ne suis qu'une bonniche pour eux. Ils me méprisent. Mais je le leur rends bien. Quant à Émile, je préfère ne pas en parler.

— Mais comment peux-tu vivre dans ces conditions, Clémence ? Comment peux-tu supporter dans ton lit un homme pour qui tu ne ressens que répulsion ?

— J'ai fini par le mettre au pas. Et si tu veux tout savoir : il ne me touche plus. Je me refuse à lui.

— Il accepte sans rechigner ?

— Depuis qu'il s'est blessé à la hanche en voulant abuser de moi, il s'est calmé. Je sais que ça ne durera pas mais, pour l'instant, il me fiche la paix. »

Les deux sœurs discutèrent un bon moment, seule à seule. Puis, Clémence convia enfin Louise à entrer.

Amélie ne se leva même pas de sa chaise pour la saluer. Elle leva les yeux dans sa direction et se contenta de dire :

« T'es revenue voir ta sœur ! Ne traîne pas trop, elle a du travail. Ici, on perd pas son temps à bavarder pour ne rien dire.

— Je n'ai pas vu Clémence depuis longtemps. Et je ne connais pas encore son enfant. Je ne vais pas me contenter de rester cinq minutes ! répliqua Louise qui n'était pas fille à se laisser remettre en place.

— Oh ! je vois que t'as pas la langue dans ta poche. C'est de famille ! »

Les deux sœurs ignorèrent Amélie Claret et, emmenant la petite Amandine avec elles, se retirèrent dans la pièce voisine qui faisait office de salle à manger dans les grandes occasions.

« Elle a l'air revêche, ta belle-mère ! remarqua Louise.

— Elle est pire que ça. Elle est méchante. Je l'ai en horreur. »

Le temps s'écoula plus vite qu'elles ne s'en aperçurent. Émile rentra à l'improviste, seul, ayant laissé son père à son travail. Sa mère l'informa sans attendre de la visite de sa belle-sœur. Il s'imposa aussitôt.

« Bonjour Émile ! lui dit Louise la première, en se contrôlant.

— Qu'es-tu venue faire ? Tu ne pouvais pas attendre ce soir pour venir déranger ta sœur ? C'est qu'ici elle a du travail !

— Ta femme n'est pas ta servante, Émile. Tu ne l'as pas épousée pour ça.

— Louise ! intervint Clémence. Rentre donc à Bellecoste. Je viendrai te voir moi-même dès que mon travail sera terminé. Ce soir. Promis.

—Faudrait voir à pas prendre de mauvaises habitudes ! bougonna Émile en se retirant.

—Bigre ! ajouta Louise. Effectivement, ça ne doit pas être la fête tous les jours. »

Elle n'insista pas et rentra à Bellecoste.

« Cet Émile est vraiment exécrable ! reconnut-elle à peine arrivée. Mon Dieu ! Clémence est vraiment mal embarquée. »

Le soir même, celle-ci tint parole. Le jour venait à peine de laisser place à la nuit lorsqu'elle entra chez ses parents sans même frapper à la porte. Seule Châtaigne l'avait entendue arriver de loin et, l'ayant reconnue, s'était mise à aboyer joyeusement.

Clémence portait son enfant dans ses bras et avait l'air abattue. Elle dissimulait son visage sous la capuche de son manteau.

« Entre, fit aussitôt sa mère, et mets-toi à l'aise. »

Clémence tardait à se déshabiller. Elle évita de se mettre face à la clarté de la cheminée, mais Louise remarqua très vite ce qu'elle tentait de dissimuler.

« Mais, tu as des marques au visage ! s'étonna-t-elle. Tu ne les avais pas ce matin.

—Ce n'est rien… Je… je me suis fait mal en me cognant. »

Marie s'approcha de sa fille et comprit immédiatement.

« Ce sont des marques de coups ! Émile t'a battue ?

—Non… enfin… oui. Ce n'est rien !

—Il te bat et tu dis que ce n'est rien ! »

Clémence éclata en sanglots. Louise lui prit son enfant des mains. Amandine s'agitait, comme si elle aussi comprenait le désarroi de sa mère.

«Il n'a pas le droit! s'insurgea Louise. Il ne faut pas te laisser faire.

—Il m'a dit qu'il recommencerait tant que je me refuserai à lui.

—Tu refuses de...»

Marie n'acheva pas sa phrase.

«Je ne peux plus, expliqua Clémence. Je ne supporte plus qu'il me touche, qu'il me salisse.

—Je te comprends, ma petite. Je te comprends. Il faut en parler à ton père.

—Non, je ne veux pas. Il se mettra en colère et ira voir Émile. Ce sera pire encore, après.

—Mais que comptes-tu faire? demanda Louise.

—Rien. Éviter de le contrarier. Aujourd'hui c'est ta visite qui l'a mis dans tous ses états. Il n'admet pas que je perde mon temps.

—S'il veut t'interdire de voir ta famille, il faudra bien s'expliquer avec lui.

—Je vais aller lui casser la gueule!» intervint Antonin qui venait d'entrer et de prendre la conversation en cours.

À presque quinze ans, Antonin était bâti comme un homme. Sa stature et sa force en imposaient déjà à tous ses camarades. Au village, les filles plus âgées que lui ne tarissaient pas de commentaires à son sujet, et plus d'une le regardait avec des yeux de convoitise. Mais le benjamin des Pérol était bien jeune et ses pensées n'étaient pas encore au libertinage.

«Il ne me fait pas peur, le beauf! ajouta-t-il. Avec sa patte folle, j'aurai vite fait d'avoir le dessus et de lui flanquer une bonne raclée.

— N'en fais rien! le conjura Clémence. Pense aux conséquences que j'essuierai. Car il se vengera sur moi une fois que tu auras le dos tourné.

— Il y a longtemps qu'il te maltraite ainsi?» s'enquit Marie.

Clémence ne répondit pas.

«Parle, voyons!

— Depuis un moment, oui.

— Pourquoi tu n'en as rien dit?

— À quoi cela aurait-il servi? Émile est mon mari!»

Clémence semblait résignée. Elle avait perdu tout espoir de revoir un jour l'aube se lever sur ses prairies, dans la lumière virginale du premier matin. Les grands espaces de solitude, où elle aimait tant se perdre pour se fondre dans l'immensité, s'étaient couverts d'un linceul de cendre. Elle ne sentait plus en elle cet appel de la montagne, quand la nature changeait de parure à chaque saison nouvelle. Depuis qu'elle était entrée sous le toit des Claret, l'hiver s'était installé dans son cœur. Un hiver de glace et de plomb qui ne laissait aucun rai de lumière réchauffer sa morne existence. Elle était plongée dans les ténèbres d'un enfer sans retour. Elle expiait une faute qu'elle ne reconnaissait pas comme telle, qu'elle persistait à nier. Seule la présence à ses côtés de sa petite Amandine et les pensées qu'elle ne cessait d'adresser à Armand lui donnaient encore la force de résister, de faire front, de braver la violence, la grossièreté, la bestialité de son mari. Elle se gardait avec peine d'éprouver pour lui de la haine, sentiment qui ne l'avait jamais habitée auparavant et qu'elle réprouvait. Mais elle avait beau se montrer conciliante, moins rétive, plus affable même parfois, elle ne parvenait pas à considérer Émile comme son mari. Tout au plus il était à ses yeux l'homme qu'elle avait épousé dans un moment de désespoir. Au reste, il ne faisait rien pour se rapprocher d'elle ni pour lui démontrer une once de bon sentiment.

Peu avant le nouvel an, alors qu'elle rendait visite à ses parents à Bellecoste, Clémence eut la surprise d'une visite inopinée. Un jeune soldat en permission la cherchait. Il s'était d'abord rendu au Pont-de-Montvert chez sa cousine Roseline, où il espérait la trouver. Puis, renseignement pris, il était monté à Lassagne, à la ferme de Troubas, où Lucien et Amélie Claret l'avaient fraîchement accueilli.

« Que lui voulez-vous à ma belle-fille ? lui avait demandé Lucien Claret. C'est à mon fils, son mari, qu'il faut vous adresser, si vous avez quelque chose à lui dire.

— C'est personnel, répliqua le permissionnaire.

— Elle n'est pas là. Elle est encore pendue chez ses parents à Bellecoste. Elle reviendra ce soir. Vous n'aurez qu'à revenir. »

Lorsque Émile apprit que son père avait indiqué à un étranger où se trouvait sa femme, il plongea dans une violente colère.

« T'avais pas à lui dire où elle se trouvait ! vociféra-t-il. T'es qu'un vieux con qui sait pas tenir sa langue ! »

Devant l'injure de son fils, Lucien ne se contint plus. Il fit mine de menacer Émile en levant la main sur lui.

« Répète-le que je suis un vieux con ! T'oublies que je suis ton père !

— T'es qu'un vieux con et je le répète. Parce que c'est vrai. T'as pas à t'occuper de ma femme.

— Ta femme ! Faudrait peut-être que tu la surveilles d'un peu plus près ! Toujours à être fourrée chez ses parents, cette feignante ! Depuis que sa sœur est arrivée, elle y court tous les jours dès que tu as le dos tourné.

— Ça suffit, ferme-la ! »

Démonté, Émile bouscula son père un peu trop violemment. Celui-ci trébucha et s'affala par terre.

« Regarde-toi ! Tu ne tiens même plus sur tes jambes ! T'es plus bon à rien ! À partir de maintenant, c'est moi qui décide dans cette maison. Et t'auras qu'à la boucler. Sinon, je te fous à l'asile, avec les vieux ! »

Lucien était mal tombé sur son bras droit. Il se tordait de douleur.

« Espèce de saligaud ! Tu m'as cassé le bras. »

Amélie voulut venir en aide à son mari. Celui-ci la rabroua méchamment.

« Fiche-moi la paix ! Va plutôt chercher le rebouteux. Je suis sûr qu'il est cassé. »

Émile laissa son père à ses douleurs et, fou de rage, retourna dans l'étable des brebis.

« Elle perd rien pour attendre, cette garce ! » éructa-t-il.

Sur le coup, il passa sa colère sur les malheureuses bêtes qu'il maltraita sans aucune raison.

À Bellecoste, le jeune soldat fut accueilli chaleureusement par Marie. Il s'en étonna.

« Au moins, ici, ce n'est pas pareil ! ne put-il retenir. Je viens de la ferme de Troubas. Là-bas, c'est une vraie pétaudière. C'est tout juste si on ne vous accueille pas avec le fusil ! Je cherche à rencontrer Clémence Pérol.

— Ma fille se promène dans les prairies avec sa sœur et sa petite. Vous la trouverez sans doute en direction des crêtes. Vous n'aurez qu'à suivre le chemin qui part derrière la ferme. Que lui voulez-vous donc, jeune homme ?

— Oh ! rien de spécial. J'ai connu un de ses amis sur le front. Armand Dubreuil. Il m'avait confié une bague qui lui appartenait. Et il m'avait demandé d'aller voir votre fille pour la lui remettre au cas où il lui arriverait quelque chose. Je le lui avais promis. Je sais, c'est un peu tard. Mais je n'ai pas pu venir plus tôt. C'est que je ne suis pas de la région. J'habite Séverac-le-Château. J'ai fait le détour exprès.

— C'est gentil de votre part, monsieur.

— Je m'appelle Jean. Jean Delplace. »

Le jeune soldat se mit à la recherche de Clémence.

Marie ne put s'empêcher d'éprouver de la crainte. Un messager d'Armand Dubreuil ! Décidément, même dans la tombe, celui-ci continuait à se manifester à Clémence. « Elle ne pourra donc jamais l'ôter de sa mémoire ! » songea-t-elle en finissant d'essuyer sa vaisselle.

« Qui était-ce ? demanda Antonin en entrant peu après. J'ai croisé un soldat sur le chemin des crêtes.

Il m'a demandé où était Clémence. Je le lui ai dit. J'espère que je n'ai pas eu tort!
— On le saura bientôt.»
Jean Delplace trouva Clémence et Louise en train de discuter, assises au soleil sur un muret, berçant la petite Amandine dans son landau.
«Vous êtes Clémence, n'est-ce pas? demanda-t-il à l'aînée des deux sœurs.
— C'est exact.
— Je m'en doutais. Vous êtes exactement comme le portrait qu'on m'avait fait de vous.
— Qui donc?»
Louise s'éloigna, poussant le landau devant elle.
«Je vous laisse discuter tranquillement», prétexta-t-elle.
Elle se doutait que le jeune soldat venait pour parler d'Armand.
«Que me voulez-vous, monsieur? demanda Clémence, intimidée.
— Vous remettre ceci.»
Il sortit une petite boîte en carton de la poche de sa capote et la tendit à Clémence. Celle-ci s'en saisit en hésitant.
«Qu'est-ce donc?
— Ouvrez. Vous verrez bien.»
Clémence s'exécuta.
«Une bague! Mais à qui appartient-elle?
— À Armand Dubreuil.»
Clémence se sentit défaillir. Le jeune soldat la soutint délicatement.
«Ça ne va pas? s'enquit-il.
— Merci. Ça ira.»
Jean Delplace poursuivit:

« Voilà : Armand et moi étions dans la même unité. Il me parlait souvent de vous. Il n'avait pour vous que des mots d'amour à la bouche. Un jour, il m'a confié sa bague en me demandant de vous la remettre s'il lui arrivait malheur. Je le lui ai promis. Je viens donc tenir ma promesse.

— Alors vous... vous l'avez vu mourir ? demanda Clémence, glacée d'émotion.

— Vu, c'est beaucoup dire. Le pauvre, lui-même n'a pas eu le temps de se voir mourir. »

Clémence blêmit. Elle venait de comprendre à l'instant que tout espoir de revoir Armand vivant venait de s'évanouir.

« Racontez-moi, insista-t-elle.

— Armand a disparu sous un déluge de feu. J'y étais aussi. Beaucoup y sont restés. Moi, j'ai eu la chance de m'en sortir indemne. C'est un miracle. Armand n'a pas eu cette chance.

— Comment cela s'est-il passé ?

— Nous étions côte à côte. Nous avions l'ordre de rejoindre le sommet d'une colline avec notre bataillon. On nous avait désignés avec quelques autres pour ouvrir la voie. Ça bombardait partout autour de nous. L'enfer ! Je ne vous mens pas. Nous étions séparés d'une dizaine de mètres. Armand était sur mon flanc gauche. Nous attendions toujours l'explosion d'un obus pour sortir de notre trou et pour avancer. Ce qui devait arriver arriva. Ce jour-là, il devait y avoir un obus pour Armand. Quand il a explosé, j'ai été moi-même projeté loin en arrière. Je n'ai rien senti venir. Et je n'ai pas vu Armand. Quand je me suis réveillé, j'avais été transporté à l'arrière, groggy, mais vivant.

“Et Dubreuil?” ai-je demandé aussitôt. “Pas retrouvé”, m’a-t-on répondu.

— Alors, c’est vrai ce que Marceau Freyssinet m’a raconté !

— Avec le déluge de feu qui s’est abattu sur nous, il n’est pas étonnant que certains aient disparu. Il n’a pas été le seul, ce jour-là, à ne pas avoir été retrouvé. Entier, en tout cas. Les brancardiers ont ramassé des morceaux de corps, paraît-il. Mais, je vous passe les détails.

— On n’a donc rien retrouvé d’Armand ?

— Rien pour pouvoir l’identifier. Le malheureux a dû être déchiqueté et enterré vivant dans son trou d’obus.

— C’est horrible ! »

Clémence se décomposait. Jean Delplace poursuivit :

« Cette bague, c’est tout ce qui reste de lui. Elle vous appartient désormais. »

Clémence raccompagna le jeune soldat jusqu’à la ferme et lui offrit l’hospitalité au nom de ses parents.

« Ce soir, déclara-t-elle, je vais dormir ici. Je ne rentre pas à Troubas. »

17

Séparation

La réaction d'Émile ne se fit pas attendre. Ne voyant pas sa femme revenir, il tourna comme un lion en cage toute la soirée, jurant sur tous les saints qu'il saurait lui faire comprendre où était son devoir conjugal.

Ne voulant pas s'abaisser à aller la chercher, il la laissa rentrer d'elle-même. Le lendemain matin, Clémence prit congé de ses parents et s'en retourna à Troubas où – elle s'en doutait bien – Émile l'attendait, furieux. Celui-ci ne lui laissa pas le temps de s'expliquer. Devant ses parents il lui asséna une gifle si violente que Clémence alla heurter sa tête contre le mur.

« Ça, c'est pour commencer, lui cria-t-il. Pour te faire comprendre que tu n'as pas à découcher sans prévenir. »

Il se rapprocha d'elle, la tira par la manche. Elle se débattit, protégea son visage entre ses bras. Il la frappa à nouveau de ses poings rageurs, hors de lui.

« Espèce de garce ! Ça, c'est pour te signifier qu'ici c'est moi le maître. T'es ma femme, t'as pas à me désobéir. »

Clémence retenait ses larmes. Elle ne voulait pas lui montrer qu'elle avait mal. Sa joue bleuie lui brûlait terriblement, cependant. Elle redressa la tête, le fixa droit dans les yeux pour le décontenancer. Émile leva encore la main, prêt à fondre à nouveau sur elle.

« Arrête ! lui signifia Amélie. Si tu continues, elle ne sera plus bonne à rien. Qu'auras-tu gagné quand tu l'auras estropiée ? Déjà qu'elle n'est pas vaillante ! »

La petite Amandine pleurait à chaudes larmes, contrariée par les cris qui fusaient autour d'elle.

« Ah ! celle-là ! fit Émile. Quand donc aura-t-elle fini de brailler ? Si elle continue, je la fous dehors. Le froid aura vite fait de la calmer.

— Si tu touches à un seul cheveu de ma fille, répliqua Clémence, je te tue !

— Allez ! cessez donc de vous disputer », intervint Lucien, qui semblait prendre soudain pitié de sa belle-fille.

Depuis qu'Émile l'avait bousculé sans ménagement et l'avait relégué au second rang, Lucien considérait Clémence avec plus de complaisance. À vrai dire, son attitude était très équivoque. Il s'était mis dans l'idée de se rapprocher de Clémence pour mieux contrer son fils et reprendre le dessus.

Mais Clémence n'était pas dupe et Émile n'était pas homme à se laisser faire.

« Toi, le vieux, je t'ai déjà dit de ne pas te mêler de mes affaires. Clémence est ma femme. Ne l'oublie pas. Je fais ce que je veux. Dorénavant je lui interdis d'aller à Bellecoste.

— Tu n'as rien à m'interdire ! s'insurgea Clémence.

— Si tu veux voir tes parents, je t'accompagnerai. »

Clémence ne répliqua pas. Elle connaissait l'entêtement d'Émile et la violence qui l'habitait quand il se sentait contrarié. Elle confia Amandine à sa belle-mère et alla reprendre son travail.

« À la bonne heure ! fit celle-ci. Te voilà redevenue raisonnable. Va, ma fille ; je veillerai sur ta petite. »

Le soir même, Émile reprit possession de sa femme sous la menace et par la force. Clémence, découragée, n'eut plus le ressort de lui résister. Elle lui abandonna son corps et éleva son âme dans les cieux où elle alla rejoindre Armand par la pensée.

Les mois passèrent. Sa vie était devenue un enfer quotidien. Sans la présence de sa fille, Clémence aurait fini par abdiquer. À ses yeux, plus rien n'avait d'intérêt. Elle ne parvenait pas à s'attacher à quoi que ce soit. Au retour du printemps, elle ne sentit plus frissonner en elle l'appel des cimes, ni le souffle brûlant des grands espaces. Au reste, Émile la contraignait à rester à la ferme, et l'empêchait de se rendre dans les prairies d'estive où il conduisait ses bêtes. Il prétextait que le travail des femmes était de tenir l'intérieur, de s'occuper de l'étable et de la basse-cour, non de gambader par monts et par vaux derrière les troupeaux.

Émile continuait de fréquenter le café de Lassagne. Tous les samedis soir, il y retrouvait les mêmes assoiffés et rentrait toujours très éméché, tard dans la nuit. Clémence redoutait le moment où il passait le seuil de sa chambre. Sans se soucier du sommeil d'Amandine, il parlait bruyamment et se jetait sur le lit, tout habillé. La plupart du temps, il était trop aviné pour avoir encore la ressource de forcer Clémence à lui céder, mais il lui arrivait souvent de se réveiller au beau milieu de la nuit et de la contraindre à ses exigences bestiales.

«Je n'en peux plus! se plaignait Clémence auprès de sa mère. Si ça continue, je vais finir par m'en aller pour de bon.

— Partir! Mais où iras-tu encore avec ta petite? Souviens-toi, quand tu es partie de Bellecoste la première fois. Tu étais bien seule avec Amandine. Ce n'était pas une vie.

— Parce que tu crois que c'est une vie celle que je mène à Troubas! Entre un mari qui n'a aucun égard pour moi, qui boit et me frappe régulièrement, et des beaux-parents qui me prennent pour leur domestique, crois-tu que je suis heureuse?

— Ta petite a un toit. Vous n'êtes pas à la rue. Vous mangez à votre faim. Par les temps qui courent, c'est loin d'être négligeable.

— Elle n'a qu'à rentrer à Bellecoste avec Amandine! interrompit Antonin. Ici, elle ne manquera de rien.

— Tu imagines peut-être qu'Émile la laissera tranquille! Il est son mari. Il sera dans son droit d'exiger qu'elle revienne.

— Alors je vais partir loin. Très loin, là où il ne pourra pas me retrouver, ajouta Clémence.

— Ce n'est pas raisonnable, ma chérie. Pense à ton père. Pense à nous. Que dira-t-on encore quand on apprendra que notre fille, une femme mariée, a quitté son domicile conjugal? Et partout où tu iras, avec ta petite sur les bras, on te regardera comme une femme de peu. Dans une période où le malheur s'abat sur le pays, on aura vite fait de mal te juger. »

Clémence était désemparée. Sa mère ne lui était d'aucun secours. Seule Louise aurait pu lui montrer la route à suivre et, elle en était persuadée, elle lui aurait conseillé d'écouter sa conscience sans se soucier des personnes médisantes.

Louise était occupée à son examen final et n'avait pas le temps de rentrer à Bellecoste. Elle devait bientôt subir l'inspection qui mettrait un terme à ses trois années d'études. Depuis la dernière rentrée, elle faisait des stages en situation et réalisait donc mieux ce que serait son futur métier d'enseignante. Mais, à vrai dire, elle n'était toujours pas convaincue que là était sa voie. Certes, elle ne niait pas la grandeur et la noblesse de la tâche qui l'attendait, mais elle ne se sentait pas encore prête à en assumer les responsabilités. À son âge, elle se trouvait bien jeune pour fixer définitivement son destin en le liant à une carrière. Son désir de conquérir le monde, sa soif de liberté étaient encore intacts. Or, entrer si tôt dans la fonction d'enseignante lui faisait craindre de figer à jamais son avenir.

Néanmoins, elle passa ses derniers examens avec succès et se réjouit d'avoir réussi si brillamment. L'inspecteur la félicita même pour ses aptitudes pédagogiques et pour le contact qu'elle avait avec les élèves.

« Vous ferez une excellente institutrice, mademoiselle Pérol, lui dit-il en lui serrant la main.

— Je ne sais pas, fit Louise.

— Douteriez-vous de vous-même ? La République a besoin de jeunes enseignants tels que vous. Issue d'une famille modeste, vous serez un modèle pour les jeunes que vous conduirez vers le certificat d'études. Mieux que quiconque, vous saurez leur donner l'exemple, celui de la valeur du travail et du courage. Où aimeriez-vous être nommée pour votre premier poste ? En ville ou à la campagne ?

— À choisir, je préférerai dans une grande ville, monsieur l'inspecteur.

— J'appuierai votre demande. Vous pouvez compter sur moi. »

Lorsque Louise revint à Bellecoste annoncer aux siens son succès, elle trouva sa sœur en plein désarroi.

Clémence, une fois de plus, était venue se réfugier chez ses parents, prête à toutes les extrémités, prête à affronter Émile si celui-ci osait venir la rechercher.

« Je ne retournerai pas à Troubas ! lui expliqua-t-elle. Cette fois-ci, c'est décidé. »

Marie avait beau la raisonner, Clémence s'entêtait. Auguste, quant à lui, voyait d'un mauvais œil que sa fille soit revenue à Bellecoste comme une voleuse, accompagnée de son enfant. Pour lui, elle devait régler cette nouvelle dispute au plus tôt afin que tout rentre dans l'ordre.

« Quand on est marié, dit-il à sa fille, il faut savoir faire des concessions. J'irai voir Émile et je lui parlerai, que ça te plaise ou non. Il finira par m'écouter et par entendre raison. Et puis..., il y a peut-être un moyen de le rendre plus responsable !

— Je ne crois pas ! s'insurgea Clémence.

— Si tu lui faisais un petit, il changerait peut-être son fusil d'épaule. Un enfant, dans un couple, ça change bien les choses.

— Un enfant ! Avec Émile ? Tu y penses vraiment, papa ?

— Il n'y a rien d'anormal ! Il est ton mari. D'ailleurs, depuis que vous êtes mariés, il serait temps de songer à donner un petit frère à Amandine.

— Amandine n'est pas sa fille ! C'est mon enfant. Et je n'en aurai pas d'autre avec lui ! »

Clémence semblait dépitée. Comment son père pouvait-il imaginer qu'elle pourrait avoir un enfant avec un mari qui la battait ?

« Papa, je crois que tu n'as pas très bien conscience de ce que me fait subir Émile !

— Je comprends, ma fille, que ta situation n'est pas très morale et qu'il faudrait mettre un peu d'ordre dans ton couple. »

Louise donnait tort à son père. Mais elle n'osait le lui dire ouvertement. Elle poussait Clémence à agir selon sa conscience.

« Moi, à ta place, je ne resterais pas une seconde de plus avec lui, lui dit-elle un soir, en aparté. Je prendrai ma fille sous le bras et je claquerais la porte pour toujours.

— J'y ai songé plus d'une fois, figure-toi. Mais où irai-je à nouveau ? Et que deviendra ma vie ?

— Dans ta situation, tu n'as pas le choix. Il faut partir loin d'ici, t'installer dans une grande ville où Émile ne te retrouvera pas.

— Comment vivrai-je ? Y penses-tu ?

— Je ne sais pas. Mais il y a toujours une solution. »

Lorsque Émile vint rechercher sa femme le soir même, Clémence n'osa pas se montrer à lui. C'est Auguste qui le reçut sur le pas de sa porte.

« Je ne te fais pas rentrer, Émile, lui dit-il d'un air sombre. Car tu n'es pas le bienvenu dans cette maison. Ce qui se passe entre ta femme et toi, je le déplore. Mais il faut d'abord que vos esprits se calment et que vous reveniez tous deux à la raison.

— Clémence doit rentrer ! vociféra Émile. Elle n'a pas le droit de quitter le domicile conjugal.

— Et toi tu n'as pas le droit de porter la main sur elle. Sache que si tu continues, c'est à moi que tu auras affaire. Je suis encore solide et tu ne me fais pas peur ! Clémence rentrera chez elle quand nous aurons parlé, elle et moi, puis toi et moi. Pour ce soir, rentre chez toi. Ne fais pas d'histoires. Cela vaudra mieux. »

Devant la détermination de son beau-père, Émile abdiqua. Ce soir-là, il rentra bredouille et noya son amertume et sa déconvenue dans l'ivresse.

René venait d'obtenir une permission. Le jeune soldat avait immédiatement rejoint Mende. Mais n'y ayant pas rencontré Louise, partie à Bellecoste, il s'était rendu sans tarder à Lassagne pour la retrouver. Elle avait laissé un message au concierge de l'école normale d'où elle avait définitivement déménagé. Celui-ci lui apprit le succès de son amie et lui remit la lettre dans laquelle elle le priait de la rejoindre.

Il arriva à Bellecoste sous un soleil radieux. La moisson battait son plein et l'on entendait de loin le bruit des faux dans les champs de céréales. Sur les crêtes, les troupeaux paissaient dans la touffeur de juillet, paisibles, indifférents au cataclysme qui, vers d'autres horizons lointains, mettait à feu et à sang des régions entières et transformait les campagnes en champs d'horreurs.

Dans la solitude du massif, il éprouva une sérénité qu'il n'avait jamais éprouvée auparavant. Ce havre de paix lui parut surnaturel, hors du temps. Lui qui sortait de l'enfer des tranchées, il ne pouvait réaliser que des hommes, des femmes, des enfants continuaient de vivre à l'arrière comme si rien ne se passait aux frontières du nord et de l'est. Certes, il n'ignorait pas les souffrances, les privations, les misères quotidiennes. Mais, qu'était-ce tout cela, pensait-il, face aux horreurs que vivaient chaque jour les poilus sur le front?

Il prit son temps pour gagner le mas de Bellecoste. Louise lui avait expliqué comment s'y rendre à partir du village. Trois petits kilomètres par un chemin de terre serpentant entre les prés, un petit pont de pierre au-dessus d'un torrent où les truites se chauffent au soleil. Puis une colline où la ferme est adossée, juste au pied des crêtes. Musarder dans les prairies explosant de couleurs, écouter vibrionner les insectes, respirer le parfum des fleurs sauvages, se laisser écraser par la chaleur revigorante d'un soleil généreux, il y avait longtemps qu'il n'en avait pas espéré autant.

Sa capote et ses brodequins de soldat lui paraissaient bien lourds tout à coup, et son sac encombrant. Il eut envie de s'en délester pour se sentir libre, pour oublier d'où il venait, qui il était, ce qu'il était devenu. L'image de Louise occupait toutes ses pensées. Pour un peu il en aurait oublié la guerre et ses atrocités, les camarades dans les tranchées et les ordres sans pitié d'un état-major aveugle. Il se laissa choir dans l'herbe haute d'une prairie, s'allongea sur le dos, prit un brin d'herbe entre les dents. Des oiseaux gazouillaient dans le feuillage d'un arbre dont l'ombre miroitait sur son visage comme les facettes d'un lustre de cristal. Ébloui par les reflets du soleil, il ferma les yeux et se perdit dans l'immensité azurée.

Perdu dans ses songes, il n'entendit pas le bruit d'un attelage. La paire de bœufs s'arrêta devant lui, impavide.

« Qu'est-ce qui vous arrive, soldat ? » lui demanda l'homme dont il ne vit pas immédiatement les traits à contre-jour.

René se leva aussitôt, remit de l'ordre dans sa tenue.

« Je me reposais avant d'arriver. La route est longue. Et je voulais profiter de cette quiétude.

— Vous êtes en permission ? Vous en avez de la veine !

— Si l'on peut dire ! »

René remarqua aussitôt l'âge de son interlocuteur.

« Et vous, vous n'êtes pas mobilisé ?

— Moi ? Non. Regardez, avec ma patte folle, ils m'ont réformé. »

René ne connaissait pas Émile Claret. Mais Louise lui avait parlé de lui. Il savait qu'il boitait et qu'il avait l'air rustre. Il devina à qui il avait affaire.

« Vous êtes le mari de Clémence, n'est-ce pas ?

— C'est exact. Comment l'avez-vous deviné ? On ne se connaît pas !

— Je suis l'ami de sa sœur, Louise. Elle m'a parlé de vous.

— Oh ! ça ne m'étonne pas. Celle-là a la langue bien pendue. »

René prit la remarque pour une injure mais, connaissant le personnage, il préféra détourner la conversation.

« Je me rends à Bellecoste pour rencontrer la famille Pérol. Je ne les connais pas encore. J'ai hâte de faire leur connaissance.

— Si vous voyez ma femme, vous pourrez lui dire que je l'attends. Et que, si elle tarde trop à rentrer, c'est avec le fusil que je viendrai la chercher.

— Clémence ?

— Oui, Clémence. Cette garce, elle m'en fait voir de toutes les couleurs. Elle a le feu aux fesses. Toujours fourrée chez ses vieux ! Elle oublie qu'elle est mariée. Mais, vaï ! elle perd rien pour attendre. »

René comprit à demi-mot que Clémence avait quitté son mari. Il n'insista pas. Il tourna les talons et, sans dire au revoir, s'éloigna sur le chemin.

« Dites-le-lui ! insista encore Émile. Qu'elle revienne, sinon... »

René leva la main par-dessus son épaule, comme pour signifier qu'il n'avait cure de ce que lui disait Émile et, tranquillement, il poursuivit sa route.

Lorsqu'il arriva à Bellecoste, Louise lui tomba dans les bras sans retenue. Ils s'embrassèrent longuement sans prêter attention à la présence de Marie, d'Auguste et d'Antonin qui semblaient dans tous leurs états.

« Je vous présente René, dont je vous ai déjà longuement parlé, annonça enfin Louise.

— J'ai huit jours de permission. Alors, si je ne suis pas de trop, j'aimerais les passer en compagnie de Louise.

— Finissez d'entrer, proposa Marie. Ne faites pas attention à nos mines attristées. Mais vous tombez bien mal.

— Un malheur vous serait-il arrivé ?

— C'est Clémence, expliqua Louise. Elle est partie ce matin, de bonne heure. Sans prévenir. »

Louise mentait. Elle savait que sa sœur avait pris la décision de quitter Bellecoste pour la seconde fois. Elle-même était à l'origine de sa détermination. Mais elle avait bien pris garde de n'en parler à personne.

« Elle est partie… définitivement ? s'enquit René, un peu décontenancé.

— En tout cas, elle a pris son enfant, un sac et, sans demander son reste, elle nous a quittés comme une voleuse, ajouta Auguste, visiblement courroucé.

— J'ai rencontré son mari en chemin. Il n'a pas l'air commode !

— C'est à cause de lui que tout cela est arrivé, avoua Marie.

— Si vous n'aviez pas poussé Clémence à l'épouser, s'offusqua Louise, tout cela ne serait pas arrivé.

— Cessez donc de vous quereller, intervint Antonin, heureux de faire la connaissance de René. Clémence a pris la bonne résolution. Loin d'ici et de son triste mari, elle réfléchira et avisera. Il faut reconnaître que sa vie avec Émile était devenue un enfer. Ça ne pouvait plus durer. »

René ne savait que faire. Rester ou s'en aller ; il hésitait, ne voulant pas s'immiscer dans un drame familial.

« Je crois que je ferais mieux de m'en aller et de retourner à Mende, dit-il. Je ne voudrais pas être une gêne supplémentaire parmi vous. Vous avez sans doute des questions à régler entre vous.

— Pas question ! coupa Louise. De toute façon, Clémence et moi dormions dans le même lit avant son mariage. Maintenant qu'elle est partie, il y a de la place.

— Louise ! s'offusqua timidement Marie. Tu ne vas pas... »

Louise ne laissa pas sa mère poursuivre.

« Oh ! foin de simagrées ! Il y a longtemps que René et moi dormons ensemble. Alors, on ne va pas feindre le contraire devant vos yeux pour respecter les convenances ! »

Abattus par le départ subit de Clémence, ni Marie ni Auguste ne trouvèrent à répliquer. Antonin, de son air malicieux, fit un clin d'œil à René et dit :

« Bienvenu à Bellecoste, beau-frère ! »

18

Rupture

La guerre n'en finissait pas. Personne n'espérait plus en une victoire rapide, susceptible de mettre un terme aux deux longues années de conflit qui avaient déjà ensanglanté les nations de l'Europe. À Verdun, les armées s'affrontaient depuis quelques mois sous un déluge de feu et de fer jamais connu auparavant. Les positions ne bougeaient pas. Les hommes se faisaient enterrer sur place. Les relèves succédaient aux relèves. Et toujours la même hécatombe !

René était reparti depuis plusieurs semaines. Il n'avait envoyé à Louise qu'une seule lettre pour lui apprendre que son régiment montait à son tour sur la Meuse. La jeune fille ignorait que, là-bas, c'était vraiment l'enfer et que les rescapés étaient de vrais miraculés. Elle lui écrivait tous les jours quelques lignes, quelques phrases pleines d'amour, de crainte, d'espérance aussi, et postait sa lettre chaque lundi matin dans le secret espoir qu'elle lui parviendrait très vite. Mais le retard de ses réponses lui faisait comprendre que le courrier était toujours très perturbé.

À la rentrée d'octobre, elle prit son premier poste avec beaucoup d'appréhension. Contrairement à ce qu'elle avait souhaité et malgré ce que l'inspecteur pédagogique lui avait promis, elle fut affectée dans un petit village de haute Lozère dont l'école ne comportait que deux classes, une de filles et une de garçons. Il lui revenait donc la charge d'assurer tous les niveaux et d'amener les plus grandes de ses élèves au certificat d'études, lourde responsabilité pour une maîtresse débutante.

Elle était très déçue car elle espérait se rapprocher d'une ville, où elle se serait plus épanouie, avait-elle expliqué aux siens avant de les quitter à la mi-septembre pour se rendre à Mende une dernière fois. Le village, où elle voyait son destin se figer, se trouvait aux confins de l'Aubrac et de la Margeride, et ne comprenait que des familles de cultivateurs et d'éleveurs. Certes, elle s'y retrouvait en terre de connaissance, mais la désolation du lieu la surprit, ainsi que la rudesse encore plus marquée du climat.

Arrivée sur place une semaine avant le jour de la rentrée, elle alla d'abord trouver le maire de la commune, comme c'était l'usage, afin qu'il lui fît visiter son école et son nouveau logement. Le brave homme, un fermier du village, éprouva une certaine gêne devant la jeunesse de Louise.

« Vous remplacez une vieille demoiselle qui habitait au village, lui expliqua-t-il. Elle n'a jamais occupé son logement de fonction. Celui-ci n'est pas très confortable, mais je vous ai fait installer un poêle à bois pour l'hiver et livrer un stère de bûches. Il y a l'eau sur l'évier de la cuisine. Mais pour les commodités il vous faudra descendre dans la cour. »

Louise le tranquillisa :

« Je sais ce que c'est. N'ayez crainte ! La ferme de mes parents ne respire pas le luxe. »

Toutefois le décor était loin d'être attrayant. Le logement de fonction tenait davantage d'un refuge d'ermite que d'un appartement d'enseignant.

« Bigre ! ne put réprimer Louise quand elle pénétra dans les lieux la première fois. Il faudra que j'arrange un peu. »

Le mobilier se résumait à une table, deux chaises, un vieux buffet et un lit. Les fenêtres n'avaient pas de rideaux et les volets, tout déglingués, ne fermaient pas. L'édile promit de les faire réparer sans tarder. Le tout tenait dans une seule pièce au fond de laquelle trônait un poêle à bois identique à ceux des salles de classe. Dans un angle, un évier de granit et, luxe suprême, une pompe pour puiser l'eau contenue dans la citerne alimentée par les pluies et la fonte des neiges.

« S'il vous manque quelque chose, mademoiselle, ajouta le maire avec une grande courtoisie, n'hésitez pas à me le signaler. Je veillerai à vous satisfaire. »

La salle de classe était plus chaleureuse. Louise retrouva immédiatement l'atmosphère de toutes les salles qu'elle avait connues au cours de ses stages. Elle ne fut pas dépaysée. Une forte odeur d'encre et de craie imprégnait encore les murs malgré les trois mois de vacances pendant lesquels les locaux avaient dû être longuement aérés. Tout était en ordre pour accueillir les élèves. Les encriers de porcelaine étaient remplis d'encre violette, les cahiers et les manuels soigneusement rangés en piles régulières sur le bureau de la maîtresse, prêts à être distribués. Deux boîtes de craies, l'une de craies blanches, l'autre de craies de couleur, n'avaient pas encore été ouvertes. Les pupitres avaient été nettoyés de leurs graffitis et parfaitement alignés sur quatre rangs face au tableau noir.

Celui-ci avait été dépoussiéré et lessivé à grande eau. Au mur, une carte de France montrait les quatre-vingt-trois départements métropolitains et leurs chefs-lieux, une autre l'empire colonial dans toute sa splendeur. Un tas de bûches se dressait au pied du poêle situé au centre de la classe.

« Tout est prêt pour accueillir vos élèves, déclara le maire, en remettant à Louise, d'un air satisfait, les clés de sa salle. Votre collègue, qui s'occupe des garçons, n'est pas encore arrivé. C'est un instituteur plus âgé, près de la retraite. Il remplace M. Breisse qui a été mobilisé en 1914. Les enfants l'ont bien regretté. Il était du pays. Après la guerre, il reviendra, nous l'espérons tous. S'il s'en sort ! »

Louise s'attrista brusquement. Le maire s'en aperçut.

« Vous avez aussi un parent au front, peut-être ?

— Non. Un fiancé seulement. Il est à Verdun.

— Il ne faut pas cesser d'espérer, mademoiselle. Il reviendra.

— Je lui écris tous les jours.

— Continuez. Nos poilus ont besoin qu'on les soutienne. »

L'accueil chaleureux du maire réconforta Louise. Sur le moment, elle ne regretta plus d'avoir été envoyée dans ce bout du monde, loin des siens et dans une solitude encore plus pesante que celle de son massif du mont Lozère. Elle ne put s'empêcher de songer à Clémence qui aimait ces grands espaces battus par les vents, brûlants l'été, glacials l'hiver, où tout semblait figé dans un cadre intemporel. Comme elle se sentait différente de sa sœur ! Et, pourtant, comme elle l'aimait !

Clémence s'était réfugiée chez sa cousine Roseline, au Pont-de-Montvert. Celle-ci ne fut pas surprise de la voir revenir.

« J'étais sûre que tu finirais par quitter ton mari. J'ai appris comment il te traitait. Antonin venait me le raconter chaque fois qu'il descendait au Pont avec ton père. »

À vrai dire, Clémence était complètement atterrée. Car, cette fois, la peur s'était emparée d'elle. Elle savait qu'Émile la poursuivrait et qu'il ne la ménagerait pas s'il la retrouvait. Elle avait fait prévenir ses parents qu'elle habitait provisoirement chez sa cousine et leur avait demandé de ne dire à personne où elle se cachait. Elle convia seulement Antonin à lui rendre visite afin, expliqua-t-elle, de garder le lien avec Bellecoste. Elle se doutait que son père n'approuvait pas sa décision qui allait à l'encontre de son éthique. Pour lui, une femme mariée, mère de surcroît, ne devait en aucun cas quitter le domicile conjugal. Il lui avait laissé comprendre qu'il saurait remettre Émile à sa juste place et le contraindre à se montrer meilleur mari, quitte à recueillir sa fille autant de fois et le temps qu'il faudrait. Mais Auguste ne pouvait accepter l'idée qu'une épouse parte de chez elle en se cachant comme une voleuse.

« Si tu es dans ton droit, lui avait-il expliqué, tu te dois d'affronter ton mari la tête haute, sans te dissimuler. Partir sans laisser d'adresse, c'est te mettre dans ton tort. Les gens auront vite fait de plaindre ton mari d'avoir été abandonné. De victime, tu passeras pour coupable. »

Mais le discours d'Auguste n'avait pas convaincu Clémence.

Une fois de plus, Émile se mit dans une colère démesurée et déboula à Bellecoste. Auguste était déjà parti moissonner en compagnie d'Antonin et de ses cousins. Marie était seule à la ferme à préparer le panier qu'elle s'apprêtait à leur apporter pour midi.

« Si Clémence ne sort pas de sa chambre et ne revient pas immédiatement à Troubas, menaça Émile, je retourne toute votre baraque. Je finirai par la retrouver. »

Marie prit peur. Seule, elle ne pourrait pas arrêter son gendre. Fou furieux, celui-ci semblait ivre et ne se contenait plus.

« Soyez raisonnable, Émile ! tenta de le calmer Marie. Je vous jure que Clémence n'est pas là. Elle est partie sans nous prévenir. Je ne sais pas où elle est allée. »

Émile bouscula sa belle-mère sans ménagement et se mit à fouiller les pièces de la maison l'une après l'autre. Bredouille, il se précipita dans l'étable, puis dans la porcherie, visita la grange, les caves. Il ne trouva personne. Ses yeux, injectés de sang, exsudaient de la haine.

« Je la retrouverai ! hurla-t-il en s'en allant. Je la retrouverai. Elle n'a pas dû aller bien loin. Et je la bouclerai ! »

Marie se hâta d'aller prévenir Auguste.

« Il a mis la maison sens dessus dessous ! lui annonça-t-elle, morte de peur. Il faut faire quelque chose. S'il la retrouve, il est capable de la tuer.

— Moi, il ne me fait pas peur, dit Antonin. Je vais aller lui donner une bonne raclée. Il comprendra ainsi qu'il a définitivement perdu Clémence.

— N'en fais rien ! lui rétorqua Auguste. Tu te mettrais dans ton tort. Je vais aller le voir à Troubas dès ce soir. Nous devons avoir une sérieuse explication avec ses parents. Peut-être qu'eux sauront le raisonner ?

— Penses-tu ! Il les terrorise. »

Antonin ne laissa pas le temps à son père d'aller parlementer. Il profita de la sieste de celui-ci pour s'éclipser.

Il savait qu'Émile gardait son troupeau dans les prairies qu'il possédait non loin de Bellecoste, là où il avait rencontré Clémence la première fois, alors qu'ils n'étaient encore tous deux que des enfants. Une tourbière séparait les deux propriétés ainsi qu'un éperon rocheux. Il ne mit pas longtemps à retrouver son beau-frère. Ce dernier était au milieu de ses brebis, accompagné de son chien. Apparemment il était calme et semblait ne s'intéresser qu'à ses bêtes. En réalité, son esprit était entièrement accaparé par la fugue de sa femme et sa soif de vengeance. Au fond de lui, il ne cessait de fulminer.

Antonin s'approcha sans faire de bruit, afin de ne pas éveiller l'attention du briard. Il savait qu'il aurait le dessus, certain de ses propres forces et conscient que la claudication d'Émile jouerait en sa défaveur. Pendant quelques secondes, il éprouva pourtant quelques scrupules à profiter de sa supériorité. Mais, quand il aperçut plus nettement le visage ulcéré par la haine de son beau-frère, il n'hésita plus. « Il n'a jamais éprouvé le moindre remords vis-à-vis de Clémence », se dit-il pour justifier ce qu'il s'apprêtait à faire.

Il ramassa un bâton qui traînait au sol, le jaugea en le tapotant dans le creux de sa main. Puis il saisit une pierre et la lança loin devant lui, sans se découvrir. Le briard aboya aussitôt et se mit à courir en direction de la pierre, affolant les brebis qui crurent le signal du départ donné. Celles-ci commencèrent à suivre leur chien de garde. Surpris, Émile sortit de ses pensées et tâcha de les arrêter. En vain. Tout le troupeau, sonnailles au clair, s'ébranla. Émile rappela son chien, le traitant de tous les noms d'oiseau qu'il connaissait. Antonin continuait de lancer des pierres dans sa direction, affolant la pauvre bête qui ne savait plus où donner de la tête.

Le troupeau était parti, ventre à terre, vers la tourbière. En temps normal, jamais les bêtes ne s'approchaient de ces terres marécageuses aux herbes peu comestibles. Mais, affolées par les jets de pierre et décontenancées par les aboiements intempestifs du chien, elles fondirent droit sur la zone dangereuse sans se méfier.

Derrière elles, Émile courait pour les arrêter. Quand, tout à coup, Antonin bondit devant lui, surgissant de l'ombre d'un rocher comme un diable de sa boîte. Arrêté dans sa course, le reconnaissant aussitôt, Émile s'écria en s'époumonant :

« Qu'est-ce que tu fous là ? C'est toi qui as affolé mes bêtes ? »

Antonin s'était planté devant lui, tenant son bâton dans la main comme un gourdin.

« Laisse-moi passer ! éructa Émile. Tu vois bien que mes bêtes vont aller se précipiter dans la tourbière si je ne les arrête pas à temps !

— Si elles sont aussi stupides que leur maître, elles iront toutes s'y empêtrer, en effet !

— Qu'est-ce que tu veux ? C'est moi que tu cherches ?

— Vois-tu quelqu'un d'autre ici, mis à part toi et moi ? Mais si on parlait plutôt de ma sœur ! »

Émile bondit sur Antonin. À l'évocation de sa femme, il vit rouge subitement.

Antonin l'esquiva.

« Cette garce, c'est elle qui t'envoie ? Elle n'a pas le courage de venir m'affronter seule ! reprit Émile.

— Ce n'est qu'une femme, beau-frère ! C'est d'ailleurs pourquoi, toi, tu oses la frapper. Comme un lâche !

— Elle n'a que ce qu'elle mérite. Maintenant, ôte-toi de mon chemin, sinon t'auras le même sort que ta garce de sœur. »

À entendre insulter Clémence, Antonin ne retint plus son désir de vengeance.

« Ramasse ce bâton derrière toi, lui dit-il. Je vais te rosser. Tu ne mérites que ça. Mais je veux me battre avec toi à armes égales. Alors, défends-toi. »

Antonin brandit son bâton comme un sabre. Émile ramassa celui qu'il lui avait indiqué, comprenant qu'il lui faudrait s'en servir s'il ne voulait pas se laisser rouer de coups par son jeune beau-frère.

« Tu ne me fais pas peur, lui jeta-t-il au visage en le narguant. T'es qu'un jeune blanc-bec à qui je vais donner une bonne leçon. Ça te fera réfléchir comme ta putain de sœur. Vous êtes tous les mêmes dans la famille. Y a que les coups que vous comprenez ! »

Antonin laissa Émile venir à lui et commença à le taquiner du bout de son gourdin.

Les coups fusèrent. Émile s'essoufflait vite et traînait la jambe. La rixe dura de longues minutes. À vrai dire,

Antonin s'amusait à faire tourner en bourrique son beau-frère.

Quand celui-ci trébucha, il le poussa du bout de son bâton. Émile s'affala.

« Relève-toi ! lui ordonna Antonin, afin que je te donne le coup de grâce. »

Fou de rage, Émile, dans un dernier sursaut, bondit sur Antonin et faillit le désarmer. Mais celui-ci fit une volte-face et, d'un geste magistral, brisa son bâton en morceaux et lui asséna sur l'échine plusieurs coups dont il ne mesura pas la puissance.

Émile criait de douleur, se protégeant le visage de ses bras, recroquevillé sur lui-même. Antonin ne sentait plus sa force. La colère l'avait complètement submergé. Il s'acharnait sur son beau-frère sans se rendre compte qu'il pouvait l'achever. Celui-ci gisait au sol, sans bouger.

Tout à coup une voix derrière lui coupa son élan.

« Arrête, Antonin ! Arrête ! Tu vas le tuer. »

Le jeune garçon se retourna, les bras encore brandis au-dessus de sa tête.

Marie parut, affolée.

« Qu'as-tu fait, mon Dieu ? Qu'as-tu fait ? » s'écria-t-elle.

Revenant à lui, Antonin semblait découvrir la violence qui l'avait soudain habité.

« Je… je ne voulais pas, dit-il à sa mère. Je ne sais pas ce qui m'a pris. Mais, quand il a insulté Clémence, j'ai vu rouge et j'ai frappé, frappé. Sans m'en rendre compte.

— Il ne bouge plus ! remarqua Marie. Pourvu que… »

Elle n'acheva pas sa phrase. Son regard trahissait sa stupeur et ses craintes.

« Non, il respire encore, dit Antonin en se penchant sur Émile. Mais, cette fois-ci, je crois qu'il a son compte. J'espère qu'il en tirera une bonne leçon et qu'il cessera d'inquiéter Clémence.

— Je ne dirai rien à ton père. Tu sais qu'il ne t'approuverait pas. Il voulait aller parlementer ce soir à Troubas avec les Claret. Quand il verra Émile dans cet état, je crains fort qu'il ne se doute de quelque chose.

— Je ne crois pas qu'Émile soit en mesure de se poser en victime. N'oublie pas ce qu'il a fait à Clémence. »

L'incident fut clos le jour même. Émile se remit sur pied. Malgré sa claudication, il était de bonne constitution. Quand Auguste vint, le soir, pour discuter avec lui et avec ses parents, il trouva un prétexte pour échapper à l'entrevue. En réalité, perclus de douleurs, il ne voulait pas se montrer à son beau-père sous un jour qui l'aurait diminué à ses yeux.

Lucien Claret promit à Auguste de faire son possible pour raisonner son fils.

« Je l'aime bien, moi, cette petite, osa-t-il même affirmer en parlant de Clémence. Et son enfant est un peu comme notre petite-fille ! » ajouta-t-il sans vergogne, en suscitant l'approbation de sa femme.

Celle-ci ne répondit pas.

Lucien poursuivit :

« Mais dis à ta fille qu'elle doit rentrer au bercail. La place d'une épouse est auprès de son mari. Rassure-la. Dis-lui que, plus jamais, Émile ne portera la main sur elle. J'ai les moyens d'obliger mon fils à rester tranquille.

— Lesquels ? demanda Auguste, dubitatif.

— L'héritage, si tu veux savoir.

— Comment ça, l'héritage ? Émile est sûr d'hériter de tous tes biens !

— Pas si sûr ! Et il le sait. Mais je ne t'en dis pas plus. »

Lucien resta muet quelques instants. Puis, ne se retenant plus, il avoua, l'air malicieux, comme s'il était fier de pouvoir jouer un mauvais tour à quelqu'un :

« J'ai eu un enfant d'un premier mariage. Une fille que j'ai reconnue à la mort en couche de sa pauvre mère. J'ai été obligé de la placer immédiatement après sa naissance. Mais je sais ce qu'elle est devenue. Elle est toujours ma fille. Et c'est l'aînée ! Tu vois ce que je veux dire. Et Émile ne l'ignore pas.

— Qu'as-tu besoin de raconter ta vie à tout le monde ? coupa Amélie. Tout ça ne regarde personne. C'est de l'histoire ancienne. Et je voudrais bien voir que tu déshérites notre fils !

— Oh ! toi la vieille, t'as rien à dire ! Tout ce qui est ici m'appartient, n'oublie pas ! »

Auguste n'insista pas. Les histoires de famille des autres ne l'intéressaient pas. Il se contenta d'assurer à Lucien que, de son côté, il parlerait à Clémence, mais il réaffirma :

« Néanmoins, je veux que tu dises à Émile qu'il doit venir me voir pour me promettre de ne plus jamais recommencer. C'est à cette seule condition que je tenterai de ramener Clémence à de sages résolutions. Je veux bien tenter de sauver la situation, mais, en contrepartie, Émile doit faire un pas. Et d'abord qu'il cesse de boire ! »

Auguste reçut la promesse d'Émile qui vint en personne implorer son pardon à Bellecoste, dès que les bleus sur son visage et les douleurs dans tout son corps eurent disparu.

Aussitôt Auguste descendit au Pont-de-Montvert pour parler à sa fille. Antonin l'accompagna.

Roseline ne les attendait pas et fut surprise de les voir débarquer tous les deux sans avoir été prévenue.

« Nous venons parler à Clémence, dit Auguste. Nous avons des choses importantes à lui dire. »

Roseline semblait terriblement ennuyée. Elle leur offrit à boire, et tardait à appeler sa cousine.

« Je n'entends pas Amandine, remarqua Auguste. Elle dort ? »

Roseline hésita. Puis elle avoua :

« Clémence n'est pas là. Elle est partie, il y a huit jours.

— Partie ! Mais où donc ?

— Je l'ignore. Elle m'a seulement expliqué qu'elle ne pouvait rester ici plus longtemps, de peur que son mari ne finisse par la retrouver. Elle a pris quelques effets personnels ; je lui ai donné un peu d'argent pour voir venir. Puis elle est partie en emmenant Amandine. Elle n'a pas voulu me dire où elle allait. Mais elle m'a laissé entendre que là où elle irait, personne ne la retrouverait.

— Pourvu qu'elle n'ait pas songé à...

— Non, pas ça, coupa Roseline qui venait de deviner la pensée funeste d'Antonin. Elle veut vivre pour son enfant ; elle me l'a confirmé. »

Auguste rentra à Bellecoste sans sa fille, plus attristé que courroucé. Certes, il n'approuvait pas sa décision qui dérangeait ses principes et son sens de la famille. Déçu, car il espérait encore sauver la situation et remettre les époux égarés dans le droit chemin, il se sentait soudain dépouillé, dépité. Il avait été incapable de mener à bien sa mission de père, étant arrivé trop tard. Clémence s'était mise dans son tort, pensait-il. Jamais elle n'aurait dû s'en aller définitivement sans laisser une chance à son mari de faire repentance.

La reverrait-il un jour ?

Que ferait Émile à présent, marié à une absente ? Comment réagirait-il s'il venait à apprendre où se cachait sa femme ?

Marie était au comble du désespoir. Elle craignait aussi d'avoir perdu sa fille et sa petite-fille à tout jamais. « Comment vivront-elles, s'inquiétait-elle au fond d'elle-même. Elles n'oseront jamais plus redonner signe de vie sans prendre le risque de réveiller les soupçons et le désir de vengeance d'Émile ! »

Seul Antonin se réjouissait de ce dénouement qu'il appelait de ses vœux. Depuis longtemps il conseillait à sa sœur de s'en aller, de mettre entre elle et son mari une distance suffisamment grande pour qu'il ne sache pas dans quelle direction la rechercher. Il avertit lui-même Louise des faits qui avaient marqué Bellecoste en cette fin d'été 1916.

Quand celle-ci reçut sa lettre en même temps que son arrêté de nomination, elle fut à la fois bouleversée et soulagée. Elle annonça aussitôt la nouvelle à René dans une lettre qu'elle posta de son lieu d'affectation, le jour même où elle prit en main, pour la première fois, ses jeunes élèves.

Un jour nouveau commençait pour elle, comme pour Clémence.

Troisième partie

UN JOUR NOUVEAU

19

Nouvelle rencontre

Les mois passèrent, les saisons succédant aux saisons en un rythme trop lent pour ceux qui vivaient l'enfer sur terre. Personne ne voyait arriver le bout du tunnel, celui de la mort programmée. Les plus optimistes avaient beau affirmer sans en démordre que toute tragédie avait une fin, qu'après les ténèbres jaillissait toujours la lumière, prenant l'histoire à témoin, aucun n'osait s'aventurer à émettre pour bientôt la moindre étincelle d'espérance. On s'enlisait dans une époque dantesque, dans un univers glauque où les hommes, devenus fous, rivalisaient d'ingéniosité pour se détruire eux-mêmes, poussés par une fureur d'extermination qui n'avait de limite que leur propre imagination à inventer d'autres stratagèmes d'auto-anéantissement.

René avait été blessé à Verdun, alors que la bataille s'achevait. Un éclat d'obus lui avait labouré la cuisse droite. Il fut immédiatement évacué à l'arrière et soigné dans l'hôpital militaire le plus proche. Sa blessure n'était que superficielle, mais elle lui valut un mois de repos forcé qu'il mit à profit pour écrire de longues lettres à Louise. Inquiète, celle-ci n'avait plus la tête à son travail et ne parvenait plus à se donner entièrement à ses jeunes élèves qui l'avaient pourtant immédiatement adoptée.

La guerre faisait rage maintenant depuis trois longues années. Et les permissions étaient toujours trop rares et bien trop courtes. Le deuil s'était étendu sur toutes les communes de France, tel un linceul collectif dont chaque famille avait sa part. À Lassagne on comptait une quinzaine de victimes, chiffre énorme pour une si petite commune. Chaque jour Auguste rendait grâce à Dieu de ne pas avoir un fils en âge de partir se battre. À Antonin qui, à seize ans, montrait parfois des velléités guerrières, il répondait avec sagesse :

« Prie pour que le conflit ne dure pas encore autant qu'il n'a duré jusqu'à présent. Sinon ton tour viendra et toi aussi tu devras endosser l'habit de soldat. »

Antonin avait encore quelques années devant lui avant de songer à cette fatidique échéance.

« Il ne manquerait plus que ça ! se plaignait Marie. Nous avons déjà assez de soucis avec Clémence. Quand je pense au malheur qui s'est abattu sur François et Huguette, je ne voudrais pas être à leur place. »

Leurs cousins Rouvière, en effet, avaient leurs trois fils au front. L'aîné, Henri, avait été blessé en 1915, soigné et renvoyé dans les tranchées. Depuis, il était submergé par la peur chaque fois que l'ordre de monter à l'assaut était donné à sa compagnie. Il avait vu la mort de si près qu'il en avait été traumatisé. Il n'était pas le seul, hélas ! à se trouver dans cet état. Mais les ordres étaient les ordres. Il écrivait de longues lettres à ses parents dans lesquelles il ne pouvait cacher ses craintes permanentes, plongeant ainsi sa mère dans un cauchemar quotidien. Aussi, chaque jour, Huguette craignait de voir arriver le maire de sa commune, l'air grave, un pli à la main annonçant la terrible nouvelle.

Celle-ci lui parvint le 7 novembre, le jour même où les bolcheviques prirent le pouvoir à Petrograd. Henri était tombé quelques semaines plus tôt en Champagne, dans sa tranchée, sans qu'il eût besoin d'en sortir. Un obus ennemi éclata à l'endroit même où il se reposait, le tuant sur le coup.

Quelques semaines plus tard, les Rouvière apprirent une autre terrifiante nouvelle. Leur troisième fils, Albert, avait suivi un groupe de mutins et avait refusé d'obéir aux ordres. Arrêté avec ses camarades d'infortune, il attendait de passer en jugement devant un tribunal militaire.

Le maire, informé de sa situation, n'osait plus croire au miracle. Le jeune Rouvière encourait la peine capitale. Lorsqu'il fut prévenu du tragique dénouement, l'édile n'eut pas le courage d'aller prévenir une seconde fois la famille. Il dépêcha son adjoint. Celui-ci se chargea sans émotion de la vile besogne.

« J'ai un pli officiel des armées à vous remettre, madame », annonça-t-il, la voix neutre.

En l'absence de son mari, Huguette manqua défaillir.

« C'est Albert ? demanda-t-elle. Cette fois, c'est lui, n'est-ce pas ?

— Il a été fusillé, pour l'exemple, madame. »

Les cousins de Marie furent anéantis. La guerre leur avait pris deux de leurs fils et le troisième risquait sa vie chaque jour pour une cause que plus personne ne comprenait.

« Ils me les prendront tous ! se morfondait Huguette dans les bras de Marie. Tous, jusqu'au dernier ! »

Ni Marie ni Auguste ne trouvaient de mots pour consoler leurs cousins. Leur malheur n'avait pas de sens, la mort de leurs fils pas de justification.

« Que peut-on faire ? geignait Huguette. Si seulement Désiré pouvait revenir ! J'en suis à souhaiter maintenant qu'il soit blessé, pour qu'il soit évacué et démobilisé.

— Tout cela finira bientôt. Et le temps adoucira vos peines. »

Mais la guerre durait. Et le ciel restait rouge de colère et de folie meurtrière.

Clémence n'avait pas donné signe de vie depuis son départ précipité de Bellecoste, un an auparavant. Volontairement. Car elle avait tenu à ne pas éveiller les soupçons de son mari en envoyant de ses nouvelles. Seule Roseline savait où elle s'était installée, mais elle lui avait juré de garder le secret.

Dans un premier temps, elle s'était rendue à Villefort. Puis, pour mieux se noyer dans la foule, elle avait poussé jusqu'à La Grand-Combe, en plein cœur du bassin houiller cévenol. Venant du Pont-de-Montvert, elle trouva la cité bien grande et bien agitée, rythmée par les allées et venues incessantes des *gueules noires* qui prenaient leur service dans les différents puits de la ville minière.

À sa sortie de la gare, accompagnée d'Amandine, elle était allée sur le marché de la grand-place, face à l'église, afin d'y retrouver un peu de cette ambiance paysanne qui lui était plus familière. Les étals des marchands étaient remplis de produits issus des fermes environnantes, des vallées et des montagnes cévenoles les plus proches. Des paysans vendaient eux-mêmes leurs marchandises dont les prix lui parurent exorbitants. La guerre se ressentait même loin des tranchées. Les hommes faisant défaut, la production agricole s'était raréfiée et les prix s'étaient envolés.

Clémence comprit très vite qu'avec le maigre pécule, gentiment offert par sa cousine Roseline, elle ne tiendrait que quelques jours pour subvenir à ses besoins et à ceux de sa fille. Il lui fallait donc trouver au plus vite un travail et d'abord une chambre pour se loger.

Sur le marché, quelqu'un lui indiqua une propriétaire de garnis qui louait des chambres meublées près du puits de la Forêt, l'une des plus anciennes mines de la région. Elle s'y rendit aussitôt avec Amandine assise dans une poussette qu'elle avait dénichée au Pont-de-Montvert avant son départ.

Le hameau de la Forêt était noir et poussiéreux. Ses habitants portaient sur leur visage toute la souffrance qu'ils enduraient au quotidien à vivre du fruit parcimonieux des entrailles de la terre. Ils étaient marqués par le charbon aussi fortement que l'était le paysage des alentours. La montagne avait été meurtrie, la forêt éventrée. Partout se dressaient des constructions métalliques dans un fracas de bruits stridents et de sirènes alarmantes.

« Mon Dieu ! se dit-elle. Comme peut-on vivre dans un tel univers ? »

Ses prairies verdoyantes, ses montagnes aux croupes apaisantes, son horizon dégagé où il faisait si bon perdre son regard dans l'azur infini, lui manquaient déjà. Elle se sentit perdue au milieu d'un monde qui lui était totalement étranger, un monde où personne ne la regardait, où elle n'était qu'une ombre parmi les ombres.

En chemin elle rencontra des mineurs de retour du travail, le visage noirci de poussière de charbon, le dos courbé. Aucun ne lui prêta attention. Ils avaient tous dans les yeux une impression de tristesse qui en disait long sur la pénibilité de leur tâche.

Dans sa poussette, Amandine s'étonnait. Elle balbutiait déjà quelques mots et savait se faire comprendre.

« Monsieur, pas beau ! disait-elle innocemment chaque fois qu'elle voyait un mineur au visage d'ébène. Monsieur tout noir ! »

Clémence ne put s'empêcher de sourire devant la spontanéité de son enfant. Elle seule la raccrochait à la vie, une vie dont elle ignorait dorénavant de quoi serait fait l'avenir. Mis à part s'occuper de ses bêtes, donner la main à la ferme, elle ne savait rien faire d'autre. La ville était un monde qui lui était tout à fait inconnu.

Elle songea à Louise qui rêvait de vivre un jour dans cet univers citadin où les hommes et les femmes s'épanouissaient beaucoup plus, affirmait-elle, que dans les villages. Peu avant de quitter Roseline, elle avait appris que les vœux de sa sœur n'avaient pas été exaucés. Elle en éprouva beaucoup de chagrin et une réelle déception. Mais, maintenant qu'elle se trouvait elle-même dans cette atmosphère urbaine si particulière, elle se dit qu'au fond Louise était aussi bien dans son petit village de haute Lozère, et elle en était soulagée.

Clémence n'imaginait pas que, non loin de là où elle avait malencontreusement échoué, il était des villes où Louise aurait vraiment apprécié d'être nommée.

Sur le moment, elle tenta d'oublier la noirceur, la tristesse, la misère qui l'entouraient. Elle trouva facilement une chambre meublée dans une petite maison proche du carreau de la mine. Près de celui-ci, les habitations des mineurs, toutes identiques, faisaient corps autour du puits d'où sortaient continuellement des berlines de charbon remplies à ras bord.

Sa logeuse, une matrone dont le mari avait péri dans un accident de la mine dix ans auparavant, la prévint dès son arrivée :

« Ici, on paie le loyer d'avance ! Et tout mois commencé est dû. Vous comprenez, avec le maigre pécule que me verse la compagnie, depuis la mort de mon mari, je n'ai pas assez pour vivre. Alors, ce que j'encaisse avec les deux chambres que je loue, ça me permet de tenir jusqu'à la fin du mois. »

Clémence comprit que la misère dans cette ville était plus grande que celle des campagnes.

« Chez vous, poursuivit la brave femme, dans les fermes, vous avez toujours de quoi manger. Vous pouvez tenir sans argent, ou presque. Ici, sans argent, vous n'êtes qu'un mendiant. J'espère que vous avez trouvé du travail. Parce que, avec votre petite, vous ne tiendrez pas longtemps. »

Clémence rassura la logeuse.

« Je viens seulement d'arriver. Mais ma cousine m'a confié l'adresse d'un hôtel où je pourrais peut-être trouver de l'embauche.

— Vous feriez mieux de vous inscrire à la mine. Au triage, ils vous prendraient peut-être.

— Au triage ?

— Oui, là où on trie le charbon avant de le laver. »

Clémence avait menti. Roseline ne lui avait pas donné d'adresse. Mais elle ne voulait pas inquiéter sa logeuse.

Celle-ci reprit :

« Si vous voulez, pendant que vous serez au travail, je pourrai garder votre petite. Il faudra bien que quelqu'un s'occupe d'elle en votre absence. Je ne prendrai que quelques sous par jour. Moi, ça me fera toujours un peu plus pour les fins de mois. Et vous, ça vous laissera les mains libres.

— J'y réfléchirai », répondit Clémence.

Dès le lendemain, elle se mit à la recherche d'un travail. À vrai dire, travailler à la mine ne la tentait pas. Toutefois, par curiosité, elle se dirigea vers la fosse et demanda où se trouvait le triage. Un homme d'une cinquantaine d'années, habillé comme un bourgeois, lui indiqua la direction. Quand elle s'approcha du lavoir, elle croisa un groupe de femmes, les cheveux ceints dans des fichus crasseux, le visage et les mains presque aussi noirs que ceux des mineurs qu'elle avait croisés la veille.

Elle les apostropha :

« Excusez-moi, vous travaillez au triage ?

— Ça ne se voit pas ! s'esclaffa l'une d'entre elles en se tournant vers ses camarades. Vous sortez d'où, affublée comme vous l'êtes ? Ici vos beaux vêtements ne resteront pas propres très longtemps ! »

Clémence n'en demanda pas davantage. Elle tourna les talons et quitta le carreau de la mine sans regrets.

Elle partit alors vers le centre-ville, là où se trouvait le marché à son arrivée. Les rues étaient animées, les trottoirs bordés de magasins. Elle s'attarda devant quelques vitrines. L'une d'elles exposait des robes sur des mannequins. Elle se souvint tout à coup du jour où son père l'avait entraînée au Pont-de-Montvert en compagnie de Louise et d'Antonin pour acheter une robe d'anniversaire à sa mère. Ce jour-là, comme ils avaient tous été heureux ! Elle la première, qui avait découvert son père comme jamais il ne s'était révélé. Elle avait alors compris qu'un homme, sous ses allures austères et autoritaires, pouvait aussi recéler un cœur d'or. « Pourquoi n'ai-je pas rencontré un homme comme mon père ? se demanda-t-elle au fond d'elle-même. Pourquoi a-t-il fallu que j'épouse l'homme le plus vil de la terre ? Pourquoi Armand n'a-t-il pas survécu ? »

Perdue au milieu des badauds, Clémence errait sans plus trop savoir ce qu'elle cherchait. Amandine, qu'elle avait confiée à sa logeuse, lui manqua subitement. Elle seule était capable de lui réchauffer le cœur quand dans sa vie il faisait froid, de lui redonner un peu d'espoir quand dans son âme il faisait nuit.

Elle se secoua et fit le tour de la ville en quête d'un café, d'un restaurant, d'un hôtel où on l'embaucherait pour le service. Partout ce fut la même réponse :

« On n'embauche pas, mademoiselle. Par les temps qui courent, vous savez, les clients se font rares. Alors on n'a pas besoin de main-d'œuvre supplémentaire. Voyez la compagnie. Elle seule peut vous embaucher.

Encore que, ce sont les hommes qui manquent le plus, pas les femmes ! »

Découragée, à la fin de la journée, elle revint chez sa logeuse, l'âme en peine. Lui confiant son enfant, celle-ci lui dit :

« Je vous avais prévenue ; vous feriez mieux de retourner à la mine ! J'ai donné à manger à la petite. Je me suis dit que ça vous fera autant de gagné.

— Merci, madame. C'est très gentil de votre part.

— Oh ! appelez-moi Madeleine ! Moi, je vous appellerai Clémence. Vous pourriez être ma fille. »

La chambre que Madeleine Troupel louait à Clémence était située sous les toits de sa modeste maison. On y montait par un escalier extérieur, de sorte qu'on n'avait pas à entrer dans le logement de la propriétaire pour y accéder. Un petit balcon longeait la façade nord de la maison, sur lequel donnaient deux portes mitoyennes.

« Ah ! oui, j'ai oublié de vous dire, ajouta Madeleine Troupel quand Clémence prit congé, à partir de demain vous aurez un voisin. J'ai loué la chambre d'à côté à un mineur qui vient d'arriver et qui cherchait aussi à se loger. »

Clémence ne releva pas la remarque de la logeuse. Elle poussa devant elle son enfant et s'enferma dans sa chambre.

Celle-ci était rustique mais il n'y manquait rien. Un grand lit recouvert d'un édredon, une armoire antique, une commode, deux chaises et une petite table en constituaient le mobilier. À côté de la fenêtre, un petit fourneau en fonte et, accrochés au mur, quelques ustensiles de cuisine. Un évier accueillait une cuvette et un broc émaillés. Des doubles rideaux et des rideaux habillaient la fenêtre. Pour un peu, Clémence aurait jugé cette chambre meublée plus confortable que celle qu'elle avait quittée à Bellecoste.

Néanmoins, le soir, une fois Amandine endormie, elle ne put s'empêcher de réfléchir à ce qui lui arrivait. Seule avec son enfant, sans argent, réfugiée chez une étrangère qu'elle ne connaissait pas deux jours plus tôt, perdue au cœur d'un bassin minier dont elle n'aurait jamais imaginé la laideur, elle sentit tout à coup toute la misère du monde lui tomber sur les épaules. Or elle ne pouvait songer à rentrer à Lassagne. À cette seule pensée, l'image d'Émile lui revenait aussitôt à l'esprit. Et, avec elle, toutes celles qu'elle essayait d'effacer de sa mémoire.

Comment avait-elle pu supporter sur sa peau le contact de son corps flasque, enfiévré de désir? Elle avait beau se tenir loin, très loin sur les rives de l'indifférence, le regard fixé sur ses prairies, sur ses cimes herbeuses aux parfums enivrants, elle ressentait malgré elle sa semence glaciale s'épancher dans son ventre meurtri. Son haleine puante lui soulevait le cœur. Et, quand il cherchait sa bouche, le contact de sa langue sur ses lèvres hermétiquement closes lui arrachait des élans de dégoût. Dans chacun de ses ébats, elle se sentait misérablement esseulée. Son esprit chavirait et se laissait dériver vers d'autres rivages où d'énormes vagues venaient se fracasser en la projetant contre les récifs. Elle avait vécu à ses côtés comme un fantôme, sans rien lui donner, sans rien lui prendre. Car elle ne voulait rien lui devoir. « Que de temps perdu ! se disait-elle en songeant à ces deux années écoulées. Quel gâchis ! » Sa vie serait devenue un vrai cimetière si Amandine n'avait été là pour illuminer son chemin. Elle s'était échappée de cet enfer, sans savoir où son nouveau destin la mènerait. Mais elle avait la ferme conviction que là où elles se dirigeaient toutes les deux à présent, c'était la seule échappatoire au tunnel dans lequel elle s'était fourvoyée.

Le temps s'écoula, cicatrisant les plaies béantes de son cœur déchiré. Les premiers mois furent difficiles, car elle ne se faisait pas à cet univers de noirceur, clos, où rien ne ressemblait à ses horizons lointains. Même quand le ciel se dégageait, l'azur lui paraissait jaunâtre, comme un papier vieilli que le temps a altéré. Les hommes, les femmes, les enfants qui l'entouraient se ressemblaient tous. Ils portaient le masque de la souffrance, celle que la mine imprimait sur leur visage et incrustait dans leur peau.

Clémence dut se rendre à la raison. Pour survivre, elle se fit embaucher au triage où elle travaillait douze heures par jour, six jours par semaine. Avec ce qu'elle gagnait, elle avait tout juste de quoi payer son loyer, faire garder Amandine et acheter sa nourriture. Comme les mineurs, elle avait droit à une petite quantité de charbon pour se chauffer, mais cela ne lui suffisait pas. Aussi allait-elle grappiller dans la forêt voisine quelques branches de bois mort qu'elle trimballait tant bien que mal jusqu'à la maison de Madeleine Troupel. Ce n'était pas la misère ni l'indigence, mais son existence s'en approchait.

Chaque soir elle rentrait du triage exténuée, couverte de poussière noire qui s'incrustait jusque dans ses sous-vêtements. Elle avait beau laver à grande eau la robe et la blouse qu'elle portait, jamais elle ne parvenait à se débarrasser de la crasse qu'elle ramenait de la mine. Ses cheveux, malgré le foulard dont elle les enveloppait, étaient devenus misérables, ternes, couleur anthracite. Même l'éclat de ses yeux semblait s'être affadi à force de ne plus voir le soleil. Son teint était pâle et ses joues se creusaient de jour en jour. Au point que Madeleine commença à craindre qu'elle ne tombât malade.

« Êtes-vous sûre de tenir le coup ? lui demanda-t-elle un jour qu'elle la trouvait très affaiblie.

— Ça ira. C'est à cause des cadences et de ces poussières de charbon qu'on respire à longueur de journée. Je n'ai pas encore l'habitude. Ne vous inquiétez pas. »

En réalité, Clémence se privait de nourriture afin qu'Amandine ne manque de rien. Plusieurs fois de suite, sa petite était tombée malade. L'atmosphère qui régnait sur la ville ne lui convenait pas. Il fallut que Clémence l'amène chez un médecin qui lui prescrivit une longue liste de médicaments.

« Votre enfant fait de la bronchite, avait-il diagnostiqué. L'air d'ici n'est pas bon pour ses jeunes poumons. »

Clémence était désemparée. Elle ne pouvait songer à repartir. Pour aller où ? Avec quel argent ?

Elle avait dépensé une grosse somme pour soigner Amandine. Et elle ne la privait pas de viande ni de lait qu'elle achetait uniquement pour elle.

« Si vous tombez malade à votre tour, la prévint la logeuse, vous ne serez pas plus avancée ! »

Dans la chambre voisine de la sienne vivait un mineur âgé d'une petite trentaine d'années. Étant donné ses horaires, elle ne le voyait quasiment jamais, d'autant plus que, le dimanche, il restait rarement chez lui. Elle le croisait seulement de temps en temps. Ils s'étaient échangé trois paroles, par courtoisie. Elle avait remarqué chez lui un léger accent. Il avait remarqué chez elle la beauté de ses yeux pervenche malgré l'ombre qui les attristait.

Un soir, il l'invita à boire un verre dans sa chambre.

« Sans équivoque, s'empressa-t-il aussitôt de préciser. Je n'ai aucune arrière-pensée. Pour preuve, venez avec votre petite fille. Nous ferons plus ample connaissance. »

Sur ses gardes, Clémence refusa. Elle n'était pas prête encore à accorder sa confiance à un homme, eût-il l'apparence honnête.

Il ne s'en offusqua pas.

Les jours, les semaines passèrent. Il réitéra son offre à la Sainte-Barbe. Ce jour-là, toute la cité vivait dans l'effervescence de la fête des mineurs.

« Je vous invite à boire un verre en ville, lui proposa-t-il. Un jour comme aujourd'hui, vous ne pouvez pas refuser ni rester seule ! »

Clémence se laissa convaincre. Elle avait envie de sortir de son quotidien, de voir les lumières de la ville, de respirer un peu d'air frais.

« À une condition, lui dit-elle.

— D'accord, amenez Amandine avec vous. Elle ne nous dérangera pas. Au contraire !

— Non, ce n'est pas d'elle dont il s'agit. Je veux simplement que nous allions d'abord nous promener sur les bords du Gardon. La rivière descend de la montagne. Vous comprenez, elle transporte dans ses eaux un peu de mon pays.

— Si ce n'est que cela, nous commencerons par le Gardon. Mais couvrez-vous, car il ne fait pas chaud en cette saison pour se promener au bord de l'eau. Puis nous irons boire un verre chez Francis et manger un morceau. C'est moi qui vous invite. »

Clémence laissa Amandine aux bons soins de Madeleine Troupel. L'enfant toussait et craignait le froid et l'humidité.

Petit à petit elle s'abandonna à quelques confidences et raconta à son nouvel ami ce qui l'avait amenée à La Grand-Combe, sans rentrer toutefois dans les détails de sa vie privée. Elle lui cacha notamment qu'elle avait quitté son mari, lui expliquant seulement qu'elle était seule à élever son enfant.

« Et vous, je m'étonne que vous ne soyez pas sur le front en train de vous battre, comme tous les hommes de votre âge ! En fait, je ne connais même pas votre nom. Je sais seulement que vous vous prénommez José.

— C'est exact. José Hernandez. Je suis espagnol. C'est la raison pour laquelle je ne suis pas soldat. Mon pays, l'Espagne, est neutre dans ce conflit. C'est une chance pour moi, je le reconnais.

— Êtes-vous en France depuis longtemps ?

— Depuis trois ans. J'y suis venu peu avant que la guerre n'éclate.

— Vous n'avez pas eu peur qu'elle ne s'étende à tout le territoire ? Vous auriez pu rentrer chez vous !

— En Espagne, je n'avais pas de travail. En France, j'ai immédiatement trouvé de l'embauche à la mine.

Il manque tellement d'hommes ! J'ai d'abord travaillé dans le Pas-de-Calais. Mais, avec les menaces de guerre, j'ai préféré m'éloigner. Voilà pourquoi je me retrouve maintenant dans le bassin houiller des Cévennes. »

Ce soir-là, José Hernandez sut rendre à Clémence un peu de cette joie qui lui manquait depuis si longtemps. Elle regretta sur le moment de ne pas avoir fait attention à lui plus tôt.

« Vous avez dû mal me juger, lui dit-elle comme pour s'excuser de son impolitesse. Nous cohabitons sur le même palier depuis des mois et c'est tout juste si je vous ai adressé trois fois la parole.

— Je ne voulais pas moi-même vous importuner. J'ai bien compris que vous étiez malheureuse. Je n'avais pas à m'imposer. Mais, quand je vous ai vue si tourmentée, il y a quelques jours, je me suis dit qu'il fallait peut-être vous venir en aide, à ma façon. C'est pourquoi je vous ai proposé de vous divertir un peu.

— Vous avez bien fait. Il est vrai que ma vie, en ce moment, n'est pas facile. Heureusement ma fille est tout pour moi ! Elle m'apporte beaucoup de réconfort. Elle est mon seul soleil.

— Elle n'a plus son père ?

— Non. Il est mort au front avant sa naissance. »

José se fit discret. Il comprit que Clémence gardait jalousement en elle un mystérieux secret. À la fin de la soirée, il la raccompagna jusqu'à la porte de sa chambre et l'invita pour une prochaine fois.

« D'accord, répondit-elle en inscrivant un sourire sur son visage. Une prochaine fois. Merci encore pour cette belle soirée. »

20

José

Grâce à la présence de José, Clémence retrouva un peu de sérénité dans son existence. Celle-ci lui paraissait moins lourde, moins enténébrée. Certes, son travail à la mine était pénible et ne lui permettait pas de s'épanouir. De l'aube au soir, elle triait le charbon, usant continuellement ses ongles et la peau de ses doigts, toussant sans arrêt à cause des poussières qu'elle respirait. Autour d'elle ses camarades n'étaient pas mieux loties. Des fillettes de douze ans aidaient leur mère. En l'absence de leur père parti au front, certaines travaillaient déjà durement pour nourrir de nombreux frères et sœurs plus jeunes. Quelques femmes peinaient à la tâche. Elles paraissaient beaucoup plus que leur âge. Pourtant la plupart n'avaient pas cinquante ans. Mais leur visage portait déjà les stigmates d'une vieillesse précoce. Usées avant l'heure, s'époumonant au moindre effort, elles souffraient de rhumatismes, d'asthme ou de bronchite chronique à force de travailler dans la poussière et l'humidité par tous les temps. Plusieurs étaient veuves de guerre, ayant perdu leur mari au front. D'autres étaient veuves de la mine à la suite d'accidents survenus au fond. Toutes étaient plus ou moins marquées par le destin, car, lorsque ce n'était pas la disparition de leur mari qu'elles pleuraient, c'était celle d'un fils ou d'un père emporté par la silicose.

« Tu es jeune, lui disait souvent sa voisine de travail, une brave femme de mineur âgée d'une quarantaine d'années. Si tu le peux, échappe-toi de cet enfer. Va-t'en ! Sinon, comme nous, tu y laisseras ta santé. »

Clémence avait conscience des dangers. Mais, se disait-elle, « pour le moment, je n'ai pas le choix ».

Son principal souci était de pourvoir aux besoins d'Amandine. L'enfant allait maintenant sur ses trois ans. Elle parlait beaucoup, s'intéressait à tout. Clémence s'extasiait devant sa fille. Elle était son plus précieux trésor, son soleil dans ses nuits tourmentées. Néanmoins, sa frêle constitution l'inquiétait. L'air pur de la montagne lui manquait. La pâleur de son teint, la fragilité de ses bronches faisaient d'elle une enfant chétive.

« Elle est si mignonne ! ne cessait d'affirmer Madeleine Troupel. Ses yeux sont comme deux petites perles au milieu d'un visage d'ange. Il ne faudrait pas qu'elle tombe malade ! »

Amandine ressemblait beaucoup à sa mère. Elle avait les mêmes prunelles pervenche, le même regard mélancolique qui semblait se perdre dans ses songes, les mêmes cheveux dorés comme les blés des montagnes d'où elle venait. Mais dans son sourire, Clémence revoyait son père. Elle avait comme lui la même petite fossette au menton et la même façon de la regarder quand elle lui parlait. Avec elle, Clémence oubliait tous ses soucis et se revoyait au premier jour de sa rencontre avec Armand quand, par une matinée de brume, elle était allée rechercher le troupeau de son père sur les hauteurs d'estive, en compagnie d'Antonin.

Chaque fois qu'elle en avait les moyens, elle lui ramenait un bon morceau de viande de chez le boucher. Celui-ci avait pris Clémence en amitié et, lorsqu'il la voyait arriver, il sortait de sa réserve le meilleur morceau de bœuf qu'il gardait pour ses clients préférés, et en donnait plus à sa jeune protégée qu'elle ne lui en demandait, sans lui faire payer la différence.

« Ne la faites pas trop cuire, lui disait-il. La viande saignante redonne des forces. Je vous en ai mis un peu plus ; mangez-en aussi ; ça vous requinquera ! »

Clémence reprenait vie petit à petit. Elle oubliait la raison qui l'avait conduite à se réfugier dans le pays noir. Émile avait presque disparu de son esprit, en tout cas il n'était plus l'objet de ses craintes. Ce qu'il devenait, elle n'en avait cure. Sa seule préoccupation était le bonheur et la santé de sa fille.

José se montrait très prévenant à son égard. Le jeune Espagnol ne connaissait pas grand monde dans la cité minière, hormis ses compagnons de travail. Dès son arrivée, il avait ressenti une certaine méfiance de leur part. Plusieurs fois on lui avait reproché de ne pas être sur le front en train de se battre. Il avait beau expliquer que son pays ne participait pas au conflit, sa position paraissait trop privilégiée, surtout à ceux qui avaient un parent proche dans les tranchées. Un jour, un père qui venait de perdre son fils dans l'est du pays lui rétorqua violemment :

« Les étrangers, il faudrait les obliger à aller se battre pour nous. Pendant que nos enfants se font tuer, eux restent planqués à l'arrière et, en plus, ils courent après les femmes seules ! »

José prit la remarque pour lui. Plusieurs fois, en effet, on l'avait vu au café du quartier en compagnie de Clémence. Le dimanche après-midi, ils s'y rendaient de temps en temps pour se distraire. L'ambiance et le cadre ne plaisaient pas trop à Clémence, mais la compagnie de José la rassurait. Autour d'eux, les hommes, tous des mineurs, buvaient du vin et de l'alcool, et fumaient beaucoup. Certains jouaient aux fléchettes au fond de la salle, tandis que d'autres, assis autour des tables, jouaient aux cartes pendant des heures. On y parlait fort, on commentait l'actualité du front, on déplorait le nombre des victimes, on commençait à s'impatienter de la tournure que l'état-major donnait au conflit. Beaucoup reprochaient la lenteur de l'intervention des forces américaines, alors que les Russes avaient retiré leurs troupes à la suite de la révolution bolchevique.

Un jour, un habitué du café déclara à la cantonade :

« Heureusement que les Italiens se battent à nos côtés ! Eux, au moins, ne se sont pas dégonflés, alors qu'ils étaient alliés aux Boches. C'est pas comme ces pourris d'Espagnols ! Ceux-là, ils sont tout juste bons à venir piquer le boulot que nos enfants ont dû abandonner pour aller se faire trouer la peau. C'est une honte ! »

Clémence sentit que le ton montait dangereusement. Elle posa sa main sur celle de José pour lui signifier de garder son calme.

« Je me demande ce que les filles seules feraient si les Boches nous occupaient. Pour sûr que certaines d'entre elles coucheraient avec eux. Toutes les mêmes! Dès que les maris ont le dos tourné, elles en profitent et leur font porter les cornes. Même avec les étrangers qui se disent de notre côté!»

Clémence devint livide. Cette fois, c'est elle qui se sentit interpellée.

«Allons-nous-en!» dit-elle, en serrant la main de José.

Celui-ci se leva et s'approcha de l'homme qui tenait à dessein des propos xénophobes.

«C'est pour moi que tu racontes ces âneries?

— Pourquoi pour toi? Je disais cela pour ceux qui se sentent les premiers concernés.

— Tu sais bien que je suis espagnol. Et je vais te dire une chose: si les étrangers n'étaient pas là en ce moment pour sortir le charbon de vos mines ou pour faire tourner vos usines en l'absence des hommes mobilisés, ton pays manquerait encore plus de tout. Et tu n'aurais même plus de quoi te chauffer.»

José sentait la colère lui monter à la tête.

«Viens! répéta Clémence. Je ne veux pas d'histoires.»

Elle le tira par le bras. Il se laissa convaincre.

«Tous les mêmes, ces Espagnols! poursuivit le mineur. Ils ont le sang chaud. Ils ne comprennent pas la plaisanterie. On ne peut rien leur dire!

— Tu as exagéré, Pierrot, lui dit un de ses amis. Tu n'aurais pas dû l'invectiver. Je le connais, moi, le José. C'est un brave type, un gros travailleur. Il abat plus de charbon que chacun d'entre nous ici. Et c'est un honnête homme.»

L'incident fut clos par le départ de José et de Clémence.

Sur le chemin du retour, celle-ci sentit son ami malheureux. Elle se rapprocha de lui, le prit par le bras, lui dit :

« Ne fais pas attention. Cet homme avait un peu trop bu. Il ne pensait certainement pas ce qu'il disait. Viens chez moi, nous allons prendre Amandine en passant chez Madeleine et nous allons lui préparer ensemble un bon goûter. »

De ce jour-là, Clémence se rapprocha de plus en plus de José. Celui-ci, très discret, attendait patiemment le moment opportun pour lui déclarer les sentiments qu'il entretenait à son égard. En réalité, il était tombé amoureux d'elle depuis qu'il l'avait rencontrée la première fois. Mais il se gardait bien de lui ouvrir son cœur, tant qu'il n'était pas certain de ne pas la heurter maladroitement.

Devant la porte close de Madeleine, il la prit dans ses bras et osa enfin lui parler :

« Je t'aime, Clémence. Je ne voulais pas te l'avouer de cette façon. Mais aujourd'hui je suis triste à cause de cette histoire pitoyable. Alors, j'ai besoin à mon tour de m'épancher. »

Clémence ne répondit pas. Elle appréciait bien José. Mais elle n'était pas encore prête à aimer. Les blessures qu'elle portait dans son cœur meurtri n'étaient pas totalement cicatrisées.

Elle caressa le visage de son ami, se hissa sur la pointe des pieds et se contenta de déposer sur ses lèvres un baiser.

De jour en jour, Clémence sentit naître en elle une émotion qu'elle n'avait pas éprouvée depuis longtemps. Certes, ce n'était pas cette attirance incontrôlable qui l'avait poussée dans les bras d'Armand ; son cœur n'était pas noyé dans un flot d'ivresse qui lui donnait le vertige. Mais son esprit était tout habité maintenant par des pensées agréables qui la réconfortaient, la réchauffaient de l'intérieur, nimbaient de rose les récifs engrisaillés du rivage où elle avait échoué.

José savait la rassurer et se montrait très attentionné envers Amandine à qui il consacrait beaucoup de temps. L'enfant le lui rendait bien. Son visage radieux s'illuminait dès qu'elle le voyait franchir le seuil de la porte.

« José ! José ! » lui criait-elle sans lui laisser le temps d'entrer.

Elle lui tendait les bras pour qu'il la prenne et l'embrasse. Puis elle ne cessait de le solliciter pour qu'il s'amuse avec elle.

« Tu es un vrai père pour elle ! lui dit un jour Clémence.

— Il ne tient qu'à toi que je le devienne vraiment. »

Clémence regarda José d'un air si attendri qu'il comprit sans mot dire le fond de sa pensée.

« Viens ce soir, quand Amandine sera endormie, lui dit-elle.

— Non, toi, viens ! Nous laisserons nos portes entrouvertes. Nous pourrons l'entendre si elle appelle. »

Ce soir-là, Clémence ouvrit les vannes de son cœur. Il y avait trop longtemps qu'elle éprouvait le besoin de se sentir aimée, d'appartenir de son plein gré à l'homme qui lui tendait les bras. Elle voulait faire table rase du passé, effacer ses années d'avanies, vivre enfin sans contraintes, sans barrières, en toute liberté.

Elle rejoignit José dans sa chambre, dès qu'Amandine sombra dans le sommeil. Il avait préparé sa venue. Le poêle ronflait et répandait une douce chaleur. Tout était en ordre dans la pièce, rien ne traînait. Il avait dressé la table et allumé deux bougies comme pour un jour de fête. Un bouquet de fleurs colorées exhalait un parfum subtil.

« Mais j'ai déjà mangé ! avoua Clémence en souriant.

— Moi aussi, reconnut José. Qu'à cela ne tienne ! Nous recommencerons, ensemble. Ce soir, ce sera comme notre premier réveillon en amoureux.

— Les fêtes sont passées depuis bientôt un mois !

— Peu importe ! Aujourd'hui c'est notre Noël. »

José prit Clémence dans ses bras et l'embrassa longuement. Pour la première fois depuis longtemps, elle offrit sa bouche sans retenue et se laissa emporter dans un tourbillon de délices.

« Si nous passions à table ! proposa José en se reprenant le premier. Je n'ai quand même pas cuisiné pour rien !

— Hum ! ça sent drôlement bon chez vous, monsieur, plaisanta Clémence, revenue de son trouble.

— Vous allez manger la meilleure paella au monde, mademoiselle ! Dans ce plat, c'est toute l'Espagne qui s'offre à vous. »

Ils dînèrent en tête à tête, comme de jeunes amoureux follement épris l'un de l'autre, et se crurent attablés dans un restaurant de luxe un jour de fête. José versa du vin d'Alicante – son pays – et emmena

Clémence sur les rivages ensoleillés de la Méditerranée. Il ne tarissait pas de paroles pour lui faire découvrir les joyaux de sa terre natale, pour la faire rêver à des lieux mythiques dont elle n'avait jamais entendu parler.

Le vin aidant, elle se libéra totalement des chaînes qui la retenaient encore attachée aux geôles de son passé, et se laissa aller à l'aimer sans retenue.

Plein de prévenances, José la laissa venir à lui. Il l'amena délicatement au seuil de ses propres désirs. Sur le lit, il la déshabilla sans qu'elle émît la moindre réticence. Elle lui déboutonna elle-même sa chemise, glissa sa main sur sa poitrine, se donna à lui. Au moment où il voulut entrer dans son jardin secret, ivre d'extases, elle se cabra légèrement. L'image d'Armand lui traversa l'esprit. Il crut qu'elle se refusait. Elle se reprit, l'attira à elle, lui ouvrit enfin les portes de son corps. Elle sentit en elle couler une rivière apaisante qui lui réchauffa le cœur. Elle s'abandonna totalement et se perdit avec José dans les vertes prairies de son enfance.

Madeleine Troupel devina très vite la liaison qui unissait à présent ses deux locataires. D'emblée, elle leur proposa de faciliter leur installation. Elle expliqua à Clémence :

« Derrière l'armoire de votre chambre, il y a une porte qui donne accès à celle de M. Hernandez. Si vous le désirez, poussez l'armoire. Vous pourrez ainsi communiquer plus aisément, sans avoir besoin de sortir par le balcon. Si vous préférez, vous pouvez même aménager les deux pièces pour ne faire qu'un seul logement. Vous n'avez pas besoin de deux grands lits ; vous gagnerez de la place. »

Clémence rougit de confusion.

« Oh ! ce n'est pas la peine de vous cacher. Je sais ce que c'est. L'amour, c'est de votre âge. Et puis, je vous vois si heureuse depuis quelque temps ! »

José s'empressa de réaménager l'espace des deux pièces. D'un commun accord, ils décidèrent de garder la sienne comme chambre unique et de transformer celle de Clémence en cuisine, avec un coin nuit pour Amandine. Ils poussèrent donc l'armoire, dégageant la porte mitoyenne qu'ils laissèrent constamment ouverte. Sur le marché aux puces, José fit l'acquisition de quelques petits meubles de rangement supplémentaires et d'un vieux divan que Clémence recouvrit aussitôt d'une housse neuve. Enfin ils proposèrent de rafraîchir les murs d'une couche de peinture, ce que Madeleine accepta volontiers.

« Je vous fournirai le matériel et la peinture », insista-t-elle.

Clémence semblait recommencer une nouvelle vie.

Certes, elle n'éprouvait pas pour José le grand amour qu'elle avait connu avec Armand. Celui qui rend fou et déracine même de ses attaches. Son cœur n'avait pas chaviré dès le premier instant où ses yeux avaient croisé les siens. Mais José l'aimait tendrement, avec beaucoup de sincérité. Et il se comportait comme un père avec Amandine.

En réalité, Clémence avait besoin d'être aimée et d'offrir aussi tout l'amour qu'elle avait en elle. De plus, elle craignait toujours l'éventualité qu'Émile ne la retrouve un jour. « Le hasard, parfois, fait mal les choses», pensait-elle. Que ferait-elle alors, seule, devant lui ? Comment réagirait-il ? Elle ne pourrait pas longtemps lui résister. Et il faudrait alors compter avec la médisance, car c'est elle qui avait quitté le domicile conjugal.

La présence de José à ses côtés la réconfortait et lui donnait l'assurance qu'avec lui elle ne craignait rien. L'amour qui les unissait lui rendait une certaine légitimité, même si – et elle savait bien qu'on le jugerait ainsi – ce dernier passerait toujours pour un amour adultérin. Mais se montrer au bras d'un homme bien considéré, un homme qu'elle avait appris à aimer et qui l'aimait, lui donnait maintenant toute la force nécessaire pour affronter d'autres obstacles.

Au travail, d'ailleurs, on la regardait avec plus d'égards depuis qu'on savait qu'elle vivait en couple avec José. Certes, des langues bien pendues ne se privaient pas de colporter que son enfant était issue d'un autre lit, mais la plupart de ses collègues de travail, la croyant fille mère, approuvaient qu'elle ait finalement trouvé l'homme de la situation.

«Quand vous serez mariée, lui dit un jour Madeleine Troupel, tout rentrera dans l'ordre. Personne n'osera plus vous jeter la pierre.»

Clémence ne releva pas la remarque de sa logeuse. «Mariée ! songea-t-elle. Si elle savait !»

Loin de là, Émile n'avait pas cherché à savoir ce que devenait sa femme ni où elle s'était enfuie. Sa colère semblait s'être apaisée. C'était, en tout cas, ce que pensaient Marie et Auguste. Il avait bien tenté de les questionner. Mais, devant l'ignorance non feinte dont ils faisaient preuve, il avait fini par abdiquer, se jurant bien qu'à la première occasion il ne se priverait pas de remplacer sa « garce de femme », comme il ne cessait de l'injurier, par une autre plus obéissante. Mais les occasions étaient rares à Lassagne. Au reste, tout le monde connaissait sa situation et savait quel genre d'homme il était, ce qui n'encourageait pas les candidates !

Un jour qu'il noyait une fois de plus son malheur dans l'ivresse, un maquignon éveilla son attention. Ce dernier venait de clore une affaire avec Auguste Pérol à qui il avait acheté quatre jeunes génisses et deux bœufs de labour prêts à être attelés à la charrue. Il s'entretenait avec un ami, assis au comptoir du café de Lassagne.

« J'ai entendu dire que sa fille était partie à La Grand-Combe, expliquait-il, en parlant d'Auguste. Connaissant les histoires de cette famille, je me suis bien abstenu de le lui dire. Qui sait comment il aurait réagi ? »

Émile tendit l'oreille. Nul doute, le maquignon faisait allusion à Clémence. « Celle-ci serait donc à La Grand-Combe ! » songea-t-il.

« J'ai un copain à la mine de la Forêt. Il la connaît bien. Elle travaillerait au triage. En tout cas, c'est ce qu'on raconte. Avec sa petite, elle ne passe pas inaperçue. Même qu'elle se serait mise en ménage avec un mineur, un Espagnol d'après ce qu'on dit. Quelle histoire ! Si l'Auguste savait ça ! »

Le cœur d'Émile se serra dans sa poitrine. Comment sa femme avait-elle osé lui infliger un tel affront ? Non contente d'être partie comme une voleuse sans laisser d'adresse, elle l'avait déjà remplacé !

« Quelle garce ! ne put-il retenir. Ma femme est une pute ! Une pute, je vous dis ! »

Les clients du café se retournèrent vers lui. Émile s'était levé et titubait, son verre à la main.

« Pourquoi dites-vous ça ? lui demanda le maquignon, amusé par le spectacle.

— Laisse tomber, intercéda le cafetier. Tu vois bien qu'il est complètement saoul. Il ne sait plus ce qu'il dit.

— Ta gueule, Jeannot ! Je suis peut-être bourré, mais j'ai bien entendu que ce monsieur parlait de ma femme.

— De votre femme ? s'étonna le maquignon.

— Parfaitement, ma femme. La fille de l'Auguste Pérol. Et je vous le répète : ma femme est une pute. C'est vous qui venez de le dire.

— Je n'ai rien dit de tel. Vous débloquez, mon brave !

— Vous venez de dire que la fille de l'Auguste Pérol vivait à la colle avec un Rital.

— Un Espagnol !

— C'est pareil. C'est un moricaud !

— Émile, coupa Jean Vergne, le cafetier, tu ferais mieux de rentrer chez toi et d'aller cuver. Quand tu auras retrouvé tes esprits, tu y verras un peu plus clair. »

Émile rentra chez lui, complètement aviné. Il bouscula sa mère qui tenta de lui venir en aide pour le monter dans sa chambre. Il rabroua violemment son père qui voulut, une fois de plus, lui faire la morale.

« Fous-moi la paix ! éructa-t-il. J'ai plus l'âge de me faire remonter les bretelles. Je bois si j'ai envie.

— C'est pas comme ça que ta femme reviendra ! osa ajouter Amélie Claret. Si elle te voyait dans cet état, elle partirait encore plus loin.

— Ma femme ! Je sais où elle est. Et je vais aller la chercher pas plus tard que demain.

— Comment peux-tu savoir ? Soûl comme tu es, tu délires, mon pauvre fils ! »

Émile s'effondra sur son lit.

Mais le lendemain, il tint parole et se mit en route pour La Grand-Combe.

Malgré l'état d'ébriété dans lequel il se trouvait la veille, il se souvenait parfaitement des détails de la discussion qu'il avait interceptée : La Grand-Combe, le puits de la Forêt, un Espagnol !

Il n'hésita pas un seul instant. À sa sortie de la gare, il se fit expliquer comment se rendre au puits de la Forêt. Là, il apostropha tous les quidams qu'il rencontra en chemin, leur demandant s'ils connaissaient un Espagnol. Beaucoup lui répondirent par la négative, d'autres lui répliquèrent :

« Des Espagnols, il y en a plus d'un dans le secteur ! »

Il ne pensa pas que Clémence pouvait travailler au triage. Lui-même était surpris par cet univers minier qu'il ne connaissait pas et n'imaginait pas que des femmes puissent être employées à la production du charbon.

Il erra toute la journée, guettant tout ce qui portait jupon. À plus d'une il demanda :

« Vous ne connaissez pas une jeune femme avec un enfant, qui s'appelle Clémence et qui vit avec un Espagnol ? »

Personne ne lui fournit d'informations précises.

Il passa la nuit dans un petit hôtel-restaurant du centre-ville et le lendemain matin, avant de reprendre sa quête, il pensa à se renseigner auprès de l'hôtelier. Celui-ci lui répondit :

« Un Espagnol, j'en connais bien un. Il vient de temps en temps le dimanche midi manger en compagnie d'une jeune dame et d'une petite fille. Ils forment une jolie petite famille ! Je crois savoir qu'ils habitent chez Madeleine Troupel. J'ai bien connu son mari dans le temps. Nous travaillions ensemble à l'abattage. Lui, il y est resté, pris sous un éboulement. Moi, j'ai eu la chance de reprendre ce petit commerce grâce à un héritage de ma femme.

— Madeleine Troupel, dites-vous ?

— Oui ; vous trouverez facilement sa maison près du carreau du puits de la Forêt. »

Cette fois, Émile tenait la bonne information. Tout concordait.

Il se rendit aussitôt sur le lieu indiqué par l'hôtelier bavard et se posta à l'affût.

L'attente fut longue. Clémence avait pris son poste à 5 heures du matin et ne rentrait qu'après 18 heures. Émile espérait la voir arriver seule. Il l'accosterait sans crier gare et profiterait de l'effet de surprise pour l'obliger à le suivre. Ils iraient prendre ses affaires et récupérer sa fille chez sa logeuse. Puis, donnant la preuve, si nécessaire, qu'il était son mari, il la contraindrait à lui obéir, dût-il faire appel aux gendarmes. « Abandon de domicile conjugal, se disait-il, c'est grave ! Elle est dans son tort. »

La nuit était déjà tombée depuis plus d'une heure lorsqu'il entendit au loin des bruits de pas et de conversation. Il resta tapi derrière un arbre pour ne pas se montrer. Un groupe passa devant lui sans le remarquer. Les visages étaient noirs de charbon. Les hommes portaient sur la tête une casquette rabattue sur leurs yeux, les femmes un fichu qui enserrait leurs cheveux. Dans la pénombre, il était difficile de les reconnaître. « Ils se ressemblent tous ! » pensa-t-il.

Il laissa passer plusieurs groupes. Parmi eux, il ne reconnut pas Clémence. Découragé, il allait rentrer bredouille à son hôtel, quand il aperçut deux personnes s'approcher, un homme et une femme. Celle-ci parlait joyeusement et riait quand son compagnon lui répondait.

Il reconnut la voix de Clémence. Son sang se glaça.

« C'est elle ! se dit-il. C'est Clémence. »

Sans réfléchir, il sortit de l'ombre sans penser à l'homme qui accompagnait sa femme. Il ne se contrôlait plus, ivre cette fois de colère et de ressentiments. Dans la nuit, sa silhouette se détacha comme une ombre chinoise. Clémence fut surprise. Elle s'arrêta de marcher la première, sentant le danger. Émile se trouvait à une dizaine de mètres devant elle, étouffant de rage. José cessa de plaisanter.

« Qu'est-ce qu'il y a ? demanda-t-il en retenant Clémence par le bras.

— Là ! répondit-elle. Devant nous. Émile. C'est Émile, mon mari ! »

José n'eut que le temps de réagir. Émile s'était emparé d'une barre de fer qui traînait par terre et fonçait sur lui comme un fou furieux. José esquiva le coup de justesse. Emporté par son élan et par le poids de la barre, Émile trébucha et lâcha prise. José en profita pour le saisir à bras-le-corps et le repoussa violemment. Émile roula à terre. Puis il se redressa, brandissant ses poings devant lui.

Derrière eux, Clémence restait pétrifiée. Elle ne comprenait pas ce qui se passait. Tout s'était déroulé si vite ! Comment ce diable d'Émile avait-il pu la retrouver ? Avait-il l'intention de tuer José ?

Les deux hommes s'étaient empoignés. Les coups pleuvaient de part et d'autre. Émile résistait malgré le handicap de sa jambe qui l'empêchait de se relever rapidement quand il chutait.

José reprenait son souffle, à moitié groggy, après avoir fracassé la mâchoire d'Émile qui gisait au sol. Il allait inviter Clémence à s'éloigner, ne se méfiant plus.

« Attention ! » fit soudain celle-ci.

Émile s'était redressé et brandissait au-dessus de sa tête la barre métallique qu'il avait ramassée. José s'écarta et lui arracha la barre des mains. Puis il l'abattit sur son dos.

Émile s'écroula.

« Il est mort ? » s'inquiéta Clémence, terrifiée.

José reprit son souffle, se pencha sur le corps inerte d'Émile.

« Non, il respire encore. Mais il a son compte. J'espère qu'il aura compris. »

Ils abandonnèrent Émile dans la nuit noire et dans le froid.

Quand celui-ci revint à lui, une lune blafarde illuminait les toits de la cité minière au-dessus desquels stagnaient de lourdes fumées qui sentaient le souffre. Perclus de douleurs, il regagna son hôtel. Il trouva porte close. Dehors, seuls les chats de gouttière osaient encore s'aventurer dans la nuit.

Il rejoignit la gare, boitant plus que de coutume, s'allongea sur un banc de la salle des pas perdus. Le lendemain matin, il prit le premier train pour Villefort, penaud et profondément vexé d'avoir été roué de coups devant sa femme.

« Elle me le paiera ! jura-t-il tout au long du voyage. Elle ne perd rien pour attendre. Et son sale Espagnol aussi ! »

Quand il fut de retour à Troubas, il monta directement dans sa chambre en jurant par tous les saints du calendrier qu'il se vengerait un jour. Puis il tenta d'oublier sa mésaventure en se noyant une fois de plus dans l'alcool.

21

Retour à Bellecoste

José se montrait d'une grande gentillesse envers Clémence, et d'une extrême patience. Il savait que seul le temps aiderait à refermer solidement ses cicatrices. Clémence demeurait fragile. Et son travail à la mine l'épuisait. Mais par ces temps difficiles, elle ne pouvait se permettre de ne compter que sur son compagnon pour vivre. Sa seule paie ne leur suffirait pas. De plus, elle-même n'était toujours pas certaine de son avenir. Elle n'entrevoyait pas comment sa vie allait s'infléchir. Son horizon s'obstruait chaque fois qu'elle tentait de faire toute la clarté en elle.

Les siens lui manquaient beaucoup. Depuis qu'elle les avait quittés, elle n'avait de nouvelles d'eux que par Roseline qui lui envoyait quelques rares lettres de temps en temps. Elle ignorait ce que devenait Louise et si René était toujours vivant. Elle avait appris le drame des parents de sa cousine : leurs deux fils, les propres frères de Roseline, morts à la guerre à quelques semaines d'intervalle, dont l'un sous les balles d'un peloton d'exécution ; des soldats français obligés d'abattre l'un des leurs ! Elle en avait été toute retournée et avait éprouvé de terribles remords de ne pouvoir monter les voir pour prendre part à leur chagrin.

José lui avait déconseillé de rentrer à Bellecoste.

« Ton mari saura que tu es revenue et il ne te lâchera plus ! » avait-il tenté de la convaincre.

Clémence s'était rendue à la raison.

Dans la cité minière, elle trouvait le temps long, la vie monotone. Le rythme de la ferme lui manquait cruellement. Elle éprouvait beaucoup de mal à suivre les cadences de travail, à se plier aux horaires contraignants. Elle avait l'impression de ne pas vivre pleinement, car, partant le matin avec la nuit pour le triage, elle n'en revenait que le soir au crépuscule. « Tout ce soleil perdu ! » pensait-elle. Elle avait beau songer à ses montagnes, à ses prairies, à ses bêtes qu'elle aimait bichonner à l'étable par grand froid, son esprit s'engrisaillait très vite, et elle semblait s'engluer dans les ténèbres tout au long de la journée.

Elle languissait de Louise et d'Antonin. Elle craignait pour son jeune frère. À dix-sept ans, il ne lui restait plus beaucoup de temps devant lui pour échapper à la machine de guerre. Elle n'ignorait pas que de jeunes recrues de dix-huit ans étaient maintenant envoyées sur le front.

« Pourvu que la guerre cesse bientôt ! se lamentait-elle souvent devant José.

— Avec l'arrivée des troupes américaines, ça ne devrait plus traîner longtemps », tentait-il de la rassurer.

Mais la guerre redoublait de plus belle et le pays tout entier ne finissait pas de s'enfoncer dans le deuil.

José savait que Clémence ne serait jamais totalement libérée. Mariée, elle ne pouvait pas vivre comme toutes les jeunes femmes de son âge. Et la présence d'Amandine à ses côtés était à ses yeux un obstacle supplémentaire. Or il l'aimait énormément et ne savait comment lui faire comprendre qu'ensemble ils pouvaient entamer une nouvelle vie.

« Si nous quittions La Grand-Combe ? lui proposa-t-il un soir qu'il tentait de la distraire de ses soucis quotidiens.

— Pour aller où ?

— Nous pourrions nous installer à Alès. Tu aurais plus de chance d'y trouver un travail moins pénible. Alès est une grande ville. Moi, je pourrais me faire embaucher dans une autre mine. Elles ne manquent pas non plus là-bas. »

Clémence aurait tout donné pour quitter l'univers de noirceur dans lequel elle travaillait. Mais elle avait peur, maintenant, de s'aventurer toujours plus loin de chez elle sans certitudes.

« Nous ne pouvons pas nous marier, je le sais bien, poursuivit José. Mais nous ne devons pas, pour autant, vivre comme des parias. Je veux que tu sois heureuse, Clémence. »

Elle se réfugia dans ses bras.

« Sais-tu ce que je souhaiterais ? poursuivit-il.

— Non.

— Avoir un enfant de toi. »

Clémence se dégagea de son étreinte, surprise.

« Un enfant ! Mais... j'en ai déjà un !

— Nous lui ferons un petit frère ou une petite sœur ! »

Clémence se rembrunit.

La proposition de José était si subite ! Certes, elle l'aimait beaucoup et, depuis Armand, elle n'avait jamais été aussi heureuse. Mais son bonheur restait entaché par quelque chose d'indélébile. Le fait de savoir qu'elle était toujours l'épouse d'Émile Claret la maintenait prisonnière.

«Je ne suis pas encore prête. Laisse-moi du temps. Mais, si tu veux, nous pouvons aller nous installer à Alès. Je ne m'y oppose pas.»

José ne montra pas sa déception. Il ajouta:

«Il faut d'abord que je m'y rende pour trouver de l'embauche et un logement. J'irai seul samedi prochain. Je demanderai un jour de congé.»

La rapidité avec laquelle il s'exécuta étonna Clémence. Elle comprit combien il l'aimait, combien il voulait tout faire pour la rendre heureuse. Elle s'en émut et réfléchit à sa seconde proposition: un enfant!

José ne mit pas longtemps à atteindre son but. On l'embaucha immédiatement au puits de Rochebelle et il trouva un petit logement dans le faubourg du même nom. C'était un quartier populaire d'Alès. Situé non loin du centre sur la rive droite du Gardon, il était très animé, et les gens lui parurent tout de suite très accueillants.

Ils quittèrent La Grand-Combe la semaine suivante et emménagèrent immédiatement dans leur nouveau logement. Celui-ci était un peu plus spacieux que les deux pièces de Madeleine Troupel et présentait l'avantage de se trouver près des commerces du quartier. De plus, le grand marché couvert d'Alès était à deux pas en traversant le Gardon par le pont de Rochebelle. De là, la ville s'étendait avec ses rues commerçantes, sa cathédrale, sa gare, ses hôtels et ses restaurants.

« Tout est à proximité, expliqua José, heureux d'installer Clémence et Amandine dans leurs nouveaux appartements. Oh ! ce n'est pas le luxe, mais c'est plus confortable qu'à La Grand-Combe. Et je vais te faire une autre surprise.

— Laquelle ?

— Je t'ai trouvé un travail plus agréable : serveuse au restaurant de l'*Hôtel de Paris*. J'ai menti un peu ; j'ai dit que tu avais déjà servi dans un café.

— Serveuse, dans un restaurant ! Je ne sais pas si j'en serai capable !

— Tu apprendras vite. Ils cherchaient quelqu'un immédiatement. Il fallait sauter sur l'occasion. Le seul problème, c'est qu'il te faudra traverser la ville pour t'y rendre. C'est près de la gare. Mais tu n'auras que le service du matin et du midi. »

Clémence se sentit rassurée. José avait pensé à tout.

C'était presque le bonheur retrouvé.

Le jeune couple vivait à nouveau au rythme de la vie des mineurs. Mais Clémence se sentait maintenant plus légère, plus sereine. Son ciel semblait enfin se dégager. Si José descendait toujours à la mine et lui occasionnait chaque matin cette terrible crainte qu'éprouvaient toutes les femmes de mineurs, elle, de son côté, se sentait renaître à la vie. Son nouvel emploi lui plaisait. Elle y côtoyait beaucoup de monde, des clients de toutes origines et d'horizons divers : des bourgeois de la ville, des hommes d'affaires, des représentants de commerce, rarement des hommes venus de la montagne. La guerre avait beau perdurer, les affaires ne connaissaient pas de trêve. Elle appréciait de travailler dans une tenue soignée, au milieu d'un cadre qui respirait le luxe. Le restaurant de l'*Hôtel de Paris*, en effet, était l'un des plus renommés de la cité cévenole. Ses patrons lui avaient imposé des consignes strictes qu'elle devait respecter à la lettre : se tenir à distance des clients, discrètement, mais toujours à leurs petits soins ; ses mains devaient être impeccables – ce qu'elle mit un certain temps à obtenir tant le charbon s'était incrusté dans ses pores et sous ses ongles – ; son langage devait être châtié. Moyennant quoi, elle pouvait accepter les pourboires, ce qui, dès la première semaine, lui permit de gagner une petite somme supplémentaire non négligeable.

« Je les mettrais de côté, dit-elle à José. Pour plus tard. »

Ce dernier se réjouissait de la voir subitement recouvrer le bonheur.

Le dimanche, ils allaient se promener sur les rives du Gardon, en aval de la ville, où les terres maraîchères s'étendaient jusqu'au bord de l'eau et venaient jouxter les premières habitations. Ce coin de campagne, même s'il ne ressemblait en rien à ses prairies d'estive, lui rappelait son univers agricole où la terre et l'homme vivaient en symbiose. En prenant la direction de Nîmes, elle pouvait apercevoir par temps clair les premiers contreforts du mont Lozère. Le massif paraissait très proche par forte luminosité. Elle se laissait alors transporter vers les lointains, imaginait son père, sa mère et son frère à Bellecoste. Bientôt le printemps allait éclore et, avec lui, ce seraient une explosion de senteurs et un jaillissement de mille couleurs. Les ruisseaux rouleraient en chantant leurs eaux cristallines sur les pentes du massif, se rassembleraient dans les valats en torrents impétueux dans lesquels les truites se joueraient du courant. Antonin devait avoir préparé ses lignes ! songeait-elle, le cœur chaviré d'envie d'aller se noyer dans l'ivresse de son haut pays.

Amandine grandissait et reprenait des couleurs. Certes, Alès et le quartier de Rochebelle n'étaient pas des havres salutaires pour sa santé fragile, mais elle s'y trouvait mieux qu'à La Grand-Combe. Les promenades dans les collines verdoyantes proches de Saint-Jean-du-Pin lui profitaient. L'air y était pur, vivifiant. Clémence y retrouvait un paysage qui ressemblait de loin aux pentes de son mont Lozère. Le dimanche matin, elle aimait pousser jusqu'au petit temple de ce village où, cinquante ans plus tôt, Louis Pasteur était venu remédier à la terrible maladie qui anéantissait les vers à soie dans les magnaneries.[1]

Avec l'arrivée du printemps, elle en oublia la réalité de la guerre qui, cependant, redoublait de plus belle. Les grandes offensives avaient repris car les états-majors voulaient en finir au plus vite. Partout on ne parlait plus que de la terrifiante bataille du Chemin des Dames. Les Allemands étaient à nouveau aux portes de Paris.

Mais, attirée par l'appel des cimes comme les troupeaux par l'appel des drailles, Clémence ne pensait plus qu'à une chose : remonter à Bellecoste.

Un soir, elle annonça à José :

---

1. *La pébrine; voir* L'Arbre d'or, *du même auteur, éditions De Borée, 2007.*

« Demain je rentre chez moi pour quelques jours. Mon patron m'a accordé un congé. Je prendrai le premier train pour Sainte-Cécile-d'Andorge, puis pour Florac. De là, je me ferai conduire au Pont-de-Montvert. »

Sa décision subite étonna José.

« Tu veux monter à Lassagne ? Demain ! Avec Amandine ?

— Oui. J'ai besoin de revoir les miens. Il y a trop longtemps que je ne leur ai pas donné de mes nouvelles. Ils doivent se faire un sang d'encre à mon sujet.

— As-tu pensé à Émile ?

— Oui, bien sûr ! Je ne crains plus rien maintenant. Tu es là et il sait tout.

— Veux-tu que je t'accompagne ?

— Non, je préfère y aller seule avec Amandine. »

Clémence était fermement décidée. Elle paraissait galvanisée par une force intérieure nouvelle qui la protégeait telle une armure indestructible que rien ne peut transpercer.

« Je m'arrêterai d'abord chez Roseline au Pont-de-Montvert », précisa-t-elle.

Le lendemain, elle se mit en route dès l'aube, laissant José dubitatif. Celui-ci craignait que sa compagne, en retrouvant son pays, n'ait envie d'y rester définitivement malgré la présence de son mari. Clémence avait tellement pris d'assurance depuis quelques semaines qu'elle semblait prête à présent à affronter son destin et à faire face à Émile, même si celui-ci se mettait encore en travers de son chemin.

La voie ferrée pénétrait dans les montagnes cévenoles dès sa sortie de la gare de La Grand-Combe-La Pise. Cette voie, qu'on appelait *la voie des cent tunnels*[1], laissait entrevoir des paysages grandioses, perchée parfois à des hauteurs vertigineuses, comme sur le viaduc de Chamborigaud ou celui de Villefort. Dans les courbes prononcées, par la fenêtre, Clémence montrait l'avant du convoi et la locomotive à la petite Amandine. Celle-ci s'extasiait, le nez collé à la vitre. Après Sainte-Cécile-d'Andorge, la ligne de Florac prenait vite de l'altitude. Le train peinait dans les côtes et toussait en poussant des sifflements stridents.

Au Pont-de-Montvert, Roseline ne les attendait pas. Surprise de leur arrivée impromptue, elle leur fit un accueil chaleureux. Elle tomba dans les bras de sa cousine, la larme à l'œil, et étouffa de baisers la petite Amandine.

« Mon Dieu ! comme elle a grandi ! » s'émerveilla-t-elle.

Les premières effusions passées, Roseline apprit à Clémence qu'elle s'était fiancée avec un garçon de la commune, et qu'ils attendaient la fin de la guerre pour se marier.

« Cette nouvelle a redonné un peu de joie à mes parents, avoua-t-elle. Depuis la disparition tragique de mes frères, ils n'étaient plus que l'ombre d'eux-mêmes.

— Comment s'appelle-t-il ?

1. *Voir* Le Chemin des larmes, *même auteur, éditions De Borée, 2004 et 2007.*

— Jean. Jean Lartigue. Ses parents exploitent une petite ferme dans la vallée. À sa dernière permission, il est allé aider mon père à Salarials. Il a immédiatement fait la conquête de mes parents.

— Tu as de la chance, Roseline ! Je suis heureuse pour toi.

— Pourquoi es-tu revenue sans prévenir ? Tu n'as pas peur de croiser ton mari à Lassagne ?

— Arrivera ce qui doit arriver ! Je ne peux pas continuer à vivre en me cachant éternellement. J'ai rencontré quelqu'un à La Grand-Combe.

— Je suis au courant. Ici les bruits vont vite.

— Alors, mes parents savent aussi ? Je ne leur ai jamais écrit depuis que je suis partie.

— Moi, j'ai toujours tenu le secret, comme tu me l'avais demandé. Mais je pense qu'ils doivent savoir. Pas où tu habites, mais que tu vis avec quelqu'un.

— Il s'appelle José. Il est espagnol. »

Clémence demeura quelques jours chez Roseline, le temps de se réacclimater, de retrouver ses repères avant de remonter à Lassagne.

Au bout de trois jours, elle se mit en route pour Bellecoste, Amandine accrochée à sa main. Lentement, par le chemin qu'elle connaissait bien, le long du ruisseau du Rieumalet et à travers les chaos granitiques, elle gravit les pentes du mont Lozère qui conduisaient vers le col de Finiels. Elle reconnut chaque pierre du chemin, chaque passage à gué. Son cœur battait d'allégresse. Mais, au fond d'elle-même, elle ne pouvait s'empêcher d'éprouver une certaine appréhension. Comment allaient réagir ses parents ? Comment les retrouverait-elle ? Auraient-ils vieilli ? Ne seraient-ils pas malades ? Une si longue absence pouvait lui réserver bien des surprises! Roseline, volontairement, n'avait pas voulu s'étendre sur le sujet.

«Ils vont bien, s'était-elle contentée de préciser. Comme on va à leur âge! La tragédie qu'ont vécue mes parents les a beaucoup affectés. Tu sais, je crois que ce ne sera plus jamais comme avant. Te souviens-tu quand nous faisions tous ensemble, chez toi, les foins puis la moisson? C'était avant la guerre, avant que le malheur ne s'abatte sur nous.

— Avant mon mariage», avait ajouté Clémence.

De fait, celle-ci s'attendait à quelque surprise. «J'aurais dû les prévenir!» se reprocha-t-elle subitement en s'approchant de Lassagne.

Elle arriva vers midi, alors qu'un soleil radieux dardait de ses rayons le toit de Bellecoste. Elle s'arrêta quelques minutes à une centaine de mètres de la ferme, prit sa fille dans ses bras, lui chuchota à l'oreille :

« Regarde, Amandine, c'est la maison où je suis née. C'est là qu'habitent ton grand-père et ta grand-mère, ainsi que tonton Antonin.»

La petite fille, tout intimidée, s'extasiait.

«C'est beau ici! fit-elle, en plaquant sa joue contre celle de sa mère. On va venir habiter ici avec José?»

La question surprit Clémence.

«Non, ma chérie. José et moi travaillons à Alès. Nous ne pouvons pas venir ici.

— C'est dommage! Moi, ça me plaît bien.»

Clémence embrassa son enfant. Sa chaleur lui rappela sa propre enfance, l'époque où sa mère la cajolait en la tenant dans ses bras, le visage enfoui au creux de son cou.

« Toi aussi tu es une fille de la montagne ! » lui dit-elle en essuyant une larme qu'elle n'avait pas pu retenir.

Dès qu'elle franchit le portail de la cour, Clémence entendit sa chienne, Châtaigne, aboyer. La brave bête avait gardé un bon flair mais marchait maintenant avec moins d'ardeur. Elle tournoya autour d'Amandine comme pour lui faire la fête et lui souhaiter la bienvenue.

« N'aie pas peur ! la rassura Clémence. Elle n'est pas méchante. »

Entendant du bruit dehors, Marie sortit la première de sa cuisine. À la vue de sa fille et de sa petite-fille, elle faillit lâcher la casserole de lait chaud qu'elle tenait encore à la main.

« Auguste ! s'écria-t-elle. Auguste, viens voir qui est là ! C'est Clémence ! Mon Dieu ! C'est Clémence avec sa petite ! »

Elle se précipita au-devant de sa fille, renversant du lait sur son tablier.

« Ma fille, viens donc que je t'embrasse ! »

Derrière elle, Auguste, le dos courbé, avançait à petits pas.

« Clémence ! s'époumona-t-il. Finis donc d'entrer. Ne reste pas dehors ! »

Clémence tomba dans les bras de son père après avoir longuement embrassé Marie. Elle s'aperçut immédiatement que celui-ci n'était pas au mieux de sa forme.

« Ça va, papa ?

— Oh ! ça va comme je peux.

— Il a les reins bloqués, précisa Marie. De violents élancements dans les lombes et de la sciatique. Le docteur lui a dit que c'était l'usure. Il n'y a rien à faire. »

Antonin arriva sur ces entrefaites et bondit de joie en voyant sa sœur et sa nièce.

« Alors, vous voilà de retour ! leur dit-il sans attendre.

— Pour quelques jours seulement, précisa Clémence. J'avais trop envie de revenir à mes sources et de vous revoir tous.

— Ah ! les racines, ajouta Auguste. Quand elles vous tiennent, elles ne vous lâchent pas. Nous sommes très heureux que tu sois revenue.

— Comme Amandine te ressemble ! ne put retenir Marie.

— Oui, José ne cesse de me le répéter.

— José ? »

Clémence comprit que ses parents ne savaient pas tout de sa situation. Elle précisa :

« José et moi vivons ensemble. Il m'aime beaucoup et il est un vrai père pour Amandine. »

Auguste se rembrunit.

« Décidément, marmonna-t-il, on vit une drôle d'époque ! »

Clémence ne releva pas la remarque de son père. Elle savait qu'il ne serait pas facile de lui faire admettre les nouvelles données de son existence. Vivre avec un autre homme que son mari, et avec un enfant né d'un premier amour, heurtait trop son sens de la morale.

Mais le bonheur de revoir sa fille et sa petite-fille l'emporta ce jour-là sur ses principes. Auguste tut son désaccord et s'efforça de ne pas ternir la joie que Clémence et Amandine apportaient par leur retour à Bellecoste.

La rumeur est incontrôlable et insaisissable dans les petits villages. Clémence n'était restée au Pont-de-Montvert que trois jours et n'était sortie qu'une ou deux fois en compagnie d'Amandine et de Roseline. Cela avait suffi pour qu'on les voie ensemble et qu'on colporte que la femme d'Émile Claret était de retour.

Et la rumeur vint évidemment jusqu'aux oreilles d'Émile qui avait toujours quelques bonnes relations, tout aussi peu recommandables que lui, prêtes à lui rapporter les bonnes comme les mauvaises nouvelles.

En l'occurrence, pour lui, ce n'était ni une bonne ni une mauvaise nouvelle. Simplement une opportunité pour remettre de l'ordre dans son existence dépravée. Car, sans avoir les principes moraux de son beau-père, Émile estimait tout simplement qu'une épouse devait être là où vivait son mari et qu'elle n'avait pas à traîner avec d'autres hommes loin de chez elle.

Apprenant la présence de Clémence au Pont-de-Montvert, il n'hésita pas une seule seconde. Sans prévenir ses parents de l'endroit où il se rendait encore, il se précipita chez Roseline dont il connaissait l'adresse.

Malheureusement pour lui, Clémence était déjà repartie la veille pour Bellecoste. Lorsqu'il frappa à la porte comme un fou furieux, déjà menaçant, Roseline prit peur. Elle comprit aussitôt la situation. Elle lui ouvrit, laissant la porte entrebâillée. Émile la poussa violemment et s'écria :

« Elle est ici ! Je le sais. Où se cache-t-elle ?

— Mais qui donc ? feignit d'ignorer Roseline.

— Fais pas l'idiote ! Tu sais de qui je parle. Dis-moi où elle se cache !

— Clémence n'est pas là ! Tu le sais bien.

— Tu mens ! On vous a vues toutes les trois dans le village.

— Elles sont déjà reparties. Elles ne sont pas restées longtemps.

— Reparties ! Où ça ? »

Émile ne se contrôlait plus. Pourtant, ce matin-là, il n'était pas encore ivre. Mais sa colère était terrible. Sans aucun égard pour Roseline, il fouilla toutes les pièces de fond en comble, mit la maison sens dessus dessous. Déchaîné, il renversa les chaises, balaya le dessus d'une commode d'un revers de bras, menaça :

« Si tu ne me dis pas où elle est, je fous tout en l'air !

— Elles sont redescendues à La Grand-Combe, mentit Roseline qui se doutait qu'Émile ignorait la nouvelle adresse de sa cousine.

— Si tu as menti, je reviendrai. Et tu le regretteras.

— Tu ne me fais pas peur, Émile. Pas moi ! »

Bredouille, celui-ci remonta à Lassagne. Il y parvint au milieu de l'après-midi. Il se dirigea sans attendre vers Bellecoste en prenant un raccourci.

Clémence et Amandine venaient de reprendre la route du retour. Leurs chemins s'étaient croisés sans qu'ils ne se rencontrent.

Émile menaça de nouveau. Auguste l'invita alors à constater par lui-même que sa femme n'était pas là.

« Elle est repartie depuis longtemps, lui affirma-t-il, en prenant sur lui de taire la vérité. Tu dois t'y faire, Émile. Tu n'as pas su garder ta femme. Elle t'a quitté. Tu l'as perdue. »

Quand Clémence constata les dégâts que son mari avait occasionnés chez Roseline, elle n'eut qu'une envie : rentrer rapidement à Alès.

« Décidément, je ne serai jamais plus en sécurité à Bellecoste ! » reconnut-elle.

Dès son retour à Rochebelle, elle se jeta dans les bras de José pour y trouver le réconfort dont elle avait besoin.

« Je veux bien, lui dit-elle, le soir, une fois au lit.

— Qu'est-ce que tu veux bien, ma chérie ? lui répondit José, inquiet de la sentir à nouveau si fragile.

— Que tu me fasses un enfant. »

22

L'acharnement du destin

Les événements semblaient se précipiter. Sur le front, les artilleries lourdes ne cessaient de pilonner les lignes adverses. Chaque camp avait hâte d'en finir, car, depuis les désertions et les actes de rébellion de l'année précédente, de part et d'autre les états-majors craignaient que le défaitisme ne gagne l'esprit des soldats. On avait déjà recensé plusieurs cas de fraternisation entre des groupes de pauvres bougres isolés dans leurs tranchées respectives. D'un côté comme de l'autre, les idées bolcheviques venues de Russie se répandaient dangereusement, les soldats allemands du front russe ayant été transférés sans attendre sur le front occidental. Si la guerre s'éternisait, pensait-on en haut lieu, il serait de plus en plus difficile de contenir les mouvements de contestation. Partout, en effet, gagnait l'idée que la guerre fratricide entre les peuples ne profitait qu'aux marchands de canons, et que défendre sa patrie n'était plus qu'un prétexte des hommes politiques pour se maintenir au pouvoir.

Dans sa petite école lozérienne, loin du tumulte et du chaos, Louise avait de plus en plus de mal à tenir à ses jeunes élèves des propos patriotiques. La plupart des pères de ces derniers étaient encore sur le front, pour quelques-uns depuis le début des hostilités. Certains de leurs frères avaient même entamé leur sixième année sous les drapeaux, étant partis à la conscription avant la déclaration de guerre. Elle ne trouvait plus d'arguments pour justifier leur présence loin de leurs foyers, ni pour expliquer les raisons qui poussaient les hommes de pouvoir à s'acharner devant l'horrible réalité.

Les lettres que lui envoyait René n'étaient pas pour lui remonter le moral, même s'il s'évertuait à lui cacher une part de la vérité, à cause de la censure. De son côté, elle ne cessait de le questionner, mais il répondait toujours évasivement. Elle comprenait, néanmoins, à travers ses non-dits, ses sous-entendus, ses silences, qu'il vivait des moments terribles.

L'enthousiasme de René était mort, lui aussi, au champ d'honneur. Les horreurs dont il était quotidiennement témoin – et de plus en plus acteur – avaient eu raison de son engouement pour le grand reportage. Au début du printemps, il lui avait écrit :

J'ai l'impression d'être un voyeur au pays de l'horreur lorsque, sous la mitraille et le tir incessant des canons, je prends des notes tandis qu'autour de moi mes camarades tombent dans d'atroces souffrances. Je ne sais pas ce que je ferai de tous ces carnets que je remplis. Les papiers que je rédige ne reflètent pas la réalité. Je crains qu'après la guerre, une fois la paix revenue, je ne puisse utiliser mes notes pour témoigner, tant l'horreur qu'elles renferment en filigrane m'est de plus en plus insupportable.

Louise s'inquiéta vraiment lorsque, après cette lettre, René ne lui adressa plus aucune nouvelle. Sa dernière permission remontait à plus de cinq mois. Elle s'attendait à ce qu'il lui annonçât la prochaine pour bientôt. Or plus de six semaines s'étaient écoulées sans le moindre mot de sa part. Elle avait beau lui envoyer plusieurs courriers par semaine, chacun d'eux restait lettre morte.

En réalité, René avait été sanctionné pour avoir écrit ce qu'il pensait dans un article que la censure militaire avait immédiatement écarté. Depuis, son courrier lui-même était sous étroite surveillance. Ni les lettres de Louise ni les siennes ne parvenaient à destination. Son capitaine en personne l'avait prévenu qu'il était relevé de ses fonctions de correspondant de guerre auprès des services armés. Dorénavant le sergent René Destrière n'était plus qu'un soldat ordinaire, astreint aux corvées et aux montées à l'assaut dans les mêmes conditions que ses camarades. Muni de son Lebel à baïonnette, de ses grenades et de son couteau pour le combat rapproché, il se retrouva brutalement confronté à une autre réalité : on ne lui demandait plus d'être le témoin pour encenser les héros, mais d'être, comme les autres, une machine à tuer, sans états d'âme, dépourvu de sentiments, sans aucune considération ni pour ses camarades dont il devait ignorer à présent les souffrances, ni pour ceux d'en face dont il reconnaissait volontiers la bravoure, la ténacité, la même rage de vaincre que celle de son camp.

Dès lors, René perdit toutes ses convictions. Il se mit à rêver d'un autre journalisme, de reportages auprès de ceux que l'humanité tenait dans l'ignorance ou dans l'oubli, ceux qui n'avaient aucune arme pour se défendre et pour se battre, et qui ne réclamaient rien d'autre qu'un peu de pain et de considération pour subsister.

Mais le jeune sergent Destrière souffrait de ne pouvoir se confier à celle qu'il aimait. Les faux silences de Louise lui avaient fait comprendre que tout ce qu'il écrivait était scrupuleusement détourné de son destinataire. Il finit par cesser de lui écrire et par rendre les armes, décidant de ne plus tirer une seule balle sur l'ennemi, de ne jamais dégoupiller ses grenades, de se contenter uniquement d'aider ses camarades en les couvrant et en les secourant.

Son attitude fut vite découverte par son lieutenant qui prit aussitôt des sanctions à son encontre. Il fut détaché de son unité et transféré dans un bataillon disciplinaire, où se retrouvaient de nombreux mutins qui avaient échappé aux pelotons d'exécution. Son nouveau lieutenant le prévint dès son arrivée :

« Ici, vous monterez toujours en première ligne. On vous envoie couper les barbelés avant l'assaut ou faire des repérages des lignes ennemies pendant la nuit. Vous y laisserez sans doute votre peau. Mais votre sacrifice permettra d'économiser des vies. Vos camarades vous en seront éternellement reconnaissants. N'attendez pas, toutefois, de recevoir, même à titre posthume, les honneurs de la patrie. »

René n'avait pas répliqué. Il savait qu'il ne servait à rien de redresser la tête.

Comme il s'était trompé, alors que, lui aussi, il avait cru faire son devoir pour son pays en tenant conjointement un fusil et un crayon dans les mains ! Comment avait-il pu être si naïf ? Il comprenait mieux à présent qu'il avait été utilisé, manipulé, qu'il n'avait été qu'un pion dans les mains de ceux qui, à l'arrière, ne voyaient rien des atrocités guerrières, claquemurés dans leurs bureaux devant des cartes d'état-major et des plans de stratégie militaire, quand ce n'étaient pas des comptes financiers pour l'évaluation des coûts de la guerre !

Dès lors, sa vie devint un enfer. Avec ses camarades rebelles, il fut envoyé au-devant de tous les dangers. Seule sa rage de revoir Louise lui servit de bouclier face aux balles ennemies et aux éclats d'obus qui décimaient les troupes à chaque nouvel assaut.

Clémence recevait de temps en temps des nouvelles de sa sœur. Elle lui avait transmis sa nouvelle adresse et lui avait fait part de son souhait de lui présenter José dès les prochaines vacances d'été.

Toi qui aimes la ville, lui avait-elle écrit, *je suis sûre que tu apprécierais beaucoup Alès. Peut-être qu'un jour tu pourras t'y faire muter ! René trouverait certainement un emploi de journaliste dans un journal local.*

Elle lui apprit aussi que, depuis deux mois, elle attendait un autre enfant.

C'est un merveilleux cadeau que José m'a offert en gage de son amour, avait-elle ajouté.

À travers les mots qu'elle avait écrits à sa sœur, Clémence laissait transparaître une certaine réserve. Louise s'en aperçut à la première lecture. Quelque chose la retenait d'exprimer totalement son bonheur. Certes, Louise n'ignorait pas que la situation de sa sœur était peu ordinaire. Être séparée de son mari, tout en ayant un enfant d'un autre homme et bientôt un second d'un nouveau compagnon n'était pas chose aisée à assumer. Les regards qu'on posait sur elle ne devaient pas manquer de reproches voire de jugements hâtifs. Mais que n'aurait-elle donné pour être à sa place auprès de l'homme qu'elle aimait, sans crainte d'apprendre sa mort d'un jour à l'autre !

Lorsque Clémence annonça la nouvelle à José, celui-ci bondit de joie.

« Nous allons former une vraie famille à présent, lui dit-il. Et, qui sait, peut-être, un jour, nous pourrons nous marier ! »

Clémence avait déjà songé au divorce. Mais pour cela il aurait fallu rencontrer Émile, lui faire accepter la décision sans attiser à nouveau sa colère ou son désir de reprendre ses droits. Étant donné sa réaction lorsqu'elle était remontée à Bellecoste au début du printemps, elle ne se faisait aucune illusion. Dans les familles paysannes, surtout catholiques comme les Claret, on ne divorçait pas facilement. On réglait ses différends conjugaux sans les étaler au grand jour, dans le pur respect de la morale chrétienne qui condamnait le divorce civil. Elle avait donc peu de chances qu'Émile accepte une telle décision. Au reste, elle n'envisageait même pas de soulever la question devant lui.

Elle aurait pu demander habilement à ses parents de le faire à sa place, mais, à vrai dire, elle n'osait entreprendre la démarche. Son père, lui aussi, avait ses principes, même si, chez les protestants, on ne repoussait pas systématiquement l'idée de divorce quand il n'y avait pas d'autres solutions envisageables.

Aussi Clémence se contenta-t-elle de répondre à José !

« Souhaiterais-tu la mort d'Émile ?

— Nullement ! Je ne souhaite la mort de personne, voyons ! Comment peux-tu dire cela ? Je pensais simplement qu'un jour vous pourriez vous séparer… plus officiellement.

— Le divorce, Émile ne l'acceptera jamais. Tu ne le connais pas. »

José n'insista pas. Mais il comprit, à demi-mot, que Clémence se résignait face à sa situation.

« Je l'aime plus qu'elle ne m'aime ! songea-t-il avec un brin de tristesse en son for intérieur. Moi, je remuerais ciel et terre pour elle ! »

Il dissimula sa déception. L'enfant qui s'annonçait dans quelques mois finirait peut-être par la convaincre qu'il lui faudrait un jour avoir le courage d'affronter la situation sans fuir devant la réalité.

« Émile ne pourra pas toujours penser te reprendre, ajouta-t-il. Avec les deux enfants qui ne sont pas de lui, comment pourrait-il encore prétendre être réellement ton mari ?

— Il aura toujours la loi de son côté.

— La loi, mais pas l'amour de sa femme ! »

José prit Clémence dans ses bras et l'étreignit longuement.

« Je t'aime, lui susurra-t-il dans l'oreille. Comme je n'ai jamais aimé avant toi. »

Il s'attendait à ce que Clémence lui dise les mêmes mots d'amour. Elle se contenta de répondre :

« Moi aussi. »

Jamais, elle ne lui avait offert ces deux petits mots auxquels il donnait tant d'importance : *Je t'aime*. Elle s'était toujours réfugiée dans une sorte de réserve pudique, de retenue qu'il comprenait mal. Certes, il savait qu'elle avait beaucoup aimé cet Armand Dubreuil avant lui, le père de sa fille. Elle ne lui avait jamais rien caché. Elle l'avait aimé comme on aime un premier amour, avec folie, démesure, déraison même, sans réfléchir aux conséquences de ses actes ni à la peine qu'on fait aux siens tant l'aveuglement isole, coupe du reste du monde, rend exclusif, égoïste. Mais tout cela était passé maintenant ! Armand était mort. Elle en avait fait son deuil puisqu'elle s'était offerte à lui et avait même accepté de lui donner un enfant. Quelle plus belle preuve d'amour !

Alors, pourquoi lui refusait-elle ces deux petits mots qu'il attendait tous les jours et qu'il attendrait, s'il le fallait, jusqu'à la fin de sa vie ? Car, lui, il l'aimait sans retenue, avec tout son passé et tout son passif.

L'été avait éclos dans toute sa splendeur et inondait les montagnes d'un jaillissement de couleurs. L'air brasillait sur les hauteurs, saturé de l'odeur des pins, des chênes et des châtaigniers. Au petit matin, quand Clémence se rendait à son travail, la lumière ruisselait en cascades jusqu'à l'eau du Gardon qui commençait à se raréfier. Alors, elle aimait flâner quelques instants sur les rives de la rivière qu'elle traversait deux fois par jour. Elle s'attardait sur le pont pour regarder les lavandières rincer leur linge en chantant. De retour, au milieu de l'après-midi, son service terminé, elle les accostait parfois pour discuter avec elles. Ces femmes humbles lui rappelaient celles de son village qui se retrouvaient chaque mois autour du lavoir communal. Comme elles, elles chantaient en battant leurs draps dans l'eau froide du bassin, elles bavardaient beaucoup, plaisantaient en se moquant souvent de leurs hommes, tous des paysans aguerris.

Toutefois, l'heure n'était plus à la plaisanterie. Les lavandières alésiennes, comme toutes les femmes du pays, souffraient de l'absence de leur mari ou de leurs fils, et leurs chants exprimaient leurs craintes et leurs souffrances.

Ces quelques instants passés au bord de la rivière et volés au temps permettaient à Clémence de ne pas perdre le lien avec sa famille, avec son pays, et de se dire qu'au fond elle n'était pas la plus à plaindre, puisqu'elle se savait aimée, qu'elle avait son enfant à ses côtés, qu'elle allait à nouveau donner la vie.

Seule la pensée d'Armand l'attristait encore de temps en temps, quand elle se perdait à remonter le passé.

La naissance de son enfant était prévue pour le début de l'année suivante. Mais déjà, après quatre mois, elle sentait son ventre se convulser. Pour ne pas inquiéter José inutilement, elle lui cacha ses craintes et tâcha d'oublier le danger qu'elle et l'enfant encouraient si elle ne se ménageait pas.

Son travail la contraignait à rester debout de longues heures et à ne pas compter ses pas. Elle se fatiguait vite et avait conscience que son service en pâtissait. Lorsqu'il ne lui fut plus possible de dissimuler son état sous des vêtements amples, elle dut avouer à son patron qu'elle était enceinte. Celui-ci fit grise mine.

« Vous serez donc obligée de nous quitter ! la prévint-il. Mais je ne vous chasse pas. Restez à votre poste tant que vous vous en sentez capable. »

Sous ses airs bourrus, l'hôtelier faisait preuve d'une grande mansuétude envers sa jeune employée. Quand il arrivait à Clémence de laisser échapper une assiette ou un plat, il fronçait ses sourcils broussailleux, se raclait la gorge, mais ne lui faisait jamais aucune remontrance devant les clients. Il se contentait de lui dire discrètement dans les communs :

« La prochaine fois, faites attention ! S'il vous arrivait un jour de tacher la veste d'un client ou la robe d'une dame, je me verrais dans l'obligation de retenir les frais de nettoyage sur vos gages. »

Mais il ne le faisait jamais pour la vaisselle cassée !

Avec la chaleur de l'été, Clémence éprouvait de plus en plus de difficultés à tenir le rythme dans son service. Son état s'affaiblissait de jour en jour, au point qu'elle crut avoir contracté un quelconque microbe qui lui enlevait toute son énergie.

Le médecin qu'elle consulta la rassura :

« Vous êtes légèrement anémiée, madame. Votre enfant puise déjà beaucoup dans vos propres forces. Il faut manger davantage. Et vous reposer le plus possible. Dès que vous en serez à votre sixième mois, il serait sage de vous arrêter de travailler afin de garder l'enfant le plus longtemps possible. Il ne serait pas raisonnable de ne pas atteindre le huitième mois. »

José ne savait plus que faire pour elle et l'enfant qu'elle portait. Il lui proposa de cesser son travail. Mais elle refusa.

« Ça peut encore attendre », objecta-t-elle.

Chaque matin, de bonne heure, une fois José sur le chemin de la mine, Clémence confiait Amandine à une voisine. Puis elle se dirigeait vers le Gardon et, après avoir pris un grand bol d'air descendu de ses montagnes, elle se rendait à l'*Hôtel de Paris*.

Quand elle repensait aux mois qu'elle avait passés au triage de La Grand-Combe, elle se sentait maintenant privilégiée. Elle travaillait dans une tenue soignée, toujours bien coiffée, les cheveux tirés en arrière et maintenus en chignon, les mains et les ongles impeccables. Elle poussait même la coquetterie en soulignant l'ovale de ses yeux d'un trait de crayon et en rehaussant le teint de son visage d'un léger voile de fard ambré. Jamais elle n'avait été aussi belle, aussi désirable. Son état ne faisait qu'accroître le charme qui émanait d'elle. Dans la salle de restaurant, les clients ne voyaient qu'elle et ne se privaient pas de l'appeler pour de futiles prétextes. Elle n'hésitait pas à leur rendre les petits services qu'ils lui demandaient, à la grande satisfaction de son patron dont elle avait fait aussi la conquête.

« Dire que je pourrais encore trimer les mains dans le charbon, à respirer un air malsain dans la poussière et l'humidité ! » reconnaissait-elle, quand elle s'abandonnait dans les bras de José.

Celui-ci rentrait souvent épuisé de la mine. Dix heures par jour à l'abattage étaient un travail éreintant. De plus, les galeries dans lesquelles il opérait étaient étroites et le danger d'éboulement permanent. Les mines cévenoles étaient faillées et les filons pas toujours faciles d'accès. Il fallait aux boiseurs beaucoup d'ingéniosité pour soutenir le plafond de certains boyaux. Et, lorsque leurs étais étaient tous placés, il restait peu de place aux piqueurs pour circuler en rampant et avoir accès aux veines.

José affirmait qu'il ne ferait pas ce travail toute sa vie, qu'il n'était pas fait pour ce dur labeur et qu'il reprendrait un jour son métier d'autrefois. Lorsque Clémence le questionnait sur son passé, il se refermait et détournait la conversation. Elle finit par comprendre qu'il ne tenait pas à parler de lui, de ce qu'il faisait jadis avant d'arriver en France, ni de la raison pour laquelle il avait fui son pays.

Un soir, il lui avoua néanmoins :

« J'aime la France. C'est une république. Le plus beau des régimes politiques. »

Clémence insista :

« Tu es républicain. C'est pourquoi tu es venu en France ?

— Disons que mes activités, dans mon pays, étaient un peu trop voyantes et pas très appréciées. Je préfère ne pas en parler. »

Clémence n'insista pas. Mais elle se dit qu'elle finirait bien par percer le secret de l'homme qu'elle aimait.

Les touffeurs du mois d'août étaient à leur paroxysme, l'air épais comme un sirop de miel. Dans la cité alésienne, les habitants restaient tapis à l'ombre, à l'affût de la moindre brise. La rivière elle-même semblait alanguie dans son lit appauvri, où les herbes jaunies finissaient de se dessécher. Clémence respirait mal et ne cessait de s'éponger le front. Son corps tout entier ruisselait de sueur.

Ce jour-là, elle était de repos et s'occupait d'Amandine qui ne cessait de lui réclamer d'aller se promener dans les collines.

« Pas aujourd'hui, ma chérie ! lui répondit-elle. Il fait trop chaud. Et je crois que l'orage menace. »

Dans son petit appartement, l'air devenait vite irrespirable. Donnant dans une ruelle à proximité de la rue principale du faubourg, le logement ne s'ouvrait sur l'extérieur que par deux petites fenêtres étroites. Pour créer un courant d'air, Clémence laissait sa porte ouverte sur le palier, ce qui incitait Amandine à aller jouer dans l'escalier avec ses petites copines de l'immeuble.

Comme chaque matin, José était parti à l'aube. Le carreau de la mine n'étant distant que de cinq minutes, il ne perdait pas de temps, le soir, en rentrant. Dès son arrivée, il aimait sentir les bonnes odeurs de cuisine. Une fois lavé et débarrassé de ses habits poussiéreux, il passait à table sans attendre. À son retour de l'hôtel, Clémence n'avait que le temps de préparer le repas.

Ce soir-là, selon son habitude, elle se mit à la cuisine tout en jetant un œil sur sa fille qui jouait sur le palier. Comme tous les jours, quand José rentrerait, l'enfant se jetterait dans ses bras, ne s'embarrassant pas de précautions pour éviter de se salir.

Clémence rêvassait en épluchant les légumes pour la soupe. Son esprit vagabondait dans les prairies de son enfance où, à l'heure qu'il était, elle se serait trouvée à côté de ses bêtes, si elle n'avait pas eu la vie qu'elle menait à présent. Chaque fois qu'elle repensait à Bellecoste, son cœur se serrait, les larmes lui montaient aux yeux, sa gorge se nouait. Elle devait alors prendre sur elle-même pour ne pas se laisser envahir par les regrets et la tristesse.

« Suis-je vraiment heureuse ? » se demandait-elle parfois en se lamentant sur son sort.

Soudain, un grondement ébranla le silence pesant de l'après-midi. Clémence sortit de sa rêverie. « L'orage arrive ! pensa-t-elle. José va se tremper en sortant. »

Bientôt, la sirène de la mine retentit. Elle consulta le cadran de l'horloge. Ce n'était pas encore l'heure de la remontée des équipes de jour.

La sirène se fit insistante.

Déjà, dans l'escalier, des femmes de mineurs s'affolaient.

« Il est arrivé quelque chose ! s'exclama l'une d'elles.

— Un accident ! s'écria une autre.

— Allons voir ! »

Dans la rue principale, une foule inquiète accourait déjà en direction du carreau de la mine.

« Reste là bien sagement ! ordonna Clémence à Amandine. Je vais voir ce qu'il se passe. »

Elle se débarrassa lestement de son tablier, enfila des chaussures et se mêla aux autres femmes qui, affolées, se précipitaient vers le chevalement de la fosse.

La sirène n'avait pas cessé. Sur le carreau, des hommes tentaient d'arrêter les femmes venues aux nouvelles. La cohue ne cessait de s'amplifier.

« Dites-nous ce qu'il s'est passé ! hurlaient les premières arrivées. Nos hommes sont au fond. Nous avons le droit de savoir. »

Un ingénieur des mines, en costume sombre et cravate de soie, sortit de son bureau et tenta de calmer la foule qui s'était agglutinée.

« Ne vous inquiétez pas. Nous faisons le nécessaire. Une équipe de secours est descendue. Nous l'attendons d'un moment à l'autre. Pour l'instant, nous ne savons rien de précis. Il y a eu seulement un fort grondement dans une galerie. Je ne peux vous en dire plus pour le moment. Sauf qu'il ne s'agit pas d'un coup de grisou. De cela, nous sommes certains. »

C'était la première fois que Clémence se trouvait vraiment confrontée aux risques de la mine. Elle prit soudain conscience, dans toute sa mesure, du danger qu'encourait José chaque jour en descendant au fond.

« Mon Dieu ! pria-t-elle. Pourvu qu'il ne lui soit rien arrivé ! »

Au bout d'une heure, les premiers hommes ressortirent du puits, l'air complètement abattu, entièrement recouverts de poussière de charbon. Certains, blessés, se faisaient aider par leurs camarades, d'autres avaient peine à respirer et toussaient pour expulser ce qui obstruait leurs bronches.

On avança des brancards.

« Laissez passer ! Écartez-vous ! » criaient les secouristes.

Les rescapés sortaient les uns après les autres, pitoyables, exténués.

« Il y en a encore qui sont coincés au fond, expliqua l'un d'eux.

— Mais que s'est-il passé ? demanda enfin Clémence.

— Un éboulement dans la zone d'abattage. Les étais n'ont pas tenu, le plafond s'est effondré.

— Mon Dieu ! José ! Avez-vous vu José ? José Hernandez.

— Non, pas vu.

— Il travaille à l'abattage.

— Alors, il était en première ligne ! »

Clémence sentit ses forces l'abandonner. Elle eut soudain l'impression de ne plus pouvoir retenir l'enfant qu'elle portait en elle. Elle s'effondra.

Des mains compatissantes l'accueillirent.

« Venez. Ne restez pas là, madame.

— José ! Je veux savoir. »

On la conduisit à l'écart. Elle but un peu d'eau, se rafraîchit le front, le visage.

Les derniers rescapés venaient de sortir. Tous les hommes du fond n'étaient pas présents. Il en manquait une bonne douzaine.

Tard dans la soirée, les secours en remontèrent encore sept, tous grièvement blessés, mais vivants.

Les cinq derniers furent extraits de leur tombe au petit matin.

José était parmi eux.

23

Résignation

Le désespoir de Clémence était à son comble. Le sort semblait s'acharner sur elle, cruellement, aveuglément. Elle en aurait presque envié la situation de ces femmes qui avaient un mari au front, à l'épreuve de tous les dangers, mais vivant. Elle ne comprenait plus les raisons de tous ses tourments, quel était le but de son existence, de la vie en général.

« À quoi bon vivre, se disait-elle au plus profond de sa détresse, si c'est pour perdre les êtres qu'on aime les uns après les autres ? Pourquoi Dieu plonge-t-il les hommes dans le malheur ? Qu'avons-nous fait pour mériter un tel châtiment ? »

Après l'inhumation des victimes de la catastrophe minière, Clémence perdit complètement le goût de vivre. Elle éprouvait toutes les peines du monde à masquer son immense chagrin à Amandine et à s'occuper d'elle comme si rien ne s'était passé. La petite fille, ne voyant plus celui qu'elle avait fini par appeler « papa », interrogeait sans cesse sa mère. Celle-ci lui avait caché l'accident pour ne pas la tourmenter inutilement. Elle avait préféré lui mentir :

« José a dû s'absenter. Il est parti dans son pays voir sa famille. »

Crédule, l'enfant s'était vite contentée d'une telle explication. Mais elle ne comprenait pas le chagrin ni les larmes qu'elle percevait sur le visage de sa mère, en dépit des efforts de celle-ci à lui dissimuler la vérité.

« Elle finira par oublier ! pensait Clémence. Elle est encore très jeune. À son âge, les souvenirs s'effacent vite de la mémoire. »

La mort de José lui rappelait à tout instant la disparition d'Armand. Elle se sentait deux fois veuve et n'avait vraiment plus l'impression d'être encore l'épouse d'Émile Claret.

L'enfant qu'elle portait en son sein la ramenait sans cesse à la réalité. Depuis l'accident, il s'agitait beaucoup en elle, comme s'il ressentait la mort de son géniteur. Tous les soirs, avant de se coucher, Clémence ne pouvait s'empêcher de s'en remettre à Dieu, afin qu'Il épargnât cette petite créature, ultime cadeau vivant de José. Elle ne pouvait admettre de le perdre prématurément. Mais ses craintes allaient grandissantes.

De semaine en semaine, d'un mois à l'autre, elle fit de terribles efforts pour se ménager tout en continuant à travailler. José disparu, elle n'avait plus que son maigre salaire pour subsister. Comme lors de son arrivée à La Grand-Combe, elle retrouvait les difficultés de la vie quotidienne. Mais, cette fois, elle se sentait encore plus esseulée, plus éperdue dans la foule anonyme de la grande ville. La mort tragique de José l'avait terrassée au moment même où elle commençait à croire de nouveau au lendemain. Certes, elle était consciente qu'elle devait encore faire un bout de chemin dans sa direction pour se donner entièrement à lui, sans freins et sans limites.

Elle se rendait compte, sans oser lui avouer, de la peine qu'elle lui occasionnait en ne parvenant pas à se libérer totalement des fantômes de son passé. Mais elle était en confiance avec lui et savait qu'ils bâtiraient ensemble leur avenir. Ne le lui avait-elle pas prouvé en acceptant un enfant de lui ?

Maintenant tout était détruit. Tout était à refaire.

Mais Clémence n'avait plus la force ni l'envie de lutter et de croire en l'avenir pour trouver enfin le bonheur.

« Je suis condamnée à souffrir et à vivre sans amour ! » se lamentait-elle en cachant ses larmes à sa fille pour ne pas éveiller ses soupçons.

À l'*Hôtel de Paris*, son patron lui avait ménagé son service, afin qu'elle puisse se reposer. Vu son état, elle ne servait plus en salle et se contentait d'enregistrer les commandes avant de les passer en cuisine. Elle vérifiait ensuite que les plats arrivent sans retard sur la table des clients. Ainsi, elle pouvait s'asseoir entre deux commandes et reprendre des forces.

« Ce n'est que provisoire, l'avait prévenue son patron. Une fois que vous aurez accouché, si vous désirez reprendre votre service, je vous garderai votre place. »

Clémence se confondit en remerciements. Mais elle craignait de ne pas pouvoir répondre positivement à l'offre de l'hôtelier. Avec deux enfants en bas âge, seule pour subvenir à leurs besoins, elle se demandait comment elle parviendrait à s'en sortir. Ses gages ne seraient pas suffisants pour payer son loyer, sa nourriture, son chauffage, une nourrice et une garde pour

Amandine. À quatre ans, celle-ci ne pouvait encore rester seule à la maison.

Quand novembre étendit son manteau de grisaille sur la ville, Clémence crut sombrer dans une nuit de deuil sans fin. Les rues de la cité, le visage de ses habitants, la morosité ambiante ne faisaient qu'accroître son désarroi. À la Toussaint, elle se rendit au cimetière avec Amandine. Celle-ci crut qu'elle l'emmenait se promener dans un jardin fleuri. Elle acquit un pot de chrysanthèmes chez une fleuriste du faubourg et lui expliqua, sans rentrer dans les détails :

« Nous allons les offrir à José. »

Du haut de ses quatre ans, Amandine s'étonna :

« Il est revenu ? »

Clémence avait décidé de lui avouer la vérité.

« José est parti faire un grand voyage.

— Oui, je sais, maman. Tu m'as déjà dit qu'il était parti dans son pays, en Espagne, pour voir sa famille.

— Eh bien ! il est rentré… Il habite ici à présent.

— Il n'habite plus avec nous ?

— Non. Il habite au ciel. La porte de sa maison, c'est cette pierre où nous allons déposer ces fleurs.

— Il va venir ouvrir quand il nous entendra ?

— Je ne crois pas. Vois-tu, le ciel, c'est loin. Mais il saura que nous sommes venus le voir. Et il sera content. Tiens, c'est toi qui vas lui donner les fleurs. Vas-y, dépose-les sur la pierre. »

L'enfant s'exécuta sans s'étonner davantage.

« Quand est-ce qu'il reviendra nous voir ? Moi, j'aimerais bien qu'il nous emmène dans sa nouvelle maison. »

Clémence ne répondit pas. Elle ferma les yeux et pria.

Amandine poursuivit :

« Pourquoi tu pleures, maman ?

— Je... je pleure parce que je suis heureuse d'être tout près de José. Pense fort à lui, toi aussi, ma chérie. Tu l'entendras peut-être venir vers nous.

— J'entends rien !

— Viens ! Allons-nous-en maintenant. »

En rejoignant la sortie, Clémence aperçut un carré de tombes militaires, toutes identiques. Elle tira Amandine par la main et y fit un détour. L'enfant s'étonna :

« Pourquoi y a-t-il plein de croix dans ce jardin ?

— C'est... c'est... »

Cette fois Clémence ne put avouer la vérité à sa fille.

Devant les croix de bois parfaitement alignées, elle songea à Armand. Son amour pour lui se réveilla dans son cœur. Elle revit brutalement le film de leur première rencontre, de leurs nuits de folie dans la grange, des explications qu'elle avait dû fournir à ses parents. Ne pouvant se retenir, elle pleura sans prendre garde qu'Amandine la regardait.

« Pourquoi me sers-tu si fort la main ? demanda l'enfant. Tu me fais mal ! »

Clémence ne réagit pas. La vue de toutes ces tombes, le deuil qui l'avait touchée deux fois successivement l'entraînaient dans le tréfonds de son désespoir.

Tout à coup, elle ressentit une profonde convulsion dans son ventre, suivie d'une grande douleur. Elle revint à la réalité.

« Pardonne-moi, ma chérie. C'est ton petit frère qui se réveille. »

Clémence était persuadée que l'enfant qu'elle portait serait un garçon. Elle avait expliqué à Amandine que, bientôt, il y aurait un bébé à la maison et que, pour l'instant, il finissait de grandir dans son ventre. L'enfant, naïvement, reprit :

« Il voulait sans doute voir papa !

– Peut-être. Mais il doit encore attendre. »

Clémence avait grande envie de dire la vérité à sa fille : que son papa n'était pas José mais un jeune homme qu'elle avait beaucoup aimé avant lui et qui, lui aussi, était monté au ciel. Comme elle aurait aimé pouvoir parler d'Armand avec elle, le fruit de son amour ! Mais elle craignait que l'enfant ne comprenne pas, à son âge, les arcanes de sa naissance.

« Plus tard, songea-t-elle en l'amenant vers la sortie du cimetière. Quand elle sera en âge de comprendre, je lui révélerai la vérité. »

Le ciel sembla s'ouvrir comme par miracle. La grisaille, qui encapuchonnait les crêtes et s'appesantissait au-dessus de la rivière, laissa place à un soleil radieux qui illumina brutalement les esprits et réchauffa les cœurs.

Les cloches de toutes les églises se mirent à sonner à tue-tête, fracassant leurs échos contre le flanc rocailleux des plus lointaines montagnes. Le carillon de la cathédrale Saint-Jean donnait la mesure. Toute la ville s'emplit d'un vacarme joyeux qui n'avait rien de commun avec le tocsin qui, quatre ans plus tôt, avait plongé le pays entier dans les ténèbres.

En ce 11 novembre, l'été était revenu dans les cœurs. Subitement, la foule envahit les rues de la capitale alésienne, explosant de joie, braillarde comme par le passé les jours de la foire de la Saint-Barthélemy. Les hommes embrassaient les femmes, les agents de police laissaient filer la circulation dans tous les sens, les prêtres, sortis de leurs églises, louaient Dieu en levant les bras au ciel comme pour mieux se faire entendre.

Enfin, à 11 heures, les armes se turent grâce à un armistice savamment préparé. Personne ne savait ce que les états-majors avaient pactisé et signé dans la sombre forêt de Compiègne. Mais, nul doute : la paix avait enfin triomphé.

Clémence était chez elle en ce lundi matin, n'étant pas de service. Malgré le malheur qui l'accablait, elle ne retint pas sa joie de participer à l'allégresse générale. Elle habilla chaudement Amandine, revêtit un manteau de laine et se joignit à la foule en liesse. Dans la rue principale du faubourg, on se bousculait, on se congratulait, on chantait *La Marseillaise*. Beaucoup se dirigeaient vers le centre-ville pour entendre le maire ou ses adjoints commenter l'événement.

« Nos hommes vont revenir ! s'écriaient les femmes autour d'elle. Enfin nous allons revivre heureux ! »

D'autres, comme elle, ne pouvaient cacher leur amertume. Sur leur visage, derrière la joie qu'elles avaient montrée au premier instant, se lisait leur profonde tristesse d'avoir perdu un ou plusieurs êtres chers.

« Quelle saloperie cette guerre ! fit l'une d'elles. À quoi tout cela aura-t-il servi, sinon à nous plonger dans le malheur? Personne ne pourra nous rendre nos hommes vivants!»

La joie de Clémence fut de courte durée. Très vite, la réalité de sa vie quotidienne l'emporta sur les germes d'espoir engendrés par la promesse de paix.

Louise se sentait enfin soulagée. Depuis des mois, elle ne vivait plus que dans la crainte d'apprendre un jour ou l'autre la mort de René. Huit semaines avant l'armistice, elle avait reçu indirectement de ses nouvelles. Un de ses camarades en permission, comme lui originaire de Mende, était venu la voir pour lui remettre une lettre de sa part. Sur le moment, elle crut que le messager venait lui annoncer ce qu'elle redoutait tant. Quand il lui apprit dans quelle situation il s'était mis et quelles étaient ses conditions d'existence dans son nouveau bataillon, elle crut qu'elle ne le reverrait plus jamais vivant. Le permissionnaire tenta de la rassurer, mais ne put s'étendre, n'ayant croisé René que deux fois, juste le temps de faire sa connaissance et d'accepter de lui rendre cet ultime service.

Tous les jours, Louise s'attendait donc au pire. Aussi, quand les cloches s'envolèrent dans les cieux azurés de sa campagne lozérienne, elle ne contint plus sa joie. Elle autorisa ses élèves à sortir de classe avant l'heure afin qu'ils regagnent leurs foyers et partagent le bonheur de leur mère sans attendre. Puis elle s'enquit auprès du maire de ce qui allait se produire. L'édile ne put que lui répondre:

«Nos braves soldats vont être démobilisés. Mais cela prendra un peu de temps. Ne vous inquiétez pas, vous le reverrez votre fiancé. Si on ne vous a pas signalé sa mort au combat, c'est qu'il est vivant.

— C'est le plus beau jour de ma vie!» ne put-elle retenir devant le premier magistrat de la commune.

Celui-ci sourit, l'œil pétillant. «Ah! l'amour pensa t-il en son for intérieur. Comme j'aimerais avoir son âge!»

Aux vacances de Noël, Louise rentra à Bellecoste. Elle y apprit de la bouche de ses parents les malheurs de Clémence dont elle n'avait pas eu de nouvelles depuis l'été. Elle en fut atterrée. Mais l'attente de René l'empêchait de compatir totalement au malheur de sa sœur.

«Je souhaite vraiment que Clémence retrouve le chemin du bonheur, confia-t-elle à Antonin, le soir même de son arrivée.

—Papa aimerait qu'elle revienne à la maison. Il dit qu'elle ne doit pas rester seule, surtout quand elle aura son deuxième enfant.

—Qu'en pense maman?

—Elle pense comme lui. Elle préférerait la savoir auprès d'elle.

—Il est vrai qu'ici vous pourriez l'aider.

—Oui, mais il y a Émile!»

Avant même la fin de ses vacances, Louise exulta. René venait de lui annoncer sa prochaine arrivée. Son régiment avait été démobilisé. Il serait donc de retour avant la fin décembre.

Le jeune soldat débarqua à Bellecoste le soir de la Saint-Sylvestre. Quand Louise ouvrit la porte de la grande cuisine, elle eut un moment d'hésitation. René se tenait devant elle, méconnaissable. Il portait encore ses habits militaires. Amaigri, le teint blafard, les yeux exorbités, il semblait sortir tout droit du fond d'une geôle oubliée.

«Je m'en suis sorti!» dit-il en guise de paroles de retrouvailles.

Le retour des soldats redonna du bonheur dans toutes les familles, même celles que la perte d'un être cher avait endeuillées. Les cousins Rouvière étaient de ceux-là. Huguette et François avaient perdu deux de leurs trois fils, et Roseline, leur fille, pleurait la mort de son fiancé, Jean Lartigue. De près ou de loin, chaque famille déplorait la perte de l'un des siens. Les moments de joie étaient oblitérés par les souvenirs douloureux encore trop présents dans les esprits pour être atténués par le temps.

À Bellecoste, Antonin se sentait soulagé. Si le conflit avait perduré un an de plus, lui aussi aurait dû revêtir l'habit de soldat. Les Pérol s'en sortaient mieux que beaucoup d'autres. Le deuil ne les avait pas atteints directement.

À Lassagne, les Claret étaient dans la même situation. Aussi Émile rencontrait-il beaucoup d'animosité à son encontre, quand il osait se mêler aux conversations de ceux qui s'étaient battus et avaient connu l'enfer des tranchées.

«Toi, l'embusqué, lui reprochait-on, tu n'as rien à dire! Ta patte folle ne t'a jamais empêché de courir derrière tes bêtes, et peut-être aussi derrière les femmes, profitant de l'absence de leur mari!

—J'ai été réformé bien avant la guerre! Je n'ai rien à me reprocher. Je n'ai pas honte!

— Avec tes deux bras valides, tu étais capable de porter un fusil. Il y en a plus d'un qui, plus amochés que toi après une blessure, ont dû retourner au front ! On ne leur a pas demandé leur avis. Beaucoup n'en sont pas revenus. »

Émile se sentait de plus en plus mal à l'aise dans le café du village. Tous le regardaient maintenant comme un pestiféré. Pourtant, il avait fait des efforts pour arrêter de boire, et son comportement s'était assagi. Néanmoins, on lui en voulait de ne pas avoir partagé la souffrance des autres au moment où le pays tout entier était plongé dans le malheur.

Par jalousie, par dépit, par amertume aussi, ses anciens camarades, revenus vivants – souvent blessés, voire estropiés – le battaient froid et ne lui adressaient plus la parole que pour le condamner.

« Ta femme t'a quitté ! lui dit un jour l'un d'eux. Tu n'as que ce que tu mérites. Elle était bien trop bravette pour toi, cette petite !

— Elle ne m'a pas quitté ! s'insurgea Émile. Je l'ai flanquée à la porte.

— Tout le monde sait qu'elle en a trouvé un autre, un Espagnol. Tu portes les cornes, mon vieil Émile. C'est bien fait pour toi !

— Dire que la pauvre a encore perdu l'homme qu'elle aimait ! » ajouta le cafetier derrière son comptoir.

Émile se tut, interloqué. Il fit mine de ne pas avoir entendu, mais, l'air de rien, il tendit l'oreille.

Le cafetier poursuivit :

« Je l'ai appris incidemment par un mineur d'Alès. Son gars a été pris dans un éboulement qui a fait cinq morts et plusieurs blessés. La voilà seule à nouveau avec un gosse sur les bras, et bientôt deux à ce qu'il paraît. »

Le cafetier semblait bien informé.

Émile prit son temps pour terminer son verre, évitant de relever la tête.

« Ainsi donc, pensa-t-il, une oreille toujours tendue vers le zinc, Clémence habite Alès. Elle est encore enceinte et son Espagnol est mort ! »

Il réfléchissait à ce qu'il convenait de faire. « Elle est toujours ma femme, après tout... Laissons le temps opérer son œuvre. »

Certes, Émile s'était racheté une conduite. Quelques années de plus et ses déboires passés lui avaient mis du plomb dans la cervelle, comme aimait le dire son propre père. Lorsqu'il croisait Auguste dans ses terres, il osait l'aborder, lui parlait comme s'il n'était pas son beau-père, tentait de lui prouver qu'il était redevenu raisonnable. Jamais, toutefois, il ne lui avait parlé de Clémence. Ses paroles étaient toujours pour ses bêtes, pour ses récoltes, pour les difficultés du moment. Auguste l'écoutait, lui répondait sans lui prêter d'arrière-pensées.

Seul Antonin gardait pour Émile toute sa méfiance. Le jeune frère de Clémence ne croyait pas au retour aux bons sentiments de son beau-frère. Au reste, pour lui, il n'était plus son beau-frère ; d'autant plus que Clémence ne l'avait jamais aimé et n'avait pas eu d'enfants de lui.

Aussi, lorsqu'un soir de janvier il entendit son père émettre, une fois de plus, l'idée que Clémence devrait revenir à Bellecoste et réfléchir à nouveau à l'éventualité de reprendre la vie commune avec son mari, il explosa de colère devant ses parents.

« Comment pouvez-vous envisager une telle situation ! s'écria-t-il. Vous devriez avoir honte de comploter dans le dos de Clémence !

— Antonin ! coupa Auguste. Tu oublies que je suis ton père. Comment oses-tu parler sur ce ton ?

— Ce que vous faites est trop moche ! D'ailleurs, jamais Clémence n'acceptera ce que vous manigancez dans son dos.

— Nous ne manigançons rien du tout, mon chéri, intervint Marie. Papa souhaite seulement que ta sœur revienne parmi nous. Et, si elle le désire, qu'elle rencontre Émile pour tenter une réconciliation. Elle est seule à nouveau. Elle est sans doute très malheureuse et ne doit plus savoir que faire ni où aller.

— Si Louise vous entendait, elle vous dirait quelque chose ! Sûr qu'elle me soutiendrait !

— Ta sœur Louise a toujours eu des idées trop modernes, ajouta Auguste, visiblement courroucé. Clémence n'est pas comme elle. Ce qu'il lui faut, c'est de la stabilité.

— Avec un mari qui la bat !

— J'ai revu Émile, plusieurs fois. Et j'ai parlé avec son père. Il regrette ce qu'il s'est passé. Il a bien changé depuis le départ de Clémence. Il ne boit plus. Il est redevenu raisonnable. Tout le monde a le droit à une deuxième chance.

— Ça ne sera pas suffisant pour être aimé de Clémence !

— Qui te parle d'amour ? Ah ! tu es jeune, mon garçon, pour ces choses-là. »

Antonin sortit précipitamment en claquant la porte.

C'était la première fois qu'il se heurtait à son père et qu'il montrait aussi violemment son désaccord.

« Je ferai tout pour dissuader Clémence d'accepter un autre arrangement ! » ronchonna-t-il en s'enfermant dans sa chambre.

Auguste et Marie profitèrent de la foire alésienne de janvier pour aller rendre visite à leur fille. Celle-ci leur avait donné son adresse de Rochebelle en leur spécifiant de l'attendre devant sa porte, le temps qu'elle rentre de son travail.

Quand ils la virent arriver sur le trottoir, marchant difficilement, ils ne purent masquer leur étonnement. Clémence était prête à accoucher. Son ventre pointait en avant et la gênait dans ses déplacements.

« Mon Dieu ! ne put retenir Marie. Tu ne nous avais pas avertis de l'imminence de l'heureux événement !

— Je ne voulais pas vous affoler. »

Une fois dans l'appartement, Marie poursuivit :

« C'est pour quand ?

— D'un jour à l'autre.

— Mais tu travailles encore ?

— Je n'ai pas les moyens de faire autrement.

— Nous ne pouvons pas la laisser seule dans cet état, ajouta Marie en s'adressant à Auguste.

— Où est Amandine ? demanda ce dernier.

— Chez une voisine qui la garde toute la journée.

— Hum…, fit Auguste en se lissant la moustache. Moi, je dois rentrer demain. J'ai un maquignon à voir. Mais ta mère peut rester auprès de toi, le temps que tu mettes ton enfant au monde. Qu'en penses-tu, Marie ? »

Ravie de retrouver sa fille, celle-ci n'eut qu'à consulter Clémence du regard pour comprendre qu'elle ne souhaitait que cela.

« Reste avec moi, maman ! Ça me ferait tellement plaisir.

— Tu ne crois quand même pas que je vais t'abandonner dans ton état ! »

Le lendemain matin, Auguste reprit la route de Lassagne. Avant de quitter sa femme et sa fille, il confia à celle-ci une somme d'argent.

« C'est pour toi, Clémence, afin que tu n'ailles plus travailler à partir d'aujourd'hui. Il faut te reposer avant d'accoucher. Ton ventre me paraît prêt à exploser !

— Ne t'inquiète pas, papa. Je suis déjà passée par là. »

Clémence écouta les conseils de son père. Elle prit donc congé à l'*Hôtel de Paris* en laissant entendre qu'elle n'y reviendrait sans doute pas.

Elle écouta en effet ce que sa mère tenta de lui expliquer. Elle semblait résignée à suivre la voix de la sagesse.

« Je me sens si seule, avoua-t-elle, maintenant que José n'est plus là. Et je suis lasse de me battre contre le destin.

— Ne baisse pas les bras, ma chérie. Si tu crois au lendemain, c'est comme une promesse que Dieu te fait chaque jour.

— La promesse des lendemains ! Je commence à ne plus y croire.

— Reviens avec moi à Bellecoste. Reconsidère les choses avec calme. Avec le temps, tout s'en va, tout passe. »

Six jours plus tard, Clémence mit au monde des jumeaux, qu'elle appela Sébastien et Quentin, les deux prénoms entre lesquels, avec José, elle hésitait en cas de naissance d'un garçon.

« Deux vrais jumeaux, madame ! s'extasia la sage-femme accourue à son chevet. Vous êtes une jeune maman comblée ! »

Clémence pensa alors à José. « Comme il aurait été heureux d'avoir deux fils d'un coup ! »

Les larmes lui montèrent aux yeux, inondèrent son visage. Elle comprit soudain que ces enfants, une fois de plus, n'auraient pas de père.

Alors, résignée, elle déclara à sa mère :

« C'est entendu, je rentre avec toi à Bellecoste. »

Marie n'avait pas osé lui parler d'Émile.

Quatrième partie

SUR LES AILES DU VENT

24

Orage

L'hiver s'enfonçait dans le froid et la grisaille. La neige tombait abondamment. Autour de Bellecoste, les crêtes disparaissaient sous un épais manteau d'hermine. La robe des arbres traînait jusqu'au sol. Les ruisseaux, cristallisés, s'étaient arrêtés de couler et formaient d'étranges cascades de glace, marque de la suspension du temps. Le givre matinal ourlait les vitres de fresques étranges et éphémères que la chaleur du foyer, allumé dès l'aube, transformait en buée opaque. La vie semblait s'être figée. Le massif avait pris soudain une allure de carte postale.

Louise avait rejoint sa petite école de la montagne. René l'avait suivie pour quelques semaines, le temps de reprendre des forces et de réfléchir à ce qu'il déciderait : retrouver son petit journal de Mende ou monter à Paris pour assouvir de plus grandes ambitions. Dans cette éventualité, il avait proposé à Louise de le suivre.

« Tu n'auras qu'à demander un congé sans solde. Une fois là-haut, nous frapperons aux portes des grands quotidiens. Avec les relations que j'ai nouées, je me fais fort d'en ouvrir quelques-unes. Toi qui rêvais d'un autre destin et de vivre dans une grande ville, je t'offre Paris, ma chérie ! Je suis persuadé que tu ferais une excellente journaliste.

— Tu oublies que je dois dix ans à l'État par contrat ! Si je quitte l'enseignement, je devrais rembourser les frais de mes études à l'école normale.

— Avec ce que nous gagnerons ensemble, nous pourrons faire face. »

Louise hésitait. Certes, elle n'avait pas imaginé abandonner aussi rapidement son métier, pour lequel ses parents avaient consenti beaucoup de sacrifices. Mais elle n'envisageait pas non plus de faire la classe toute sa vie, même en obtenant une mutation pour une école urbaine plus importante.

« De toute façon, reprit-elle, je ne peux pas abandonner mes élèves au milieu du gué. Je dois achever mon année scolaire. De plus, les temps me semblent encore bien incertains pour penser à me lancer dans l'aventure.

— Au contraire, Louise ! Nous sommes en train de vivre de grands changements. Cette guerre a mis un terme définitif au passé. Le monde ne sera plus jamais comme avant. Une ère nouvelle s'ouvre devant nous. Il y a tant de progrès à réaliser, tant de découvertes à achever, tant de rêves à concrétiser, que nous ne devons pas rester sur le bord du chemin à attendre que tout se mette en marche. Sinon le train de la modernité partira sans nous. Vois-tu, la paix va apporter dans notre monde un grand élan de fraternité nouvelle. Elle va rapprocher définitivement les peuples. Nous, les journalistes, nous serons les témoins et les porte-parole de ce monde en pleine mutation. »

René s'enthousiasmait. Les souffrances, qu'il avait endurées dans les tranchées, n'étaient déjà plus pour lui que mauvais souvenirs, une raison supplémentaire de vouloir œuvrer pour de grandes causes.

« Les hommes, affirmait-il, doivent rebondir dans le bon sens, en tirant les leçons de leurs erreurs passées, afin de bâtir l'avenir des générations futures. Cette guerre doit au moins servir à cela. »

Louise ne partageait pas son optimisme. Elle craignait que les ressentiments, les rancœurs ne fassent le lit du désir de vengeance.

« Les souffrances ont été tellement grandes de part et d'autre que le pardon sera difficile à obtenir. Il restera toujours au fond des cœurs ce sentiment de rejet de l'autre. Pour beaucoup de Français, l'Allemand demeurera éternellement un "Boche". Et pour les Allemands, que sommes-nous ?

— Le temps rendra les hommes à la sagesse. Et tu me donnes là une raison supplémentaire de vouloir prêter ma plume à la consolidation de la fraternité universelle. »

Le soir, après l'école, les discussions entre Louise et René ne connaissaient pas de fin. René savait faire rêver Louise et l'emporter loin de son quotidien qui, pourtant, ne manquait pas d'intérêt. Dans sa classe, en effet, elle avait beaucoup à faire. Après les leçons de patriotisme qu'elle n'avait jamais cessé de donner pendant les années de guerre, il lui fallait maintenant parler des bienfaits de la paix, de l'entente entre les peuples, sans tomber dans le discours revanchard, qu'elle entendait çà et là, même dans la cour de récréation. « Ils doivent payer ! » ne se privait-on pas de déclamer sous toutes les formes. En ce sens, les paroles de René trouvaient en elle toute leur résonance. Il était bien le seul à ne pas avoir la haine à la bouche, à parler avec raison et sagesse. Elle évitait toutefois de contredire son collègue et les parents de ses élèves qui tenaient tous les mêmes propos.

Aussi, au fil des jours, sa décision de suivre René à Paris faisait petit à petit son chemin dans son esprit.

À Bellecoste, Clémence profitait du long hiver pour se faire dorloter par sa mère et pour choyer elle-même ses trois enfants. Amandine était auprès de ses frères comme une vraie petite maman.

« Elle est adorable ! » ne cessait d'affirmer Marie, ravie de se retrouver entre sa fille et ses trois petits-enfants.

Les jumeaux se portaient à merveille et faisaient l'admiration de toute la maison. Antonin prenait son rôle d'oncle très au sérieux. Il avait même insisté pour être le parrain de ses deux neveux à la fois.

« Rien ne doit les dissocier ! avait-il argumenté pour défendre son point de vue. Si le destin devait me demander un jour de m'occuper de mon filleul, je ne pourrais pas le séparer de son jumeau. D'autant que ce sont de vrais jumeaux ! Alors je me dois d'être le parrain des deux.

— Dans ce cas, Roseline sera leur marraine commune », avait consenti Clémence.

Le jour du baptême, toute la famille se réunit dans le petit temple de Lassagne. Les cousins Rouvière portaient encore le deuil de leurs fils morts trois ans plus tôt. Louise et René étaient venus pour l'occasion.

Si ce ne fut le souvenir des disparus, l'ambiance aurait été pleinement à la fête, car rien ne redonnait plus le goût à la vie que la naissance d'un enfant.

« Alors, deux enfants ! jubilait Antonin en levant le premier son verre au début du repas, c'est vraiment la vie qui recommence. »

Clémence semblait sortir du gouffre dans lequel la mort tragique de José l'avait plongée. Les discours enflammés de René, le bonheur de Louise, l'enthousiasme d'Antonin finissaient par déteindre sur elle. Et loin de lui faire regretter son propre parcours, ils lui redonnaient l'espoir que sa vie était loin d'être finie.

« Tu n'as que vingt-trois ans ! ne cessait de lui rappeler Louise. Pour toi, comme pour moi, la vie ne fait que commencer.

— J'ai parfois l'impression d'être une vieille femme. D'avoir déjà tant vécu !

— Je suis sûre que tu rencontreras bientôt l'homme de ta vie. Celui avec lequel tu seras enfin heureuse jusqu'à la fin de tes jours.

— Je crains hélas ! qu'il ne soit trop tard ! Qui voudra encore de moi, avec trois enfants ?

— Moi ! coupa Antonin pour détendre l'atmosphère. Je serai toujours près de toi, petite sœur. Jamais je ne te laisserai tomber. Même si je me marie. Je m'occuperai toujours de toi et de tes enfants. Je te l'ai déjà promis et je n'ai qu'une parole. »

À dix-huit ans, Antonin était devenu un beau et fort gaillard, que les filles du village ne manquaient pas de regarder avec envie. Gentil, prévenant, travailleur, ingénieux, il n'avait aux yeux de sa mère que des qualités. Aussi celle-ci ne se faisait-elle aucune illusion.

« Oh ! je suis bien persuadée, coupa-t-elle, que, ton service militaire achevé, une fille te mettra le grappin dessus, et tu oublieras vite tes promesses.

— Jamais ! s'insurgea le jeune homme. Dans mon cœur, il y a de la place pour tout le monde. Et ce n'est pas parce que j'irai, moi aussi, fonder une famille, que j'oublierai les miens ! Celle qui me détournera de vous n'est pas encore née. »

Auguste ne disait mot. Mais, au fond de lui, il se sentait réconforté. L'attitude de son fils le rassurait. Il savait pouvoir compter sur lui pour sa relève. Antonin lui-même le lui avait toujours certifié.

Les semaines passèrent dans la froidure. Mars chassa l'hiver dans ses derniers retranchements. Mais celui-ci ne laissa pas sa place rapidement aux douceurs agréables du printemps. Le ciel s'embrasait encore difficilement dans l'aube détrempée. Aiguisé par le vent du nord, il s'ouvrait dans une fragilité de porcelaine, se laissant envahir encore par de larges écharpes de brume qui s'attardaient sur les sommets. Parfois de grands froissements de nuages assombrissaient le massif. La pluie menaçait. Puis, dans un éclaboussement de lumière, le printemps s'imposa et fit ruisseler sur les pentes herbues un foisonnement de mille couleurs et de senteurs miellées.

Dans les prairies, l'herbe se levait et ondoyait sous la caresse du vent. Dans les étables, les vaches sentaient l'appel des pâturages. Sur les plus hauts sommets, les forêts sortaient de leur manteau de grisaille et se paraient d'émeraude. Les conifères, hérissés comme des hallebardes, échancraient le ciel comme pour mieux chasser les derniers nuages.

Le sang des hommes se réchauffait.

La vie reprenait au sortir de longues ténèbres.

Lorsqu'on parla du traité de Versailles dans les journaux, signé cinq ans jour pour jour après l'attentat de l'archiduc autrichien qui avait mis le feu aux poudres, chacun crut enfin la paix consolidée. L'été venait d'éclore dans toute sa floraison. La fenaison répandait dans l'air des fragrances d'herbe fraîchement coupée et remplissait les cœurs d'allégresse. Bientôt on attaquerait les nouvelles moissons. Déjà les épis, gonflés de soleil, crépitaient sur leurs tiges.

Clémence semblait avoir retrouvé l'insouciance de ses jeunes années. Laissant la garde de ses enfants à sa mère, elle avait repris le chemin de ses chères prairies. En compagnie de Cali, la nouvelle chienne d'Auguste, elle retrouvait ses gestes de bergère, ses habitudes, ses endroits favoris où elle aimait jadis se réfugier pour mieux communiquer avec la nature, tout en gardant un œil attentif sur ses bêtes.

Un jour, elle rencontra Émile qui montait son troupeau sur les crêtes. Son cœur s'arrêta net. Elle eut d'abord envie de fuir à toutes jambes pour ne pas être obligée de lui parler. Mais elle se reprit et décida de lui faire face.

Quand il s'approcha d'elle, elle fut très surprise. Son mari avait changé. Il avait maigri, il boitait moins, son visage s'était fait plus avenant. Sa tenue était plus soignée. Pour un peu, elle ne l'aurait pas reconnu.

Il vint droit sur elle. Apparemment, il savait où elle se trouvait et avait décidé d'aller à sa rencontre.

Encore sous le coup de l'émotion et de la surprise, elle ne dit mot. Il parla le premier :

« Tu ne pensais pas me voir ici, n'est-ce pas ?

— …

— Tu ne dis rien ? Je comprends ton étonnement. N'aie crainte. Je ne te veux aucun mal.

— Je… je me doutais bien qu'un jour ou l'autre nous finirions par nous rencontrer. Il fallait que ça arrive tôt ou tard.

— Je ne suis pas venu te voir pour te reprocher quoi que ce soit. Le passé est le passé.

— Je suis heureuse que tu le prennes ainsi.

— J'ai changé, tu sais !

— Je le vois bien. Tu m'as l'air en meilleure forme.

— Oh ! il ne s'agit pas seulement de l'apparence physique ! Il est vrai que j'avais quelques kilos en trop. Et une fâcheuse tendance à lever le coude. Mais, vois-tu, tout cela est terminé.

— J'en suis contente pour toi, Émile.

— J'ai appris ce qu'il t'est arrivé. C'est bien malheureux !

— Pour moi aussi, tout cela est passé. Je garde mes souvenirs. J'ai mes enfants à élever. Ils sont tout pour moi, le seul but de ma vie maintenant.

— Je te comprends… »

Émile semblait hésiter. Il allait poursuivre, mais se retint. « Pas si vite, se dit-il. Il ne faut pas l'effrayer. Laisse-lui le temps de s'habituer et de réfléchir. »

« Bon ! ajouta-t-il, je te laisse. Mes bêtes m'attendent. Passe à la maison quand tu veux. Tu y seras toujours la bienvenue.

— Au revoir Émile. »

Clémence resta songeuse. Se pouvait-il qu'Émile ait changé à ce point ? Elle ne le reconnaissait plus.

Tout en lui semblait s'être amélioré : son physique, son comportement, sa façon de s'adresser à elle.

Le soir même, elle fit part de sa rencontre à ses parents. Antonin s'était absenté.

« Il fréquente ! expliqua Marie. La petite Chaptal du mas des Abarines. C'est une fille très gentille. J'espère qu'ils ne fêteront pas Pâques avant les Rameaux ! Je ne voudrais pas qu'ils fassent des bêtises.

— C'est pour moi que tu dis ça ? rétorqua Clémence.

— Mais non, ma chérie. Je ne voulais pas te froisser.

— J'ai rencontré Émile en gardant. »

Auguste retint sa respiration, laissant Marie répondre.

« Tu lui as parlé ?

— Oui.

— Et alors ?

— Alors, rien. Je l'ai trouvé bien changé. En mieux. »

Auguste se racla la gorge, finit de bourrer sa pipe, intervint :

« Moi, je n'ai jamais cessé de lui parler. Après tout, il est ce qu'il est, mais il est toujours notre gendre.

— Si peu ! réfuta Clémence. Il n'est même pas le père de tes petits-enfants. Et je ne l'ai jamais aimé.

— Tout cela est passé. C'est le présent et l'avenir qui comptent.

— Que veux-tu dire ? »

Auguste garda le silence quelques secondes. Apparemment il attendait le moment opportun pour dire ce qu'il pensait de la situation et avancer ses propositions.

« Envisages-tu de vivre ainsi toute ta vie, à vingt-trois ans ? poursuivit-il.

— C'est-à-dire ?

— Tu me comprends très bien ! Sans mari, avec trois enfants... Tu sais, nous ne serons pas toujours là pour t'accueillir. Nous commençons à nous faire vieux !

— Tu exagères, papa !

— Quant à ce que te promet ton frère, ce ne sont, hélas ! que de belles paroles.

— Où veux-tu en venir ? »

Marie crut bon d'intervenir. Elle devinait ce qu'Auguste sous-entendait. Et elle savait que Clémence risquerait de se cabrer s'il lui parlait en vertu de ses bons principes.

« Ton père veut te faire comprendre que tu pourrais peut-être envisager de reconsidérer ta relation avec ton mari.

— Avec Émile ?

— Vous êtes toujours mariés. Et, tu l'as toi-même constaté, il n'est plus comme avant.

— Il a fait beaucoup d'efforts pour s'amender, ajouta Auguste. Moi qui n'ai jamais cessé de le voir, je peux te le confirmer.

— Il n'en est pas question !

— Réfléchis, ma chérie, reprit Marie. Nous ne te demandons pas l'impossible ni de prendre une décision immédiatement. Nous pensons, ton père et moi, que, pour tes enfants, ce serait mieux d'avoir quelqu'un en guise de père auprès d'eux.

— Tu oublies qu'il n'a jamais considéré Amandine comme sa fille !

— C'est une fille ! Tu connais les hommes ! Avec tes garçons il aura une autre attitude.

— Qu'est-ce qui vous dit qu'il les acceptera ?

— Lui ! affirma Auguste, il me l'a certifié. Si tu veux rentrer au bercail !

— Ah ! parce qu'il t'en a déjà parlé ! Je me disais bien...

— Juste un peu. Je t'assure, il n'est plus le même. »

Contrariée, Clémence mit fin à la conversation.

Toutefois, jusque tard dans la nuit, elle ressassa ce que ses parents lui avaient dit. Comme après l'annonce de la mort d'Armand, son esprit était plongé dans la plus grande confusion. « Ai-je le droit d'imposer à mes enfants l'absence d'un père ? se demandait-elle à nouveau. Que penseront-ils de moi, plus tard, quand ils tenteront de comprendre ? Que leur dirai-je ? Que j'ai aimé deux hommes mais pas mon mari ! »

Elle ne trouva le sommeil qu'au petit matin.

Lorsqu'elle se réveilla, elle fut en proie aux pires remords. Les doutes avaient eu raison de la sérénité qu'elle avait retrouvée en revenant à Bellecoste.

« J'aurais dû rester à Alès ! se dit-elle. Là-bas, Émile ne m'aurait pas retrouvée. J'étais tranquille. Je me serais débrouillée seule. »

Elle laissa filer quelques jours. La moisson battait déjà son plein. Pour éviter de trop penser, elle reprit sa place de lieuse derrière son père, son frère et ses cousins de Salarials. Ces derniers prêtaient main-forte pour la première fois depuis le début du conflit. Sur les trois fils Rouvière, seul Désiré était revenu vivant du front. À la place d'Henri et d'Albert, ainsi qu'à celle de Victor, les trois malheureux disparus, Auguste avait embauché trois saisonniers qu'il avait rencontrés à la louée de printemps du Pont-de-Montvert. Ainsi reconstituée, l'équipe de Bellecoste avait repris comme au bon vieux temps des bonheurs partagés. La récolte semblait prometteuse, le seigle serait abondant comme l'avait été le foin le mois précédent.

« Il faudra repenser à la batteuse mécanique, déclara François, le premier soir de la moisson. Tu te rappelles, Auguste, de la discussion que nous avions eue à ce sujet, avant la guerre ?

— Oui, je me souviens. Mais ton paysan a dû la vendre depuis !

— Justement, non. Avec la guerre, les affaires se sont arrêtées. Il est resté avec. Son offre tient toujours.

— Alors nous en reparlerons plus tard. »

Dans l'équipe, Clémence était de tous la plus effacée. Marie, qui restait à la maison pour garder ses enfants, ne s'en apercevait pas trop. Mais ses états d'âme n'échappaient pas à Antonin. Il s'en ouvrit à Louise, venue aider sa famille pendant les vacances scolaires, selon son habitude.

« Quelque chose chagrine Clémence.

— Je sais, avoua Louise. Elle m'a parlé.

— De quoi s'agit-il ?

— D'Émile.

— Encore !

— Oui. Elle se pose des questions. Papa et maman ont dû lui parler et tenter de la convaincre de reprendre la vie commune avec lui.

— J'en étais sûr ! J'espère qu'elle n'acceptera pas.

— Rien n'est moins certain.

— Je vais lui parler pour lui dire ce que je pense.

— Non, Antonin. Ne t'en mêle pas. Clémence est assez grande pour décider seule de ce qu'elle doit faire. »

Antonin écouta les conseils de sa sœur cadette, non sans maugréer.

« Et toi, quelles sont tes intentions pour la rentrée ? ajouta-t-il.

— J'ai pris ma décision : je quitte l'enseignement pour suivre René à Paris.

— Au moins toi, tu sais ce que tu veux ! En as-tu parlé aux parents ?

— Non, pas encore. J'attends la fin de la moisson.

— Que comptes-tu faire à Paris ?

— Travailler dans un journal. René m'a promis de me trouver une place dans un grand quotidien. Lui-même a été contacté par *L'Aurore*.

— Quelle chance !

— Il connaît quelqu'un à la rédaction. La guerre, pour lui, n'a pas eu que du mauvais !

— Décidément, vous ne vous ressemblez pas toutes les deux !

— Pourquoi dis-tu cela ?

— Toi, tu vas toujours de l'avant en refusant de te laisser influencer. Clémence, elle, a toujours peur de se lancer et elle est beaucoup plus vulnérable. Elle craint sans cesse de perdre ce qu'elle a acquis.

— Pour l'instant, elle n'a encore rien acquis.

— Si, ses enfants.

— C'est précisément pour eux qu'elle refuse l'aventure et qu'elle risque de rentrer dans le rang. »

Le jour où Louise fit part à ses parents de sa décision d'abandonner sa carrière d'enseignante pour suivre René à Paris, Clémence leur annonça son intention de reprendre la vie commune avec Émile.

«Je ne le fais pas pour lui, avoua-t-elle, résignée. Mais uniquement pour que mes enfants aient un toit et une famille. Je ne voudrais pas que, plus tard, à l'école, on les traite de bâtards parce qu'on les saurait sans père. Si Émile veut toujours de moi, je retournerai donc vivre à Troubas.

— Je crois que tu as pris une sage décision, ma chérie, lui répondit Marie. Tu verras, Émile n'est plus le même homme.

— C'est en tout cas la seule décision qui te rendra ton honorabilité, ajouta Auguste.

— Oh ! toi, avec tes principes ! s'écria Louise. Tu aurais été prêt à nous vendre si cela avait été conforme à ta morale biblique !

— Louise ! Je ne te permets pas ! Après tous les sacrifices que nous avons consentis pour que tu puisses poursuivre tes études, tu es bien mal placée pour nous faire la morale. Abandonner ton métier pour aller faire la grande dame à Paris, écrire dans un journal ! A-t-on jamais vu une femme faire de pareilles choses ?

— Le monde a changé, papa ! Que ça te plaise ou non ! Les femmes ont gagné l'égalité face aux hommes. Elles l'ont montré pendant la guerre. Alors, c'est fini le temps de la femme soumise à son mari, qui rentre dans le rang au moindre claquement de doigts ! Nous aussi, nous travaillons. Nous ne sommes pas nées uniquement pour faire des enfants et pour les torcher ! Nous avons le droit de vivre, de décider de ce que nous voulons faire, de travailler où bon nous semble, d'aimer sans avoir d'enfants ou d'avoir des enfants sans nous embarrasser d'un mari.

— Ça suffit ! J'en ai assez entendu.

— Non, ça ne suffit pas ! De quel droit faites-vous pression sur Clémence pour qu'elle rentre chez un mari qu'elle n'aime pas et dans les bras duquel vous l'avez poussée ? »

Louise ne se contenait plus. Elle n'était jamais entrée dans une telle colère.

Quand elle eut vidé son cœur de tout ce qui la chagrinait, elle éclata en sanglots et s'enfuit dans sa chambre.

Marie, médusée, restait coite. Antonin ne savait que faire de crainte de commettre une bévue. Auguste, ulcéré, mâchouillait le tuyau de sa pipe, plus renfermé que jamais.

« Dire qu'on élève des enfants pour en arriver là ! » maugréait-il entre ses dents.

Clémence se reprit la première.

« Tout cela est de ma faute, dit-elle. Je vais aller lui parler. Il s'agit d'un malentendu. »

Elle rejoignit sa sœur dans sa chambre.

Elles se parlèrent longuement, comme elles ne s'étaient pas parlé depuis longtemps.

Au bout d'une bonne heure, Louise sortit, les yeux en pleurs, et alla au-devant de son père. L'entourant de ses bras, elle lui dit :

« Je regrette, papa. Je me suis emportée. Je... je ne pensais pas ce que je disais. Pardonne-moi. Clémence est libre de faire ce qu'elle veut. C'est elle qui désire retourner à Troubas. Elle me l'a certifié.

— C'est moi qui ne suis qu'un imbécile ! Un vieillard entêté qui ne comprend rien à rien.

— Mais non. C'est normal. Tu désires avant tout garder tes enfants auprès de toi. C'est pourquoi la décision de Clémence te réjouit et que la mienne t'attriste.

— Je ne t'en veux pas. Si tu dois réussir ta vie en allant à Paris, vas-y ! N'hésite pas. Je n'ai pas le droit de te l'interdire. Quant à Clémence, sa décision n'appartient qu'à elle. Elle a ma bénédiction, quoi qu'elle fasse. »

En cette fin août, les orages venaient d'éclater sur le massif.

Mais après chaque ondée, le soleil, purifié par la tempête, rayonnait toujours de son lustre le plus éclatant.

25

Retrouvailles

Louise partit rejoindre René une fois le regain engrangé. Elle n'avait jamais entrepris un si long voyage. Elle avait le choix de passer par le centre ou par la vallée du Rhône. Elle préféra ce dernier itinéraire afin de découvrir ces villes prestigieuses de Nîmes et de Lyon dont les noms résonnaient en elle comme des leçons d'histoire. Toutefois, elle appréhendait les nombreux changements de trains dans les gares successives. Après Sainte-Cécile-d'Andorge, elle comprit que sa vie venait de prendre un autre tournant. Dans la gare d'Alès, elle retrouva encore ses marques, mais les convois ferroviaires plus nombreux, en partance pour le Centre ou le Midi, la plongèrent dans l'atmosphère d'une ville industrieuse qui la dépaysa. À Nîmes, elle se perdit dans la foule au changement de quai et faillit rater le départ du train pour Paris. À Lyon, son train fit une longue halte. Voyant bon nombre de voyageurs descendre, elle crut qu'elle devait en faire autant. Pourtant on lui avait bien dit que le trajet était sans changement jusqu'à destination. Se sentant peu rassurée, elle descendit sur le quai et se renseigna auprès d'un préposé de la compagnie.

Celui-ci lui conseilla de remonter rapidement dans sa voiture car le train allait bientôt repartir.

Dans la foule qui se pressait autour d'elle, elle crut tout à coup reconnaître un jeune homme. Mais elle ne put mettre un nom sur son visage, qu'il dissimulait à moitié sous un large chapeau de feutre. « C'est impossible ! se dit-elle. Ici je suis trop loin de chez nous. » Sur le moment, elle n'y prêta plus attention. Elle regagna sa voiture sans tarder davantage et n'eut que le temps de s'asseoir à sa place. Le train s'ébranla aussitôt.

Par la fenêtre, elle regardait les voyageurs restés sur le quai défiler sous ses yeux. Le visage de l'inconnu lui réapparut, de profil. L'homme semblait perdu, presque apeuré au milieu d'une foule agitée. Juste au moment où il allait disparaître de son champ de vision, il releva la tête, regarda dans sa direction, esquissa une sorte de sursaut d'étonnement. Puis le train prit de la vitesse. Louise le perdit de vue.

Son voisin détourna son attention en lui demandant si la fumée de cigarette ne la dérangeait pas. Il engagea rapidement la conversation, lui expliquant qu'il venait de Marseille et qu'il se rendait à Paris pour affaires. Louise l'écoutait d'une oreille distraite. Elle ne pouvait s'empêcher de penser à l'homme qui avait attiré son attention sur le quai de la gare.

De guerre lasse, ne pouvant se souvenir de qui il s'agissait, elle chercha à effacer son image de sa mémoire. Celle-ci s'étiola lentement au fur et à mesure que le train s'éloignait vers le nord. « J'ai dû confondre avec quelqu'un que j'ai déjà rencontré, songea-t-elle. Mais qui ? »

À son arrivée en gare de Lyon, elle fut happée par la foule. Elle crut ne jamais pouvoir retrouver René qui devait l'attendre au bout du quai. Les bagagistes s'affairaient en tous sens auprès des voyageurs dont les valises encombraient la descente du train. Des vendeurs de journaux à la criée annonçaient la une des quotidiens. L'un d'eux distribuait *L'Aurore* et s'exclamait en ce jeudi 4 septembre : « Le gouvernement italien accorde le droit de vote aux femmes ! » Louise sursauta. À peine débarquée, elle se trouvait plongée dans un autre univers, un monde où elle pourrait avancer ses idées, rencontrer des hommes et des femmes qui pensaient comme elle, où elle pourrait s'exprimer en trouvant toujours des oreilles complaisantes. Elle se sentit soudain revigorée. Elle héla le vendeur à la criée et lui acheta un exemplaire de *L'Aurore*. C'était la première fois qu'elle acquérait ce journal. Elle crut naïvement qu'elle allait y découvrir le nom de René inscrit en bas d'un article de première page. Elle prit quelques secondes pour le feuilleter, puis elle le rangea dans son sac et gagna l'extrémité du quai.

René l'y attendait. Quand il l'aperçut, il fit un grand signe de la main et, bousculant ses voisins, vint à sa rencontre. Louise se jeta dans ses bras.

« J'ai bien cru que je n'arriverais jamais ! lui dit-elle après l'avoir longuement embrassé. Quel voyage !

— Paris se mérite ! Mais tu vas voir, tu t'y feras vite. »

Il l'entraîna au buffet de la gare pour lui offrir un rafraîchissement.

« Tu dois être morte de soif !

— De faim aussi ! »

Ils dînèrent sur place. Puis René emmena Louise dans le petit deux pièces qu'il avait trouvé à louer rue de Vaugirard.

« C'est un ami – enfin une connaissance du journal – qui en est le propriétaire. Ce n'est pas grand, mais il me fait un prix. Entre collègues !... »

Fourbue, Louise s'installa sommairement et raconta son voyage dans le détail, sans omettre sa rencontre furtive sur le quai de la gare de Lyon-Perrache.

« Je n'ai fait qu'y penser pendant tout le reste du voyage, avoua-t-elle. Mais, impossible de mettre un nom sur ce visage ! Pourtant, je suis certaine que j'ai déjà vu cet homme.

— Tu confonds sans doute avec quelqu'un d'autre qui lui ressemblait vaguement.

— Peut-être ! »

René expliqua sans attendre qu'on lui avait confié un travail de rédacteur dans la chronique des faits divers.

« Cela ne m'intéresse pas beaucoup, reconnut-il. Les faits divers, même à Paris, ça ne reste que des faits marginaux, sans grande importance. Mais j'ai un pied dans le journal. Norbert Legendre, l'ami qui m'a fait rentrer, m'a assuré que je ne resterai pas longtemps à ce poste. Je brigue une rubrique plus prestigieuse. Il le sait. Il m'a laissé entendre qu'il penserait à moi dès que ce sera possible.

— Quel est son rôle dans le journal ?

— Il est en quelque sorte l'adjoint du rédacteur en chef.

— Et moi ? Lui as-tu parlé de moi ?

— Il pense à toi. Mais, pour l'instant, il te faut encore patienter. Dès qu'il aura quelque chose en vue, il t'appellera. En attendant, tu peux lui proposer des articles de ton choix. S'ils l'intéressent, il les publiera. Et tu seras payée comme pigiste. C'est un premier pas vers une embauche définitive. »

Louise parut un peu déçue.

« Ne sois pas triste ! Dès que ce sera possible, a-t-il affirmé, il fera appel à toi.

— Bon, dès demain, je m'y mets. J'ai lu la une de ton journal aujourd'hui. Le vote des femmes a été décrété en Italie. Je vais écrire un article sur ce sujet. Je vais dire ce que je pense de la situation des femmes dans notre pays, le berceau de la démocratie, soi-disant ! Je crois que je vais mettre le feu au lac !

— Va doucement, chérie ! Sois prudente. Ne heurte pas trop vite la sensibilité masculine. N'oublie pas que les journaux sont tous entre les mains des hommes ! »

Louise se plongea immédiatement dans son nouveau travail. Son premier article trouva un écho favorable auprès de la rédaction de *L'Aurore*. On lui demanda seulement de gommer ses opinions trop personnelles et de les habiller sous des considérations plus consensuelles.

Devant elle s'ouvrait subitement un avenir plein de promesses.

L'automne s'écoulait dans une douceur angevine. Les cieux semblaient avoir retrouvé la sérénité et la quiétude propres aux grandes accalmies. Les hommes croyaient à nouveau en la paix que quelques traités, durement imposés aux vaincus, devaient, si l'on s'en référait aux discours les plus passionnés, contribuer à consolider. La Société des Nations, de laquelle les plus intransigeants des hommes politiques avaient pris soin d'exclure les États tenus responsables du grand cataclysme, n'avait-elle pas été créée dans ce noble but ? Mais c'était sans compter sur la rancune et l'amertume des peuples froissés dans leur honneur et tenus à l'écart des grandes messes internationales.

Tout semblait donc rentrer dans l'ordre. Une nouvelle décennie s'annonçait. Avec elle, beaucoup pensaient que triompheraient enfin les grands idéaux. Pour certains, la révolution russe en pleine gestation d'un lendemain prometteur représentait l'espoir et le modèle universel. Pour d'autres, le triomphe du libéralisme, serti de ses apparats capitalistes, était le symbole même du renouveau et de l'avenir.

Sur le mont Lozère, la vie aussi avait repris, mais sans grands changements, sans l'ombre de profonds bouleversements. Les hommes, revenus du front, avaient retrouvé leur place. Certains, bien malgré eux, avaient dû en rabattre, ne pouvant plus compter que sur leur épouse ou leur descendance pour suppléer à leurs infirmités. Des fermes montraient déjà des signes prématurés d'abandon. Des pâturages étaient laissés à la friche. Les terres céréalières régressaient. L'élevage bovin, plus rentable, commençait à remplacer de plus en plus l'élevage ovin. Auguste s'inquiétait, à juste titre, de la future concurrence. Or, ses aubracs n'étaient pas des plus productives, même si elles étaient les mieux adaptées aux dures conditions de la montagne. Des éleveurs commençaient à miser sur de savants croisements, notamment avec la race charolaise.

«Tout cela me dépasse! avoua-t-il à Antonin. Je crois que j'ai fait mon temps. Lorsque tu reviendras du service militaire, je te passerai la main.

— Tu n'as que cinquante-cinq ans, papa! Tu n'es pas encore assez vieux pour prendre ta retraite!

— Qui te parle de retraite? D'abord, quand tu seras revenu, j'aurai trois ans de plus. Ensuite, je n'ai pas dit que je m'arrêterai complètement. Je voulais seulement t'avertir que je désire te passer la main le plus vite possible. C'est toi qui prendras les rênes de Bellecoste. Tu auras vingt-trois ans. Je suppose que tu voudras t'établir, peut-être avec la petite Chaptal. Alors ce sera le moment pour moi de m'effacer. Mais je compte bien encore t'aider pendant quelques années.»

Antonin éprouvait beaucoup de fierté lorsque son père lui parlait ainsi. Ce dernier lui avait toujours accordé sa confiance. Lui-même, dès son plus jeune âge, avait montré un grand intérêt à l'avenir de l'exploitation familiale.

«Nous avons la chance de ne pas avoir trop souffert de la guerre, reconnaissait-il. D'autres n'ont pas eu cette chance. Bellecoste demeure une bonne ferme d'élevage, solide et saine. Grâce à toi, papa, qui as su la faire fructifier et lui donner une bonne orientation au bon moment.

— Je dois reconnaître que j'ai su, avant beaucoup d'autres, me risquer dans l'élevage bovin. Cela m'a plutôt réussi. Je ne le regrette pas. À toi, maintenant, de poursuivre. En innovant s'il le faut.

— Je tâcherai de te faire honneur.

— Et pour commencer, je vais acheter une batteuse à vapeur avec François. Ainsi ce sera fini de dépiquer au fléau. Nous gagnerons du temps, de la fatigue et, au final, de l'argent. Après tout, il faut être moderne, n'est-ce pas? Comme ta sœur Louise!»

Antonin s'étonna:

«Mais, il n'était question que d'une trépigneuse! Pas d'une batteuse à vapeur.

— La trépigneuse, c'est déjà dépassé. Il faut être de son temps. Ce n'est pas toi qui me diras le contraire! Alors, quitte à engager des dépenses, autant le faire pour longtemps, n'est-ce pas?»

Ainsi en fut-il décidé. Avant la fin de l'hiver, Auguste acquit d'occasion une batteuse à vapeur dénichée une fois encore par François. Il en paya les trois quarts, ayant plus de surfaces céréalières que son cousin. Ils convinrent ensemble de commencer à l'utiliser dès la prochaine campagne sur ses propres terres. En attendant, la machine trouva place dans l'une de ses remises.

«Quand nous saurons la faire fonctionner, lui dit François, par prudence, nous la ramènerons chez moi pour battre.»

François n'osait l'avouer ouvertement, mais il craignait que la machine ne mette le feu à la paille empilée sur l'aire au moment du battage. Des accidents de ce genre arrivaient parfois chez des paysans imprudents qui ne laissaient pas assez de distance entre la chaudière et la batteuse.

À Lassagne, la nouvelle fit grand bruit. Malgré sa discrétion, Auguste ne put cacher longtemps qu'il avait acquis une machine moderne. On lui prêta vite l'intention de vouloir acheter d'autres terres cultivables, celles, précisément, que des fermiers malheureux, étranglés par le besoin, se voyaient contraints d'abandonner, faute de bras. Il s'en défendait, mais la rumeur était tenace.

Clémence avait retrouvé le chemin de Troubas. Après Noël, elle s'y était à nouveau installée, malgré le désaccord profond de son frère. Celui-ci maugréait en son for intérieur. Mais, devant la ferme décision de sa sœur, il ne put qu'accepter ce qu'il considérait comme la plus grosse erreur de sa vie.

Avant qu'elle ne quitte Bellecoste une fois de plus, il lui fit ses recommandations :

« N'oublie pas ce que je t'ai dit un jour, petite sœur : tu peux compter sur moi. Si un jour ça se passe mal, appelle-moi. J'accourrai aussitôt. Et ton Émile verra de quel bois je me chauffe.

— Tranquillise-toi ! Tout ira bien. Je connais Émile sous son mauvais jour. Maintenant qu'il a changé, tout devrait mieux se passer. »

Pour Clémence aussi, la nouvelle décennie marquait une autre époque. Du moins, c'est ce qu'elle espérait en retrouvant le cadre de vie qu'elle avait quitté quelques années plus tôt.

Les Claret, eux, n'avaient pas changé. La mère avait quelques rides de plus, des chairs un peu plus flasques, des cheveux plus ternes et grisonnants. Le père, lui, avait toujours le regard aussi lubrique, un faux air réjoui devant le retour de sa belle-fille, un visage plus décharné, et une façon de trembler des deux mains, quand il se versait un verre à boire, qui aurait inquiété plus d'un médecin.

Émile, quant à lui, se montra d'une affabilité et d'une prévenance qui étonnèrent Clémence dès l'instant où elle posa les pieds sur le seuil de la porte. Pour l'occasion, il s'était habillé de propre, coiffé comme pour aller au bal un jour de 14 Juillet. Il avait mis, lui-même, de l'ordre dans la maison et préparé trois chambres avec minutie et bon goût.

« Tes enfants auront chacun leur chambre, expliqua-t-il à Clémence en l'invitant à le suivre à l'étage. Amandine, la chambre au fond du couloir. C'est un coin du grenier que j'ai aménagé pour elle. Tu te souviens comment c'était ? C'était un débarras. Quant aux jumeaux, ils prendront la chambre de mes vieux (le mot lui échappa)... enfin, je veux dire, de mes parents. Je leur ai demandé de s'installer dans la pièce inoccupée du rez-de-chaussée. À leur âge, il vaut mieux qu'ils évitent de monter l'escalier ! »

Clémence allait de surprise en surprise.

« Quant à cette porte, tu la connais. C'est notre chambre. »

Elle blêmit tout à coup.

« Ouvre-la. Et regarde. »

Trop de mauvais souvenirs submergèrent brutalement son esprit. Elle n'osa tendre la main vers la poignée de porte.

« Vas-y ! Qu'attends-tu ? Tu verras, je t'ai réservé une surprise. »

Devant son hésitation, Émile ouvrit lui-même la porte et l'entraîna par la main. Clémence fit un pas en avant, s'arrêta net à l'entrée de la pièce. À l'intérieur tout avait été refait : les tapisseries, les boiseries, les rideaux et les tentures des fenêtres, l'éclairage. Le mobilier avait été changé : le lit, flambant neuf, était recouvert d'une courtepointe du plus bel effet ; une armoire et une commode Louis XV meublaient deux autres murs ; un guéridon muni d'une petite psyché occupait l'angle situé près de la fenêtre. Au sol, le plancher avait été poncé et ciré. Une entêtante odeur d'encaustique imprégnait encore la pièce. Et, comble du détail, que remarqua immédiatement Clémence tant cela l'avait choquée jadis, le pot d'aisance avait disparu !

« Ça te plaît ? demanda Émile. Nous serons comme des coqs en pâte dans notre petit nid douillet, hein ? »

Clémence dut reconnaître qu'Émile avait fourni de gros efforts. Cela signifiait-il qu'il avait, dorénavant, de bonnes intentions ? Les changements perceptibles sur sa personne, cette façon de bien la recevoir témoignaient-ils d'une réelle volonté de lui prouver qu'il avait fait table rase du passé et qu'il désirait maintenant repartir d'un bon pied ?

Méfiante, Clémence fut incapable de lui montrer une once de contentement et de mansuétude. C'était plus fort qu'elle : l'homme qu'elle venait de rejoindre était peut-être son mari, mais il n'était pas le père de ses enfants, et elle ne l'aimait pas.

« L'amour ne fait pas tout dans un couple ! » lui avait souvent répété son père. Elle se souvenait encore de ses paroles. Alors, faisant contre mauvaise fortune bon cœur, elle feignit d'accrocher un sourire à son visage et reconnut :

« C'est bien plus agréable qu'avant. Tu as eu bon goût, Émile ! »

En dépit de ses retrouvailles avec son mari, Clémence ne changea pas d'attitude à son égard. Elle ne lui cacha pas, d'ailleurs, le fond de sa motivation.

Dès le premier soir de son installation, elle tint à le prévenir :

« Ne te méprends pas sur mes intentions, Émile. Je ne voudrais pas te décevoir, mais je ne veux pas non plus te mentir. Certes, nous sommes mariés. Mais je ne désire pas être ta femme. Nous vivrons côte à côte, en nous respectant mutuellement.

— Comme un vieux couple !

— Si tu préfères. Après tout, après quelques années de vie commune, beaucoup de couples cessent d'avoir des relations physiques. Cela ne les empêche pas de s'aimer ; tout au moins de continuer à vivre ensemble.

— ...

— Ce n'est pas ce à quoi tu t'attendais ?

— Je ne me faisais pas trop d'illusions. Mais, puisque c'est la condition pour que tu reviennes définitivement, je suis bien obligé de t'accepter comme tu es.

— Quant aux enfants...

— Tes enfants ! insista Émile.

— Oui. Quant à mes enfants, il va sans dire que je souhaite que tu les traites comme s'ils étaient nos enfants.

— Cela va de soi ! Puisque nous n'en aurons jamais ensemble. »

Ces précisions étant faites, Clémence reprit sa place comme si elle n'était jamais partie. Au contraire, elle montra très vite à ses beaux-parents plus d'assurance que jadis et, petit à petit – sur les conseils d'Antonin –, elle sut les mettre au pas et prouver qu'elle était devenue la maîtresse des lieux. Lucien et Amélie Claret, étonnés de l'attitude apparemment soumise de leur fils, ne dirent mot. Croyant le couple raccommodé, ils craignaient, en s'opposant à Clémence, d'attiser les foudres d'Émile et d'être un jour ou l'autre poussés par celui-ci vers les portes de l'asile de vieillards, comme il les en avait menacés maintes fois.

En mars, Antonin partit pour trois ans d'armée. Ses adieux à Clémence furent douloureux. Le jeune homme ne pouvait admettre la résignation de sa sœur et redoutait qu'en son absence son beau-frère ne reprenne le dessus. Émile savait son épouse très proche de son frère. Il semblait même craindre l'influence de ce dernier dont la bonne réputation n'était plus à faire dans le village.

« Promets-moi de me tenir au courant ! extorqua Antonin à sa sœur, avant de quitter les siens. S'il lève une seule fois la main sur toi, prends tes enfants et réfugie-toi à Bellecoste.

— Ça n'arrivera plus ! Je t'assure. Je me suis bien expliquée avec Émile. Il a compris que, pour me garder, il fallait me prendre comme je suis et me respecter. »

Antonin rejoignit son régiment à Reims. Puis il fut envoyé en Sarre où les troupes d'occupation avaient pris possession des lieux stratégiques.

Émile acceptait difficilement le diktat de son épouse. Mais, ne voulant pas la perdre une seconde fois, il feignait de s'y conformer sans rechigner, du moins en apparence. « Je saurais bien, à force, la faire changer d'avis ! » se disait-il.

Il tenta d'oublier sa déconvenue en se jetant dans le travail. D'abord il embaucha un valet de ferme, Robert, pour le seconder ; son père « n'étant plus bon à rien ! » comme il se complaisait à l'affirmer au café de Lassagne où il avait tendance à reprendre quelques vieilles habitudes qu'on lui connaissait bien. Robert Valette était un ouvrier agricole que la guerre avait meurtri dans sa chair. Blessé sur le front en 1918, il avait été démobilisé peu avant l'armistice. Ayant gardé un éclat d'obus dans le dos, il terminait sa convalescence au Pont-de-Montvert, quand Émile le rencontra et l'embaucha à Troubas. Le même jour celui-ci engagea Mariette, une jeune fille de dix-huit ans, afin de faire le ménage et d'aider aux tâches quotidiennes de la ferme.

« Ainsi, expliqua-t-il à Clémence d'un air satisfait, nous aurons moins de travail. Et tu pourras mieux t'occuper des enfants. »

Clémence remarqua qu'Émile n'avait pas dit « de tes enfants ».

« Avons-nous les moyens de les payer ? s'enquit-elle.

— C'est mon affaire ! Ne t'inquiète pas. Pendant la guerre, j'ai mis de l'argent de côté. »

Clémence n'insista pas. Elle comprit qu'Émile ne s'était pas encombré de scrupules pendant le conflit. À Lassagne, le bruit courait en effet que certains « embusqués » avaient profité de la pénurie générale pour s'enrichir.

Elle accueillit Mariette avec beaucoup d'égards et lui assigna les tâches qui lui incomberaient. Puis elle lui montra sa chambre, en réalité un coin du grenier qu'Émile avait sommairement aménagé. Robert, quant à lui, devait se contenter du fenil.

Ainsi la vie reprit son cours. Les anciens prisonniers de guerre et les combattants de la dernière heure taisaient toujours leurs douloureux souvenirs. Rares étaient ceux qui s'épanchaient. Leurs souffrances, trop profondes, les empêchaient de parler de l'indicible horreur qu'ils avaient vécue en enfer. Plus que les autres, ils n'avaient que ces mots à la bouche : « Plus jamais ça ! »

Dans les rues du village, certains se distinguaient par leur boiterie, leur jambe unique, leur visage défiguré. D'autres, par leur regard perdu, hagard, terrifié parfois au moindre bruit de moteur. Les mieux portants dissimulaient leurs blessures à l'intérieur et saignaient dans leur mémoire meurtrie des images d'apocalypse.

Bientôt trois ans s'étaient écoulés depuis le retour à la paix. Les plaies n'étaient pas encore cicatrisées. Néanmoins, les douleurs commençaient peu à peu à s'estomper.

Clémence supportait tant bien que mal sa vie monotone grâce à ses enfants qui étaient tout pour elle. Devant sa mère elle osait reconnaître que, sans eux, elle n'aurait jamais accepté de retourner vivre à Troubas. Elle lui avoua même qu'elle n'avait aucune relation physique avec son mari et qu'elle n'en aurait jamais. Marie la comprenait, mais ne pouvait lui dire ouvertement qu'elle l'approuvait. Elle était attristée de cette situation, car elle savait qu'avec le temps celle-ci ne s'arrangerait pas. Elle craignait même qu'un jour ou l'autre Émile ne se réveille et n'exige ce que tout mari était en droit d'exiger de sa femme. «Il s'en prendra d'abord à elle, puis aux enfants!» croyait-elle en éprouvant certains remords. Elle taisait ses craintes et n'abordait jamais le sujet avec Auguste. Celui-ci, apparemment, feignait de ne pas s'émouvoir de la situation de sa fille. À ses yeux, tout était rentré dans l'ordre.

Peu avant la Saint-Jean, un homme vint rôder autour de Bellecoste. Un homme d'une trentaine d'années qui semblait fuir les regards tout en cherchant quelque chose ou quelqu'un. Auguste l'avait aperçu à plusieurs reprises mais n'était jamais parvenu à savoir qui il était, ni même à percevoir distinctement les traits de son visage. «Un journalier en quête d'un travail! pensait-il. Peut-être défiguré par une blessure de guerre! Il cache son visage comme s'il avait honte ou peur de se montrer ainsi diminué!»

Il observa l'étrange inconnu plusieurs jours de suite. Celui-ci s'approchait chaque fois davantage, mais évitait toujours de se dévoiler. Auguste restait sur ses gardes. Depuis que la guerre avait jeté sur les chemins des malheureux sans ressources, il régnait dans les campagnes une certaine insécurité. Il n'en dit mot à Marie qui, seule toute la journée pendant qu'il vaquait dans ses terres, se serait rapidement inquiétée. Toutefois, il demanda à Clémence de venir tenir compagnie à sa mère avec ses enfants, pendant quelque temps l'après-midi, sans lui en donner la raison précise.

Un jour, l'individu ne parut plus. Auguste en fut soulagé et se replongea dans son labeur sans plus y songer.

Clémence s'était installée sous la treille et raccommodait des vêtements appartenant à ses enfants. Le soleil baignait le mas d'une douce lumière et prodiguait une chaleur vivifiante. L'été venait d'éclore et, comme tous les ans à pareille époque, elle sentait monter en elle l'appel des hauts pâturages.

Elle tenait ses yeux fermés, le visage offert à l'astre solaire, et réfléchissait à toutes ces années passées. Elle occultait rapidement les mauvais souvenirs et ne s'attardait que sur les moments d'intense bonheur qu'elle avait néanmoins connus.

Un bruit de pas la fit sursauter et la sortit de sa somnolence. Elle ouvrit les yeux, fut brutalement éblouie. Au bout du chemin, une silhouette se dessinait comme une ombre, à l'encre de Chine. Elle se frotta les paupières. La silhouette se rapprocha.

Quand elle ne fut plus qu'à quelques mètres d'elle, elle fit un effort pour en distinguer les traits.

Devant elle, l'homme, tout habillé de noir, se taisait. Il se tenait de profil, un large chapeau sur la tête.

Clémence fut prise de panique. Elle voulut crier, appeler à l'aide. Mais aucun son ne sortit de sa gorge. Elle porta une main à sa bouche, laissant tomber son ouvrage. Instinctivement, elle se leva, éberluée.

L'homme fit un pas vers elle, esquissa un léger sourire qu'une moitié seulement du visage révéla.

« Je ne suis pas un fantôme, Clémence. C'est moi ! Armand. »

26

Mémoire engloutie

À Paris, Louise était à cent lieues d'imaginer le drame que vivait à nouveau sa sœur. Tout semblait lui sourire. Ses premiers écrits avaient beaucoup plu au responsable de la rédaction du journal. Il l'avait encouragée à poursuivre, en lui réservant une petite rubrique hebdomadaire. Un mois après son arrivée, elle fut embauchée définitivement au même titre que René l'avait été avant elle.

Ils fêtèrent l'événement en tête à tête, dans un restaurant célèbre des Champs-Élysées. Puis René entraîna Louise au théâtre voir une pièce de Sacha Guitry. Pour elle, la grande vie semblait commencer. Une vie pleine de folies, de rêves réalisés, de liberté.

Pour autant, elle n'oubliait pas son mont Lozère, son Bellecoste, ni sa petite école dans la montagne. Mais elle reconnaissait volontiers qu'elle ne les regrettait pas. Seule la distance qui la séparait des siens l'attristait parfois, car elle avait conscience qu'elle ne les reverrait plus autant qu'avant. Elle savait qu'elle ne participerait plus à la saison des foins ni à celle des moissons, et qu'elle ne pourrait plus retourner chez elle aussi facilement que lorsqu'elle était institutrice.

« Entre les vacances et la gloire, il faut choisir dans la vie ! lui disait René sous forme de plaisanterie. Les enseignants ont beaucoup de vacances, mais pas la gloire. Toi, avec ta plume et ton talent, tu peux espérer, un jour, être connue et courtisée comme une princesse.

— Tu vas un peu vite ! Et je te ferais remarquer que les enseignants ne choisissent pas leur métier pour les vacances. De plus, ce qu'ils gagnent n'a pas de quoi attirer les foules !

— Je plaisantais. »

René ne souffrait pas de l'éloignement. Ses relations avec son père étaient depuis longtemps assez distantes. Depuis de nombreuses années, il voulait réussir dans le journalisme. Son but était en train de se concrétiser. Il se préparait donc à entamer une belle et brillante carrière.

« Ensemble, nous parcourrons peut-être le monde entier pour aller chercher l'actualité là où elle se fait.

— Ne rêve pas trop, René ! devait souvent le tempérer Louise. Pour l'instant, nous ne sommes que de modestes journalistes. Et c'est déjà beaucoup ! »

Restée paysanne dans l'âme, même à son corps défendant, Louise se montrait plus réaliste que René, plus consciente que la réussite était le fruit d'une longue persévérance. Elle gardait ses rêves intacts mais n'ignorait pas la prudence, le doute, la mesure. Elle tenait cela de son père, à qui, avec les années, elle ressemblait de plus en plus.

C'était donc avec une grande lucidité qu'elle abordait sa nouvelle carrière.

Au journal, elle trouva rapidement sa place. Entourée d'hommes, elle gardait toujours son calme lorsque ses collègues, pour plaisanter, la taquinaient sur son rôle de porte-flambeau du féminisme. Pour mieux leur montrer qu'elle n'avait rien à envier à la gente masculine, elle arborait volontiers des tenues dites à la garçonne qui commençaient à être à la mode. Elle avait raccourci la longueur de ses cheveux, et s'était mise à fumer – plus par provocation que par goût. Elle s'affirmait sans devoir se forcer, sans avoir besoin de feindre. Au fond, Louise épousait parfaitement son temps.

L'argent qu'elle gagnait avec René lui permettait d'envisager l'avenir sans crainte. Loin de le dépenser inutilement, elle en mettait une grande partie de côté, en le laissant sur un compte en banque dont elle avait découvert l'usage.

«Si mon père savait que je laisse mon argent à la banque, il me dirait: *Ma fille, tu n'es pas bien prudente!* Lui a toujours thésaurisé dans un bas de laine, comme on dit. Tout l'argent qu'il gagne par la vente de ses bêtes, il le garde jalousement dans une boîte métallique bien cachée quelque part dans la maison. Même moi, j'ignore où elle se trouve!

—Ah! méfiance paysanne! lui rétorquait René en souriant. Mais, tu tiens un peu de lui! Avec ton souci d'économiser, tu fais bien partie des gens de la terre. Tu ne peux pas renier tes origines.

—Moque-toi! Tu ferais bien d'en faire autant. Et ce n'est pas ton père qui me donnerait tort, je suppose.»

René savait que son père avait travaillé, toute sa vie, avec acharnement pour maintenir à flot sa petite filature. À Florac, celle-ci avait prospéré jusqu'au début du siècle. Mais, comme beaucoup, avec la fin de l'âge d'or de la soie dans les Cévennes, elle donnait, depuis, des signes d'essoufflement. Faute de moyens financiers importants, elle avait manqué le train de la modernisation et se trouvait maintenant concurrencée par des entreprises plus importantes.

« En tout cas, je ne regrette pas de ne pas avoir suivi la voie toute tracée à laquelle il me destinait. La soie, vois-tu, n'a plus guère d'avenir dans ce XXe siècle qui verra peut-être l'homme marcher sur la Lune.

— Tu rêves encore, chéri. Marcher sur la Lune !

— On vole bien dans les airs. Alors, pourquoi pas ? »

Louise et René aimaient échanger leurs opinions, surtout quand elles étaient contradictoires. Lui se projetait souvent dans l'avenir et mettait tous ses espoirs dans la science pour voir la misère du monde disparaître. Elle, plus sage, croyait davantage au rôle des femmes qui, disait-elle, sauraient tempérer l'ardeur et la folie des hommes, seuls responsables des grands fléaux.

« Avec les femmes au pouvoir, aimait-elle affirmer, il n'y aurait plus de guerre ! Alors, il faut lutter pour leur donner toute leur place dans la société. Il y a encore beaucoup à faire ! »

L'existence de Clémence se trouvait brutalement bouleversée. Tant bien que mal, elle s'était rangée à l'idée de finir ses jours entre un mari pour qui elle n'éprouvait aucun sentiment, et ses enfants qu'elle adorait, tant ils lui rappelaient ses grands moments de bonheur. Résignée, elle s'était convaincue qu'elle ne devait pas être la seule dans son cas. Beaucoup de jeunes femmes à Lassagne et dans les environs se retrouvaient veuves depuis la guerre. Certaines même avaient été abandonnées par des maris ou des fiancés qui, prisonniers, avaient refait leur vie outre-Rhin. D'autres ne reconnaissaient plus leurs époux et devaient les accepter avec leurs infirmités, leurs blessures physiques et morales. «Je ne suis pas la plus à plaindre!» se consolait-elle quand, esseulée dans son lit glacial, malgré la présence d'Émile à ses côtés, elle s'épanchait sur son sort.

Lorsqu'elle entendit de nouveau l'homme, devant elle, lui répéter: «C'est bien moi: Armand. Me reconnais-tu, Clémence?», elle écarquilla les yeux comme au sortir d'un rêve. Sur le moment, elle resta muette de stupéfaction. Puis elle se rassit sur le muret de pierre et bégaya:

«Mais... mais... voyons, c'est impossible! Vous... vous n'êtes pas Armand. Armand est mort!»

Il s'approcha d'elle et se planta dans l'ombre de la maison afin qu'elle le vît sans être éblouie par le soleil. Il se tenait de profil, mais elle put percevoir sous son chapeau un cordon de cuir lui barrer le front.

Il se tourna, lui fit face.

Alors, malgré le masque qui lui cachait la moitié du visage, elle le reconnut.

«Armand! s'exclama-t-elle enfin. C'est toi, Armand!»

Elle était incapable du moindre geste, paralysée de surprise et d'émotion.

Il fit encore le premier pas, ouvrit ses bras, l'étreignit avec délicatesse comme pour ne pas briser une poupée de porcelaine.

« Ma Clémence ! lui murmura-t-il dans l'oreille. Tout ce temps !... Comme j'ai pensé à toi ! Comme j'espérais cet instant de retrouvailles ! »

Elle se dégagea, les yeux noyés de larmes, toujours muette.

« Je... je te fais peur ! poursuivit-il. Ce masque... c'est... »

Il se tut. À son tour, l'émotion l'étranglait et le privait de paroles. Il se dégagea, se repositionna de profil comme pour mieux dissimuler ce qui le torturait.

« J'ai été touché sur le champ de bataille. Une vilaine blessure m'a laissé pour mort. »

Clémence revint vers lui, lui posa un doigt sur la bouche.

« Plus tard », dit-elle.

Puis elle l'entraîna à l'écart, par la main. Instinctivement ses pas la conduisirent vers la grange.

« Viens, suis-moi ! Nous y serons plus tranquilles. »

Armand se laissa faire. Son cœur cognait à se rompre dans sa poitrine. Pourtant il savait que plus rien ne serait comme avant, que plus rien n'était possible.

« Est-ce bien raisonnable ? demanda-t-il.

— Nous ne faisons rien de mal. Nous avons tant de choses à nous raconter. »

Ils s'assirent dans la paille, à l'abri des regards et des oreilles. Non que Clémence craignît l'indiscrétion de sa mère, mais elle voulait seulement revoir Armand là où elle l'avait toujours imaginé pendant ces longues années d'absence.

Ils ne s'embrassèrent pas, ne se tinrent pas par la main ni par les épaules. Ils restèrent côte à côte, sans se toucher, hormis du regard. Mais leurs yeux trahissaient ce qu'ils éprouvaient toujours l'un pour l'autre.

« J'ai refait ma vie, dit Clémence la première.

— Oui, je sais. Je suis passé chez Marceau Freyssinet au Pont-de-Montvert, avant de venir. Il m'a tout raconté. Je n'ignore rien de ce qu'il t'est arrivé.

— Pourquoi as-tu tant tardé à revenir ? Au moment de l'armistice, j'étais seule. Tout était encore possible.

— J'étais loin. Je ne suis rentré en France qu'il y a six mois.

— Que s'est-il donc passé ? Nous t'avons tous cru mort. »

Armand se cala le dos contre une botte de foin, enfouit son visage dans ses mains, ôta son chapeau de feutre à larges bords, puis, lentement, dénoua le cordon du masque qui lui cachait l'œil et la joue gauches.

Clémence ne broncha pas. Dans ses yeux, Armand lut l'amour qu'elle éprouvait toujours pour lui. Elle sourit.

« Voilà ce que je suis devenu, poursuivit-il d'une voix monocorde. Une gueule cassée ! »

Clémence s'avança sans se lever, lui caressa sa blessure, posa sa tête sur ses genoux, dit :

« Si tu commençais par le début ! »

Alors, Armand revisita, dans la douleur du souvenir, les moments terribles qui avaient basculé sa vie en enfer.

Lorsqu'il fut blessé en Champagne au début de 1915, il fut laissé pour mort par les autorités militaires, son corps n'ayant pas été retrouvé parmi les cadavres qui jonchaient le champ de bataille entièrement dévasté par les tirs d'obus de l'artillerie lourde allemande. Il arrivait parfois que les corps des malheureux soldats soient entièrement ensevelis après un déluge de feu. Son ami – Jean Delplace, qui était venu annoncer à Clémence sa fin tragique – avait confirmé l'hypothèse de sa mort. Ce jour-là, ils étaient ensemble en montant à l'assaut. Les obus fusaient partout autour d'eux. La fumée, les éclairs, les projections de terre, la mitraille les séparèrent. En quelques secondes, ils se perdirent de vue. Jean continua d'avancer jusqu'à ce que son bataillon ait atteint la cote 304, but de l'opération. Lors du bilan, quand les brancardiers eurent fini de ramener les blessés, les morts et les morceaux de corps déchiquetés, force fut de constater qu'Armand manquait à l'appel.

En réalité, il s'était écarté de l'objectif. Et, dans le capharnaüm apocalyptique du champ de bataille, il s'était dirigé droit sur les lignes ennemies au lieu de les contourner pour atteindre la côte 304, selon les ordres donnés. Face aux Allemands, il prit de plein fouet un éclat d'obus tiré de l'arrière par l'artillerie française. Gravement blessé au visage, il resta à moitié enfoui dans son trou jusqu'à ce que les Allemands, venus à leur tour rechercher leurs blessés, ne le découvrent agonisant.

Transporté par leurs brancardiers, il fut conduit à l'arrière de leurs lignes et soigné sommairement par un médecin qui ne faisait aucune différence entre les blessés. Puis il fut déclaré prisonnier.

Sa vie ne fut plus ensuite qu'une longue souffrance, une lente descente dans les arcanes de la mémoire disparue.

Il fut d'abord envoyé dans un hôpital militaire allemand à la frontière alsacienne, le temps que ses plaies au visage finissent de cicatriser. On lui annonça sans détour qu'il avait perdu un œil et une joue, mais que sa mâchoire et toute la structure osseuse de son visage avaient été miraculeusement épargnés. Avec un bon chirurgien, on pourrait lui refaire le visage presque sans défaut, lui affirma-t-on. Seule la perte de l'œil était irrémédiable. Mais on lui dit aussi qu'il devrait attendre d'être rentré en France pour se refaire opérer.

La tête entièrement bandée, il ne voyait que d'un œil et ne parvenait pas à parler. De plus, il ne se souvenait de rien, pas même de sa propre identité.

« Amnésie totale, avait déclaré devant lui un médecin alsacien dans un excellent français au fort accent germanique. Nous allons vous envoyer à Cologne où l'on essaiera de vous faire retrouver la mémoire. Vous êtes prisonnier. Mais, dans mon hôpital, vous êtes d'abord un être humain qui a besoin de soins. Je veillerai à ce qu'on vous traite comme tous les autres blessés. »

Sa convalescence terminée, il fut donc emmené à Cologne. Comme il ne parlait toujours pas, il s'intégra plus facilement aux nombreux blessés allemands qui partageaient son sort. La plupart croyaient qu'il était des leurs. Seuls les médecins savaient d'où il venait. Mais, comme leur collègue alsacien, ils s'attachèrent plus au cas clinique qu'il représentait qu'à ses origines.

Si ses blessures au visage finirent par guérir – non sans lui laisser une profonde cicatrice de l'arcade sourcilière au menton —, sa mémoire et ses facultés d'élocution ne revinrent pas. Les médecins crurent qu'il ne recouvrerait pas la parole tant que son amnésie perdurerait. Et ils ne se montraient pas très optimistes.

Les mois passèrent. Puis les années. Le conflit, lui, n'en finissait pas. Armand se rétablit physiquement mais pas psychologiquement. Les médecins ne cessaient cependant de se pencher sur son cas, afin de le ramener sur le chemin de ses souvenirs, si douloureux pussent-ils être.

Au début de 1918, il se réveilla un matin en sursaut, tout en sueur, à la suite d'un affreux cauchemar. Dans son rêve, il s'était revu en train de monter à l'assaut dans le bruit, le feu, le sang. Il était perdu et ne savait plus dans quelle direction se diriger. Il avait beau appeler un camarade, dont le nom lui revint – Delplace –, personne ne lui répondait. Tout à coup, ce fut l'explosion et des visages ennemis penchés sur lui. Il cria quelque chose d'inaudible. Une infirmière, alertée, vint vers lui.

« Où suis-je ? » demanda-t-il.

La femme en blanc, ne comprenant pas le français, appela aussitôt un médecin. Celui-ci accourut et constata que son prisonnier avait retrouvé l'usage de la parole.

Alors commença la lente rééducation de sa mémoire.

Armand n'avait pas trop conscience de ce qui lui était arrivé. Il ne réclamait pas non plus d'enlever le masque qu'on lui avait posé sur le visage pour dissimuler son infirmité. La vue de ce visage meurtri, devenu étranger à ses yeux, affirmaient les médecins, risquait de retarder le recouvrement de sa mémoire.

Il s'habitua donc à vivre ainsi, ne voyant de lui-même qu'un demi-visage toujours surmonté d'un large chapeau de feutre qu'une aide-soignante affable lui offrit un soir de Noël.

Après l'armistice, lorsque les prisonniers furent libérés, on lui signifia qu'il pouvait rentrer chez lui.

« C'est où chez moi ? demanda-t-il.

— En France ! lui répondit l'aide-soignante qui l'avait pris en amitié.

— J'ignore où ça se trouve. Et je ne sais pas qui m'attend là-bas ! »

D'un commun accord avec les médecins, il accepta de rester à Cologne pour poursuivre sa thérapie et se faire opérer. À la suite de l'intervention, il retrouva son visage d'avant. Seule subsistait une légère cicatrice. Mais son œil gauche était définitivement perdu.

À force de persévérance, sa mémoire finit par revenir, par bribes désordonnées d'abord, puis par pans entiers. Au bout de deux ans d'acharnement, il se souvint de Clémence, de Bellecoste, du Pont-de-Montvert. Il s'écroula en larmes. Les médecins surent alors qu'il était totalement guéri.

Il demeura encore en Allemagne pendant quelques mois, le temps de se faire à l'idée de rentrer en France, un pays où il se croyait devenu étranger.

« C'est la peur du retour à la réalité. La peur de retrouver sa vie, de se retrouver, expliquaient les médecins. Quand il se sentira prêt, il franchira le pas... »

Il revint en France au début de l'hiver. La nouvelle décennie avait déjà un an. Il ne retourna pas immédiatement dans les Cévennes. Il alla à la rencontre d'anciens amis qu'il avait connus lors de son tour de France, à l'époque où il était compagnon. Il séjourna à Besançon, à Dijon, à Lyon, puis à Avignon. Insensiblement il se rapprochait des Cévennes.

Quand vint l'été, il se décida à franchir le dernier pas. Il ne pouvait plus attendre davantage. Il voulait savoir ce qu'étaient devenus Clémence et l'enfant qu'elle portait. Son enfant ! Ne lui avait-il pas promis de l'épouser, dans la lettre qu'il lui avait envoyée en réponse à la seule qu'il avait reçue d'elle ? L'avait-elle attendu pendant toutes ces années ?

Ces questions lui taraudaient l'esprit depuis qu'il avait recouvré la mémoire. Mais, en réalité, il ne croyait plus au miracle.

« Voilà ! dit-il en terminant son récit. À présent, tu sais tout. »

Clémence se taisait, terrassée par la tragédie qu'Armand venait de lui conter. Elle se morfondait de remords. « Comment ai-je pu si vite l'effacer de ma vie ? » se reprocha-t-elle soudain.

« J'ai honte, Armand ! Honte de ce que j'ai fait.

— Pourquoi donc ?
— Je n'ai pas cru en toi.
— Tu n'as rien à te reprocher. Tout le monde me croyait mort. Même mon camarade Delplace est venu te l'annoncer. Tu ne pouvais pas savoir.
— J'aurais dû écouter mon cœur. Il m'aurait dit que tu étais vivant.
— Les remords ne servent à rien, Clémence. La vie est ce qu'elle devait être. Nous n'y pouvons rien.
— Mais… mais je n'ai jamais cessé de t'aimer, Armand ! Ce n'est pas juste ! »
Armand caressa le visage de Clémence comme il aimait le faire jadis, quand ils vivaient cachés.
« Quand je montais à l'assaut, je pensais toujours à toi. C'est ce qui m'a permis de tenir. Sinon, je crois que je me serais fait tuer très vite. Avec quelques-uns de mes camarades, inscrits en rouge comme moi, nous étions de toutes les plus sales corvées.
— Qu'allons-nous faire à présent ? »
Armand ne s'était pas posé la question en ces termes. Il s'était fait à l'idée que Clémence avait dû reconstruire sa vie sans l'attendre. La seule question qu'il s'était posée était : « Que vais-je faire, maintenant qu'une page est tournée ? »
« Je voudrais connaître mon enfant, lui répondit-il. Après, je repartirai. »

27

Un monde d'incertitudes

Un nouveau printemps venait d'éclore. Le mont Lozère s'éveillait lentement après un long hivernage. Le pic Cassini et ses pentes boisées étaient encore recouverts de leur manteau d'albâtre et commençaient à ruisseler sous la douceur des premiers rayons du soleil. Les prairies détrempées exhalaient un mélange de fragrances acides de mousses, de lichens, de plantes aquatiques des tourbières, et de nectars sucrés des premières fleurs dont le vent emportait le pollen jusque dans le creux des vallées. De la porte ouverte des étables, des vapeurs de litière se répandaient à travers la campagne, tandis que le meuglement des bêtes se mêlait, chaque heure, au bourdonnement joyeux des cloches des églises.

Après tant d'années de drames et de pleurs, il semblait à tous qu'une ère nouvelle avait commencé. La vie reprenait. Les affaires aussi. Les hommes valides redoublaient d'ardeur pour contraindre l'adversité à reculer. Il y avait tant à faire, à reconstruire, à imaginer, à innover, que le souvenir des malheurs passés avait fait place aux projets, aux espoirs, aux rêves les plus téméraires.

Les «années folles» semblaient augurer une période de prospérité nouvelle, mais laissaient encore planer sur le monde beaucoup d'incertitudes.

Armand avait fait ses adieux à Clémence. Après avoir embrassé sa fille et l'avoir dévorée des yeux sans lui avouer qui il était, il s'était éclipsé sans préciser où il avait l'intention de se rendre. Clémence, transpercée de chagrin, retint ses larmes pour ne pas sombrer dans le désespoir devant Amandine. Celle-ci ne posa aucune question lorsque Armand fut parti. Elle retourna s'occuper de ses petits frères auprès de sa grand-mère et oublia aussitôt la visite de celui qu'elle prit pour un ami de sa mère.

Depuis ce jour-là, Clémence vivait à Troubas dans la plus grande résignation. Elle n'avait pas osé avouer à Émile qu'elle avait revu Armand, afin de ne pas réveiller ses vieux démons de jalousie. Son mari la laissait tranquille, ne lui cherchait pas querelle. Ce n'était donc pas le moment de rompre un *modus vivendi* si difficilement obtenu. En outre, Émile semblait faire des efforts pour lui paraître agréable, se prenant parfois au jeu d'amuser les jumeaux et d'instruire Amandine en lui demandant de lire à voix haute des passages de l'almanach. La petite fille savait lire depuis peu, mais elle ne montrait pas beaucoup de bonne volonté à obéir aux demandes de son beau-père. Entre eux, l'entente était loin d'être cordiale. L'enfant savait déjà montrer à l'homme, qui l'avait accueillie avec sa mère et ses frères, qu'il n'était pas son père.

«Elle te ressemble! remarquait souvent Émile en s'adressant à Clémence. Elle est un peu rebelle. Ça lui passera!»

Clémence ne répliquait pas. Amandine, elle, fusillait son beau-père du regard en mordant sa langue pour éviter de dire ce qu'elle pensait. Mais un soir, elle ne put se retenir :

« Mon vrai père s'appelle José. Il est parti faire un long voyage, mais il reviendra bientôt. Et il nous reprendra tous. »

Clémence n'eut pas le temps de l'arrêter. Piqué au vif, Émile répondit :

« Ton vrai père, petite, tu ne le connais pas. Il ne s'appelle pas José, mais Armand ! »

L'enfant, qui avait déjà, à son âge, le sens de la repartie, rétorqua sans hésiter :

« C'est faux ! Armand, je le connais. C'est un ami de maman. Je l'ai déjà vu. Une fois. Il est venu la voir à Bellecoste, chez mamé Marie. Mon père, c'est pas lui ! »

Clémence blêmit. Elle se sentit soudain trahie par sa propre fille. Émile tourna les yeux vers elle, accusateur.

« C'est vrai ce qu'elle dit ? Tu l'as revu ? »

Elle ne répondit pas, prit Amandine par la main.

« Viens ! Allons dans ta chambre, ma chérie. Tes frères veulent jouer avec toi. »

L'enfant traîna à obtempérer, marmonnant entre ses dents :

« C'est pas Armand, mon père ! C'est José ! »

Émile s'assit à la table, se versa un verre de trois-six, exigea que ses parents le laissent seul s'expliquer avec sa femme. Ceux-ci lui obéirent sans rechigner.

« Va y avoir de l'orage dans l'air ! dit le vieux Claret à son épouse. Les histoires vont recommencer. »

Dès que Clémence revint dans la cuisine, Émile la questionna sur un ton réprobateur :

« C'est vrai ce qu'a dit ta gamine ? Tu l'as revu ? Je le croyais mort à la guerre !

— Eh bien ! il n'est pas mort ! Et oui, je l'ai revu. Qu'est-ce que ça peut te faire ? Je croyais que les choses étaient claires entre nous.

— Je n'aime pas que tu fasses des cachotteries derrière mon dos. J'ai accepté de te reprendre comme tu étais, avec toute ta marmaille. Mais je ne t'ai pas autorisée à me ridiculiser.

— Je ne t'ai pas ridiculisé. Arrêtons cette discussion, veux-tu !

— Je te préviens : si tu revois cet homme encore une fois, ça se passera mal !

— Tu n'as pas à être jaloux, puisque entre toi et moi il n'y a rien. Et tu le sais bien, il n'y a jamais rien eu et il n'y aura jamais rien.

— C'est pas une raison pour me tromper !

— Tu te gênes, toi, peut-être ! »

Émile avala son verre d'alcool, s'en resservit aussitôt un deuxième, puis un troisième.

« Ça ne se passera pas comme ça ! répéta-t-il en se levant brusquement ! S'il le faut, je le retrouverai et je lui dirai deux mots. »

L'incident fut clos. Mais depuis ce soir-là, Émile recommença à se montrer désagréable avec Clémence et à rabrouer ses enfants. Lorsqu'il s'absentait sans dire où il allait, il rentrait de nouveau éméché et ne supportait pas les pleurs des jumeaux. Clémence évitait alors de le contrarier et s'efforçait de lui montrer bonne figure. Elle accomplissait ses tâches à la ferme comme si elle était à Bellecoste, et essayait d'oublier la dure réalité de sa vie en donnant tout son amour à ses enfants.

Jusqu'à présent Émile n'avait jamais tenté d'exiger d'elle qu'elle cède à ses envies. De son côté, elle se refusait à se demander comment il pouvait accepter une telle situation. Certes, elle se doutait qu'il ne se privait pas d'avoir des aventures passagères, des filles de ferme qu'il culbutait dans les granges pour satisfaire ses besoins et assouvir ses fantasmes. Mais son attitude, à l'extérieur, ne la touchait pas. Elle avait elle-même imposé ses exigences pour son retour. Elle ne s'était donc jamais attendue à ce qu'Émile vive dans la chasteté.

« J'ai obtenu un toit et une famille pour mes enfants, répétait-elle à sa mère pour la rassurer, c'est tout ce que je voulais en revenant à Troubas. »

Toutefois, avec le temps, Émile se montrait de plus en plus irascible. Ses reproches étaient permanents dans sa bouche. Peu à peu, il redevenait l'homme qu'il était jadis, plein de rancœur, de jalousie, de ressentiments envers les autres. Les enfants de Clémence lui rappelaient que sa femme l'avait trahi, trompé, repoussé ; qu'elle avait été heureuse pendant que lui se morfondait ; qu'elle l'avait méprisé.

Il passait sa mauvaise humeur sur ses parents qu'il maltraitait verbalement, sur Robert, son valet de ferme, qu'il rudoyait sans égards. Quant à Mariette, il jetait sur elle des regards de plus en plus concupiscents, au point que la jeune domestique s'en plaignit un jour à Clémence. Celle-ci tenta de la rassurer :

« Tenez-vous loin de lui. Et, à la première incartade de sa part, appelez-moi immédiatement. »

Clémence avait appris à ne plus craindre son mari. Les drames qu'elle avait vécus dans son existence – pourtant encore bien courte – lui avaient permis de se forger le caractère dans un acier bien trempé. Ses enfants étaient devenus son meilleur rempart contre l'adversité, le lien indestructible qui la rattachait aux intenses moments de bonheur qu'elle avait connus, les seuls gages de son propre avenir.

Alors, les frasques d'Émile ! Elle n'en avait cure, tant qu'il la laissait vivre tranquille et élever ses enfants en toute sérénité, et qu'il ne tentait rien contre elle.

Toutefois, son attitude envers Mariette l'inquiétait. Elle commença à se méfier de nouveau et à le surveiller de plus près.

Antonin était plongé au cœur même des problèmes résultant de la paix signée à Versailles deux ans plus tôt. Face au refus de l'Allemagne d'accepter les accords de la conférence sur les réparations de guerre, les gouvernements belge et français menaçaient en représailles d'occuper certaines villes industrielles de la Ruhr. Envoyé en Sarre après ses mois de classe, il découvrit de l'autre côté de la frontière franco-germanique une nation meurtrie, qui avait autant souffert des privations et des deuils que son propre pays. Il avait tout de suite éprouvé, auprès de la population, un sentiment de gêne, d'inconfort, un malaise qui l'empêchait de considérer les civils qu'il côtoyait comme d'anciens ennemis. La détresse et l'amertume se lisaient dans le regard que portaient sur les soldats français la plupart des habitants des territoires occupés. Ceux-ci comprenaient mal leur défaite et jugeaient les clauses de la paix imposée humiliantes. Aussi redoutait-il maintenant d'être envoyé encore plus loin en Allemagne, estimant que l'occupation de la Ruhr serait une énorme erreur.

Antonin, en effet, ne pouvait que compatir face à la misère qu'il percevait parfois autour de lui. Celle-ci affectait les plus démunis et jetait à la rue des familles entières privées de ceux qui n'étaient pas rentrés du front. Le spectre du malheur portait outre-Rhin le même masque funèbre.

Néanmoins, au cours des rares moments de liberté que lui donnaient ses permissions, il découvrit l'ambiance chaleureuse des *Gasthaus* et des tavernes allemandes. Malgré la morosité générale, les Allemands continuaient de fréquenter ces lieux où la bière coulait à flots. Quand il entrait dans l'un d'eux, toujours accompagné par quelques camarades de chambrée, les têtes se tournaient dans sa direction, le silence s'imposait aussitôt. Conscients qu'ils n'étaient pas les bienvenus, ils s'asseyaient dans un coin reculé, évitaient de croiser les regards et discutaient sans hausser la voix. Ils finirent par dénicher une auberge où personne ne leur prêtait attention. Malgré leur uniforme, ils passaient pour des clients ordinaires et entretenaient même des bribes de conversation avec ceux qui, autour d'eux, parlaient un peu le français.

Les mois passèrent. L'occupation de la Ruhr devint une réalité. L'exaspération était à son comble. Déjà, dans certains estaminets, on tenait des propos enflammés contre ceux qui humiliaient la nation et le peuple allemands. L'économie était en faillite. Les exportations de charbon en direction de la France privaient des millions de personnes qui réclamaient à grands cris de l'assistance. Il n'en fallait pas moins pour que les soldats français passent pour de nouveaux ennemis.

Antonin achevait sa deuxième année sous les drapeaux. Il avait hâte d'en finir, car il supportait de plus en plus mal le rôle qu'il était contraint de jouer. Il assistait, dans l'incompréhension la plus grande, à la dégringolade du mark allemand. Il s'en rendait compte d'un jour à l'autre en payant sa chope de bière de plus en plus chère.

« À ce rythme-là, reconnaissait-il sans se moquer, il faudra bientôt des milliers de marks pour se payer à boire ! »

Il ne croyait pas si bien dire et ne se trompait pas beaucoup, quand il s'aperçut bientôt qu'un billet de 20 000 marks ne valait que 3,20 francs, et que le kilo de viande de bœuf coûtait jusqu'à 24 000 marks.

Malgré le rejet dont les Français faisaient l'objet, Antonin s'était lié d'amitié avec la jeune serveuse d'un estaminet où il aimait se rendre pendant ses heures de liberté. Linda parlait un français approximatif et n'éprouvait aucun ressentiment envers ceux qui occupaient son pays. Pourtant son père et son frère étaient morts à la guerre et sa mère avait été emportée en 1919 par la grippe espagnole. À seize ans, se retrouvant démunie et sans famille, seule dans la métairie de ses parents, elle avait décidé de s'installer en ville pour y trouver du travail. Embauchée comme serveuse dans une *Gasthaus* tenue par un ami de son père, elle y travaillait depuis, sans relâche du matin au soir, tous les jours de la semaine, pour un maigre salaire, et y logeait dans une chambre mansardée.

« À la ferme de mes parents, avoua-t-elle un soir à Antonin, en détachant lentement chaque mot l'un après l'autre, je vivais heureuse avec ma famille. Nous n'étions pas riches mais nous ne manquions de rien. »

La similitude entre sa situation et la sienne toucha Antonin qui, peu à peu, se sentit attiré par la jeune serveuse. Celle-ci le faisait rêver, avec ses jolis yeux d'un bleu de porcelaine et ses deux nattes blondes qui lui donnaient l'allure d'une petite fille. Pourtant, âgée maintenant de vingt ans, Linda faisait preuve d'une grande maturité et avait parfaitement conscience que rien ne servait de cultiver la rancune envers ses anciens ennemis.

« Nous ferions mieux de nous entendre, reconnaissait-elle humblement. Mais les hommes politiques sont trop imbus de leur pouvoir pour faire preuve de sagesse. »

Antonin ne se lassait pas de l'écouter. Il en oubliait certaines promesses qu'il avait tenues à Lassagne, où quelqu'un l'attendait. Et plus il l'écoutait, plus un sentiment trouble grandissait en lui, qui dépassait la simple amitié.

Un soir qu'il était venu seul boire un verre, il lui demanda de s'asseoir à sa table. Intimidée, Linda prétexta que son patron la réprimanderait s'il la voyait. Mais celui-ci étant sorti, Antonin parvint à la convaincre.

Il avait longuement préparé ce qu'il allait lui dire, mais ne savait pas comment le lui annoncer. Une fois qu'elle fut assise en face de lui dans un recoin discret de la salle, il lui déclara, sans autre forme de précautions et sans détour, qu'il était tombé amoureux d'elle et qu'il ne pouvait plus garder ses sentiments pour lui seul. Il lui expliqua qu'il tenait à ce qu'elle le sache, que c'était pour lui une forme de libération.

« Je sais ce qui nous oppose, lui dit-il, et je ne me fais pas d'illusions. »

Linda baissa les yeux. Son émotion était telle qu'elle ne pouvait parler. Des larmes perlèrent sur ses joues. Elle ne savait que répondre. Elle finit par avouer qu'elle s'était doutée des sentiments d'Antonin, mais qu'elle n'osait y croire, étant donné la situation.

« Moi non plus, je ne me faisais pas d'illusions, ajouta-t-elle. En cette période particulière, une jeune fille allemande s'affichant avec un occupant français, ça serait très mal considéré par mes concitoyens ! »

Ils étaient heureux et soulagés de s'être épanchés et d'avoir révélé ce qui les attirait l'un vers l'autre en dépit du contexte environnant. Mais leur relation leur parut tout à coup si difficile à assumer qu'ils restèrent un long moment sans réaction.

Ils en oublièrent l'heure. Ce soir-là, Antonin rentra en retard à la caserne et écopa d'une sanction. Mais il se sentait si heureux d'avoir ouvert son cœur que celle-ci lui parut bien légère.

Il revint souvent à l'auberge de Linda. Elle l'accueillait avec un large sourire et s'attardait longuement à sa table. Son patron le lui reprocha vivement, ajoutant pour sa gouverne qu'il n'appréciait pas du tout que son personnel fasse la conversation avec un soldat français.

Alors ils décidèrent de se rencontrer à l'extérieur, en prenant garde de ne pas s'exposer aux regards indiscrets. Elle savait qu'on la jugerait mal ; lui n'ignorait pas que les soldats d'occupation devaient éviter de se montrer en compagnie de jeunes Allemandes afin de ne pas attiser les braises de la rancune.

« Dans moins d'un an, j'aurai terminé mon temps, déclara Antonin un soir de juin. Je rentrerai chez moi dans les Cévennes. Là-bas, il fait toujours beau, même quand le ciel est menaçant. »

Linda s'assombrit.

Il la prit dans ses bras, approcha son visage du sien, l'embrassa. Linda pleurait. Il ajouta :

« Ne sois pas triste. Je ne te quitterai pas.

— Tu reviendras ?

— Non. Mais je t'emmènerai dans mes bagages ! Si tu le veux bien. »

Linda sauta au cou d'Antonin et l'embrassa avec tant de chaleur qu'il en fut tout étourdi.

« Tu verras, ajouta-t-il, moi aussi je vis dans une grande ferme. Elle s'appelle *Bellecoste*. C'est une ferme d'élevage. Mon père et moi élevons une quarantaine de bovins. Tous des aubracs. Mais, à mon retour, je vais en croiser quelques-uns avec des charolais. »

Antonin était reparti dans ses montagnes et ses verts pâturages. Il y entraîna Linda chaque fois qu'ils se rencontrèrent. Ensemble ils oubliaient la dure réalité qui les entourait et les nouvelles menaces qu'elle faisait peser sur le monde.

Au même moment, à Paris, Louise vivait le grand amour doublé d'une exceptionnelle réussite.

Ses sentiments pour René ne cessaient de se renforcer. Il était l'homme de sa vie, celui par lequel elle était parvenue à réaliser ses rêves d'enfant. La vie parisienne qu'elle menait l'étourdissait. Elle fréquentait tous les milieux, allait au théâtre, au concert, et même au cinéma. Elle avait beaucoup apprécié le film de Louis Delluc : *La Femme de nulle part*, et celui d'Erich von Stroheim : *Folies de femmes*. Elle en avait rédigé de bonnes critiques pour sa rubrique hebdomadaire, qui avaient retenu l'attention des spécialistes.

Son nom commençait à être connu dans le milieu journalistique et même dans les cercles littéraires où l'on appréciait ses jugements et ses commentaires toujours très perspicaces.

Un jour, elle eut l'occasion de rencontrer l'écrivain Colette qui, à ses yeux, incarnait parfaitement le triomphe de la femme en ces temps troublés et incertains. Elle venait de rédiger une critique de son dernier roman, *Le Blé en herbe*. Avant de publier son article, elle désirait s'entretenir avec l'auteur sur les raisons qui l'avaient poussé à s'intéresser aux troubles de l'adolescence. Elle était très intéressée par la vie libérée de la romancière. Celle-ci avait déjà divorcé une première fois et affichait une liberté d'expression peu courante à l'époque, pour une femme. Louise voyait en elle une sorte de pionnière du féminisme dans un monde encore très dominé par la gent masculine. Elle appréciait beaucoup ses romans, où les études de mœurs faisaient la part belle aux évocations campagnardes de son enfance et à son goût immodéré pour la nature.

Elle rencontra Colette dans un café à la mode de Saint-Germain. La romancière sembla subjuguée par la ferveur de la jeune journaliste ainsi que par sa connaissance de son œuvre. Elles avaient en commun le même amour pour la nature, la même soif de vérité et de franchise. Colette évoqua sa Bourgogne natale, son village de Saint-Sauveur-en-Puisaye aux confins du Morvan, son amour pour les chats. Louise l'emmena sur les crêtes de son mont Lozère, au milieu des vertes prairies d'estive. Elle lui conta des histoires de bergers transhumants et lui parla de l'amour de sa sœur pour les lieux de grande solitude qui avaient comblé toute son enfance.

« Vous comprenez à présent pourquoi l'adolescence m'a beaucoup inspirée », lui avoua l'auteur du *Blé en herbe.*

À la fin de l'entretien, Louise était conquise. Elle lui montra son article. Colette la louangea pour son style percutant et son sens critique.

« Vous feriez un très bon écrivain ! lui dit-elle. Vous devriez y songer. »

Louise fut transportée aux anges.

Sa rencontre avec Colette venait de transformer sa vie.

De son côté, René s'intéressait de plus en plus à la vie politique et s'essayait à rédiger des articles sur les faits divers qui faisaient la une du monde public. Il espérait ainsi décrocher une rubrique plus importante dans son journal. L'actualité ne manquait pas de sujets pour sa chronique quotidienne. L'exécution de Landru, la mort de Paul Deschanel, la disparition de Georges Sorel lui avaient déjà donné l'occasion de prouver qu'il était capable de traiter des sujets plus ambitieux que les simples chiens écrasés de la capitale. Son rédacteur en chef finit par le convoquer pour lui annoncer qu'il faisait partie, dorénavant, de la rédaction politique du journal.

« Vous couvrirez, avec vos nouveaux collègues, tous les grands événements nationaux, lui proposa-t-il. Un jour, peut-être, je vous enverrai couvrir l'international dans un pays étranger. Dans l'immédiat, tâchez de savoir ce qui se passe au Sénat et à la Chambre. Il y a eu un sacré chahut. Le gouvernement a donné sa démission, mais le président Millerand l'a refusée. »

René voyait à son tour son rêve se réaliser. C'était pour lui une victoire sur le destin. Mais, dans un monde rempli d'incertitudes, il avait conscience que sa tâche ne serait pas une sinécure.

28

L'ombre d'un regret

Clémence parvenait à oublier la morosité de son existence dès que revenaient les beaux jours. L'odeur chaude des moissons, le crépitement des foins dans les granges, le brasillement des étoiles dans les cieux éthérés la transportaient loin de Troubas et de la grisaille de ses murs. Dans ses pensées, elle planait au-dessus des crêtes, accrochée aux ailes du vent, discernait de haut les petites taches brunes que dessinaient dans les vertes prairies les vaches à l'estive. Elle se revoyait, enfant, en train de garder le troupeau de son père, un livre à la main, sa chienne à ses pieds.

Quand elle songeait à Louise, elle n'éprouvait aucune jalousie. Au contraire, elle se réjouissait de savoir que sa sœur avait pleinement réussi la vie à laquelle elle n'avait jamais cessé de rêver. Son audace, sa persévérance, pensait-elle, avaient fini par lui donner raison.

Clémence était loin de réaliser ce que pouvait être l'existence de sa sœur. Elle qui n'avait quitté son mont Lozère que pour se rendre à La Grand-Combe, puis à Alès, elle n'imaginait pas sa vie trépidante sur les grands boulevards encombrés de fiacres, d'automobiles, d'autobus à impériale, d'une foule de gens pressés qui s'engouffraient dans les bouches du métro à toute heure du jour et de la nuit. Elle qui ne connaissait de rivière que son Gardon cévenol, elle ignorait que la Seine n'était plus, à Paris, qu'un grand fleuve asservi dont les eaux noires s'écoulaient sans aucun reflet entre des berges bétonnées.

Aussi, malgré ce qui l'attirait toujours vers ses grandes étendues de solitude battues par le vent, elle s'était mise à souhaiter pour ses enfants une autre vie que la sienne, une vie à l'image de celle de Louise.

Depuis qu'elle avait revu Armand, Clémence n'était plus la même. Elle avait fini de rêver. Elle avait pris soudainement conscience qu'elle n'avait plus rien à attendre des lendemains. Certes, jusqu'alors, elle ne croyait plus que l'impossible pût encore se réaliser, mais elle ne pouvait s'empêcher d'espérer malgré tout. Ainsi, en dépit de l'annonce confirmée de la disparition d'Armand, elle avait toujours gardé, dans un coin reculé de son âme, une infime lueur d'espoir puisque son corps n'avait pas été retrouvé. N'avait-elle pas eu raison, en fin de compte ? Cette lueur d'espoir l'avait empêchée d'aimer José comme elle aurait voulu l'aimer vraiment, sans retenue, sans l'ombre d'un regret. Elle en gardait des remords au fond du cœur.

La réapparition d'Armand avait rompu le fil ténu de cette chimère. Car, avec elle, la réalité de sa vie s'imposait de nouveau à ses yeux avec plus de brutalité encore, plus de cruauté. Elle se sentait prisonnière d'Émile, liée à lui pour toujours. Armand, en disparaissant une seconde fois, n'avait-il pas lui-même signifié la fin de son rêve ? Dans la vie, tout n'est pas possible ! essayait-elle de se persuader, résignée.

Même quand il suffirait d'un geste, d'un pas, d'une simple parole pour que tout fût autrement.

Il aurait suffi qu'Armand lui dise : « Je suis venu te rechercher », pour que tout change effectivement. Mais Armand, plus réaliste qu'elle, n'avait pas osé remettre en question le frêle équilibre d'une existence qu'elle était parvenue à construire autour d'elle et de ses enfants. Quand il vit Amandine, puis les jumeaux, Sébastien et Quentin, il crut que Clémence avait définitivement refait sa vie, qu'il arrivait trop tard, que ses choix prouvaient qu'elle ne voulait plus revenir en arrière. Sa vie avec José, les enfants qu'elle avait eus de lui en attestaient.

C'est pourquoi Armand n'avait pas insisté et s'était éloigné. Clémence eut beau lui avouer qu'elle n'avait jamais cessé de l'aimer, il s'en alla, la mort dans l'âme, sans lui dire où il irait, afin qu'elle ne fût pas tentée de partir un jour à sa recherche.

« Il est trop tard ! lui dit-il. J'ai déjà suffisamment perturbé le cours de ta vie. Je n'aurais jamais dû revenir te voir ! »

Effondrée, Clémence le regarda s'éloigner sans réagir. Elle comprit à cet instant précis que le dernier espoir enfoui au fond de son cœur venait de s'évanouir.

Dès lors, elle affronta son existence avec réalisme, décidant de mettre fin à ses rêves pour ne pas se laisser abattre, ses enfants ayant besoin d'une mère solide puisqu'ils n'auraient jamais de père.

Son attitude vis-à-vis d'Émile se durcit. Elle se sentait maintenant capable de lui tenir tête, de sortir ses griffes s'il se permettait quelque nouvelle incartade. Plus que jamais, Clémence avait envie de réagir contre le sort qu'elle avait trop longtemps subi.

Émile n'appréciait pas les remontrances de sa femme. Il n'était pas habitué à se faire rabrouer. À Troubas, il s'était très tôt imposé comme le maître des lieux, reléguant ses parents au rang de vieillards encombrants. Jamais, depuis longtemps, personne ne lui avait dicté sa conduite. Les efforts qu'il avait consentis pour retrouver les bonnes grâces de Clémence ne rencontrant aucun succès, il commençait à s'impatienter et n'avait plus envie de persévérer. Le changement de comportement de sa femme à son égard le rendait plus amer encore.

« Faudrait peut-être pas qu'elle se croie tout permis ! » ronchonnait-il quand elle lui disait ses quatre vérités.

De fait, Clémence s'opposait de plus en plus à lui. Elle lui cachait sa bouteille d'alcool afin qu'il cessât de boire devant les enfants. Elle s'enfermait dans sa chambre quand il rentrait tard la nuit, l'obligeant à aller dormir dans la paille du fenil. Elle ne l'avertissait pas quand elle s'absentait à Bellecoste. Enfin elle refusait catégoriquement qu'il s'occupât des jumeaux. Âgés de quatre ans, ceux-ci aimaient le suivre à l'étable pour voir les bêtes et jouer avec les petits cabris. Or Émile s'était mis en tête de leur apprendre à traire les chèvres et à nettoyer la litière des brebis.

« Il n'en est pas question ! s'insurgea Clémence. Mes fils ne seront pas paysans.

— Tu renies tes origines ?

— Pas du tout. Mais, entre tes mains, ils deviendront vite tes domestiques. Aussi, comme ma sœur

Louise, mes trois enfants iront à l'école et feront de grandes études.

— Ne compte pas sur moi pour payer ! Déjà que ta gamine, à huit ans, ne gagne pas le pain qu'elle mange, tes jumeaux, ou bien ils travailleront avec moi ou bien ils prendront la porte. Dès qu'ils auront l'âge, je les placerai ailleurs.

— C'est ce que nous verrons ! »

Les querelles à Troubas devenaient de plus en plus fréquentes.

Clémence, toutefois, savait résister à Émile. Celui-ci, bizarrement, acceptait sa femme sans pouvoir la toucher, comme si, depuis son retour, il s'était mis à la craindre. L'ascendant que Clémence avait pris sur lui, en réalité, le déstabilisait. Tant que personne ne s'opposait à lui, Émile se croyait tout permis et s'affirmait bravache aux yeux de tous. Maintenant qu'il trouvait en face de lui quelqu'un qui lui résistait, il faisait moins le fanfaron et courbait parfois l'échine, même s'il évitait de le montrer.

Mais ce qui tourmentait le plus son esprit, c'était le refus de Clémence de céder à ses avances empressées. Entre eux, pourtant, tout était clair. Clémence ne l'avait pas trompé : dès son retour à Troubas, Émile sut à quoi s'en tenir. Mais force lui était maintenant de constater qu'il n'était pas parvenu à la faire changer d'avis.

Antonin exultait. Il n'aurait pas à attendre un an de plus pour rentrer à Bellecoste. Le gouvernement, au nom d'une politique budgétaire rigoureuse, avait décidé de ramener le service militaire à dix-huit mois, prétextant qu'une armée défensive était devenue plus judicieuse qu'une force offensive coûteuse en hommes et en armement. Il avait donc fait largement son temps.

Sans attendre, il annonça l'heureuse nouvelle à Linda, mais ne lui parla plus de la promesse qu'il lui avait faite quelques semaines plus tôt. Il écrivit aussi une longue lettre à ses parents pour les prévenir de son prochain retour. Depuis deux ans, il n'était revenu qu'une seule fois en permission. Aussi se faisait-il une joie immense de se retrouver bientôt auprès des siens.

Il ne pouvait cacher son bonheur à Linda et la saoulait de paroles, évoquant sans se tarir les lieux qui avaient bercé son enfance. Linda, elle, l'écoutait en se taisant, le cœur contrit. Le soir, quand ils sortaient en amoureux pour faire le tour du quartier, en évitant les abords de la caserne, elle se blottissait dans ses bras, ne l'interrompait jamais de peur de rompre le charme qui la ravissait. Elle comprenait qu'elle était en train de le perdre et que tout ce qu'ils avaient imaginé ensemble allait s'effondrer brutalement comme un château de cartes bâti sur des rêves.

« Ça y est ! lui annonça-t-il, le jour même du printemps. C'est pour demain. Tu es prête ? »

La jeune serveuse se dégagea de son étreinte. Elle balbutia, la gorge nouée :

« Bien sûr que je suis prête ! Depuis le temps que tu me dis que tu vas repartir dans ton pays, je me suis faite à l'idée de te perdre.

— De me perdre ! Mais pourquoi donc ? Ne t'ai-je pas dit que je t'emmènerais dans mes bagages ? »

Linda fixa Antonin comme si c'était la première fois qu'elle le voyait.

« Qu'ai-je dit de si drôle ? demanda celui-ci. Tu n'es plus d'accord pour me suivre ?

— Mais... mais... je croyais que tu avais oublié ta promesse... que tu ne voulais plus de moi !

— Comment as-tu pu penser cela ? Je n'ai qu'une parole... et je t'aime ! »

Linda se pelotonna à nouveau dans ses bras et se mit à sangloter.

« Ne pleure pas, voyons ! Pourquoi te mets-tu dans cet état ?

— Je suis tellement heureuse ! J'avais imaginé des sottises.

— J'ai écrit à mes parents que je t'avais rencontrée. Ils n'ont pas eu le temps de me répondre mais je suis sûr que tu leur plairas beaucoup.

— Même quand ils sauront que je suis allemande ?

— À l'heure qu'il est, ils le savent déjà. Mes parents sont très ouverts. La tolérance est le propre des protestants. De plus, tu es peut-être allemande, mais tu es aussi protestante. Ça devrait faciliter les relations !

— Oui, mais je suis luthérienne et toi calviniste.

— La différence est si minime ! Aujourd'hui nous n'y faisons plus attention. »

Linda avertit immédiatement son patron qu'elle quittait son service le soir même. Il tenta de l'en dissuader, de la persuader qu'elle manquait à tous ses devoirs de bonne Allemande en se compromettant ainsi avec un soldat français. Il ne mesura pas la portée de ses paroles, quand il évoqua la mémoire de son père emporté à Verdun par un éclat d'obus français, et celle de son frère tué dans les tranchées à coups de baïonnette. Dans sa bouche traînaient des relents exacerbés d'un nationalisme rageur et de xénophobie, qui allaient bientôt se répandre depuis la Bavière, où un petit caporal autrichien haranguait déjà ses concitoyens au fond de tavernes enfumées.

Mais Linda ne prêta pas l'oreille à ses propos incendiaires et monta dans sa chambre pour préparer sa valise.

Le lendemain matin, à 9 heures précises, Antonin, habillé en civil, la rejoignit devant son auberge. Sans s'attarder, ils prirent la direction de la gare où ils montèrent dans le premier train en partance pour Strasbourg.

Après un long voyage qui les mena d'abord à Paris, puis de Paris à Clermont-Ferrand et enfin de Clermont-Ferrand à Florac, ils arrivèrent à Bellecoste par un bel après-midi ensoleillé.

Dix jours s'étaient écoulés depuis leur départ d'Allemagne. En chemin Antonin avait tenu à rendre visite à sa sœur, à Paris. C'était pour lui l'occasion rêvée de découvrir la capitale. Linda était transportée de joie. La France, Paris ! Elle ne réalisait pas ce qui lui arrivait si vite !

« Tu verras, l'avertit Antonin, ma sœur est une fille épatante. Toujours fonceuse, enjouée, elle n'a pas sa pareille pour rendre les gens heureux. Sa joie de vivre déteint sur les autres. Et tout lui réussit. »

Antonin avait bien noté l'adresse de Louise. Il décida de s'y rendre par le métro qu'il n'apprécia pas du tout, à cause du bruit, de l'odeur et de l'obscurité. Linda, elle, ne cessait de s'extasier. Finalement, ils poursuivirent leur chemin en empruntant un autobus à plate-forme où ils s'installèrent à l'arrière, au grand air. Sous leur regard ébahi défilèrent l'Arc de triomphe, la tour Eiffel, les quais de la Seine. Ils aperçurent au loin le dôme resplendissant de blancheur du Sacré-Cœur et virent s'approcher les tours de Notre-Dame.

« Quelle chance a ta sœur d'habiter Paris ! s'exclama Linda, toute à son admiration.

— Oui, mais c'est trop bruyant, et ça sent mauvais autant dehors que dans le métro. »

La surprise de Louise fut totale. Antonin ne l'avait pas prévenue de son arrivée. Il lui présenta Linda sans attendre, et ne lui cacha pas les sentiments qu'ils éprouvaient l'un pour l'autre.

« Alors, vous allez vivre ensemble ! Je ne vous prépare donc qu'un lit ! » fit aussitôt Louise sans autre forme d'atermoiements.

Antonin et Linda se regardèrent, étonnés de la proposition sans détour de Louise.

« Je te l'avais dit, répliqua Antonin en s'adressant à Linda. Elle est comme ça, ma sœur : directe et moderne ! »

Ce séjour à Paris fut pour le jeune couple une semaine de rêves. Louise et René les emmenèrent découvrir tous les lieux mythiques de la capitale, ceux qu'ils avaient entrevus de loin lors de leur arrivée, puis tous ceux, plus secrets, qui ne se livraient qu'aux connaisseurs et aux initiés. Ils leur présentèrent leurs nouvelles relations, leur firent visiter les locaux de *L'Aurore* – les salles de rédaction, toujours fébriles ; la salle des Linotype où les articles prenaient forme dans les plaques de plomb ; la salle des rotatives, très bruyante ; le quai d'embarquement des journaux, encombré de camions. Linda et Antonin, qui ne connaissaient tous deux que la tranquillité campagnarde et la vie d'une petite ville de garnison, furent grisés par l'animation qui régnait dans les rues de la capitale et perdirent toute notion du temps.

Au bout d'une huitaine de jours, à regrets, ils durent faire leurs adieux. Linda avait conquis Louise et René. Au moment de les quitter, Antonin demanda à sa sœur :

« Quand reviendras-tu à Bellecoste ? Les parents t'attendent avec impatience.

— Je sais. Mon travail m'accapare trop. Mais dis-leur qu'à Noël, je passerai le réveillon avec vous. Il me tarde en effet de nous retrouver tous réunis. »

Clémence les vit arriver la première. Elle passait l'après-midi avec sa mère, Amandine étant à l'école. Les jumeaux s'amusaient sous la treille et elle les surveillait en ravaudant quelques vieux vêtements d'Émile. Antonin marchait devant, le dos courbé sous le poids de deux lourdes valises qu'il portait à chaque main. Derrière lui, Linda évitait les flaques d'eau du chemin et semblait jouer les équilibristes. Marie préparait le repas du soir dans sa cuisine, tandis qu'Auguste s'occupait de ses bêtes dans l'étable, en compagnie d'Eugène Pons, son nouveau valet de ferme.

Antonin avait prévenu de son arrivée et, dans une lettre précédente, il avait parlé d'une jeune Allemande qu'il avait rencontrée. Mais, en réalité, il n'avait pas osé annoncer à ses parents son intention de revenir avec elle. Linda, elle, était persuadée du contraire.

Quand ils passèrent le portail de la cour, Clémence se leva, posa son ouvrage sur le banc et dit aux jumeaux :

« Regardez qui vient là, les enfants ! Tonton Antonin. »

Les deux frères se rapprochèrent des jupes de leur mère, ne reconnaissant pas leur oncle. Derrière ce dernier, Linda avança timidement. Antonin déposa ses valises et s'écria :

« Viens dans mes bras, petite sœur, que je t'embrasse ! »

Clémence, les larmes aux yeux, se précipita au-devant de son frère, ses enfants toujours accrochés à sa jupe.

« Alors Quentin et Sébastien, vous ne reconnaissez pas votre oncle ?

— À cet âge-là, on oublie vite ! »

Puis se tournant vers Linda, Antonin poursuivit :

« Je ne suis pas venu seul. Je te présente Linda. Je vous ai parlé d'elle dans une lettre.

— En effet. Je suis heureuse de faire votre connaissance, Linda », dit Clémence en toute sincérité.

Elle les invita à entrer. Marie, les ayant entendus discuter, avait ôté son tablier, rangé ce qui traînait sur la table et s'était avancée au-devant de son fils.

Antonin lui tomba dans les bras comme l'enfant prodigue.

« Comme tu as changé, mon grand ! fit Marie en serrant son fils contre sa poitrine. Et comme c'est bon de te retrouver ! J'étais si inquiète !

— Je ne faisais pas la guerre, maman ! Tu n'avais pas à t'inquiéter. »

Se dégageant de l'étreinte de sa mère, il se retourna vers Linda, l'invita à s'avancer, dit à Marie :

« Je te présente Linda. Tu connais déjà son nom.

— En effet, répondit Marie. Antonin m'a beaucoup parlé de vous dans sa lettre, mademoiselle. Mais il nous avait caché qu'il reviendrait avec vous. Pour une surprise, c'est une surprise !

— Oui, se dédouana Antonin. C'est ce que je voulais vous faire. »

Linda sentit une légère réticence de la part de Marie. Mais celle-ci la mit aussitôt à l'aise.

« Ne restez pas là plantée ! Finissez d'entrer et déshabillez-vous. Mon mari ne saurait tarder. »

Clémence envoya ses fils chercher leur grand-père à l'étable.

« Dites-lui qu'Antonin est arrivé ! »

Les jumeaux s'exécutèrent sur-le-champ.

« Tonton Antonin est revenu ! annoncèrent-ils à Auguste, heureux de jouer les porteurs d'une bonne nouvelle. Il est venu avec une dame.

— Une dame ?

— Oui, ajouta Quentin. Même qu'elle a un drôle d'accent. »

Auguste laissa la vache qu'il soignait à Eugène et, sans perdre plus de temps, suivit ses petits-fils.

« Tiens, voilà papa ! fit Antonin, dès que son père parut à l'entrée de la cuisine.

— Alors, fiston, tu es revenu d'Allemagne définitivement ? Viens ici que je t'embrasse ! »

Antonin semblait hésiter. Il craignait la réaction de son père. Le connaissant rivé à ses principes, il se demandait comment il allait considérer sa liaison avec Linda, qui plus est une Allemande !

«Voici Linda, Linda Grünwald, dit-il sans tergiverser davantage.

—Mademoiselle, répondit Auguste d'un ton révérencieux. Antonin nous a parlé de vous. Mais nous ignorions que vous feriez le voyage avec lui. L'Allemagne est si loin !

—C'est que... comment dire? ajouta Antonin. Linda et moi... nous nous aimons.

—Ça, petit, je m'en serais douté ! Et alors, qu'as-tu pensé? Que, parce que Linda est allemande, j'allais la mettre à la porte ! Tu connais mal mon sens de l'hospitalité. Et de la famille. (Puis, se tournant vers Linda :) Venez dans mes bras, mademoiselle, que je vous embrasse aussi ! Vous êtes la bienvenue à Bellecoste. Ce gros nigaud croyait sans doute que j'allais vous rabrouer parce que vous n'êtes pas de chez nous. Si vous vous aimez, tant mieux ! Votre bonheur rayonnera sous notre toit.»

Antonin ne retint pas ses larmes de joie. Il avoua :

«J'avais peur de votre réaction.

—La chambre des filles est toujours prête à recevoir un invité, coupa Marie qui ne cachait pas son bonheur. Linda pourra s'y installer.»

Antonin regarda son amie, un sourire au coin des lèvres, songeant à la réaction de Louise huit jours plus tôt. Linda lui rendit son sourire complice.

«Ce sera parfait, madame Pérol ! répondit-elle.

—Appelez-moi Marie. Et puis... je te tutoie !

—C'est ça, et moi, appelle-moi Auguste !» rajouta ce dernier en se lissant la moustache, ce qui était toujours chez lui un signe de satisfaction.

Bellecoste baignait à nouveau dans le bonheur. Un bonheur partagé entre tous. Auguste et Marie savaient leur fils heureux et en étaient comblés. Louise, à Paris, connaissait une réussite inestimable autant qu'inattendue ; tout lui souriait. Entourés de leurs petits-enfants, ils entrevoyaient l'avenir avec sérénité.

En retrait, Clémence songeait, avec un peu de vague à l'âme, qu'il manquait peu de chose pour que ce bonheur fût complet. Mais elle ne laissa pas percevoir l'ombre d'un regret.

29

La rixe

Deux ans s'écoulèrent. Dans la grisaille pour Clémence, dans le parfum des roses pour Antonin et Linda, dans un grand feu d'artifices pour Louise et René.

Bellecoste avait repris une existence que rien ne semblait avoir perturbé, pas même la guerre. Auguste voyait son troupeau prospérer et, sur les initiatives d'Antonin, il était en train de le diversifier grâce au croisement avec la race charolaise. Malgré la concurrence qui s'accroissait de plus en plus, il s'en sortait plutôt bien et se trouvait conforté de pouvoir compter sur la relève de son fils.

Celui-ci s'était installé chez ses parents avec Linda qu'il épousa six mois après son retour de l'armée. Dans le village, la nouvelle fit grand bruit. Les esprits n'étaient pas encore mûrs pour accepter la présence d'une Allemande. Aussi Auguste et Marie virent-ils certains de leurs amis se détacher d'eux, d'autres leur firent des remarques désobligeantes. « Ça se voit que vous n'avez pas eu un de vos proches victimes des Boches ! » leur jetait-on parfois au visage. C'était tout juste si on ne leur reprochait pas de ne pas avoir donné le sang de leurs enfants pour la patrie !

Mais, peu à peu, les langues fielleuses se turent. Linda finit par se faire accepter et put, en toute tranquillité, sortir dans le village, sans craindre de devoir affronter les regards accusateurs de ses habitants. À la ferme, elle abattait sa part de travail sans rechigner, y retrouvant la vie de son enfance, à l'époque où elle aidait ses propres parents dans leur métairie. Auguste et Marie étaient ravis d'avoir une belle-fille aussi travailleuse et si gentille avec eux. De plus, elle rendait Antonin heureux, ce qui, à leurs yeux, était l'essentiel. Comme elle attendait un enfant pour le prochain printemps, Marie passait toutes ses soirées à tricoter la layette pour le futur bébé.

Grâce à sa batteuse à vapeur, Auguste gagnait un temps précieux qu'il consacrait à ses petits-enfants. Clémence, en effet, passait souvent voir ses parents à Bellecoste qui était redevenue sa seconde maison, malgré les remontrances d'Émile qu'elle n'écoutait pas.

Amandine venait de fêter ses dix ans et adulait ses grands-parents. Elle était le portrait de sa mère, doublé de la vivacité d'esprit de sa tante Louise. Ce qui faisait dire à Marie qu'elle aussi réussirait dans la vie. À six ans, les jumeaux étaient des petits garçons espiègles qui savaient jouer de leur ressemblance parfaite pour tromper leur entourage. Seule Clémence ne tombait jamais dans leurs pièges. Et, si Auguste et Antonin s'en amusaient avec beaucoup de plaisir, Émile, lui, à Troubas, n'appréciait pas d'être le jouet de leurs plaisanteries. Aussi, ni Quentin ni Sébastien n'aimaient leur beau-père. Et ils ne se privaient pas de le lui montrer.

À Paris, Louise avait quitté *L'Aurore* pour un organe de presse féminin auquel elle avait collaboré avant d'en devenir la rédactrice en chef. Son ascension avait été fulgurante. Repérée par ses articles précédents, notamment depuis sa critique du roman de Colette, elle avait été invitée par le patron de l'hebdomadaire à lui prêter occasionnellement sa plume et son talent. Cela lui ouvrit un second débouché qui allait dans le sens de ses objectifs. En moins d'un an, elle se vit confier la responsabilité de la rédaction du magazine et avait maintenant sous sa direction une équipe de douze journalistes et chroniqueurs.

René, quant à lui, avait confirmé ses dispositions de grand reporter. Comme son rédacteur en chef le lui avait promis, il fut chargé d'une rubrique internationale, celle des relations franco-allemandes. En cette période de rapprochement entre les deux nations, les nouvelles ne manquaient pas. René partait donc fréquemment à Berlin, où il faisait office de correspondant, ainsi qu'en Bavière où l'actualité était en train de s'agiter et de prendre certaines tournures inquiétantes. Il s'absentait souvent, mais ses relations avec Louise ne s'en trouvaient que plus resserrées. Leur vie était loin d'être monotone. Louise menait enfin une existence exaltante, comme elle en avait toujours rêvé.

Auguste s'inquiétait néanmoins de savoir quand elle se déciderait à épouser René.

« Depuis le temps qu'ils se connaissent ! ne cessait-il de s'interroger, pourquoi donc vivent-ils toujours comme des... »

Il ne finissait jamais sa phrase, par pudeur sans doute.

« Comme des amants ! s'amusait à lui souffler Antonin.

— S'ils sont heureux comme ça, laissons-les mener la vie qu'ils ont choisie, ajoutait Marie, plus compréhensive.

— Quand même, ça ne se fait pas ! »

Auguste se souciait plus du sort de Louise que de celui de Clémence. Pour lui, sa cadette vivait hors normes, et cela le chagrinait, même s'il se réjouissait de son succès professionnel. Par contre, il semblait rassuré de savoir son aînée rentrée dans le giron familial. Certes, il n'ignorait pas que ses relations avec Émile étaient fort distendues, mais les règles étaient respectées. Clémence avait retrouvé son mari, et ses enfants n'étaient pas considérés comme des petits bâtards. L'honneur était sauf.

Pourtant Clémence était loin d'être heureuse. Elle ne le montrait pas, ne voulant plus s'épancher sur son sort pour ne pas attrister ses enfants. Émile, en effet, recommençait à la rudoyer. Il ne la battait pas, comme ce fut le cas au cours des premières années de leur mariage. Mais il levait parfois la main, menaçant, et ne s'arrêtait dans son élan que parce qu'il trouvait face à lui une femme qui osait le défier par le verbe et le regard incendiaires.

Au lit, il croyait qu'elle serait plus docile. Les femmes craignent la force virile, pensait-il. Il tentait régulièrement des approches amoureuses dont Clémence n'était pas dupe. Elle se refusait chaque fois catégoriquement en le repoussant et en lui tournant le dos. Son attitude ne le décourageait pas. Il revenait à la charge quelques jours après avec la même assiduité, parfois plus violemment. Mais Clémence faisait preuve d'une grande capacité à lui résister. De guerre lasse, il finissait par se lever avant même qu'elle ne fût endormie, et quittait la chambre conjugale pour plusieurs heures. Clémence était habituée à ses escapades nocturnes, trouvant pendant ce temps un bon moment de tranquillité. Car, lorsque Émile revenait s'affaler sur le lit, il s'endormait aussitôt et se mettait à ronfler. Clémence se réveillait et ne trouvait plus le sommeil de toute la nuit.

N'y tenant plus, elle prit un jour la décision de faire chambre à part.

« C'est ça ! vitupéra Émile. Tu n'as qu'à aller dormir dans la paille du fenil, en compagnie de Robert. Lui aura peut-être plus de chance que moi ! »

Comme toutes les chambres du mas étaient occupées, Clémence se réfugia chez Amandine qui partagea volontiers son lit avec elle. La petite fille savait sa mère en opposition perpétuelle avec son mari. Au reste, elle-même lui montrait la même hostilité ; ce qui faisait dire à Émile : « Telle mère, telle fille ! »

« Pourquoi tu ne le quittes pas ? lui demandait souvent l'enfant. Moi, je le hais !

— Tu ne dois pas haïr ton prochain, tentait de la reprendre Clémence. Émile nous a ouvert sa porte quand nous ne savions plus où aller. Rappelle-toi. De plus, il est mon mari. Le fait qu'il ne soit pas ton papa ni celui de tes frères ne doit pas vous pousser à le rejeter. Ce qui se passe entre lui et moi ne regarde que moi. »

Clémence avait beau raisonner Amandine, ses paroles ne trouvaient aucun écho dans le cœur de l'enfant.

Devant le refus de sa femme d'accepter ses avances, Émile continuait de poursuivre sa jeune servante de ses viles intentions. Chaque fois que Mariette se retrouvait seule, surtout dans le poulailler ou dans la cave, il la harcelait de ses avances. Il lui tenait des propos flatteurs qui devenaient vite tendancieux, s'approchait d'elle de trop près, avait de plus en plus les mains baladeuses. Mariette ne se laissait pas faire. Mais, contrairement à ce que Clémence lui avait suggéré, elle ne disait rien, craignant de perdre sa place. Émile, en effet, savait lui faire remarquer qu'elle lui devait tout.

Elle s'en était ouverte à Robert. Le valet de ferme l'avait prise en amitié et commençait même à éprouver pour elle des sentiments qui ne trompaient personne. Les relations entre les deux domestiques énervaient Émile car elles attisaient sa jalousie. Il aurait bien voulu avoir chasse gardée sur la jeune servante. Aussi houspillait-il son valet de plus en plus durement et sans raison, passant ses humeurs sur lui. Les refus systématiques de Clémence et de Mariette le rendaient chaque jour plus aigri, plus insupportable, et le poussaient à boire sans mesure. Il redevint peu à peu aussi exécrable avec son entourage qu'il ne l'était au début de son mariage, quand il croyait que tout lui était acquis. Les leçons que Clémence lui avait infligées ne semblaient plus faire effet sur lui. Au point que ses propres parents commençaient à avoir réellement peur de leur fils et envisageaient de quitter Troubas pour aller vivre dans une petite maison désaffectée que Lucien tenait du côté de sa mère.

« Si vous voulez partir, bon vent, déguerpissez ! leur avait hurlé Émile, un soir que son père tentait de le rendre à la raison. Si vous n'étiez pas mes parents, y a longtemps que je vous aurais foutus dehors. Les vieux, faut les envoyer à l'hospice ! Y a que là qu'ils nous foutent la paix !

— Ne crois pas que tu t'en tireras à si bon compte, osa lui rétorquer Lucien. Si on part d'ici, ta mère et moi, on vendra Troubas. La ferme m'appartient, tu l'oublies ! Tant que je serai vivant, je ferai ce que je veux chez moi. Et je n'hésiterai pas à te déshériter.

— Ose si tu veux, le vieux ! Ose donc ! Tu verras que je ne me laisserai pas faire. »

Émile s'était approché de son père en brandissant un tisonnier.

« Frappe-moi ! le nargua celui-ci. Vas-y, si tu oses ! Les gendarmes viendront te cueillir et tu moisiras le restant de tes jours en prison.

— Ça suffit, Émile ! s'interposa Clémence avec témérité. Si tu continues, moi aussi je m'en irai.

— Toi, pour ce à quoi tu me sers ! Pas même de paillasson ! Ne t'en mêle pas, sinon tu auras aussi ta part. »

Clémence n'insista pas.

Aux cris de leur beau-père, les jumeaux avaient accouru dans la cuisine. Amandine, elle, était restée cloîtrée dans sa chambre et se bouchait les oreilles pour ne pas entendre. La petite fille ne supportait plus les disputes entre Émile et le reste de la famille. À son âge, elle était capable de comprendre les vérités qu'on lui cachait pour ne pas heurter sa sensibilité. En son for intérieur, elle emmagasinait les mauvais aspects de la vie que son beau-père faisait endurer à sa mère et qu'elle n'était pas près d'oublier.

Un matin le drame éclata.

La veille au soir, Émile avait poursuivi Mariette de ses avances. La jeune servante lui avait résisté tant bien que mal en allant s'enfermer dans sa chambre. Émile, passablement aviné, avait tambouriné à sa porte sans se soucier de réveiller toute la maison.

« Ouvre ! hurlait-il. Sinon je défonce la porte. De toute façon, je t'aurai un de ces quatre ! »

Clémence se réveilla en sursaut, ainsi qu'Amandine à ses côtés.

« Que se passe-t-il encore ? demanda l'enfant.

— Rien, rendors-toi, ma chérie. Je vais voir. C'est encore Émile qui fait des siennes. »

Clémence monta au second étage où se trouvait la chambre de Mariette et trouva Émile en furie, cognant de toutes ses forces contre la porte.

« Si tu ne te calmes pas, lui dit-elle, j'appelle Robert. À nous deux, nous saurons bien te faire passer l'envie d'inquiéter Mariette.

— Il ne me fait pas peur.

— Je ne te conseille pas de te frotter à lui. »

Vexé, piqué au vif, Émile se calma. Toutefois il se jura bien qu'il aurait le dernier mot.

Le lendemain matin, profitant de l'absence de son valet, occupé à nettoyer la bergerie, il suivit Mariette dans la grange, où elle avait l'habitude d'aller chercher de la paille fraîche pour les lapins. Il la surveilla discrètement. Il avait ruminé sa vengeance toute la nuit et n'attendait que le moment propice.

Les enfants étaient partis à l'école. Ses parents étaient déjà calfeutrés dans le cantou. Clémence, quant à elle, s'occupait des chèvres. Depuis la veille, Mariette était sur ses gardes et vivait dans la crainte permanente de se retrouver seule, face à face avec son patron. Peu rassurée, elle laissa la porte de la grange ouverte derrière elle, et empoigna une brassée de paille à l'endroit même où dormait Robert et où elle le rejoignait, le soir tombé, depuis plusieurs semaines. Machinalement, elle ramassa un mouchoir qui lui appartenait et qui avait dû tomber de sa poche.

Tout à coup, la grange s'assombrit. La porte venait de se refermer. Elle se retourna, le cœur serré. Émile cadenassait la porte de l'intérieur.

« Je te tiens, petite garce ! lui dit-il, les yeux injectés de sang. Cette fois tu ne m'échapperas pas. »

Affolée, Mariette lâcha sa brassée de paille et regarda autour d'elle, cherchant un râteau, une fourche, un outil quelconque pour se défendre. Émile s'avança vers elle et commença à desserrer la ceinture de son pantalon.

« Holà ! ma belle ! N'aie pas peur. Je ne vais pas te faire mal. Je ne te veux que du bien, si tu vois ce que je veux dire. Alors laisse-toi faire et tout se passera bien. »

Mariette était blanche comme un linceul. La gorge nouée. La peur l'empêchait d'appeler à l'aide. Elle se réfugia dans le fond de la grange, près de l'échelle qui donnait accès à un plancher situé juste sous le toit. Elle y grimpa lestement, puis elle repoussa l'échelle qui retomba sur Émile. Alors, par un fenestron d'aération, elle trouva la force de hurler. À ce moment-là, Robert sortait de la bergerie et s'apprêtait à aller nourrir les cochons. Il regarda vers le haut de la bâtisse, comprit immédiatement. Clémence sortit à son tour dans la cour.

« Que se passe-t-il ? s'inquiéta-t-elle.

— C'est Mariette qui appelle à l'aide.

— Émile est avec elle ?

— J'en ai peur.

— Il faut faire quelque chose.

— Il s'est barricadé dans la grange. La porte est fermée de l'intérieur.

— Passons par-derrière. »

Ils firent le tour du mas et tentèrent d'ouvrir la porte par laquelle on accédait de plain-pied à la grange. En vain.

Robert alla chercher une échelle et la posa contre le mur, juste en dessous du fenestron.

« C'est étroit, mais je passerai, dit-il.

— Faites attention, Robert. Émile peut être dangereux.

— Il ne me fait pas peur. »

Robert accéda facilement à la grange. Il se faufila par l'étroite ouverture et, sans prévenir, se laissa choir dans la paille. Émile, trop occupé avec Mariette, ne l'entendit pas arriver. Déjà il avait plaqué la jeune fille contre le plancher et lui soulevait la bas de la robe, le pantalon dégrafé et tirebouchonné sur les chevilles. La malheureuse se débattait de toutes ses forces, mais était bien incapable de repousser son maître. Celui-ci lui avait plaqué une main sur la bouche, étouffant ses cris, et farfouillait de l'autre entre ses cuisses.

« Nom de Dieu ! laisse-toi faire, petite garce ! Sinon je t'assomme et je te prends de force. »

Robert se campa solidement sur ses jambes et s'écria :

« Laissez-la tranquille, patron ! »

Surpris en pleine action, Émile s'arrêta net, son membre déjà raide. Il n'avait pas encore eu le temps d'accomplir son forfait. Il se retourna, hébété, releva son pantalon, se redressa.

« Que fais-tu là ? éructa-t-il.

— Je viens vous empêcher de nuire ! répondit Robert avec calme.

— T'as rien à m'interdire ! Je suis le maître ici. Fous le camp !

— Non, pas tant que vous n'aurez pas fait des excuses à Mariette.

— Des excuses ! Des excuses ! Mais pour qui te prends-tu ? Tu n'es qu'un vulgaire valet de ferme, un misérable bouseux, tout juste bon à torcher le cul des vaches, et tu viens ici me faire la morale et dicter ta loi ! Je te fous dehors ! T'entends ? Dehors !

— Calmez-vous, patron ! Calmez-vous ! Mariette n'est pas à vous. Or vous tentiez de la violer. Pour ça, je vais d'abord vous donner une bonne correction. Ensuite, elle et moi, c'est entendu, nous partirons.

— C'est ce que nous verrons ! Toi, tu foutras le camp, mais elle, elle restera. »

Les deux hommes s'invectivaient de plus en plus. Mariette en profita pour redescendre par l'échelle. Elle ouvrit la porte de la grange et appela Clémence.

« Madame, madame, ils vont se battre ! Il faut les en empêcher. »

Clémence accourut. Trop tard. Émile avait saisi une fourche et menaçait Robert. La lutte entre les deux hommes semblait inégale. Plus leste, Robert tournait autour de son maître en le narguant, prêt à le repousser. Il parvint à le désarmer. Mais Émile se rua sur une faux accrochée à un râtelier et se mit à décrire devant lui de larges mouvements de sape, faisant voltiger la paille qu'il effleurait.

« Je vais te faucher comme les blés, dit-il d'un ton rageur. Comme ça, tu ne m'échapperas pas. Ensuite je te saignerai comme un cochon. Tu ne mérites rien d'autre. »

En bas, les deux femmes assistaient à la rixe, impuissantes.

« Émile, calme-toi ! s'écria Clémence. Laisse Robert tranquille et redescends !

— Ta gueule ! hurla Émile.

— Il va le tuer ! » geignit Mariette, terrifiée.

Émile faisait tournoyer sa faux autour de lui. Robert sautait au-dessus de la lame et attendait le moment opportun pour lui arracher l'instrument des mains. Déséquilibré, Émile tarda à se repositionner d'aplomb sur ses deux jambes. Robert en profita pour se saisir de l'outil et le jeta dans la paille à bonne distance. Émile courut à nouveau au râtelier et s'empara d'une faucille. Il se lança sur son adversaire, brandissant la lame effilée au-dessus de sa tête. Robert eut juste le temps d'esquiver le coup, retenant fermement son poignet vers l'arrière. Les deux hommes étaient face à face, les yeux exorbités, le visage sanguin. D'un geste de défense, Robert tenta de toutes ses forces de retenir le bras armé d'Émile. Petit à petit ils reculaient vers la faux dont la lame miroitait dans la paille sous un rayon infiltré du soleil. Robert parvenait à grand-peine à contenir la rage d'Émile. Celui-ci était en train de lâcher prise, quand, dans un dernier sursaut, il repoussa d'un coup sec son valet de ferme en arrière. Déséquilibré, celui-ci tomba sur le dos et se figea net.

À travers sa poitrine, la lame de la faux pointait, déjà maculée de sang.

« Lève-toi ! » fit Émile qui n'avait pas remarqué que son adversaire était terrassé.

Robert eut un dernier rictus, puis il ferma les yeux. Définitivement.

Le silence se fit autour d'eux.

En bas, Clémence et Mariette s'inquiétaient.

« Robert ! Émile ! Que faites-vous ? » demanda Clémence, la première.

Abasourdi, Émile s'était écroulé dans la paille. Sous ses yeux hagards, Robert gisait dans une mare de sang que la paille épongeait à peine.

À travers le plancher quelques gouttes s'échappaient lentement. Mariette porta les mains à sa bouche pour ne pas crier.

« Cours à Bellecoste ! lui ordonna Clémence. Explique ce qui s'est passé. Dis-leur d'appeler les gendarmes. »

Clémence avait deviné que la victime n'était pas Émile. Par précaution, elle éloigna l'échelle, sortit de la grange, tira la porte derrière elle, ferma à clé.

Une heure plus tard, quand les gendarmes arrivèrent en compagnie de Mariette, d'Auguste et d'Antonin, Clémence, qui avait tenu ses beaux-parents à l'écart, annonça au brigadier-chef :

« Émile est là-haut. Dans la grange. »

30

Une femme libre

Les Pérol étaient plongés dans la consternation. La honte jaillissait sur eux. Jamais, auparavant, d'aussi loin que pouvait se souvenir Auguste, la famille n'avait eu à rougir de l'un des siens. Émile avait beau n'être que le gendre, son acte jetait l'opprobre autour de lui.

Dans le village, on ne parlait que de son geste criminel et, les langues se déliant, on en rajoutait même, chacun allant de son anecdote, de son intime conviction. Émile n'étant pas un enfant du pays, on ne lui trouvait aucune circonstance atténuante. Et beaucoup commençaient même à critiquer Auguste d'avoir jeté sa fille dans les griffes de ce vaurien. Tous connaissaient la version des faits, le journal local n'avait pas tardé à relater l'affaire. Toutefois certains se complaisaient à échafauder d'autres hypothèses et ne se privaient pas d'avouer des contrevérités qui n'avaient aucun fondement. Ainsi commençait-on à entendre que l'Émile Claret, dans une crise de jalousie, avait embroché l'amant de sa femme. Parfois il se disait que le père des enfants de Clémence était revenu et qu'il s'était heurté au mari de celle-ci. En s'interposant, le pauvre Robert n'aurait été qu'une malheureuse victime. Les bruits les plus saugrenus couraient et avaient une fâcheuse tendance à faire tache d'huile.

Clémence était revenue habiter à Bellecoste avec ses enfants. Dès le soir du drame, elle avait quitté Troubas, laissant les Claret à leurs inquiétudes. Auparavant, les gendarmes eurent beaucoup de mal à convaincre Émile de les suivre. Devant eux, il parut pris de folie. La mort brutale de Robert l'avait ébranlé.

« Je l'ai tué ! ne cessait-il de répéter comme un forcené. Je l'ai tué. Mais il l'a bien mérité ! »

L'enquête ne laissa planer aucun doute. La mort de Robert Valette ne pouvait passer pour un accident. Elle faisait suite à une violente altercation entre les deux hommes. Au reste, Émile avait encore la faucille à la main quand les gendarmes lui passèrent les menottes. Il ne nia rien. Il avoua même avoir poussé son valet en arrière après avoir eu l'intention de lui trancher la gorge. Il reconnut aussi l'avoir menacé avec la faux sur laquelle il s'était empalé.

Dans un premier temps, Émile fut déféré dans les locaux de la gendarmerie du Pont-de-Montvert, puis incarcéré à Mende où il attendit pendant plusieurs semaines avant d'être convoqué par le juge. L'enquête de celui-ci déterminerait sous quel motif il allait être inculpé et quel serait son degré de culpabilité. Elle devrait aussi faire toute la clarté sur ses agissements vis-à-vis de la jeune domestique.

« S'il s'avère qu'il a tenté de violer Mariette et que la mort de Robert en est la conséquence directe, expliquait Antonin, son compte est bon ! Il écopera d'une lourde peine.

— La peine capitale ? semblait s'inquiéter Clémence, que le drame avait bouleversée.

— C'est ce qui l'attend ! s'exclama Auguste. Il a tué son prochain. Il ne mérite pas de vivre. De plus, il a avoué qu'il avait l'intention d'égorger ce pauvre Robert avec sa faucille.

— Oui, mais Robert est tombé de lui-même sur la faux.

— Il l'a poussé ! Il est donc responsable.

— Tu ne veux pas dire qu'il risque la peine de mort ! fit Marie, que l'idée même n'avait pas encore effleurée.

— Si, la guillotine ! reprit Auguste. C'est tout ce qu'il mérite. Ah ! dans cette triste histoire, c'est moi le premier coupable ! C'est moi qui ai tout fait pour que Clémence rentre à Troubas. Pour sauver l'honneur !

— Ce n'est pas ta faute, papa, le disculpa Clémence. Ce n'est la faute à personne. Ce qui est fait est fait. »

À vrai dire, Clémence ne se sentait pas soulagée. Car elle savait que, quelle que soit l'issue du procès, plus rien ne serait comme avant. Dans cette funeste tragédie, ses pensées pour le pauvre Robert l'attristaient. Lui seul valait la peine qu'on s'apitoyât, pensait-elle.

« Un innocent est mort à cause de moi, ne cessait-elle de répéter. Si je n'avais pas poussé Émile à bout, il ne s'en serait pas pris à Mariette, et Robert ne se serait pas heurté à lui.

— Tu n'as rien à te reprocher, la consola Antonin. Certes, tout cela est bien malheureux pour Robert, mais il y a longtemps qu'Émile mérite d'être châtié, d'une façon ou d'une autre. J'espère que la justice s'en chargera. »

Antonin ne trouvait pas de mots assez durs pour condamner son beau-frère. Il assura qu'il ne se gênerait pas de dire tout ce qu'il savait lorsqu'il serait interrogé par le juge.

« S'il n'avait tenu qu'à moi, affirmait-il sur le ton du reproche, je ne l'aurais jamais accepté dans notre famille. Armand était bien meilleur que ce vaurien. Or vous l'avez chassé et vous avez fait ainsi le malheur de Clémence. »

Auguste arrêta son fils. Ses allusions lui rappelaient des souvenirs trop douloureux, tout empreints de remords.

« Je t'interdis de reparler de cela ! coupa-t-il, rouge de colère. C'est de l'histoire ancienne.

— Papa a raison, intervint Clémence. Il ne sert à rien de remuer le passé. Ça ne fera pas revenir Robert.

— Peut-être. Mais, maintenant, te voilà libre, Clémence, pousuivit Antonin. Cette alliance que tu portes bien malgré toi, jette-la au feu. Et prends enfin ton destin en main. Pars d'ici, retrouve Armand si tu le peux, refais ta vie avec lui. Je suis sûr qu'il t'attend quelque part.

— Cesse donc de lui mettre de telles idées en tête, fiston ! Clémence est toujours mariée. Qu'elle le veuille ou non. Avec un assassin, peut-être ! Mais elle est toujours mariée.

— Elle peut demander le divorce... Clémence, je t'y encourage. Refais ta vie. Pour vivre, enfin ! »

Antonin semblait hors de lui. Il ne s'était jamais montré aussi vindicatif, aussi déterminé à défendre la cause de sa sœur. Devant le sort qui, une fois de plus, semblait l'anéantir, il ne parvenait plus à se contenir, ni à accepter la fatalité. Il voulait que Clémence réagisse comme elle avait réagi lorsqu'elle avait quitté Bellecoste la première fois et s'était réfugiée à La Grand-Combe.

«Puisque Armand est vivant, insista-t-il, rien n'est comme avant. Tout est encore possible. Ah! si seulement Louise était là pour m'entendre, sûr qu'elle me donnerait raison!

—Laisse ta sœur tranquille, conseilla Marie à son fils. Tu vois bien que Clémence est toute retournée par ce qui lui arrive à nouveau. Il faut lui laisser le temps de se reprendre, de réfléchir à l'avenir. En attendant, elle vit ici, à Bellecoste, avec ses enfants et avec nous. Émile est hors d'état de nuire. Maintenant elle va pouvoir revivre en paix.

—Pas si on lui tranche la tête! murmura Clémence, qui entrevoyait déjà le pire. Je ne l'aimais pas, mais je n'ai jamais éprouvé de la haine à son égard. Je n'ai jamais souhaité sa mort.

—Tes sentiments t'honorent, ma chérie. Mais, cette fois, Émile est allé trop loin. La justice seule décidera de son sort. Celui-ci ne t'appartient pas. Tu ne dois pas te sentir liée à lui.»

Clémence parut apaisée par les paroles réconfortantes de sa mère. Elle partit s'occuper de ses enfants qui jouaient dans la pièce d'à côté. Mais en son for intérieur, deux pensées la torturaient car elles s'affrontaient: celle d'un mari qu'elle rejetait et qui, sans doute, allait être condamné, et celle d'Armand dont le souvenir venait d'être brusquement ravivé par Antonin.

Le procès d'Émile eut lieu aux assises de Nîmes. Pour l'instruire, le juge interrogea longuement tous les membres des familles Claret et Pérol. Il convoqua aussi de nombreux habitants du village. La plupart témoignèrent à charge contre l'inculpé. Passant pour un embusqué pendant la guerre, Émile ne s'était pas fait beaucoup d'amis parmi les habitués du café où il ne cessait de cuver ses déboires conjugaux. Aussi le juge se fit-il rapidement l'intime conviction qu'il s'agissait d'un individu dangereux et peu recommandable, et qu'il fallait absolument le mettre hors d'état de nuire.

Après trois jours de procès, l'avocat général requit contre lui la peine capitale pour homicide volontaire sans circonstances atténuantes. La salle d'audience plongea aussitôt dans un silence pesant. Chacun prit alors conscience de sa part de responsabilité dans cette sentence possible. Même Auguste, qui était de tous les Pérol le plus intransigeant, parut abasourdi, comme s'il venait de réaliser soudain qu'il s'était laissé emporter un peu vite par son désir de justice. Antonin, lui, souhaitait une peine de prison à vie, afin d'empêcher à jamais Émile de recommencer. Marie s'attendait à une sanction sévère, mais pas à la peine capitale qu'elle assimilait à une autre forme de meurtre. Clémence, quant à elle, n'avait pas voulu assister à l'intégralité du procès. Après avoir été entendue, à son tour, comme témoin, elle avait regagné Bellecoste sans tarder pour retrouver ses enfants, qu'elle tenait dans l'ignorance de ce drame épouvantable.

Lorsque tous rentrèrent de Nîmes, elle n'eut pas un mot pour s'enquérir de la sentence. Elle semblait complètement détachée de ce qui s'était passé au tribunal. En vérité, Clémence avait profité de l'absence de sa famille pour faire le point en elle, en compagnie de Linda qui n'avait pas accompagné Antonin, sous prétexte que tout cela ne la concernait pas. Les deux jeunes femmes avaient évoqué tour à tour leurs souvenirs d'enfance, les années d'avant-guerre, chacune dans son village. Leur mode de vie, leurs rêves de jeune fille, leurs mésaventures amoureuses les avaient beaucoup rapprochées. Avec son optimisme, son allant, sa gaieté naturelle que rien ne venait jamais assombrir, Linda avait ouvert le cœur de Clémence et fini par percer ses plus intimes secrets. Elle lui parla sans détour, la plaça devant les responsabilités qu'elle avait fuies trop souvent, à son avis, lui dit ce qu'elle aurait fait à sa place. Clémence l'écouta comme jamais elle n'avait écouté l'un des siens, peut-être parce que les paroles qu'elle entendait provenaient, précisément, d'un être venu d'ailleurs, qui voyait les choses de l'extérieur, sans parti pris, sans être tenu par le lien du sang.

« Moi, si j'étais à ta place, lui dit Linda, juste avant que ses parents ne rentrent du procès, je n'hésiterais pas : je rechercherais Armand et je partirais avec lui. Il faut te délester du poids de ton passé qui encombre ta vie comme un boulet. »

Les deux jeunes femmes, aussi émues l'une que l'autre, finissaient de s'étreindre, quand Antonin, le premier, fit irruption dans la cuisine. La nuit était tombée de bonne heure car le ciel s'était assombri. Dehors régnait un silence « de neige ». Les bruits étaient étouffés comme si tout était suspendu au temps qui, soudain, semblait s'être arrêté.

Clémence savait que, quelle que soit la sentence qu'on lui annoncerait, elle ne reviendrait pas sur la décision qu'elle venait de prendre.

« Alors, tu ne nous demandes pas si Émile a été condamné ? s'enquit immédiatement Antonin.

— Cela ne m'intéresse plus ! répondit-elle en esquissant un sourire mesuré. Dorénavant, je suis une femme libre. »

Après avoir délibéré, le jury de la cour d'assises déclara Émile Claret coupable d'homicide sans préméditation et de tentatives réitérées de viol sur la personne de Mariette Pujol. En foi de quoi le tribunal le condamna à la peine de vingt ans de travaux forcés.

Auguste et Antonin étaient satisfaits du verdict. Marie trouvait la peine trop sévère, estimant que la mort de Robert était à moitié accidentelle puisqu'il était tombé malencontreusement sur la faux. Les habitants de Lassagne qui avaient assisté au procès se trouvèrent soulagés. Ils étaient enfin débarrassés d'un triste sire qui n'avait que trop sali l'honneur de la commune.

« Tu es libre en effet ! s'exclama Antonin. Tu ne reverras pas ton mari de si tôt. Et tu peux demander le divorce à présent. Vu les circonstances, on ne te le refusera pas.

— Tais-toi, fit Linda. Laisse donc ta sœur décider elle-même. Elle sait ce qu'elle doit faire. Ce n'est pas la condamnation de son mari qui fait d'elle une femme libre. Elle l'est simplement parce qu'elle l'a décidé. Si Émile avait été jugé non coupable et relaxé, cela n'aurait rien changé. »

Tous regardèrent Clémence d'un air étonné. Elle rayonnait non pas de joie, mais d'une lumière qu'ils ne lui connaissaient pas.

« J'ai fait toute la clarté en moi, à présent, dit-elle, grâce à Linda. Et j'ai décidé de vivre. »

31

Une nouvelle vie

Comme promis, à Noël, Louise et René débarquèrent à Bellecoste. Ils étaient informés de ce qui s'était passé au cours des mois précédents, Antonin ayant prévenu sa sœur avant et après le procès. Ils retrouvèrent Linda avec joie et, ensemble, plongèrent le vieux mas, déjà tapi dans la neige, dans une heureuse félicité.

Tous les Pérol étaient enfin réunis.

Pour ajouter à cette atmosphère de fête hivernale, le mont Lozère s'était paré de ses plus beaux atours. Son blanc manteau baignait dans une lumière lustrée. Les sapins et les mélèzes déployaient leur robe de mariée jusqu'au sol. Les torrents semblaient avoir été sculptés en cascades de cristal, par la main d'un artiste invisible aux doigts de fée. Parfois, à l'orée d'un bosquet, une biche affamée osait s'aventurer jusqu'aux abords du mas, trouant le tapis d'albâtre de ses sabots fragiles. Dans les branches décharnées des arbres, les pépiements des oiseaux rompaient à peine le silence religieux qui conférait à la montagne un parfum d'éternité. Autour des fermes, l'odeur du hêtre brûlé dans les cheminées se répandait comme un sirop de miel aux fleurs d'automne, doux et rugueux à la fois, apaisant et revigorant avant les grands froids de l'hiver.

Les hommes restaient calfeutrés à l'intérieur et ne mettaient le nez dehors que pour sortir la litière des bêtes dont la chaleur se répandait par les portes entrouvertes en longues traînées de vapeur alanguies.

« Qu'il est bon de se retrouver ensemble à Bellecoste ! jubilait Louise. Les Noëls blancs me rappellent ceux de mon enfance, quand, petits, nous croyions que le Père Noël allait descendre par la cheminée sans se brûler la barbe. Ce que nous pouvions être crédules !

— Te souviens-tu du jour où nous sommes allés acheter une jolie robe pour l'anniversaire de maman ? demanda Antonin.

— Si je m'en souviens ! Et toi, papa ?

— Bien sûr ! J'ai l'impression que c'était hier.

— Ce que tu as eu l'air balourd, quand la vendeuse t'a demandé quel genre de robe tu désirais !

— Balourd, balourd ! Pas tant que ça ! J'ai finalement choisi la plus jolie. Pas vrai, Marie ?

— Bien sûr, mon chéri ! D'ailleurs, cette robe, je l'ai encore. Elle est toujours aussi belle que le jour où vous me l'avez offerte. »

Tous se regardèrent d'un air complice. Louise s'approcha de Linda et lui décocha un clin d'œil malicieux. Celle-ci comprit sans mot dire. Elle ajouta :

« Et si vous la passiez ce soir, belle-maman ? Pour le réveillon.

— Oh ! oui, maman ! Linda a une excellente idée, fit Louise, soutenue par tous.

— Vous n'y pensez pas, voyons ! Je n'y rentrerai plus, j'ai dû grossir depuis.

— Allez, maman ! Ne te fais pas prier », insista Antonin.

Marie consulta Auguste du regard.

« C'est bon, dit-elle. Je vais l'essayer. Mais si j'ai grossi, je n'insiste pas. »

Quelques minutes s'écoulèrent, puis Marie réapparut dans l'embrasure de la porte. Dans sa jolie robe, elle n'avait pas changé. Son visage rayonnait de bonheur. Non pas d'être complimentée, mais de se retrouver entourée de ses enfants, de ses petits-enfants et de son mari, en parfaite harmonie.

Après le repas qu'ils prirent, ce soir-là, plus tard que de coutume, Auguste proposa de se rendre à la messe de minuit.

« À la messe ! s'étonna Louise la première. À l'église ! Tu veux que nous allions à l'église ?

— Ben oui, tu sais bien qu'une messe de minuit, ça ne se passe pas au temple.

— Mais que dira le pasteur quand il saura ?

— Il dira ce qu'il voudra. On peut bien aller honorer la naissance de Jésus où l'on veut ! Il n'y a pas de crime à cela. Qu'en penses-tu Clémence ? »

Surprise par l'attitude de son père, celle-ci balbutia :

« Pourquoi pas ! Mais cela ne heurte-t-il pas tes principes, d'aller à l'église ?

— Oh ! les principes, les principes ! Il n'y a que les imbéciles qui ne parviennent pas à s'en défaire. Pas vrai Tonin ?

— Si tu le dis, papa, je te crois volontiers.

— Alors, on y va. Et toi, Marie, tu ne dis rien !

— Moi, je ferai comme vous voudrez. Mais il faut d'abord que je me change.

— Ah non ! s'écrièrent-ils tous d'une seule voix. Il faut garder la robe. »

À la queue leu leu dans la neige, munie de lampes-tempête, la famille Pérol se rendit donc, pour la première fois de son existence, à une messe de minuit.

Auguste arborait un petit sourire malicieux qui intriguait Marie.

« Qu'a-t-il encore mijoté ? » se demanda-t-elle tout au long du chemin.

Sous la nef de la petite église, la foule s'était déjà rassemblée, nombreuse, pour sanctifier le Sauveur. Le prêtre attendait les retardataires sur le parvis et grelottait de froid.

« Vite, vite ! dépêchons-nous, s'époumonait-il en frottant l'extrémité de ses doigts bleuis devant sa bouche d'où sortaient des langues de buée. Les douze coups de minuit vont bientôt sonner. Ne nous mettons pas en retard. »

Quand la famille Pérol au grand complet ne fut plus qu'à quelques pas de lui, il ne put réprimer un mouvement de surprise.

« Comment !... Auriez-vous l'intention de participer à la messe, Auguste Pérol ?... Avec toute... toute votre famille ?

— Parfaitement, monsieur le curé. Je ne vois pas où est le mal.

— Mais... mais il n'y a aucun mal. Entrez donc. Vous êtes les bienvenus parmi nous. »

À peine eurent-ils dépassés les dernières rangées de bancs, toutes les têtes se retournèrent dans leur direction. L'étonnement et l'incrédulité se lisaient sur le visage des paroissiens.

Auguste ne se départit pas de son audace et entraîna les siens jusqu'à la rangée située sous la chaire. Il donna des sourires de convenance à droite, des petits mots d'excuse à gauche, quelques bonjours discrets à ses amis qui n'en croyaient pas leurs yeux de voir une famille de parpaillots s'installer parmi eux.

Petit à petit, les travées de l'église se remplirent.

Aux douze coups de minuit, le prêtre commença son office, secondé par deux enfants de chœur.

Marie était entourée de ses deux filles. Auguste par son fils et son futur gendre. Les enfants s'étaient assis devant eux avec Linda et n'avaient d'yeux que pour la crèche dressée près du transept.

Au troisième rang, de l'autre côté de l'allée centrale, un homme semblait être venu seul, ce qui intrigua Clémence. De là où elle se trouvait, elle ne pouvait le voir parfaitement, car ses voisins gênaient son champ de vision et dissimulaient son visage. Pourtant quelque chose en lui attirait son attention. Pas tant son aspect physique qu'une sorte d'aura qui émanait de sa personne et qu'elle ne pouvait s'expliquer.

Avant que le prêtre n'entame son sermon, elle demanda discrètement à sa mère :

« Connais-tu cet homme, là-bas, au troisième rang ?

— Non, lui répondit Marie évasivement. Je ne l'ai jamais vu à Lassagne.

— On dirait qu'il est seul. Ses voisins ne font pas attention à lui. »

Puis, se tournant vers son père :

« Et toi, papa, tu le connais ? »

Auguste ne daigna pas bouger la tête et se contenta de rappeler sa fille à l'ordre :

« Chut ! tu vas nous faire remarquer. »

Intriguée, Clémence n'eut ni le cœur ni l'esprit à la prière. Devant elle, ses enfants s'agitaient. Le temps commençait à leur paraître long.

« Calmez-vous, leur souffla-t-elle. C'est bientôt fini. »

Elle aussi trépignait d'impatience. Peu habituée à la liturgie en latin, elle avait hâte que la cérémonie se termine.

« Je ne pourrais jamais me faire catholique ! murmura-t-elle en s'adressant à Louise par-devant sa mère.

— Oh ! moi non plus ! Trop de salamalecs ! Et trop de pompe ! Je me demande bien pourquoi papa a tant insisté pour venir à l'église, alors que demain matin nous irons au temple !

— Taisez-vous donc ! » coupa Auguste.

Quelques têtes au regard réprobateur se tournaient déjà dans leur direction.

Devant l'agitation des jumeaux, Clémence décida de sortir en leur compagnie.

« Je vous attends dehors », chuchota-t-elle à ses parents.

En se déplaçant vers l'allée centrale, elle remarqua que l'inconnu du troisième rang avait disparu. Cela l'intrigua car elle ne l'avait pas vu sortir. Elle se réfugia avec Quentin et Sébastien dans le narthex, afin de ne pas attendre dehors dans le froid glacial de la nuit.

Mais l'odeur de l'encens lui ayant donné la nausée, elle sortit peu après pour respirer un bol d'air frais.

« Restez là bien sagement, ordonna-t-elle à ses garçons. Ne sortez pas. Vous prendriez froid inutilement. La messe est bientôt finie. Nous allons rentrer tous ensemble à Bellecoste. »

Dehors, la voûte étoilée scintillait de mille feux. La Voie lactée laissait sur l'ébène céleste une traîne éthérée de fines paillettes argentées. L'air avait la pureté et la profondeur de l'éternité. Rien ne semblait avoir perturbé la Création depuis le premier matin qui avait succédé à la nuit originelle.

« Qu'a-t-on besoin d'entendre des prêchi-prêcha inaudibles pour communier avec l'Éternel ? songea Clémence en joignant les mains sur sa poitrine. Il suffit de regarder autour de soi et en soi. »

Jamais elle n'avait ressenti aussi fort une telle impression de liberté qu'en cet instant magique. C'était comme si, brutalement, toutes les chaînes qui l'avaient entravée et empêchée de vivre jusqu'à présent venaient de disparaître. Elle se sentait légère, purifiée, libérée.

« Merci ! dit-elle tout haut sans se rendre compte qu'elle parlait seule. Merci pour ce bonheur retrouvé.

— Merci qui ? lui répondit une voix mystérieuse sortie de l'ombre.

— Merci, mon D... »

Clémence s'arrêta net sur sa lancée, surprise.

Elle éprouva quelques secondes de frayeur, crut avoir entendu une voix par erreur, se reprit.

« Clémence ! poursuivit la voix inconnue.

— Qui est là ?

— Tu ne me reconnais pas ? »

Une silhouette se détacha dans un halo de lumière. Clémence recula d'un pas. La lune éclairait le parvis de l'église tel un soleil radieux.

Alors, comme dans un rêve, elle reconnut l'homme du troisième rang et, sortant de son étonnement, elle s'exclama :

« Armand ! »

Armand n'était pas venu par hasard à Lassagne, encore moins à cette messe de minuit. En outre, par ses idées, il ne serait jamais entré dans une église, même en cette nuit de la Nativité.

En réalité, Auguste était allé le voir à Alès sans prévenir son entourage. Il avait appris par son ami le menuisier du Pont-de-Montvert, Marceau Freyssinet, qu'Armand s'y était rendu après son ultime visite à Bellecoste et s'y était installé provisoirement. Il y avait trouvé un travail temporaire à la gare ferroviaire, comme transbordeur de marchandises, n'ayant pas pu se faire embaucher chez un menuisier. Il y vivait dans l'attente de reprendre la route, sans doute pour oublier ce qu'il était venu rechercher, en vain, croyait-il, sur les hauts du mont Lozère.

Les remarques vigoureuses d'Antonin, puis celles de Louise, une fois celle-ci revenue de Paris, avaient décidé Auguste à entreprendre cette démarche du dernier recours. Il savait Clémence trop résignée pour la laisser finir sa vie avec les seuls souvenirs d'un amour impossible, contrarié par son propre entêtement, son propre égoïsme.

Il décida donc de se mettre à la recherche d'Armand, persuadé que Clémence n'en ferait rien toute seule. Par chance, Marceau Freyssinet avait gardé le contact avec son ancien ouvrier. Il fournit sans hésiter à son ami tous les renseignements qu'il détenait et l'encouragea à agir au plus vite, de crainte qu'Armand n'ait déjà quitté la région.

Lorsque Auguste retrouva ce dernier à l'adresse que le chef de gare lui fournit, non sans réticences, il se sentit très gêné. Mais quelques mots bien choisis de sa part suffirent pour convaincre Armand que Clémence l'aimait toujours et n'attendait que son retour. Il lui raconta, dans les détails, les événements qui s'étaient déroulés à Troubas, ainsi que le procès et la condamnation d'Émile.

« Je ne m'opposerai plus à ce que Clémence demande le divorce, ajouta-t-il. Afin que vous puissiez vous marier, comme vous auriez dû le faire voilà dix ans, avant même la naissance de votre enfant. Je regrette sincèrement, Armand, de m'être mis en travers de votre route. J'étais – comment dire ? – trop campé sur mes principes pour admettre la vérité. Je sais que vous aimez Clémence. Elle vous aime aussi. Elle n'a jamais aimé que vous. Alors, je vous en prie, revenez et épousez-la. C'est moi, cette fois, qui vous le demande. »

Armand était au comble du bonheur. Pourtant il eut une dernière hésitation :

« Vous a-t-elle dit elle-même qu'elle voulait encore de moi ? Malgré ma... »

Il s'interrompit, montrant du doigt son visage.

« Oui, même comme ça, ajouta Auguste. L'amour de Clémence ne connaît pas de bornes pour vous.

Même sur un fauteuil roulant, même complètement cloué sur un lit jusqu'à la fin de votre vie, elle vous aimerait encore et vous épouserait. Cela ne tient donc qu'à vous. »

Rassuré, Armand accepta de rentrer à Bellecoste avec Auguste.

« Je voudrais que ce soit pour Clémence une vraie surprise, poursuivit ce dernier. Arrangeons cela entre nous. »

C'est ainsi qu'il imagina le scénario de la messe de minuit. Tout était donc organisé d'avance pour ce soir-là. Clémence – ni personne d'autre – ne se douta de rien. Auguste voulait offrir à sa fille le plus beau cadeau de Noël qu'elle n'ait jamais reçu.

Depuis ce 25 décembre 1925, Clémence et Armand ne se quittèrent plus.

Il fallut quelques mois encore à Clémence pour obtenir le divorce. Étant donné les circonstances et les divers témoignages à l'encontre d'Émile Claret, elle n'eut aucune difficulté à obtenir gain de cause.

En août de l'année suivante, les Pérol invitèrent toute leur famille et tous leurs amis au mariage de Clémence et d'Armand, le jour même de la fête qui marqua la fin des moissons. Jamais festivités ne furent aussi belles à Bellecoste, sous les cieux illuminés du mont Lozère.

Amandine, comblée de bonheur d'avoir retrouvé son père, tint la traîne de mariée de sa maman, encadrée de ses deux frères, Quentin et Sébastien, qui avaient adopté Armand sans l'ombre d'une hésitation. À leur âge, les souvenirs s'édulcorent facilement.

Son exploitation ayant pris de l'importance, Auguste demanda au nouveau couple de s'y installer.

«J'ai décidé de passer la main, annonça-t-il en guise de discours, le jour même du mariage. Avec quelques petits aménagements, il y aura de la place pour deux familles. Antonin, Linda, et vous, Armand et Clémence, pourrez aisément y vivre ensemble. Marie et moi, nous allons nous retirer à Finiels, dans la petite maison que nous ont laissée jadis mes beaux-parents et où Marie a grandi. Pour ma part j'ai assez travaillé. Je vous laisse le soin de faire prospérer Bellecoste encore longtemps. J'espère que vous vous entendrez bien tous les quatre avec vos enfants. Quant à Louise et René, je leur souhaite bonne chance dans leur vie parisienne. Je ne me fais aucun souci pour eux...»

Dans sa robe de mariée, Clémence rayonnait de bonheur. Elle n'avait d'yeux que pour Armand qu'elle semblait découvrir comme le jour de leur première rencontre sur les hauts de Bellecoste. C'était par un matin frileux d'automne 1913.

Mais, cette fois, le brouillard s'était à jamais dissipé. Et, sous le lustre éternel, une nouvelle vie commençait pour elle.

Épilogue

Été 1970

Une Renault 16 blanche s'avance sur le chemin de Bellecoste. Elle se gare lentement devant le portail métallique rongé par la rouille qui en barre l'accès. Autour des murs cyclopéens, aux moellons de granit couverts de taches orangées et brunâtres, l'herbe folle gagne partout, y compris entre les dalles de l'aire à battre. La grosse bâtisse, remaniée en de multiples époques, présente toujours un aspect cossu. Son énorme charpente est intacte. Les lauzes du toit, qui ont partout remplacé le chaume, ont préservé l'intérieur des intempéries. Les murs sont sains et ne présentent aucune lézarde. Les fenêtres sont clôturées d'épais volets grisâtres en bois de châtaignier qui ont résisté à l'usure du temps. La porte d'entrée, massive, est toujours solidement ancrée sur ses gonds. Les dépendances présentent le même état. Seule l'étable est grande ouverte et offre un abri de fortune aux oiseaux qui ne se privent pas d'y venir nicher. À l'intérieur, subsistent encore des restes de paille dans ce qui servait de mangeoire aux bêtes. Au mur, des fourches et des pelles à litière sont restées accrochées à un râtelier, telles que les derniers occupants des lieux les y avaient placées.

Une petite fille blonde sort la première de la voiture, conduite par un homme aux cheveux gris, âgé d'une cinquantaine d'années. À ses côtés, une femme, guère plus jeune, très élégante, habillée comme la plupart des citadines qui suivent la mode de leur époque, rejoint l'enfant et lui prend la main.

Celle-ci peut avoir cinq ou six ans, et s'interroge devant l'austère bâtisse qui lui semble sortie d'un autre âge.

« Où sommes-nous, mamie ? demande l'enfant.

— À Bellecoste, lui répond sa grand-mère. C'était la maison de mes parents et de mes grands-parents avant eux.

— Pourquoi c'est fermé ?

— Parce que plus personne n'y habite à présent. Tu sais, la vie dans ces hautes terres n'est pas facile. Surtout à notre époque. »

La femme élégante n'est autre qu'Amandine Pérol. L'homme qui l'accompagne est son mari. Et l'enfant aux boucles blondes et aux yeux pervenche est leur petite-fille. Elle se prénomme Aurore. Ses parents sont morts tragiquement dans un accident de la route alors qu'elle n'avait que deux ans. Ce sont ses grands-parents qui l'élèvent maintenant à Montpellier, où ils possèdent un bel et vaste appartement, place de la Comédie. Amandine a épousé un avocat du barreau de la ville quelques années avant la Seconde Guerre mondiale. De cette union sont nés trois enfants : deux garçons, Jacques et Pierre, et une fille, Yveline, marquée très tôt par le destin.

Les trois visiteurs contournent la ferme et se dirigent à pas prudents, pour ne pas se salir les chaussures, vers un petit enclos où deux cyprès égratignent le ciel.

Six monticules y sont proprement alignés, pourvus chacun d'une simple croix sur laquelle on peut lire le nom des défunts accolé à une photo émaillée, couleur sépia, que le temps a ternie.

« C'est quoi ces tas de pierres ? demande l'enfant à sa grand-mère.

— Ce sont les tombes de tes aïeux, ma chérie. À gauche, Auguste et Marie Pérol, mes grands-parents. Ils sont morts tous les deux la même année, il y a longtemps, en 1939.

— Et les autres ?

— À côté, ce sont mes parents, Clémence et Armand. Ils sont morts à un an d'intervalle. Armand en 1965. Il avait soixante-quinze ans. C'était un homme très brave, tu sais ! Il avait été grièvement blessé pendant la Grande Guerre. Clémence ne lui a survécu qu'un an. Elle est morte de chagrin. Tous les deux avaient mis beaucoup de temps à se retrouver.

— Pourquoi ? Ils s'étaient perdus ?

— Disons que la vie ne leur a pas permis de vivre ensemble dès qu'ils se sont aimés. Mais, après, ils se sont bien rattrapés. Avec mes deux frères jumeaux, j'ai passé auprès d'eux des années merveilleuses ici, à Bellecoste. Puis la vie nous a séparés. Nous avons suivi chacun notre chemin.

— C'est qui les tombes à côté ?

— Là, ce sont tes parents, ma chérie. Ma fille et son mari, ton papa. Tu ne les a guère connus, hélas ! Tu connais leur triste histoire. Je te l'ai déjà racontée. »

L'enfant tient ses grands-parents par la main. Elle ignore presque tout de ses aïeux. Mais, à son âge, elle commence à montrer de l'intérêt à leur histoire, qui est aussi la sienne.

« Qu'est-ce qui a empêché ton papa et ta maman de vivre ensemble quand ils se sont rencontrés ? poursuit la petite Aurore.

— Oh ! bien des choses ! C'est une longue et triste aventure. Mais, heureusement, elle s'est bien terminée. »

Amandine cacha encore pendant quelques années, à sa petite-fille, l'existence d'Émile Claret, qui, à ses yeux, était le seul responsable de la vie tourmentée qu'avait connue sa mère.

Condamné à vingt ans de bagne, le premier mari de Clémence n'eut pas le temps de terminer sa peine. Envoyé à Cayenne, il y mourut emporté par les fièvres tropicales. Son corps ne fut pas rapatrié et fut enterré sur place. Il tomba rapidement dans l'oubli. Seuls ses parents versèrent une larme lorsqu'ils apprirent la nouvelle de son décès.

Celle-ci laissa Clémence de glace. Pour elle, Émile n'avait jamais existé. Elle l'avait sorti pour toujours de sa mémoire et de sa vie. Le seul chagrin, qu'elle éprouvait quand elle replongeait dans son passé, venait du souvenir de José qu'elle ne voulait pas et ne pouvait pas oublier. Elle entretint toujours son souvenir pour que ses deux fils se rappellent de leur père comme d'un homme bon et généreux, qui avait su redorer l'horizon de leur mère quand celle-ci était tombée au fond du gouffre.

L'existence de Clémence et d'Armand fut pendant quarante ans toute nimbée de soleil, même pendant les grands frimas qui rompirent parfois leur bonheur. Ce fut le cas pendant la nouvelle guerre, quand Antonin et Linda furent déportés pour faits de résistance et moururent en camp de concentration. Ils souffrirent aussi du terrible hiver 1956 au cours duquel la nature prit des allures d'âge glaciaire. Cette année-là, ils faillirent tout perdre et frôlèrent de peu la faillite. Puis ce fut la guerre d'Algérie. Les deux garçons d'Amandine y partirent pendant plus de deux ans l'un après l'autre, en 1957 et 1959. Le plus jeune des deux, Pierre, n'en revint pas. Son corps fut retrouvé dans le bled, atrocement mutilé. À l'époque, Amandine faillit en perdre la raison. Ce ne fut que grâce à sa mère, Clémence, qu'elle refit surface.

Lorsque Armand mourut à son tour, à la suite d'une longue maladie devant laquelle les médecins se trouvèrent fort impuissants, Clémence n'eut plus le courage de lutter. Elle avait connu d'intenses moments de bonheur, surmonté beaucoup d'obstacles pour devenir une femme libérée de toutes ses chaînes. Avec la disparition de celui qu'elle n'avait jamais cessé d'aimer depuis plus de cinquante ans, depuis ce matin d'automne 1913, tout un monde, à ses yeux, venait de basculer et de disparaître. Sa mort, l'année suivante, devait mettre fin à l'histoire du mas de Bellecoste.

Louise et René achevèrent leur vie paisiblement à Paris, où ils avaient conquis la notoriété et le succès. Louise devint rédactrice en chef d'un grand hebdomadaire et s'essaya également à l'écriture. René, de son côté, entra à l'ORTF dès sa création et y devint un journaliste reconnu, puis l'un des administrateurs de la chaîne. Jamais Louise n'eut envie de revenir vivre, à la retraite, dans la ferme de ses parents. Néanmoins, elle y fit de fréquentes visites pour voir sa sœur, et en revenait toujours le cœur serré.

Les descendants d'Auguste et de Marie finirent par vendre la propriété familiale à des étrangers qui en firent une résidence secondaire dans les années 1980.

Ainsi le vieux mas a repris vie et résiste toujours aux assauts du temps.

Le voyageur, qui passe aujourd'hui devant ses murs toujours solides, ignore que leurs vieilles pierres enferment, dans le granit dont elles sont pétries, la mémoire à jamais éternisée de ses derniers occupants. Mais s'il s'attarde dans ses terres, là où Clémence s'accrochait aux ailes du vent, il ne manquera pas d'y rencontrer l'âme de Bellecoste, toujours vivante.

Table

Première partie
LE PARADIS SUR TERRE

Deuxième partie
LA DESCENTE AUX ENFERS

Troisième partie
UN JOUR NOUVEAU

Quatrième partie
SUR LES AILES DU VENT

Composition : Soft Office (38)

Achevé d'imprimer par N.I.I.A.G.
en avril 2010
pour le compte de France Loisirs, Paris

N° d'éditeur : 59121
Dépôt légal : mai 2010
Imprimé en Italie